首都师范大学秋韵文库

秋韵文库

李瑛诗歌论

LIYING SHIGELUN

李泱 著

首都师范大学出版社
CAPITAL NORMAL UNIVERSITY PRESS

图书在版编目（CIP）数据

李瑛诗歌论/李泱著. —北京：首都师范大学出版社，2016.1

ISBN 978-7-5656-2633-3

Ⅰ.①李…　Ⅱ.①李…　Ⅲ.①诗歌研究－中国－当代
Ⅳ.①I207.22

中国版本图书馆 CIP 数据核字（2015）第 278477 号

LIYING SHIGELUN

李瑛诗歌论

李　泱　著

责任编辑　王　静
首都师范大学出版社出版发行
地　址　北京西三环北路 105 号
邮　编　100048
电　话　68418523（总编室）　68982468（发行部）
网　址　www.cnupn.com.cn
印　刷　北京集惠印刷有限责任公司
经　销　全国新华书店发行
版　次　2016 年 1 月第 1 版
印　次　2016 年 1 月第 1 次印刷
开　本　710mm×1000mm　1/16
印　张　19
字　数　342 千
定　价　40.00 元

自 序 诗

——读《李瑛诗文总集》有感

是青松，贫瘠坚硬的山崖也能生长，
是海燕，狂风暴雨的天空也能飞翔。
我有五千年文明史的伟大祖国啊，
从古至今，有多少诗人繁星在夜空闪亮。

在近七十年的创作生涯里，
你构建了十四卷诗文的文学大厦。
人们称赞你是当代诗坛的常青树，
是学贯中西的诗歌理论家。

1926 年你诞生在一个铁路职员家庭，
养育你的是勤劳俭朴的母亲和爱好文学的父亲。
中学时代早慧的你吟唱向往自由和光明的夜歌，
大学毕业时你英姿勃发、带笔从戎奔向待解放的南方。

你说和你结下不解之缘的诗是你的第二生命，
诗以真挚圣洁的爱，陪伴你思考、生活。
你在如火如荼的时代旋涡里奋斗、成长，
你数以千计的诗歌浪花，在新诗长河奔腾向上！

你追随郭沫若、闻一多的旗帜阔步前进，
你像艾青、臧克家那样坚韧地歌唱。
你冲破旧中国的黑暗，迎来新中国的朝阳，
率领军旅诗人的铁流，驰骋祖国四方！

你深情的诗作，展示了人民战士美好的胸襟，
你灵动的诗笔，描绘了祖国日新月异的面貌。

你那《一月的哀思》的悲壮旋律，在亿万人心中回荡，
你那《刘胡兰》壮美的歌声，告慰了多少英烈的在天之灵！

走遍祖国的千山万水，你采撷美丽的诗花，
踏访神州的城市乡村，你拨响嘹亮的诗琴。
热爱祖国是你诗作的永恒主题，
忠于人民是你诗作的不绝音符！

帮青年树立壮丽人生的美好理想，
让战士警惕守卫祖国的边关哨卡。
你的三千首诗作是时代的回响曲，
你的五十三本诗集辉耀在大小不同的书架！

文学是人类走向进步的阶梯，
诗歌是驱逐世间黑暗的火把。
哦，衷心祝愿你——青春长驻的诗坛宿将，
福寿安康，笔力雄健，佳作不断，誉满华夏！

2012 年 5 月于首都师范大学

目　录

导言

在中国当代诗坛上，李瑛是一位个性鲜明、成果丰硕的大诗人。从1943年开始学习写诗起，到现在已有七十多年。此间，他先后出版了五十三本诗集，诗作总数在三千首以上。1983年，李瑛在《李瑛抒情诗选》序中评说自己的诗篇："这些诗，无论成功或失败，都是通过自己的眼睛，认识了这个世界的；它们都跳动着我的脉搏，活跃着我的生命，储存着我对生活的执着的爱的炽烈感情；它是我对时代、对人生的观察、思考和回答。"① 这种评说是真挚而中肯的，可以视为我们打开李瑛诗歌艺术殿堂大门的一把钥匙。而这种评说，又是与李瑛对社会主义中国诗人的使命和责任的深刻理解分不开的。他说："诗人决不是为糊口而寻找的一种职业，一种手艺；它是一种使命，一种责任，一种庄严的神圣的使命和责任。他必须诚实而正直。诗人应该强烈地意识到自己在历史上的地位和作用。他在写自己的时候，也是在写人民和时代。诗人和人民、和时代是无法分离的。"② 正是因为有了这种正确而深刻的对当代社会主义中国诗人的使命和责任的理解，不管身处顺境或逆境，不管社会风浪有多大多险，他都从未停止写作与歌唱。人们称他为"诗坛常青树"，这是十分贴切的比喻，也是对这位在人民军队中战斗了四十年的部队诗人的最好褒奖。多年以来，不少评论家称李瑛为"部队诗人"，"写了大量的战士诗"，"他的抒情主人公的形象，始终都是战士"。这种说法并不完全准确，李瑛从1949年入伍，到1988年离休，的确是在军队中工作。但这四十年中，他的诗歌在主要表现部队生活的同时，还有大量反映工农商学、少数民族人民的生活及国际题材的诗歌。而从1943年至1947年，从1989年至2010年，他的诗作则是反映国统区学生的斗争和改革开放后生活的多姿多彩，写出了祖国面貌、部队建设、人民生活的巨大变化。李瑛诗歌不仅数量多，而且的确出现了诸如《一月的哀思》《给防风林》《小树》《杨柳和士兵》《红柳·沙枣·白茨》《哨所鸡啼》《出港》《大海的骑士》《月夜潜哨》《敦煌的早晨》《乡邮员》《一袋麦粒》《茶》《古巴情思》《玩具》《早晨》《为一家小小的花店开业所写的贺词》《我骄傲，我是一棵树》《萤火虫》《红花歌》《他是一名战士》《早春》《让我们到田

---

① 李瑛：《李瑛诗文总集》第十四卷，中国文联出版社，2010年，第181页。

② 李瑛：《李瑛诗文总集》第十四卷，中国文联出版社，2010年，第181页。

野去》《两棵银杏树的爱情》《不要忘记走过的路》《长江夕照》《过汨罗江怀屈原》《鲁迅》《假如大海没有浪》《山民》《红高粱》《刘胡兰》《黄河落日》《小米》《陕北女人》《莫高窟纪游》《野豆荚》《这里将建起一座火车站》《车队向前》《拉萨河谷》《西藏印象》《两颗心》《回忆年轻的时候》《我最初的爱情》《苍苍芦苇》《等待》《勇敢》《我的中国》《二十岁生日》等近五十首精品诗。这里有短诗，也有长诗；有纪游诗，也有咏物诗；有哲理诗，也有爱情诗；有百姓赞，也有英雄颂。诗人用他那支灵动的笔，描绘出祖国秀美的河山，吹奏出时代的凯歌，展示了新中国成立六十年来在社会主义革命和建设中取得的辉煌成就，特别突出了改革开放三十年的重要硕果，谱出了我们富国强兵的现代化的豪迈乐章。

李瑛是新中国成立前夕带笔从戎，在人民解放军这座革命熔炉中成长起来的杰出诗人，他的成长轨迹和创作道路有其发人深思的典型意义。“在与新中国同时成长的军旅诗人中，李瑛可说是文化准备和艺术修养最为充分的一个。”① 正是在他的影响下，从 20 世纪五六十年代起，我国出现了一个由蓝曼、纪鹏、宫玺、峭岩、石祥、叶文福、雷抒雁等军旅诗人组成的小群体。新时期里，《一月的哀思》《我的中国》《我骄傲，我是一棵树》等名作，广为传诵，响彻诗坛，大大提高了李瑛作为当代大诗人的艺术地位，扩大了李瑛的社会影响。他的许多诗作，被译成英、法、俄、德、日等多种文字，在国外产生了很大的影响。

李元洛在其《李瑛诗作艺术片论》中说得好：“李瑛绝不是一个粗制滥造的诗人，也不是一个像风向标一样随风趋时的歌者。他忠实于人民，忠实于生活，忠实于诗歌艺术。他是一个具有鲜明艺术个性的诗人，对新诗的发展做出了重要的贡献。”② 我之所以要写这本《李瑛诗歌论》，就是要认真总结他在当代同辈诗人中的显著成就、经验，就是要仔细阐述他在当代新诗坛上与众不同的艺术个性，就是要让更多的读者能深入理解他的数以千计的诗作的审美追求和价值。不仅如此，中国新诗从“五四”文学革命中诞生，九十多年来，历经曲折，但赫赫然已取得了令人瞩目的成就，出现了像郭沫若、闻一多、朱自清、冰心、冯雪峰、汪静之、殷夫、艾青、臧克家、卞之琳、何其芳、戴望舒、徐志摩、光未然、田间、鲁藜、绿原、牛汉、冯至、公木、公刘、柯岩、张永枚、雁翼、闻捷、贺敬之、李季、李瑛、严辰、张志民、郭小川、阮章竞、白桦、未央、金近、毛依罕、纳·赛音朝克图、饶阶巴桑、韦其麟、流沙河、蔡其矫、陆棨、晋杰、康朗英、萧三、魏巍、忆明珠、张万舒、唐祈、唐

① 张炯等主编：《中华文学通史》第八卷，华艺出版社，1997 年，第 239 页。

② 出自李泱、李一娟编：《李瑛研究专集》，解放军文艺出版社，1983 年，第 278 页。

湜、郑敏、陈敬容、杜运燮、穆旦、梁南、赵恺、林希、杨牧、周涛、章德益、李小雨、舒婷、陈所巨等一大批艺术个性鲜明的老、中、青几代诗人，正是他们的辛勤劳作，使得新诗在新民主主义革命时期，在推翻帝国主义、封建主义、官僚资本主义三座大山的艰苦斗争中，发挥了革命号角的作用，成为团结人民、教育人民、打击敌人、消灭敌人的锐利武器。在社会主义革命和建设时期，新诗人的队伍壮大了，发表新诗的刊物、报纸日渐增多了，新诗的理论研究开展了，新诗的读者群增加了。新诗已成为社会主义文艺的一个重要组成部分。不计其数的新诗集已成为人民群众不可缺少的精神食粮。特别是改革开放三十多年来，西方诗歌的翻译出版、外国诗歌理论的引进、中外诗人的频繁互访和创作交流，更使得新诗从外国诗歌和外国文化中汲取营养，有了前所未有的良好的发展条件。可以预见，经过新诗界诗人、评论家、翻译家的共同努力，新诗在解决民族化、群众化问题方面，在提高思想内容的深刻性、丰富性方面，在促使艺术形式的多样性、完满性方面，都会有长足的进步。

而李瑛正是当代诗人中，在实现新诗民族化、群众化方面，在向民歌、古典诗歌和外国诗歌学习方面，在用新诗反映新中国成立六十多年取得的巨大成就方面，在用新诗表现改革开放以来人民和人民解放军精神面貌的焕然一新方面，取得突出成果的一位大诗人。我这本专著，就是要回顾他七十多年的创作道路、诗歌成就、诗歌特点和美学追求，从而评价他在当代诗坛的历史地位，从中寻找出一些促进当代新诗繁荣与发展的规律性的东西。李瑛自己说得好："诗人不是行政机关里的文书员，他应该像一个勘探员或侦察兵，他不是抄写，不是复述，而是发现。"① 善于发现，努力创新，这正是李瑛能成为杰出的大诗人的重要原因。19 世纪俄国的文艺理论批评家车尔尼雪夫斯基说过：世界上没有天生的才气，才气必须经过磨炼。李瑛之所以能成为诗坛常青树，是与他几十年如一日的长期琢磨分不开的。

① 李泱、李一娟编：《李瑛研究专集》，解放军文艺出版社，1983 年，第 79 页。

第一章　李瑛的生平及创作道路

一、生平

李瑛，当代著名诗人、杰出作家。河北丰润区人。1926年12月8日，出生在锦州一个贫苦的家庭，父亲是铁路职工。年幼的李瑛，要随着父亲的工作调动而多次迁居。由于铁路小站没有学校，他七岁时被送往丰润区农村读小学。十岁时又随父亲去天津读书。七七事变后，李瑛回到离故乡较近的唐山，在那里勉强念完了小学和初中。李瑛自己说过："我的幼年的记忆里，充满了蒸汽机车的喷气声和车轮辗动铁轨发出的单调的轰响声。"①他还说了在丰润农村小学读书时对故乡的印象："凋敝的村庄，塌圮的土墙，低矮的被炊烟熏黑的茅屋，世世代代居住着我的贫穷的家族和乡亲。他们一年到头总是穿着破烂衣衫，吃的是秕糠甚至野菜，晚上点的是油盏。他们年复一年地在地里艰辛地劳动，却仍然得不到温饱。"②他还谈到了他童年产生的许多不能理解的问题③，这表明他自幼就是一个爱动脑筋的孩子，这也是他日后能成为目光锐利、思想深刻的诗人的潜在原因：

> 我的祖母和姐姐，带着我在这里的农村小学读书和劳动，我开始认识生活和世界。
>
> 我睁着好奇的眼睛，第一次看见了许多从未见过的事物，发现了许多不理解的问题，但是没有人给我正确的解答。
>
> 一直到今天，不时跃动在我记忆里的，仍然是故乡村头地主家大红门前的上马石、高院墙中凶恶的狗叫、小庙台阶上饿死的人的枯槁的头发，以及当年和我一起拾柴禾的瘦骨嶙峋的小伙伴。我经常想起那时曾无数次走过的村边的田野，和地头上生满野草的水沟——我曾在那里提着小桶捉过小鱼和青蛙。

我们发现，在诗人童年的记忆中，除了"朱门酒肉臭，路有冻死骨"的贫富不均

---

① 李泱、李一娟编：《李瑛研究专集》，解放军文艺出版社，1983年，第71页。
② 李泱、李一娟编：《李瑛研究专集》，解放军文艺出版社，1983年，第71页。
③ 李泱、李一娟编：《李瑛研究专集》，解放军文艺出版社，1983年，第71页。

的不合理的社会现实，除了一起拾柴禾的瘦骨嶙峋的小伙伴，也还有给他以童年快乐和情趣的乡村自然美：田野和捉过小鱼和青蛙的水沟。而他对天津的印象又是怎样的呢？诗人的回忆是："这是一座大城，这里有高楼大厦，有工厂码头，有叮叮当当的电车和人力车，有一座商店接着一座商店的街道，有外国的租界地和失业工人饥饿的眼睛，有反抗和呼号……"①诗人的童年、少年时代，既有农村生活的体验，又有城市生活的见闻，这对他青年时代产生强烈的革命要求、对他成长为善于感受生活的大诗人，都有重要的影响。

诗人在唐山求学时，已渐渐成长为青年。他的文学生涯是从 1943 年(这年他十七岁)开始的，他学习写小说和散文，"也写诗歌，抒发我的感受，记录我的思想和我所经历的苦难生活。当时，我所写的作品，较多地流露了在那一屈辱年代里产生的忧郁、悲愤的感情和对苦难现实的控诉"②。这表明，李瑛从尝试写作文学作品时起，就走上了与人民、与时代、与社会息息相关的正确道路。1944 年他流浪到了天津，1945 年夏天，考入了北京大学文学院中国语言文学系。

李瑛自己回忆了他爱读文学书籍的原因③：

> 在日本帝国主义铁蹄下的祖国土地上，民族意识和民族感情唤起了我强烈的革命要求，我渴望自己赶快长大，早日投入收复民族尊严、改变祖国命运的斗争。
>
> 苦难的农村、萧条的城市、阶级压迫、民族苦难，这一切喂养了我小小的生命。冷酷的生活迫使我思索更多的问题，我想从书籍中寻找答案，于是，我便从学校的小图书馆里借到一些社会的、历史的、但更多的却是文学方面的书籍，用课余时间拼命地读。尽管许多问题仍未获得解答，但这些书却开阔了我的视野。我非常喜欢书籍，书籍成了我最好的朋友。我觉得每本书都像一面窗子打开在我的面前，它们告诉我在这个广阔的世界上，大自然何等美丽，而生活在它的怀抱里的它的真正的主人——那些不同肤色、不同语言、不同国籍的淳朴的劳动人民，却在怎样艰难的境遇里挣扎着生活，又怎样在劳动中、在反抗中、在冻馁中死去。

正是这些书籍，部分解答了他从童年就陆续产生的问题，促使他喜爱文学，促使他在大学的求学生活中，去严肃地思索祖国的命运和未来，去为改造旧中国、创建新中国而奋斗。

---

① 李泱、李一娟编：《李瑛研究专集》，解放军文艺出版社，1983 年，第 72 页。

② 李泱、李一娟编：《李瑛研究专集》，解放军文艺出版社，1983 年，第 73 页。

③ 李泱、李一娟编：《李瑛研究专集》，解放军文艺出版社，1983 年，第 72—73 页。

大学期间，李瑛广泛阅读了古今中外的文学名著，进一步加强了文学修养。特别是“我能从同学手中悄悄地找到一些苏联当代的革命文学和解放区的文艺作品，我怀着新的感情读着它们。我特别喜爱那些为正义、为争取自由和民主而战的人们的故事，那些充满革命豪情的英雄人物，他们不屈的精神，他们美丽的心灵，在我面前展现了一个光辉的新世界”①。大学期间，他还有机会接触了党的地下组织，阅读了一些马克思列宁主义的理论书籍、报纸。他还积极参加了进步的爱国学生运动，组织进行社团活动，印发革命传单等，同时还勤工俭学，用课余时间教小学课程和做图书管理工作。渐渐地，精神上的压抑、行动上的彷徨消失了，他成了北大学生运动的积极分子，有了革命的目标和追求。他把课余写作的诗拿给教授和同学看，还发表在一些文学刊物和报纸的文艺副刊上。

大学时期一边读书，一边参加学生运动的峥嵘岁月让李瑛经历了我们伟大民族黎明前黑暗的痛苦，也亲身迎来了祖国壮丽的日出。李瑛是幸运的，他属于那批在新中国诞生前夜开始了文学创作的敏而好学、生机盎然的青年作家。他们既感受了旧中国的黑暗、腐朽，又投身于国统区反饥饿、反内战，要民主、要自由的爱国学生运动，还沐浴了新中国的光明，致力于创建繁荣、富强的社会主义中国的伟大事业。他们逐渐成长为新中国文艺事业的骨干力量。

北平解放后，1949 年春，李瑛怀着为人民解放事业贡献力量的决心，在大学毕业前夕，带笔从戎，参加了中国人民解放军，随军南下，成为新华社部队总分社的记者，在部队里从事新闻采访工作。“我们从北方昼夜兼程，直到扬子江边；解放武汉之后，我又和部队一起跨鄂赣，越五岭，直指广州。”②广州解放之后，李瑛又参加了进军广西的一些战斗，直到大陆完全解放，他还参加了解放海南岛的渡海准备工作。1950 年冬天，他被调到解放军总部工作。不久，由于抗美援朝的需要，他又到朝鲜战场去采访和工作的。“这是全然不同于国内战争的一场新的战争。在汉江北岸，在朝鲜山麓，在大雪纷飞和燃烧的火光下，在掩蔽部摇曳的烛光里，我记下了强烈的感受。之后，在战争进行中和停战之后，我又曾两次入朝。”③1951 年，李瑛出版了第一本诗集《野战诗集》，是在参军南下期间写的，是他在解放战争中的见闻、感受。1952 年出版了第二本诗集《战场上的节日》，是他在朝鲜时期写的，旨在向祖国亲人报告志愿军在国外作战的真实情况。

1955 年，李瑛到解放军文艺社做编辑工作。同年 4 月，李瑛沿着红军长征的足迹，走访多处革命圣地，了解革命历史，拜人民群众为师，感受祖国日

① 李泱、李一娟编：《李瑛研究专集》，解放军文艺出版社，1983 页，第 73 页。

② 李泱、李一娟编：《李瑛研究专集》，解放军文艺出版社，1983 页，第 74 页。

③ 李泱、李一娟编：《李瑛研究专集》，解放军文艺出版社，1983 页，第 75 页。

新月异的发展变化。在批判胡风"反革命集团"时，他因为大学时期写过评论绿原的诗的论文，受到了审查。1956 年曾深入海防前线，到舟山群岛、海南岛等地访问。1958 年和 1961 年，被两次下放到海防部队，当兵时间一年多，接触连队生活，做基层工作，和战士交朋友。1961 年夏，曾去西北边防地区采访，途经甘肃的玉门、敦煌，到过新疆的赛里木湖和伊犁、昭苏一带。1970 年又被下放到部队基层代职一年，1974 年，又曾多次到内蒙古草原、西南的澜沧江畔和高黎贡山峡谷、东北的黑龙江边等地边防部队工作和生活。1978 年任解放军文艺社副社长。同年，曾深入西沙群岛生活和采访。1979 年春，又参加了中越边境自卫反击战的英勇战斗，在前线生活了三个月。后被任命为解放军文艺社社长。1982 年任总政文化部党委书记、副部长，1985 年任总政文化部部长。1988 年，被选为全国文联副主席。1988 年离休，但仍勤奋地创作。诗歌题材更加宽广，思想性、艺术性大为提高。2007 年 9 月，我在访问李瑛时，他对我说："我一辈子搞诗歌创作，离休之后，没有了行政、管理事务烦扰，可以专心致志地写作。我从 1949 年参军，前四十年都是业余写诗，人们称我是军旅诗人，因为那时我身在部队，当然要着力反映部队生活。但在这四十年间，我也不是仅仅写部队生活，也写了各条战线上的人民群众的斗争、追求、情感、愿望和理想，反映了人民群众在火红年代建设社会主义和改革开放后为实现四个现代化而奋斗的情形。离休之后的二十四年，我系统地读了一些哲学、历史著作，在诗歌创作上，视野大为开阔、题材更为丰富，写军旅，写改革，写社会，写人生感受，写出国见闻，诗歌的哲理性、思辨力明显增强了。在我五十多本的诗集里，写部队生活的，仅占用 1/4。"诗人强调，自从他离休后，诗歌创作情况有了明显变化。就拿长诗来说，献给国庆 50 周年的《我的中国》，就长达 208 页、约三千五百多行。这在当代中国诗坛上，也是罕见的巨作。鉴于上述情况，我们今天似乎不应再称李瑛是"部队诗人""军旅诗人"了，而称其为卓越的人民诗人似乎更为妥帖。

李瑛之所以成为有国际影响的诗人，与他积极参与外事活动、出国访问，具有放眼世界的情怀是分不开的。1954 年，李瑛曾访问过苏联、波兰、捷克斯洛伐克、罗马尼亚等国家。1979 年作为中国作家代表团成员，访问过瑞士。1982 年 9 月至 10 月，又曾赴美国参加中美作家会议并进行访问。1988 年 4 月，赴日本参加影片《敦煌》的首映式，又进行了中日文化交流，并访问了日本东京、京都、奈良、箱根、镰仓、神奈川等地。1992 年再度访问日本。此后，又先后访问了德国、朝鲜、新加坡、古巴等国。

李瑛于 1956 年加入中国作家协会，曾为作协理事、作协青年工作委员会委员、作协军事委员会委员。现为中国文联荣誉委员、中国作协荣誉委员、中国诗歌学会副会长、国际诗人笔会副会长、中国国际友人研究会常务理事、国际笔会中国中心理事、中日友好协会理事、《诗刊》编委。

多年来，李瑛的诗作不断获奖。诗集《我骄傲，我是一棵树》曾获 1983 年第一届全国诗集评选一等奖，诗集《春的笑容》获 1985 年第二届全国诗集评选优秀奖，诗集《生命是一片叶子》获 1997 年首届鲁迅文学奖诗歌奖，长诗《我的中国》获 1999 年全国第七届“五个一工程·一本好书”奖，诗集《在燃烧的战场》先后获首届“中国人民解放军文艺奖”一等奖和全军征文评选一等奖；此外，还有多部诗集和多组组诗获多种奖项；他的诗作有些被配乐朗诵、录入磁带，在全国广为流传；还有的诗作被选入大学中文系教材和中学语文课本，深受师生欢迎；他还有多部诗集、多组组诗被译成多种外文在世界流传。

李瑛是一个持续不断地勤奋写作的著名诗人，又是一个具有鲜明艺术个性和明确的美学追求的作家，他的诗作对当代影响很大。他继承了郭沫若、闻一多、殷夫、卞之琳、何其芳、冯至、艾青、臧克家、徐志摩、戴望舒等开创的将新诗作为革命号角、传达人民心声的优良传统，对我国新诗的繁荣和发展做出了积极的贡献。从 1951 年 8 月出版的《野战诗集》到 2009 年 11 月出版的《河流穿过历史：李瑛新时期诗选》，在近五十年时间里，陆续出版了 54 本诗集和诗论集。除了上述两本外，还有《战场上的节日》《天安门上的红灯》《友谊的花束》《早晨》《时代纪事》《寄自海防前线的诗》《颂歌》《花的原野》《静静的哨所》《红柳集》《枣林村集》《红花满山》《北疆红似火》《进军集》《献给火的年代》《站起来的人民》《难忘的一九七六》《早春》《在燃烧的战场》《我骄傲，我是一棵树》《李瑛诗选》《南海》《春的笑容》《李瑛抒情诗选》《望星》《美国之旅》《战士们万岁》《江和大地》《李瑛国际题材诗歌选》《青春祝福》《红豆》《月亮谷》《日本之旅》《对诗的思考》《多梦的西高原》《山草青青》《睡着的山和醒着的河》《纸鹤》《生命是一片叶子》《远方》《黄昏与黎明》《我的中国》《情歌和挽歌》《李瑛近作选》《倾诉》《中国当代文艺论丛——诗美的追求》《李瑛短诗选》《出发》《野豆荚集》《中国当代名诗人选集：李瑛》《河流穿过历史》《北窗集》《李瑛七十年诗选》等诗集。

二、创作分期

人所共知，文学创作(包括诗歌、散文、小说、剧本等各种体裁的作品)是十分复杂的精神劳动。不同的文学作品(只要不是一般水平之下的劣质作品)，都会打上不同文学家的个性烙印。对一个成熟的、优秀的文学家，即使是那些文学天赋甚好的文学家来说，他的创作成功，都不可能是一蹴而就的。不同的文学家走着各不相同的文学创作道路，所以我们在对一个文学家的创作成果进行研究与评价时，必须考察他的整个的生活和创作过程。对于一个革命的文学家来说，没有火热的战斗的生活，便不会有为人民大众所欢迎的优秀作品。鲁迅先生说：“我以为根本问题是在作者可是一个‘革命人’，倘是的，则无论写的是什么事件，用的是什么材料，即都是‘革命文学’。从喷泉里出来的都是水，从血管里出来的都是血。”① 当我们考察李瑛走过的六十七年创作道路时，我们依据其诗歌作品及其内容状况的不同，可以将其创作历程分为以下时期：

(一)准备期(1943—1952 年)

1943 年，李瑛在中学读书时，便开始学写小说和散文。十七岁的诗人开始了文学创作活动，他是早慧的，他的最初的诗作，虽则幼稚，但却有他独到的思维及生活感受。试看他 1943 年 5 月 16 日在唐山写的《播谷鸟的故事》：

播谷——忙着唱，
忙着催人播种吧。
荒芜的土地没人收拾，
饥饿的时代将你蹂躏，
播谷噙着泪，伫立在田野，
呼唤着，呼唤着。

丛林的小径，
失却耕耘的木车；
我不愿再怀求栖之心。
播谷鸟滴落眼泪了，
仍没有人来撒下种籽。

辛酸的泪，枯槁的土地，
(播谷鸟竭死在墓旁)
夏将老去——
螟虫在飞，蝗虫也在飞，
我们的枕畔，
铺一个饥荒的梦……

全诗三节，通过描述播谷鸟忙着唱，忙着催人播种，呼唤，落泪，直到筋疲力尽、竭死在墓旁，控诉了国民党反动统治下的旧中国土地荒芜、民不聊生的现象。播谷鸟的遭遇就是亿万农民的遭遇。这首诗中播谷鸟的形象，是生动、鲜明的，又是有一定象征意义的。播谷鸟累死了，老百姓的枕畔，“铺一个饥荒的梦”。这种艺术构思，可以见出诗人的才华。本时期，从诗歌创作角度来说，

① 鲁迅先生纪念委员会编：《鲁迅全集》第三卷，人民文学出版社，1973 年，第 408 页。

可以说是准备期。1944年诗人在唐山出版了《石城底青苗》这部五人合著的诗集，1948年在青岛文艺社出版了《枪》，1951年在上海杂志出版社出版了他自己认为是第一部正式的诗集《野战诗集》，1952年在上海杂志出版社出版了诗集《战场上的节日》。

我们之所以把这个时期称为准备期，是因为这个时期李瑛处于十七岁至二十六岁这个年龄段，是青年时期。他虽然从北大中文系毕业，但他刚刚步入人民军队的行列，他一边从事新闻工作，一边开始写诗。他这时期的诗歌创作还比较幼稚，还不够成熟。这与他的思想政治上的不够成熟，显然是相一致的。但是，这时期的诗歌创作也在逐渐进步。从他进入北大学习后，他陆续写出了《石头：奴隶们的武器》《脊背》《花·果实·种子》《春的告诫》《歌》《窗》《枪》《太阳，啊！太阳》《北平》《纵火》《沉痛的悼念》《战争向我们走来了》《把手掌握成拳头》《你太年轻的城》《桥》《起来！军号响了》《眼睛》《鹰》《展开诗朗诵》《暴风雨之前》《赞美——给娟》《我的歌》《甘地》《欢迎我们的伙伴》《献给北大人的诗》《海永远呼啸着我们》《让我领你走上这条路》《中国学联，我们的旗》《拥抱》《娼妓》《变形虫》《石像》等这样一些诗。首先，从诗作中，我们看到他的反抗意识明显增强，斗争意志逐渐坚定："我们是从大自然里成长起来的，/我们经历过无数风雨阴晴，/我们要生活，要做真正的主人，/我们就是这样简单呵，我们要斗争！""我们不相信命运，决不哭泣，/我们只相信自己，力量无穷；/快握起石头，成为射手，/我们要复仇呀，我们要斗争！"(《石头》)其次，我们看到了他对明天充满希望，他正在确立斗争必将胜利的信念："我们歌唱生活和斗争，/我们便歌唱果实。""我们歌唱生命和希望，/我们便歌唱种子。我们歌唱信念和明天，/我们便歌唱花朵。"(《花·果实·种子》)再次，我们看到了他珍惜青春年华，能够直面人生："呵，那些渴求着光和热的，/我给你们年轻的时间，/过时不再！过时不再！"(《春的告诫》)另外，我们看到了他在爱国民主学生运动中成长了，他看到了革命青年革命歌声的力量："歌声，/从贴着无数标语和传单的墙壁上，/激昂地回响过来，/震撼着这凋敝的古城，/震撼着天空和大地；/听，三倍激昂的声音在响起：/专制的暴君，/我们用爆炸的歌声同你比！/我们用肩膀靠着肩膀的力量同你比！/我们将胜利！"(《歌》)在《窗》这首长达九章的诗里，诗人以长工刘占魁的口吻来说："这间房子太黑了，应该多开两扇窗。"这首诗里融进了诗人早年在农村生活的体会，实际上是在表现旧中国人民群众的觉醒历程。这表明诗人懂得了为祖国解放、为人民翻身而奋斗的大道理。请看他向往的场面："窗——/使我想起了：/在那么一个好节日，/红红的，/满街的旗，/满街的灯，/而窗格，/嵌着多少张不同型的笑脸啊！"从《枪》这首诗里，可见诗人对中国革命的特点——用革命的武装打败反革命武装，已有了比较深刻的理解，他认为："是的，想起那些，擦着枪，/枪是我最亲密、最亲密的朋友。/(一块照张合影吧!)/哦，还有成箱成箱的子弹，/还有成队成队的马匹，/山路上，响着隆隆的铁车，/田野里，流着闪闪的枪刺。”《枪》写此诗时，诗人还在北大念书，还未走进解放军的队伍。该诗最后，诗人豪迈地喊出：“凭这些，/我们就可以要求一个幸福的国度，/就可以要求农场和烟囱，/要求钢铁的马和发光的齿轮，/要求世界语和新文字，/像在童话里看见的……”最后，从诗歌写作的艺术形式与技巧方面来说，李瑛准备期的诗，已有相当高的水平，初步显示了他严谨、踏实的创作态度，以及清俊、锐利、刚健的艺术个性。像《甘地》一诗，对圣雄甘地在印度人民心中的崇高地位，表述得形象而又准确：“马额马甘地，你走了/你的名字像恒河的名字/像高高矗立的喜马拉雅山的名字/凡见过黑暗的人都见过你/低矮的穷人的房屋/被抽打得渗出血的奴隶/开放的白水莲/在最痛苦和最快乐的时候/都呼唤着你的名字。”又如《献给北大人的诗》中，有这样火热的诗句：“北大人呵，今天(指 1948 年 5 月 4 日)/是我们要把火烧得更旺的日子/我们是石头，不是泥土/李大钊在望着我们/闻一多在召唤我们/我们就是要使山摇地动/今天就是这样的日子。”

参军之后，李瑛的诗在悄悄发生变化，他高声歌唱《我们的旗》，认为有着镰刀和铁锤的红旗，“使我们永远胜利!”“你(旗)庄严得像我们的山河、草原，你拥抱着太阳和我们，匆忙地旋转，/没有国界会阻挡住你的飘拂，/你比任何的旗帜都更光辉、崇高。”李瑛开始把他的关注点和兴奋点移向了战士。1951 年出版的《野战诗集》，二十三首诗，几乎首首都是写战士的。战士“给老乡扫净了院子，挑满了水缸”，在“一天的行军后擦完了枪支”，才安然入睡。而睡梦中的战士的表现是：

他们红红的脸上不时地闪动着笑，
展现出无限的荣耀，无限的胜利。
突然在梦中喊起来：“打过去!”
醒来时，枪支却正枕在自己的头下。

连睡梦中还在想着打仗、杀敌、冲过去，我们的战士是多么可爱啊。开始观察战士、了解战士、表现战士，这是李瑛在参军之后诗歌创作的新的尝试。1949 年 9 月作于赣南前线的《历史的守卫者》，是一首代表《野战诗集》思想及艺术水平的好诗。这首诗仅两节，二十三行，但却以象征的手法，把我们人民军队的前方哨兵说成是“历史的守卫者”。诗描绘了哨兵“庄严的面容”，形容他“像一座古希腊神话里青铜的铸像。”诗还预言：“一个又红又亮的/辉煌的太阳就将升起，/就将照射着我们伟大的民族和土地，/就将照射着那矿山的烟突(囱)和丰饶的农场；/而且就将把这担负了历史守卫的战士，/镀成不朽的黄金的铸像一样。”

自从走进了人民军队的战斗行列，李瑛的生活经历、思想感情都发生了可喜的变化，他置身于时代的前面，热情又响亮地唱出了时代的声音。正如他所说的“是火热的生活赋予了我沸腾的激情，这激情给了我诗的生命。”(《李瑛抒情诗选·序》)解放全中国的火热的战斗生活，给了青年诗人沸腾的激情。这沸腾的激情给他的诗以新的活力与生命。穿上军装的他，在人民解放军这个伟大的熔炉中锻炼、成长，他的诗作开始摆脱知识分子的趣味与学生腔。在20世纪40年代初期开始文学创作的一批当代作家中，李瑛是最早、最扎实地走上与工农兵相结合的康庄大道的一个。

回顾李瑛创作的准备期，可以看出，他是一位文化修养很高的诗人，又是一位投身革命斗争甚早的诗人，还是一位爱憎分明的诗人，更是一位才华出众、艺术个性鲜明的诗人。他既感受过旧中国的黑暗、腐朽，又早早投身于推翻旧中国、创建新中国的火热斗争。从准备时期看，他的创作方向是明确的，他的创作步伐是坚实的，他的诗歌既反映了“我们民族黎明前黑暗的痛苦”，也表现了新中国开国初的光明和幸福。李瑛诗歌大厦的坚实基础，正是在本时期打下的。

(二)进展期(1953－1964年)

这是李瑛诗歌创作的第二个时期，也是他的诗歌迅速进步、积极发展的时期。首先，李瑛不再仅仅是一位战士诗人，他的诗歌在关注战士的同时，也饱含着对人民的关切和对国际社会的关注。本时期，诗人陆续出版了《天安门上的红灯》(1954)、《友谊的花束》(1955)、《早晨》(1957)、《时代纪事》(1959)、《寄自海防前线的诗》(1959)、《花的原野》(1963)、《静静的哨所》(1963)、《红柳集》(1963)、《献给火的年代》(1964)等9本诗集。李瑛是从人民解放军这个大熔炉中成长起来的诗人，作为随军记者和部队文化工作者，他从南到北，从东到西，跑过很多地方，哪里有部队，哪里就有他的身影和踪迹。十分可贵的是，如同诗人评论家张光年所说的：“他学会了用革命战士的眼光来观察世界，观察人，用战士的心胸来感受、思考现实生活中许多动人的事物，并且力求作为普通战士的一员，用健美的语言，向广大读者倾吐自己认真体验过、思考过、激动过的种种诗情画意。”①受此影响，不少诗论家，都把李瑛说成是战士诗人。“数以百计的诗篇，散发着社会主义生活的芬芳，散发着战士心灵的芬芳，这是战士也是诗人的心血浇出的鲜花。”②“人民战士的生活、思想、情怀，是李瑛诗的‘三原色’。他以此在他的诗的调色板上调融出那令人目眩的色彩来。这是李瑛诗创作的基础。他总是用战士的眼光观察社会，审视自然，并赋

① 出自李泱、李一娟编：《李瑛研究专集》，解放军文艺出版社，1983年，第144页。

② 黎山峣：《花为战士而开》，出自李泱、李一娟编：《李瑛研究专集》，解放军文艺出版社，1983年，第194页。

予中国普通士兵的性格与情怀。他的抒情主人公的形象，始终都是战士。”①“李瑛不是吟风弄月的文人骚客，也不是咀嚼品味身边琐事的行吟歌手，而是位战士诗人。三十多年来，他涉猎了祖国的大海高山、丛林大泽、沙漠草原。他轻勾重描，深情地追求并表现祖国江山的诗美，讴歌战士的情怀。”②不用再举更多的例子了，对此种说法，我认为是不够全面、不够准确的。说李瑛是战士诗人，强调了他作为一个大学生带笔从戎之后，能自觉地与普通战士打成一片，用战士的眼光观察生活、用战士的胸怀体验生活、用战士的语言表现生活，这也就是走和战士相结合的道路，这是这种说法正确、积极而有价值的方面。然而，这种说法是不够全面、不够准确的。参军前的李瑛，就是一个在国统区反饥饿、反内战，要和平、要民主的爱国学生运动中的积极分子，一个用诗歌来为革命斗争服务的进步诗人。当他参军之后，主要是从事部队的新闻、宣传、文化工作，写诗在他离休之前，是一种业余的活动。作为一个部队诗人，他有了更加深入、全面了解战士的机会，他的诗作里部队题材占了相当大的比重。但他仍是一个既表现战士又表现人民的心灵美的诗人，是一个胸怀祖国放眼世界的诗人。他曾自己总结说③：

> 三十年来(指 1949—1979)，我走遍祖国的山山水水，我和我们的人民、我们的祖国一起成长起来。
>
> 三十年来，在工作和创作实践中，我学习着观察生活、研究生活和分析生活，养成了随手记录生活和对诗的思考、追求的习惯。英雄的战士和质朴的人民所进行的伟大斗争，和他们创造的豪迈业绩，激起我强烈的创作冲动，给了我不可抑制的歌唱的感情。
>
> 为建设祖国，我曾一块砖、一块砖的给它重量和高度，在五十年代和六十年代初期，我曾在北方的田野种植小树，也曾在那干旱的大平原上，挖掘湖泊，修建水库；在万点灯火和飞溅的焊花中，我访问过黄河大坝的喧腾的工地；在苍茫夕照里，登上信号台俯瞰烟笼雾罩的繁忙的海港；曾经冒着狂风和横飞的大雪，在荒山野谷采访那新建的被团团蒸气紧裹的巨大的工厂……

显然，诗人始终是把“英雄的战士”和“质朴的人民”作为诗作的表现对象。他不仅深入部队，还深入农村、工厂、矿山、工地、海港等人民群众劳动的地方。

---

① 谢冕：《他的诗，由钻石和波涛组成》，出自李泱、李一娟编：《李瑛研究专集》，解放军文艺出版社，1983 年，第 181 页。

② 秦兆基、李宁：《李瑛诗歌中的景物描写》，《江西师范大学学报》，1982 年第 2 期。

③ 李泱、李一娟编：《李瑛研究专集》，解放军文艺出版社，1983 年，第 75 页。

诗人语重心长地说："三十年，我最大限度地使用自己的全部感官，目光炯炯地注视着、专注地倾听着和感受着身边发生的一切。我把触角须根般地伸向生活的最底层和人们心灵的最深处，许多动人的景象，许多感人的事物，许多悲愤和欢乐，许多焦虑和痛楚，促使我用笔来记录它们——于是当我们的战士在战场上倾洒鲜血的时候，我的诗便和掩体上的野草一起生长；当我们人民的汗滴在工地上的那些石块、那些木料、那些钢板上的时候，我的诗便在那里结晶、闪光……"①

不仅如此，李瑛还以共产党员的宽广胸怀，始终关心世界人民的生活与斗争。正像胡世宗在《满山满谷的红花》中说的："三十年来，诗人走遍祖国的山山水水，紧紧追随时代前进的步伐，写下了大量表现人民军队生活，抒发人民战士情愫的脍炙人口的短诗；同时，他的眼睛也敏锐地注视着整个祖国、整个世界的变化，他的耳朵专注地倾听着人间每个角落发出的声音。他曾出访过东欧几国和瑞士，满腔热情地为五大洲'站起来的人民'高歌，把'友谊的花束''献给火的年代'。可以说，爱国主义和国际主义是李瑛诗歌创作的总主题。"②这种论断是较为全面而科学的。宋垒在《关于李瑛》一文中说："作为一位光荣的中国共产党党员，在李瑛宽阔的胸怀中，强烈的爱国主义精神和崇高的国际主义精神是紧密结合的。他写过不少优秀的国际政治抒情诗，其中充满了革命战士烈火般的战斗激情，支援世界被压迫民族和人民的斗争。"③

在李瑛诗歌创作的准备期和进展期，他都是一个投身革命、讴歌革命的信仰坚定、激情澎湃的革命诗人。在进展期的九本诗集里，不算《红柳集》，诗人写了三百九十多首诗，比起准备期的五十几首来，差不多多了四倍。本时期李瑛诗歌创作的明显进展，首先就体现在比起准备期来，创作数量骤增。这自然是与诗人的生活素材积累大量增长、感情积累更加丰富、诗美发现令人惊喜、创作技巧逐渐提高等主观原因密不可分的。

其次，本时期诗歌创作的质量稳步提高。比如《在朝鲜战场上有这样一个人》，李瑛以质朴无华的手法，描绘了志愿军司令员彭德怀的高大身影：

在朝鲜战场上，
有这样一个人：
他夜以继日地指挥千军万马，
专注地思考，闭着嘴唇。

---

① 李泱、李一娟编：《李瑛研究专集》，解放军文艺出版社，1983年，第76页。

② 出自李泱、李一娟编：《李瑛研究专集》，解放军文艺出版社，1983年，第32页。

③ 出自李泱、李一娟编：《李瑛研究专集》，解放军文艺出版社，1983年，第39页。

他来自中国翠竹掩映的小村，
却更爱高原土窑和森林；
马背上度过多少节日，
炮火映红无数风雪的黄昏。

仍穿着那身褪色的军装，
军装上沾满炮火的烟尘，
今天，他离开亲爱的祖国，
到这儿来打击凶残的敌人。

朝鲜的每条大江和小河，
到处歌唱着中国人民志愿军；
志愿军的英雄们光耀了人类，
谁不知道我们的彭德怀将军！

本诗开头四节，点染出彭德怀的神情特点：“专注地思考，闭着嘴唇”。他率领志愿军开赴朝鲜，是临危受命，他肩上的担子十分沉重。作为中国人民解放军的副总司令，他在解放战争中立下了不朽的功勋。如今作为志愿军的最高指挥官，他身着那身褪色的军装，来到朝鲜打击凶残的美国侵略者和李承晚匪军。接着，诗人又用当中的四节诗，揭示了彭将军的光辉的内心世界：

他的心里跳动着人民的心，
他以英雄的思想、行为教育着我们：
对敌人要怎样去恨，
对人民要怎样爱得深沉！

当他站在军用地图前，
他背后站满全世界的人民；
千百万死者都来控诉，
千山万水都倾吐着他的声音。

当他在阵地上指挥战斗，
或是在掩蔽部工作到夜深，
无论在哪儿，在他身旁都仿佛
偎依着无数心爱的儿孙。

尽管他面前是废墟、荒原和鲜血，
尽管他也曾流泪，为了朝鲜的母亲，
但他永远相信明天破晓，
将是一个多么灿烂的早晨！

诗中强调，彭总与人民心心相印，他教育志愿军将士要爱憎分明。诗中强调世界人民是彭总的坚强后盾；诗中强调彭总与志愿军战士亲同家人；诗中强调彭总是乐观的，他将为朝鲜母亲带来一个灿烂的早晨。这种虚实结合的诗句，塑造了奋战在抗美援朝前线的彭德怀将军的高大形象。诗的最后五节，从诗人近距离观察彭总的特殊角度，讴歌了这位身经百战、屡建奇功的常胜将军：

我曾经看见他，我很怕打搅他，
他坐在那里，仿佛在历史上
跳动、发光，一颗丹心，
紧紧地，紧紧地贴着我们。

不说那些传奇和神话，我知道
就是他和他的战友打击了侵略者，
让世界上的人都放心，
就是他统帅部队日夜保卫着我们。

他保卫了我们的矿山和工厂，
保卫了我们的城市和乡村；
他使得我们每家有一张圆桌，
灯光下团坐着全家的亲人。

他保卫我们沸腾的建设，
广场上孩子们欢笑的声音，
他使我们有无数座新建的学校，
油漆气息的课堂大开着门……

就是他呵，中国人民的儿子，
他的名字同幸福不能分，
他的名字可以叫和平，叫正义，
也可以叫希望和欢欣……

朴实的诗句，哲理的议论，真挚的感情，恰当的评价，当抗美援朝战争还在进行的1952年，李瑛就写出了这首好诗，显示了他良好的历史唯物主义理论修养，是20世纪50年代初歌颂无产阶级革命家、军事家的一首力作。

正如有的当代文学评论家所指出的："跟绝大部分从战火中走来的青年军旅诗人不同，李瑛当初是以'青年知识分子'的身份带着一定的学养和超前的诗学观念走进军旅诗群的。初期由于缺乏士兵的经历，在真实准确地把握他们的思想情感方面，一时还不能做到得心应手。"[①]怎样才能真实而准确地把握战士们的思想感情呢？1955年4月，李瑛沿着当年红军长征的足迹，走访革命圣地，了解革命历史，拜人民群众为师，感受祖国日新月异的变化。1956年，李瑛曾深入海防前线，访问舟山群岛、海南岛驻军。1958年和1961年，他两次被下放到海防部队，在一年多的时间里，深入连队生活，做基层工作，和战士们交朋友。1961年夏，他曾到西北边防部队采访，到过甘肃的玉门、敦煌，到过新疆的赛里木湖、伊犁和昭苏等地。正是在上述活动中，诗人发现："在我的祖国，阳光、大海、溪谷、山峦，无一不跃动着蓬勃的生命；特别是劳动在她胸怀中的质朴的人民和保卫着她的忠实的兵士，他们的新生活、新感情，给了我极大的激动和美好的感受，于是，我想和我的朋友们高声谈话。这些诗就是我当时感情的简单记录；如今把它们整理出来，作为我对我的祖国、我的人民和军队的一点积极的爱的表示。"(《早晨·后记》)正如诗人在《读萨阿达拉的诗》中所说的："从战士的脚步获得了节拍，/从炮火的红光获得了色泽。"这正是李瑛本时期创作道路的写照。他的确是一位用战士的眼光从生活里发现了诗美的人。他了解战士的心理，他洞悉了战士 的情感，他善于以战士的语言来抒战士之情。他本时期的诗作，涉及了陆、海、空三军的活动：像陆军中的站岗、放哨、巡逻、打靶、行军，像海军的操练、远航、登陆、守岛，像空军中的起飞、出战、夜航、编队飞行，都写得那样生动、传神。《我们的哨所》里那个观察班的哨兵，置身在三面是海一面是山的哨所里，是那样自豪、忠诚："祖国对我们满怀期冀，/我们回答她，怎能不以最大的勇敢！"《我的生日》，写一位战士在山顶哨所值勤时，连长依其家乡的习惯，在战士生日这天，给他送来一个"沉甸甸滚热的鸡蛋"。诗的末节写道：

> 夜里，激动得睡不着觉，
> 眼前总跳着连长的身影一点。
> 明天，我要写封信告诉妈妈，
> 并且写一首诗，记下今天……

---

① 张炯等主编：《中华文学通史》第八卷，华艺出版社，1997年，第239页。

《杨柳和士兵》，写骑兵在沙漠里的驻地营造了柳树林。诗人问：

是谁栽了这片杨柳树，
招来小鸟叫阳春？
是谁抽出条条绿柳丝，
挽住青的流水白的云？

在指出骑兵就是栽柳的人后，诗人赞颂道：

春杨柳多像这士兵，
深深的根须把大地抓紧；
肩靠着肩，臂挽着臂，
士兵比杨柳坚韧十分！

《大海的骑士》赞扬了海军战士驾着小艇，在狂风暴雨、惊涛骇浪中威武穿行。诗人颂扬说：

暴虐的风雨呀，
夜并不是你的，
水兵才是真正的主人，
——大海的骑士。

再次，本时期诗人逐渐形成了自己的艺术风格：细腻、轻巧中不乏刚健、清新的韵味。如《戈壁日出》创造了壮美奇特的意境，既赞颂了“拂晓骑马远行”的战士，又颂扬了在戈壁中高歌猛进的勘探队员。这是一首即景抒情的佳作，诗人以自己细腻的观察、轻巧的构思，再现了戈壁日出的雄浑壮丽的景象：

太阳醒来了——
它双手支撑大地，昂然站起，
窥视一眼凝固的大海，
便拉长了我们的影子。

我们匆匆地策马前行，
迎着壮丽的一轮旭日，
哈，仿佛只需再走几步，

就要撞进它的怀里。

(三)成熟期(1965—1987 **年)**

这是李瑛诗歌创作的第三个时期，也是他名声越来越大、成果越来越多的时期。本时期，诗人先后出版了《枣林村集》(1972)、《红花满山》(1973)、《北疆红似火》(1975)、《站起来的人民》(1976)、《进军集》(1976)、《难忘的一九七六》(1977)、《早春》(1979)、《在燃烧的战场》(1980)、《我骄傲，我是一棵树》(1980)、《李瑛诗选》(1981)、《南海》(1982)、《春的笑容》(1983)、《李瑛抒情诗选》(1983)、《望星》(1984)、《美国之旅》(1985)、《战士们万岁》(1985)、《江和大地》(1986)、《李瑛国际题材诗歌选》(1986)、《青春祝福》(1987)19 本诗集。特别难能可贵的是，即使在"十年内乱"期间，李瑛仍坚持修改了他以前的诗歌创作定稿后出版了《枣林村集》《红花满山》《北疆红似火》《站起来的人民》《进军集》五本诗集。这在当代诗坛上，是极为罕见的。这表明，李瑛即使在"十年内乱"中，也能正确把握诗歌为社会主义创作、为人民和战士创作的方向，忠实地履行一个信仰共产主义的革命诗人的职责。李瑛的诗歌创作进入了成熟期，有以下三个重要的标志：

首先，他对诗的认识已到了十分深刻的程度。诗人曾说①：

> 既然诗是属于感情领域、美学范畴的一种特殊的文学形式，因此我认为诗人对人的感情世界，应该比任何人都更理解、更熟悉。诗人的职责就是通过他和他的积极的感情力量，帮助人们建设新世界和新生活，使人们生活得更加纯洁而健康。
>
> 可不可以说诗是精神美的一种表现形式，因此，诗人所从事的工作，就是创造人的精神美的一种崇高劳动。那么，让我们深刻认识美的教育作用、力量和价值，让我们在所生活的活跃的社会中，积极地发现那些美好的事物，并把它以生动的美的形象表现出来吧——因为从某种意义来说，人们需要诗就是需要美。
>
> 我认为，诗的最高规范是生活。作品就是对生活的一种解释——一种称赞或一种批判。诗应该真实地、本质地、深刻地反映生活；诗应该代表人民的意志，表现人民的愿望，传达人民的呼声。不了解人民和生活，便不会有诗歌。

这几段话表明到了本时期，李瑛对诗的认识是正确而又深刻的。他强调诗是感

① 李洪、李一娟编：《李瑛研究专集》，解放军文艺出版社，1983 年，第 78 页。

情领域、美学范畴的一种特殊的文学形式，诗又是精神美的一种表现形式。因此，诗人写诗就是一种创造精神美的崇高劳动。而诗人的职责就是要通过诗歌作品，帮助人们去建设新世界和新生活。诗歌作品就是诗人生活的一种解释：称赞或批判。诗与生活的关系是：诗应该真实地、本质地、深刻地反映生活；诗应该代表人民的意志，表现人民的愿望，传达人民的呼声。正是因为有了对诗的发人深思的精辟认识，所以本时期他更加勤奋地创作诗歌。

其次，他不仅大量写作抒情短诗，而且有意识地强化中、长篇政治抒情诗的写作，事实上，已为当代诗坛贡献了诸如《一月的哀思》《七月花环》《为一个永远活着的共产党人而歌》等缅怀周恩来、朱德、刘少奇等老一辈无产阶级革命家的力作。还是在20世纪60年代中期，李瑛就曾写过《一个纯粹的人的颂歌》这首长诗，细腻又豪爽，真切又动人，成功地塑造了党的好干部焦裕禄大公无私的光辉形象。之后，李瑛以高昂的革命热情，投入长篇政治抒情诗的创作，把他的诗歌创作又推上了一个新台阶。正如有的文学家所评述的："新时期伊始，李瑛发表了悼念周恩来的抒情长诗《一月的哀思》(《光明日报》，1977年1月7日)，全诗以磅礴的激情塑造和歌赞了周恩来的光辉品格和形象，深切地表达了我国人民对这位伟人逝世的无限悲悼，成为当时悼诗中反响最强烈最广泛的佳作之一。李瑛从此开始了将主要精力从军旅短章转向面对土地和历史风云、面对广阔世界的抒情诗创作，这是对军旅诗的超越，也是对自己的超越。"①像《七月花环》由有小标题的十一首组诗构成：《一九七六年七月六日》《剑》《泪》《青春》《伟大的友谊》《大树》《你和革命》《战士》《你使大地开出鲜花》《给我们的枪的命令》《挑》。

李瑛在创作的第二时期就写过一些中篇政治抒情诗，如《关于人、星球和宇宙》《古巴情思》《献给十月革命的炮击》《饥饿》等。到了本时期，又发表了《红花歌》《我骄傲，我是一棵树》《石头》等。两相比较，可以见出，李瑛本时期的中篇抒情诗，继承了上一时期同类作品的战斗锋芒，在新的时代条件下又有了新的开拓与发展，诗风有清丽刚健的，又有沉雄奔放的。"获得全国优秀诗歌一等奖的《我骄傲，我是一棵树》和其他新作还实现了艺术把握与表达方式上的探索与新变，使他仍然站在了八十年代中国诗界的前列，并且将创作激情与活力延续到了九十年代。"②这首中篇政治抒情诗以树喻人，采用了象征的艺术手法，表达了诗人和一切忠于祖国、忠于人民的革命者的崇高理想和赤忱胸襟：这树长在黄河岸边和长城脚下，山教育它昂首屹立，海教育它坦荡磅礴，它属于人民，属于历史；它在不同颜色的土壤里扎根，它为人民抗击风沙、抵御雷

① 张炯等主编：《中华文学通史》第八卷，华艺出版社，1997年，第241—242页。

② 张炯等主编：《中华文学通史》第八卷，华艺出版社，1997年，第242页。

火；它礼赞泥土、感谢大地。最终它变成煤炭，再献给人间纯洁的光、炽烈的热！

再次，李瑛诗歌的题材更为广泛，内容更加深刻，思辨力明显加强，哲理性尤为显著。诗人更加注重提高诗歌的美学品位。李瑛对称他为军旅诗人，并未完全认同。他在张大为的采访提问时说："说我是军旅诗的代表人物，愧不敢当。部队过去确实涌现了许多很有才华的优秀诗人，不少人至今仍活跃在诗坛上，为诗歌发展做出很多贡献，这是有目共睹的。至于称我为'军旅诗人'，大概是因为过去我发表和出版了许多军事题材的诗作，再加上在部队工作，所以有这个叫法是很自然的。这是个光荣的称谓。其实，对称我什么，我从不在意。但从另一方面说，我在写部队题材作品的同时，还写了大量军外题材的作品，它们的数量远超过我写部队题材的作品。"①从本时期开始，军外题材作品的明显增加，这是我们应当重视的。特别是我国进入改革开放的历史新阶段后，李瑛在国内各地访问和进行中外文化交流的活动明显增加，这为其创作题材更加广泛的诗歌，提供了极为有利的条件。如《南方的山》，是诗人参加对越自卫反击战时创作的，借南方的山的意象，歌颂了不可侵犯的钢铁的军队、英雄的人民、伟大的祖国：

呵，我们南方的山，
愤怒的山，战斗的山，英雄的山，
我看见了你——
勇敢的灵魂，不屈的精神，伟大的情感，
不愧是和井冈、太行、五岭、六盘
同一血缘……

又如《歌英雄李成文》，这是一个头天入党，第二天就负伤炸毁敌人碉堡的董存瑞式的战斗英雄。诗人引吭高歌：

万岁！我们永生的火中凤凰，
你挺胸昂首，你被称为希望。
你把生命献给人民，而人民不朽，
因此我可以自豪地说你战胜了死亡！

诗人用"永生的火中凤凰"来赞美李成文，说他"战胜了死亡"，这是极富于哲理

① 张大为：《李瑛访谈录》，《诗刊》，2003年第13期。

性、人性美的佳句。不仅如此，诗人还阐发了李成文与新一代的关系，他是新一代的代表：

这就是我们的新一代，历史的新一代呵，
——朝霞和岩石铸就的勇将；
这就是中国的形象，生命的形象，
——传说似榴花，红遍四方！

又如《第一支渔歌》，写黑龙江畔的一位“络腮胡子的老阿爸”，把开江后捕的第一网鱼，用荆条筐装好，送进了边防军的哨卡。诗的结尾两节，亲切、深情、壮美、发人深省：

又一年，东风里，抖缰飞马，
又一年，雪化处，绿染天涯；
哨所的亲人解放军哟，接受吧，
咱社员，激情如火怎表达……

解冻的风，过山峡，
布谷鸟，唤万家；
黑龙江滚滚桃花水，
染出一幅拥军的新图画！

用的是渔民的口吻，借的是渔民的眼光，移情于物，借物抒怀，形象鲜明，含义深刻，是一首清爽豪迈的好诗。再看一首咏物诗《灯塔》，先以拟人手法描绘灯塔所处的环境及其存在方式：“在这浩渺无垠的宇宙，/在这辽阔苍莽的烟波，/有谁像它这样真实无畏地生活，/这样勇于牺牲，这样忘我！”接着又用四节诗，挖掘了灯塔顽强不屈的性格。然后歌颂了灯塔存在的意义、价值：

有它，天也显得低了，
——日月星宿，在它身边旋转；
有它，海也显得小了，
——狂涛万顷，化作一池碧波。

是花，永不枯萎，
是星，永不陨落；

它忠实地为你铺出一条路，
又亲切地送你一句话，一支歌。

这种哲理性很强的咏物诗，在本时期明显增加，力求在思想深刻性和艺术创新性上能够统一。

(四)勃发期(1988 年至今)

李瑛属于有后劲的诗人，在经历了准备期、进展期和成熟期之后，他又迎来了勃发期。1988 年他离休了，当时他已 62 岁。应当指出，从 1988 年离休至今，在 27 年时间里，他诗情勃发，一共出版了《红豆》(1988)、《月亮谷》(1990)、《日本之旅》(1990)、《对诗的思考》(1991)、《多梦的西高原》(1991)、《山草青青》(1992)、《睡着的山和醒着的河》(1992)、《纸鹤》(1993)、《生命是一片叶子》(1995)、《远方》(1996)、《黄昏与黎明》(1998)、《我的中国》(1998)、《情歌和挽歌》(2000)、《李瑛近作选》(2000)、《诗美的追寻》(2002)、《李瑛短诗选》(2002)、《出发》(2004)、《野豆荚集》(2005)、《中国当代名诗人选集：李瑛》(2006)、《盐和糖》(2009)、《河流穿过历史》(2009)、《北窗集》(2009)等 22 本诗集。平均起来，几乎是每年出一本诗集。还是在 2003 年 4 月 18 日，李瑛在回答采访他的张大为的提问时说过："特别是从 1988 年离休至今，十五年间，我出版的几本书中，由于再未接触部队，就再没有写一首军旅诗了。若从我全部诗作的总量看，部队内容的诗约占三分之一。"若再加上 2003 至今出版的 6 个集子中的诗，部队题材已占不到三分之一了。诗人还对采访者说："所以，如今要对一个诗人做整体论述，应阅读和研究他的全部作品，若只根据他的工作范围和部分作品简单归类，然后据以评价，难免不够准确和全面。诗人不是球员，可以被某国、某个企业或某个俱乐部雇用或买走。诗人是时代的一部分，历史的一部分，他应当属于他的民族，他的国家和他的人民。在哪里工作，并不重要。"①诗人的这种认识是正确的。行文至此，我们对能不能说李瑛是军旅诗人的问题，已有了明确的结论。

本时期李瑛的诗歌创作，有哪些特点呢？

首先，作为诗坛常青树，他的创作热情有增无减，他的诗歌创作后劲十足。他前三个时期，写诗是业余创作，未能尽情尽性；而到了本时期，他终于有了条件，全力以赴地从事自己的诗歌创作。他在《野豆荚集·后记》中说：

我始终执著于直接参与社会生活，实现真正的写作。我一直认为，只有有血有肉有汗有泪的地方，才是产生具有深度的美的作品的地方，才是

① 李瑛：《每首诗都是一次新探索》，《扬子江诗刊》，2006 年第 5 期。

产生真诗的地方。置身于现实火热的生活和广袤的世界中，我总是心怀谦恭和敬畏，因为我知道我的作品都是来自于它们，是它们的馈赠。

本时期李瑛的诗歌，来自于他直接参与的社会生活，是从有血有肉有汗有泪的地方采撷的真诗之花，是有深度美的作品。比如，《盐和糖》就是一首耐人寻味、哲理性极强的好诗，全诗三节，虽句数有少有多，但诗思紧密勾连，字字珠玑，蕴含着深邃的哲理：

我们用汗水歌唱生活
用泪表现激情
用时间埋葬自己

我们用血创造生命
血是生命的第一个字
鲜红的，滚烫的，流动的
你认识它吗
在肌肤与灵魂之间
这是惟一属于自己的
它呼吸、成长
给我们力量和情感
容易破碎
你认识它吗

舀一勺放进坩埚里，提炼
静默中，你会看见
闪闪发光的结晶
用镊子夹起来放在显微镜下
仔细分辨，会看到
大部分是盐而小部分是糖
在哲学家眼里
它们同样纯净
同样严肃而平凡
而在我眼里
盐是痛苦、悲伤和孤寂
糖是幸福

这种咏物诗思辨力强，逻辑严密，借助生动鲜明的形象——汗水、泪、血、肌肤、坩埚、结晶、镊子、显微镜、盐、糖，来表达诗人反复体味过的人生哲理。这种诗是不大好写的，而到了李瑛手里，却举重若轻，得心应手。李瑛正是以其充满艺术个性的诗歌而卓然成家的。他为中国新诗的发展增添了鲜活的血液，他的数以千计的诗作成为当代新诗爱好者普遍喜爱的佳作。李瑛对自己的诗作有着很高的期许，他说："我希望我的诗能同时代和祖国最重要的历史时期相结合；我希望我的诗像春雨渗进脚下的泥土一样渗进人们的心灵，从而有助于人们精神的成熟和发展；我希望我的诗具有强烈的艺术魅力，希望它是有目的、有力量的，成为一种有效的劳动工具，或成为一束花，给人以愉悦和芳香；我希望我的诗比我们用来建设新世界的砖瓦有更重的分量；我当然也希望我的诗能较长久地维持它们旺盛的生命和活力，能在人们心中的某个角落占一点小小的位置。"(《生命是一片叶子·后记》)事实上，李瑛的期许已经实现了。他的诗作不仅数量大，而且质量高，在当代中国社会反响越来越大。正是从这个意义上讲，我们称李瑛为诗坛常青树毫不为过，而且现已 89 岁高龄的他仍在奋笔写诗。他 1998 年创作的献给国庆 50 周年的长诗《我的中国》，前有"献词""序诗"，中有 15 章正文，后有"尾声"。该诗出版后，就是厚厚一本，多达 208 页，约在四千行以上。这不但是李瑛自己最长的政治抒情诗，在当代诗坛上也是罕见的艺术珍璧。

其次，由于心无旁骛，专心写诗，李瑛美学追求的标准明显提高了，其诗作在求新求变方面，取得了喜人的成果。就以《我的中国》为例，该诗第七章以不点名的方式，写了我国改革开放总设计师邓小平实现我国历史大转变的英明决策：

胜利和失败教育了
　　我们的党和
　　　　我们的民族
暴风雨
　　使他们变得
　　　　勇敢和成熟
一个和世纪同龄的老人
一个中国人民忠诚的儿子
一个极具历史远见和
　　洞察力的化身
他的生活道路如此陡峭
　　为民族命运整整

思考和战斗了一生
磨难和坎坷也紧紧
伴随了他一生
此刻，他和打不倒的
真理——
这是一柄剑
一座城堡和
一面旗帜
并肩凝望着
浓雾紧锁的中国

什么是社会主义
怎样建设社会主义
一千九百七十八年岁暮
他自信而坚定地说
要实事求是地认识现实
以实践检验真理
他自信而坚定地说
必须改革，必须开放
机敏、犀利、深邃的声音
不断在大厅回响
使中国沉沉的天空
裂开一道明亮的口子
他的声音
震动了中国大地
融化了最远山巅的冰雪

这是比他和他的战友
曾指挥过的
大进军和决战淮海
更深刻更重大的决策
必须改革，必须开放
两个最富生命亮度的词
两个精力旺盛的坚硬的词
轰隆隆的声音

打破"两个凡是"的桎梏
摆脱农业社会基础的羁绊
粉碎封闭保守思想的枷锁
摧枯拉朽的崩裂的声音
就这样解开了中国的难题
把我国惊天动地的大转变
写进了历史

用楼梯式诗的体式，用形象、精辟的语言，写了邓小平主持召开的十一届三中全会的里程碑的意义，写了邓小平关于改革开放的重大决策，写了中国从保守封闭到实现四个现代化的举世皆惊的历史性大转变。抒情诗可分为政治抒情诗和个人抒情诗两种。李瑛从一开始登上诗坛，就交替使用这两种抒情诗样式。如果说《一月的哀思》是李瑛政治抒情诗的代表作、高峰作，《我的中国》与之相比，题材更大，政治精确度、哲理思辨度更高，是写改革开放最为深刻、精美的长诗珍璧。其求新求变的成果，值得当代诗歌研究者去做系统的探讨。

就个人抒情诗中的爱情诗来说，《北窗集》中的《我心底有一个秘密》《我最初的爱情》《等待》和《河流穿过历史》中的《游景山》《窗台上的花》《蒲公英开在田垄上》等，都是当今中国诗坛上情真意挚的难得的佳作。与闻捷的《吐鲁番情歌》、舒婷的《致橡树》、柯岩的《情诗三首：送信人、遥远的木楼、谜》等著名的爱情诗相比，可谓春兰秋菊，各有靓色，各有韵味。多年以来，李瑛未曾给他的人生伴侣冯秀娟同志写过这种爱情诗。当 2008 年 6 月 18 日，这位和他相濡以沫共同生活了六十年的妻子突然病逝时，诗人打开了爱情诗的闸门，一连写了上述长短不同的十多首爱情诗。最短的《我心底有一个秘密》，简洁、亲切、真挚，富有辩证的爱情哲理，主旨是结尾一句："没有苦味的爱是不真诚的"。《最初的爱情》比较长，有四节：首节强调那"月光般美丽的爱情"，"比火更炽烈，比钻石更坚硬"；次节写爱情在幼稚羞涩中开始；第三节写"金子般的爱情"的价值；末节赞美了"一如当年纯洁而完整"的爱情。诗人赞美的是严肃而专一的终生不渝的爱情，是完全符合中国传统伦理美德的爱情。《等待》是最长的一首爱情诗，共十章二百零六行。诗中不乏奇特的比喻、想象：

这一天（指冯秀娟逝世的日子）的日历是一扇门
你昨晚把它打开
今天却关闭了
时间冻结在那儿
从此我再难推动它

也没有钥匙能把它打开

诗中写两人的爱情，浪漫、纯洁、充满特定的时代气息，令人神往：

我们是两片漂游的浮萍
偶然相遇就再不分离
在历史黎明前的暗夜
一群和苦难同时诞生的生命
掀动翅膀，拍打着
火热的岁月
红楼课堂激情的歌声
少女的妩媚
青春的欢乐
始终不息地
在我心的深谷回响

当我在战地采一朵
野花簪在你鬓边
我们的爱情就成熟了

诗人还以深情的笔触、亲切的比喻，回顾他们相伴的人生，特别颂扬了冯秀娟的纯朴、正直、刚毅：

对这个复杂的世界
几十年，你总是
用婴儿的眼睛看着它
用慈爱的手指抚摸它
不测风雨中，我们
互相梳理彼此的羽毛
互相舔着彼此的伤口
你羸弱的身躯承受了
太多的磨难和屈辱
却总是坚贞不屈
只以坦然一笑
维护自己的尊严

诗人还用两个朴素的比喻，表达了他对冯秀娟的六十年如一日的爱：

我爱你的青春
纯净天真是一湾春水
爱你老后缓慢走动的样子
深沉辽阔和宁静是一棵大树

诗人虽然年过八旬，但他怀着一颗青春永在的爱心，他对她的爱慕、依恋，随着岁月的流逝而不断增长。这种纯洁、专一、严肃的爱情诗，是会感人至深、流传久远的。

诗人是个内向的、安静的、谦虚的人，尽管他的爱情种子已播下了六十年，直到他的伴侣仙逝了，他才吟成了一首首真挚、底蕴丰富、形式新颖、耐人咀嚼的爱情诗，向读者袒露了他内心的隐秘。这种开放在新时代、新世纪的革命战士心壤中的爱情诗花，是那样的纯洁、端庄、美丽，是人生美、人性美、人情美的艺术结晶。

对于什么是诗人，歌德有过精辟的阐述："有什么必要下那么多的定义？对情境的生动情感加上把它表现出来的本领，这就形成诗人了。"[①]李瑛的诗人气质，体现在他善于把情感化为鲜明具体的形象来言志，来抒情。《我心头有两条小河》构思十分独特："一条在我童年的故乡/一条在我记忆中流过。"前者被诗人视为"剪不断的脐带""生命的根"，后者"那条年轻的小河，夜夜，在梦里一闪一闪/对我唱着忧郁的歌"。这种写法、这种比喻、这种构思，在李瑛诗里，未曾见过。只有不断寻求新的表现手法，增长自己表现生活情境的本领，才能成为审美修养甚高的诗人。

三、创作道路显示的特点

考察了李瑛同志从 1943 年至今的七十二年诗歌创作道路，在简要介绍其生平的同时，我们又分准备期、进展期、成熟期和勃发期四个时期，扼要地回顾他在每个时期诗歌创作上呈现的阶段性、局部性的变化与发展。现在，我们需要将这些内容综合起来，"会当凌绝顶，一览众山小"，归纳概括这位当代大诗人七十二年诗歌创作道路方面显示的特点。

李瑛在《每首诗都是一次新探索》[②]一文中说：

---

① [德]爱克曼辑录、朱光潜译：《歌德谈话录》，人民文学出版社，1982 年，第 90 页。

② 李瑛：《每首诗都是一次新探索》，《扬子江诗刊》，2006 年第 5 期。

> 一个人就是一条路，每个人都有自己的思维方法和行为方式；一个人就是一个世界，每个人都是从自己的世界出发。
>
> 对我来说，从最初写诗开始，始终是把自己的命运和祖国、民族的命运紧紧联系在一起，直到如今，而在艺术表现上我的每一首诗从酝酿到诞生都是一次新探索的开始。
>
> 我没有过人的天才，也没有多么高深的艺术造诣，但我对诗是忠实的，对它的追求是严肃和勤奋的。我从不满足自己。我喜欢读书和思考。

他在这三段话里，首先强调了每个诗人都是从自己的世界出发的；其次是说他从写诗开始，便把个人命运和祖国、民族的命运联在一起；再次强调自己对诗是忠实的。这些，可以作为我们纵论其创作道路特点的参照。

李瑛七十二年诗歌创作道路，显示出以下四个特点：

(一)学生时代开始创作

从中学时代就开始写诗，大学就读的又是中文系，这说明诗人是早慧的。有人说过，诗与青春是同义的，写诗与读诗往往是年轻人的专利。

纵向考察中国新诗 90 多年的发展历史，在 20 世纪 40 年代初到 50 年代初，一批从学生时代就开始创作的青年诗人的出现，是这一时期对中国诗歌界有重要意义的事件。这批青年诗人逐渐成为当代诗歌创作的主力军。他们作为一个有时代特征的诗人群体被重视，是 50 年代中期。李瑛、公刘、白桦、未央、梁上泉、张永枚、高平、胡昭、周良沛等都在开国前后步入人民解放军的行列，而雁翼、顾工、韩笑参军则比他们早，是在 40 年代中期左右。

李瑛是在埋葬旧中国、创建新中国的斗争中，以诗歌为武器而登上诗坛的。他的文化素养和艺术准备高于开国后从事诗歌创作的来自工农兵的诗人。他系统地读过我国丰富的古典诗歌，广泛地涉猎过莎士比亚、拜伦、雪莱、歌德、普希金、莱蒙托夫、涅克拉索夫、泰戈尔、艾略特、惠特曼等外国诗人的名著，也了解“五四”以来中国新诗发展的概况。洪子诚、刘登翰的《中国当代新诗史》，对李瑛学生时代的诗作做了比较中肯的评述①：

> 中学时代开始写诗，曾与爱好文学的朋友一起出版了带有习作性质的诗歌合集《石城的青苗》(1944)。1945 年进入北京大学中文系学习。大学期间，较系统地接触中外文学作品，包括我国古典诗词和西方从浪漫派到现代主义的作品。四十年代末，受当时革命力量的影响，李瑛参加进步学生的民主运动，并读到一些马克思主义著作和解放区的文学作品。在这期

① 洪子诚、刘登翰：《中国当代新诗史》，人民文学出版社，1994 年，第 116—117 页。

间，李瑛开始在北平、上海、天津等地的《文学杂志》《中国新诗》《大公报》文艺副刊上发表诗作。早期的作品，表现了一个年轻热情的生命，在历史转折的时期，对于旧世界的诅咒和对新时代的希望。他歌唱“燃烧着一群奴隶的命运”的脊背（《脊背》），歌唱作为“奴隶们的武器”的石头（《石头：奴隶们的武器》）。他告诫生活：“凡是陈旧的姿态都该改变，凡是不堪积压的都急速突破……”（《春的告诫》）。他的鲜明的时代感奋和强烈的政治意识，并不作直白的宣示，总想透过艺术想象，形成不一般化的抒情表达方式。《花·果实·种子》写三群人的歌唱。有人歌唱果实：因为当一只苹果在树梢转红而跌落草地的时候，他们最清楚“为生而死”的价值。另一些人歌唱种子，“因为只有它倔强的生长，才会带来花朵和果实。”第三群人则——

比较处女，我歌颂母亲，
比较种子，我歌颂花朵；
我歌颂它的赤裸和智慧，
歌颂它的苦心和勇敢。

因为，“为了明天的果实而愉快的开放”的花朵，意味着信念和希望。诗的象征意味和所包含的哲理内涵，反映出李瑛在学生时代有过的艺术借鉴和艺术训练。

所以我认为，从学生时代开始诗歌创作有三个好处：一是让早慧的诗人早些接触诗歌、感悟诗歌、学写诗歌。二是让诗人在中学大学时代，有机会阅读、欣赏古今中外的名诗人的代表作品，让他具有文学修养的重要组成部分——诗歌修养。三是让诗人早些积累写作诗歌的语感、手感和经验。过去，在“左倾”文艺思潮盛行的时候，不少诗论家总指责像李瑛这样学生出身的诗人，在新诗创作中存在“知识分子趣味和学生腔”的问题。事实上，这种指责过于笼统、浮泛。在30年代，就读于北京大学的何其芳、李广田、卞之琳三人，就出版了三人的诗歌合集《汉园集》。其中收录了何其芳的《燕泥集》、李广田的《行云集》和卞之琳的《数行集》等。《中国现代文学三十年》一书，称他们是“更加注重将东、西方诗学融合的新一代诗人。”何其芳说：“这时我读着晚唐五代时期的那些精致的冶艳的诗词，蛊惑于那种憔悴的红颜上的妩媚，又在几位班纳斯派以后的法兰西诗人的篇什中找到了一种同样的迷醉。”①。卞之琳也说他在写作新诗时，有意识地向中国古代的李商隐、姜白石、温庭筠和西方的波德莱尔、艾

① 何其芳：《梦中道路》，出自《何其芳文集》第二卷，人民文学出版社，1982年，第65页。

略特、叶芝、里尔克、瓦雷里、魏尔伦等诗人的诗作，做了十分广泛的借鉴与吸收。①

到了抗日战争时期，“七月诗派是在艾青的影响下，以理论家兼诗人胡风为中心，以《七月》及以后的《希望》《诗垦地》《诗创作》《泥土》《呼吸》等杂志为基本阵地而形成的青年诗人群，其主要代表诗人有鲁藜、绿原、冀汸、阿垅、曾卓、芦甸、孙钿、方然、牛汉等人，他们以提倡革命现实主义与自由诗体为主要旗帜，在抗日战争与解放战争时期国民党统治区的诗歌创作中产生了巨大影响”②。李瑛在北大中文系读书时，是接触过七月诗派的理论和创作的，我记得在访问他时，他说过自己大学时期的论文是评论过绿原的诗的。绿原生于1922年，仅比李瑛大四岁，他是七月诗派的骨干，“表现‘浪漫憧憬’的《童话》曾给他带来声誉，但他却不满意，很快就转向了政治抒情诗。他的《给天真的乐观主义者们》《终点，又是一个起点》《伽里略在真理面前》《你是谁》等名篇，都以政治尖锐性、历史感、繁复的形象、愤激而含嘲讽的诗情给读者以震撼；他的诗常通过朗诵与听众直接交流，极富煽动力量。”③所以，由上引述、分析，我们应当承认，李瑛这些从学生时代开始写进步诗歌、革命诗歌的诗人，他们是在特定的历史时期、广阔的社会背景和既定的诗歌氛围中，通过革命斗争生活和诗歌创作实践的考验，一点点成长起来的。割断了历史，置之于真空中，是无法弄清他们登上诗坛的具体情况的。

(二)在部队熔炉中冶炼与成长

从1949年参军，到1988年离休，李瑛在部队中生活了整整四十年。他当过随军记者、部队文艺刊物和出版社编辑，以及部队文化领导，在业余时间里写了大量的诗作。正是人民解放军这座革命大熔炉，从政治上、思想上、工作上、创作上全面哺育了他，让他成长为一个当代诗坛上享有国内外声誉的大诗人。正如有的诗史家所说：④

> 在四十年代后期到五十年代初，战争是中国最为重要的社会事实。这里包括席卷整个中国的解放战争，和虽然发生在国境之外，但却极大地影响着中国现实政治与社会生活的抗美援朝战争。许多青年自觉地投入了争取解放和保卫家园的战争中。客观社会生活的这种状况，使五十年代不少的青年诗人产生于军队之中，军人与诗人身份在他们身上合二而一。

---

① 卞之琳：《〈雕虫纪历(1930—1958)〉自序》，《新文学史料》，1979年第3期。

② 钱理群、温儒敏等：《中国现代文学三十年》，北京大学出版社，1998年，第573页。

③ 钱理群、温儒敏等：《中国现代文学三十年》，北京大学出版社，1998年，第576页。

④ 洪子诚、刘登翰：《中国当代新诗史》，人民文学出版社，1994年，第116页。

李瑛在他离休之前，始终把表现部队生活和展示士兵的心灵美当作自己诗歌创作的一个重点。正如他在诗集《早晨》后记中说的："在我的祖国，阳光、大海、溪谷、山峦，无不跃动着蓬勃的生命，特别是劳动在她胸怀中的质朴的人民和保卫着她的忠实兵士，他们的新生活，新感情，给了我极大的感动和美好的享受。"李瑛作品中的抒情形象，是战斗在舟山海港的水兵，是守卫在高山哨所的哨兵，是日夜潜听的巡逻兵，是出没在戈壁滩头的汽车兵，是在红柳丛中编筐篓的士兵，是夜巡祁连的侦察兵，是埋葬在西沙群岛的琛航岛的十三位烈士……李瑛笔下的景物，"即使是自然风物，如南海的波涛、戈壁的日出、沙滩上的金黄的贝壳，'平静地倒在大地上'的树，……都是士兵的形象和感情的对象化、人格化。"①李瑛是从战场上和和平时期的日常生活两个方面来表现战士的爱国主义和英雄主义的气概，来表现他们舍己为人、助民为乐、精忠报国的心灵美的。诗人也曾畅谈了他自己的创作体会："是他们和他们五光十色的壮美的生活，赋予了我美好的感受，提供了我无限宽阔的创作天地和丰富的素材——它们直接孕育了我的诗歌。十年来部队生活是我诗歌的生命的摇篮，是他们——我的战友们用汗、用眼泪、甚至用鲜血，灌溉了我诗的土壤。自然，首先是他们帮助我在生活之中改造了自己，使我的思想感情起了变化，而在学习群众的文艺形式、群众的语言中，同时也改造了我的诗歌。"②毫无疑问，在当代诗人中，李瑛是最善于表现部队生活的一个。他的战士诗(亦有人称为军旅诗)，是带露采摘的花朵，新鲜、亮丽、独具风格。什么是战士诗？我以为是一种表达战士在典型环境中的典型感受的抒情诗。抒情诗重在抒发主人公对于客观事物的高度集中、非常浓烈的感情，而不以叙述故事和刻画人物为侧重点。因此，优秀的抒情诗必须具有美好的情思、深远的意境，能给读者以突出的美感、良好的艺术享受。《哨所鸡啼》在我们面前展现了一幅浓墨重彩、生机盎然的哨所鸡鸣图，浮雕式地突出了那立于群山之巅而引颈高唱的雄鸡的姿影。诗人有意不说是阳光映照在雄鸡身上，却别有韵味地虚拟出雄鸡牵来一线阳光降临在港湾边境的艺术境界，充满浪漫主义的想象，进一步扩展了雄鸡报晓的意义，是它带来阳光，染红万里海山。再看《木筏天上来》这首诗，诗人先描绘了木筏顺流出山时的高速度："比鹰疾，比箭快"，接着又点染出了乘筏出山峡的人那令大山瞠目的雄姿："绕险滩，过悬崖，一霎时，把座座大山都惊呆；一转舵，云破天开，两颗红星飞出山峡来"，再往下，又进一步展现了两颗红星翻江闹海的雄姿和非凡的气魄：

① 洪子诚、刘登翰：《中国当代新诗史》，人民文学出版社，1994年，第118页。
② 李泱、李一娟编：《李瑛研究专集》，解放文艺出版社，1983年，第84页。

一个站在筏头飞竿横篙，
一个立在筏尾把舵摆；
细辨认，是山巅哨所的战士，
变成了蛟龙闹江海。

这样的诗，画面美，构图新，有层次，有意境，由远而近，烘云托月，突出了高山哨所的战士劈波斩浪、送草药出山的威武雄姿，展现了人民子弟兵爱民心切、履险如夷的宽阔胸襟。我们的战士，是穿上了军装的有高度政治觉悟的工人、农民和知识青年，他们的精神天地是广阔的，他们的感情世界是丰富的，要想在诗歌领域准确生动地表现人民战士的情怀，不下一番苦功夫是根本办不到的。李瑛数十年如一日，深入边防海防，深入基层连队，置身战斗前沿，自觉地在部队熔炉中锻炼成长。他的战士诗，是战士生活的反映。是战士紧张丰富的生活，使得他的诗作色彩丰富；是战士心灵的纯洁美丽，使得他的诗风清新雄奇。

(三)亦曾经历曲折

不少诗论家和读者常认为李瑛的六十多年的创作道路是一帆风顺的，似乎他从未经历过曲折、风险。这种看法显然是不全面、不正确的。在张大为2003年4月18日对李瑛进行采访时，他对诗人提了这样几个问题："是什么样的诗歌信念和精神动力支持着您走过六十多年的创作历史、创造了五十多本诗集的写作奇迹？诗歌与您生命历程的关系是怎样的?"李瑛的回答是十分精彩的，从中可以看到诗人六十多年创作道路是经历了不少曲折的[①]：

在我的一生中，诗始终伴随着我，即使在我最繁忙的工作中，只要稍有余暇，我便读诗、写诗或做对诗的思考。特别是当我苦闷痛苦时，便拿起诗来读，诗常给我以慰藉、解脱，给我美的情感享受，使我暂时忘却烦恼；尤其是当我一次次处于逆境时，我常以诗来排遣消极纷乱的思绪，使我进入另一个世界。许多中外诗人的诗和《全唐诗》，都是在我一次次的下放中断断续续读完的。其中不少诗，给我增加了生活的力量、希望和勇气，每读到一首好诗，无论中国的或外国的，常使我多日兴奋不已，捧读再三，直至烂熟于胸。我的不少写边防、海防和农村生活的诗，也都是在我下放部队和农村时直接得到的。可以说，从我接触诗起，它便同我结下了不解之缘，它营养了我的思想感情、性格禀赋，滋润了我的心灵，帮助我生活和成长。但诗也给了我不少磨难和痛苦。应该说，它带给我的苦难

---

① 张大为：《李瑛访谈录》，《诗刊》，2003年第13期。

远远超过给我的欢乐，这是我始料不及的。这些深埋心底的历史隐痛，过去很少向人倾诉，致使一些朋友们常认为我总是“一帆风顺”！我读中学时即因耽于写诗和组织文学活动，1944 年遭校方以“思想不良”开除，被迫流浪；考入大学后，又因写作，被诬为“文艺骗子沈从文”的集团，和袁可嘉、穆旦、汪曾祺等一起被刊物公开点名批判，在校自然受到不明真相同学的误解和奚落；建国后，1955 年，又因在大学时发表过评价绿原诗的文章，被疑为“胡风分子”，遭隔离、抄家和批斗；1957 年反右时又被划“中右”，长期“内控使用”；1959 年又因写歌颂彭总的诗而遭批判。从1959 年到 1963 年的饥荒年代，我被三次下放部队基层，两次派去农村“社教”，说是“锻炼”，真是“过几年就来一次”；直到十年浩劫就更无须说了。迎来拨乱反正的好年月，我的黄金岁月却已流逝，白发苍苍，身心俱损。但我仍然要说，有诗为伴我是幸福的。我不甘心就此度过一生，总想实现我过去长期梦寐以求而迄未得到的自由创作的生活。这正是我至今虽已进入暮年却仍不懈追求的动力之一。

写作是复杂的精神劳动，要写出精品，不下决心、做艰苦的努力不行；同时，诗人也必须是一个耐得住寂寞的人，是一个沉湎于心灵、甘于在孤独中安身立命的人；写作虽是个体劳动，但却绝不是个人的事。这些都是我很早就知道的。我是主张诗人讲使命感和责任感的，这是对他的道德要求。诗人的劳动，诚然如布拉加说的：别问诗人是什么职业，这是对他的侮辱，如同问太阳和月亮从事什么职业一样，这也是对它们的侮辱。也正如希尼说的“从某种意义上说，诗歌的功效等于零——从没有一首诗阻止过一辆坦克，在另一种意义上说，它又是无限的”，说得多么好啊！我从未想做诗人。我认为发生于任何诗人的最可怕的事情，就是他总是意识到自己是一个诗人；我也从未想过以写诗来做吃饭的主业或晋升的阶梯。我只是觉得人活着总要做一些有益于人的事情。总要给人生活以乐趣和积极的影响。既然我从很早就对它有至死倾心的热爱，并选择了这条路，就无悔地走下去，不管成果如何，只要是怀着对诗的忠诚和对美的高度自觉做了严肃认真地探求，这就够了。

诗人在新中国成立前，在学生时代，因为组织进步的文学活动，被中学反动校方以“思想不良”而开除；这是他最早遇到的人生挫折。到了大学，因为写作也曾被诬为“文艺骗子沈从文集团”的随从，被文艺刊物点名批判，受到学校不明真相的同学的误解和奚落。这是他学生时代遇到的第二次挫折。这两次挫折出现在新中国成立前，在国民党反动统治下，他作为进步青年受到反动当局迫害，是必然的，这也是他的光荣。

对于新中国成立后，他在“左”倾思潮影响下，在多次政治运动中受到的不公正的待遇，我们应当引以为鉴。同时，也要从中吸取有关的历史教训。不要让那些颠倒是非、挫伤诗人创作积极性、妨碍诗人应有的创作权力和创作自由的事情再度发生。

值得我们庆幸的是，李瑛没有因为多次挫折而灰心丧气。相反，他是坚强的，他相信党、相信人民；他忠于生活、忠于诗歌，在逆境中，他进一步深入生活、深入群众，不断发现生活中的美；不断发掘人民群众、人民战士的心灵美，把这些内容精心构思和融合到自己的诗歌作品中。通过这种一丝不苟的创作实践，通过这种不断的哲理思索，他的思想境界提高了，他灵魂净化了，反映在他的诗歌创作里，其思想性、艺术性都有了明显提高，都达到了新的境界。

(四)创作有后劲，且持续勃发

在中国新诗史上，有的诗人在发表成名作之后，诗歌创作开始走了下坡路，不仅数量减少，而且艺术质量也下降。也有的诗人，创作有起伏，一个时期丰收，一个时期歉收；一个时期艺术质量高，一个时期艺术质量低。当然，还有第三种情况，就是有的诗人长久保持创作活力，创作不失后劲，创作呈现一种不断上升、不断攀高，甚至是持续勃发的轨迹。诗论家在《诗人的青春》一文中说：“人们一般认为写诗总是在青年时期，诗人创作上的黄金时代往往是在他年富力强的时候，像郭沫若这样以《女神》开一代诗风的大诗人，到年老以后都只能是‘郭老不服老，诗多好的少’，而艾青，也已经六十九岁(晓雪写此文是 1979 年)，他还能唤回自己艺术上的火红青春，写出超过自己的好诗来吗?”然而，此后一直到他去世的 1996 年，在这被称为新时期的十八年里，他的诗歌创作，跃上了新的高度。有人形容得好，艾青重返诗坛后，像一棵倔强的青松，又迸出了苍翠的枝丛。他从 1978 年起陆续发表的短诗，寓意深刻，发人深省。《烧荒》一诗，显示了他的壮志豪情：“野草烧不尽/禾苗起不来！/快磨亮我们的犁刀，/犁开一个新的时代!”那首具有象征意义的《鱼化石》，又曾激动了多少人：“过了多少亿年，/地质勘探队员，/在岩层里发现你，/依然栩栩如生。”该诗结尾四句尤其精彩，充满活力，富于哲理：“活着就要斗争，/在斗争中前进，/当死亡没有来临，/把能量发挥干净。”而他本时期创作的长诗《在浪尖上》《光的赞歌》被誉为是其在社会主义时代创作中的两座新的艺术高峰。诗人以犀利的笔触，揭露了林彪、江青反革命集团迫害老一辈革命家的罪行：“正义被绑着示众，/真理被蒙上眼睛，/连元帅也被陷害，/总理也死而含冤。”诗人又以深情的诗句，表达了人民群众对周总理的敬仰、怀念：

周总理像空气，

像阳光，像水，
好像很平凡，
却谁也不能离开；

总理是大家的，
空气是大家的，
太阳是大家的，
土地是大家的。

诗人又以朴素无华的笔调，叙述了韩志雄和他的战友们英勇无畏、坚定从容地和“四人帮”进行面对面斗争的情景。这样的诗句，铿锵有力：“豺狼张牙舞爪的时候/居然敢上去拔毛，你在斗争中的勇敢/可以引为一代人的骄傲!”这样的比喻，巧妙恰当：“而你是清醒的/像大风大浪中的一个岛，/你在万里晴空下，/宁静地注视着万顷波涛……”《在浪尖上》讴歌我国人民和青年信仰马列主义真理、拥护共产党的领导、保卫社会主义事业的坚定立场。

《光的赞歌》作于1978年，它是一首体现了艾青宇宙观、真理观、美学观的哲理性抒情诗。该诗九章，每章都有艾青描述光、赞美光的特定角度。第三章是重点章，它强调了光是“伟大的存在”和“奇妙的物质”，

它是伟大的存在
它因富足而能慷慨
胸怀坦荡、性格开朗
只知放射、不求报偿
大公无私、照耀四方

总之，这首诗通过对光的礼赞，通过回顾人类文明的历史，颂扬争取光明的勇士，鞭笞害怕光明的群丑，号召我们要“把每个日子都当作新的起点”，“从四面八方高歌猛进”，为振兴中华，为人类进步而开始新的征程。

我们之所以用一定篇幅，具体阐述了中国诗坛泰斗艾青在新时期诗歌创作中再次焕发的青春，是为了印证诗论家晓雪的如下观点[①]：

在中国第三次伟大的思想解放运动中，艾青重新开始的创作实践进一步雄辩地证明：这位诗人不仅仍不愧为一名真正属于人民的杰出诗人，而

① 晓雪：《诗的美学》，中国文联出版公司，1985年，第6—7页。

且他在思想上和艺术上都大大地前进了一步，达到了更加坚实、成熟和完美的境界。诗人像一棵大青树，又像一棵凤凰木，“树老根弥壮”，获得了更加旺盛、繁茂和壮丽的青春。

青春啊青春，
他可以在二十二岁，光彩照人，
也可以到八十八岁，花开似锦！

艾青距离八十八岁还有近二十年，他在创作上青春焕发，他的艺术生命花开似锦，当然也就不算太稀奇。但一个诗人，要在一生中，从青年到老年都保持旺盛的美丽的艺术青春，最根本的就看他是否能够始终保持“真正属于人民”的特色；就看他是否能够始终跟上时代前进的步伐，同革命共脉搏，与人民同呼吸；就看他是否能够始终坚持真理、代表人民，以战斗的姿态和高昂的激情，有胆有识并强烈深刻地表达出时代的精神和人民的心声。

若用晓雪的观点来观照今年已是八十九岁高龄的李瑛，我们十分高兴地说：他和艾青一样，是一位真正属于人民的多产的杰出的诗人，他即使在遭受磨难的十年动乱中，也未曾停止诗歌创作，当“四人帮”这窝蛇蝎被人民的巨手捉住之后，当1988年他离休之后，他的诗歌创作进入了一个又一个令人赞叹不已的旺盛期、勃发期。他的艺术生命花开似锦，他的诗美追求灿烂如霞。1976年以前，他创作了十九本诗集，从1977年至2009年，他创作了三十四本诗集。这在中国新诗人中，是颇为罕见的。正因为他诗歌创作后劲很足，在七十多年时间里，出版了五十三个诗集，诗作数量超过三千首。正因为如此，人们才称之为“诗坛常青树”。从《河流穿过历史》和《北窗集》来看，他的诗不仅数量多、体式多，而且艺术性、创新性明显增强。他不仅歌颂、赞美生活中的美好事物、高尚人格，而且尖锐地鞭笞现实生活中道德的沦丧、人性的泯灭，以及一切虚假的东西。像《弃婴》一诗，把被人遗弃的垃圾筒中的弃婴形象，凸显在读者面前，让人沉思、愤怒、痛心：

她是垃圾
她不是垃圾
是一具有血有肉有骨头的生命
比迸射的钢花更灿烂

但现在她却躺在这儿
苦难的三个月
在这儿蹬着小腿
通红的脸颊贴在皱巴巴的布片上
淡黄的软发黏在泪水里
她身边是塑料袋、果皮和
发霉的烂菜叶子

一个新生的婴儿，竟然被人遗弃在垃圾里，难怪诗人会“自从那夜我看见她/许多天再没睡过一次好觉”，这种反人道的劣迹，使他难以容忍。诗的结尾是：

我翻遍垃圾
寻找人的
尊严、权利和道德的碎片
总听见人性的沦丧在尖叫

多年来李瑛的诗作里，很少有这种冷峻、沉重、发人深省的作品，它像刀一样刺穿了弃婴者的心脏，让其受到社会舆论、良心、正义的严厉谴责。类似的，还有《一个城市的血》，标题就十分醒目，针对“一个年轻壮工/从十五层高的脚手架上/坠下来/劣质的安全网欺骗了他”的惨案，诗人补充说“三十分钟前，他还念叨/收工后要给妈妈寄药”。诗的结尾，展示了一个令我们揪心裂肺的画面：

风，用一千手
猛烈地抽打着
断裂的网绳
荡动在我们生活的头顶

显而易见，这诗句是对草菅人命的劣质安全网生产者和经销商的控诉、声讨。

无须再举更多的例子了，李瑛诗歌的创作热情还在喷发，李瑛诗歌的探索还在继续，我们完全有理由深信，诗人只要生命尚在，他就会给我们提供更多、更新、更好的艺术精品。

第二章　诗坛常青树，当代大诗人

在回顾了李瑛七十多年的诗歌创作道路，了解了他的主要生平事迹之后，从本章起，我们开始逐章探讨其在当今诗坛上的地位、诗歌创作的特点、诗歌创作的成就、诗歌创作的美学追求和李瑛诗歌的价值与不足。

当我提笔要对李瑛这位诗龄几乎与我年龄相仿的师长辈诗人进行总体评价时，我不禁想起了我初读李瑛诗歌的情景。还是在十年内乱中，从 1969 年起，我们开始在京郊几个县陆续办起了师训班。后又招收了工农兵学员上大学。当时我担任诗歌的基本知识的教学，在找例子时，我买到了李瑛的《枣林村集》和《红花满山》两本诗集，从中选了《雪夜》《春歌》《从县城来的大路上》《笑》《杨柳排排》《过果林坳》《山鹰》《山间小路》《刺杀》《哨所门前的河》十首。在讲课中，我把这些诗作为介绍诗歌特点和写诗应注意的问题的例证，引发了中小学语文教师和工农兵学员的极大兴趣。不少人还来向我借诗集，把李瑛的诗抄在本子上。这些诗中的妙语佳句，我至今还能背诵：

三十年前过“八路”，
半夜扎营寨；
天亮未见战士面，
却见树成排。

——《杨柳排排》

蜢虫子飞，
野蜂子闹，
大车穿过果林坳，
十里清香引人醉，
一曲山歌绕树梢。
歌声落，
忽听林间有人叫，
赶车的把式抬头望，
是谁呀？找呀找，
只见百亩果林间，

闪动一件红格袄。
哈，后街小招招，
人小志气高，
去年林学院刚毕业，
回来研究嫁接水蜜桃。

——《过果林坳》

啊，矫健威武的山鹰，
凝聚了我满腔豪情。
我的驻守在深山的战友呵，
这山鹰不正是你的身影！

——《山鹰》

你知道，在战士心上，
铺着多少闪光的小路：
有的纱带般，轻轻渺渺，
有的云丝般，飘飘忽忽，
有的如螺纹，盘旋而上，
有的似云梯，直指云深处。

——《山间小路》

天不亮，唰唰唰，
我在山头练刺杀。
“杀”字一出口——
像焦雷刀尖炸！

搅乱了云，惊飞了鸟，
震落了露珠催开了花；
小河吓得喘声急，
星星吓得眼直眨。

——《刺杀》

后来高考恢复后，我给七七级、七八级学生讲“中国当代文学史”课，在十院校协作编写《中国当代文学史初稿》时，我参与了诗歌部分的编写，在我的提议下，“李瑛的诗歌”成了其中一节。该教材出版前夕，我又接受了编《中国当代文学研究资料丛书·李瑛研究专集》的任务，系资料室李一娟也一同参与此任务。由此，我得到了结识李瑛的机会。1980 年 3 月 20 日晚，我和李一娟拜访了他，严整的军人装束，谦和文雅的神情举止，他侃侃而谈，在两个多小时里，畅谈了他的诗歌创作道路，诗歌内容，创作诗歌的体会、经验和美学追求。

从那以来，在三十多年的时光里，我又多次访问了他，还不时接到他寄来的诗集。此间，我也在若干当代文学教材里，写过关于李瑛的章节；在若干当代文学作品选里，选过他的诗作。还在若干刊物上发表过评论李瑛及其诗作的文章，如《李瑛战士诗的艺术特色》《谈〈一月的哀思〉的艺术特色》《深刻的思索，友谊的颂歌——读李瑛诗集〈美国之旅〉》《当今诗坛常青树、成绩斐然重创新——论李瑛及其诗作》等。总之，作为一个高师当代文学教师、当代诗歌的爱好者和研究者，我有责任把系统阅读和研究李瑛诗作的体会、心得，上升到作品论和作家论的理论高度，以期在更大的范围内普及李瑛诗歌，让更多的读者特别是青少年诗歌爱好者，能从李瑛诗歌中获得高层次的审美愉悦和享受。再就是通过李瑛诗歌的系统赏析和研究，从中找出如何更好地提高新诗艺术水平，拓宽新诗发展道路的方法与经验。

一、文化素养好，创作起点高

实事求是地说，并不是所有的人都可以成为诗人的。这是因为从事诗歌创作，需要具备一些条件，需要具有相当高的文化修养，需要良好的心理素质。诗人是诗歌美的创造者，理应成为诗歌美学的研究对象。诗人的生活积累如何、思想水平怎样、审美能力强弱、艺术技巧高低，都会直接影响诗歌艺术作品的质量。诗歌美是内容美和形式美的统一，内容是诗歌艺术的内在因素，形式是诗歌的外在因素。高尔基把艺术的内容美视为心灵美之体现，他认为艺术作品的内容美来自心灵美："文学的任务、艺术的任务究竟是什么呢？就是人身上的最好的、优美的、诚实的也就是最高贵的东西，用颜色、字句、声音、形式表现出来。"①而美好的心灵又是什么？当然是指崇高的、美好的审美理想、情趣、观念、追求，这些都是艺术家的心灵中的美好东西。而这些东西都不是艺术家头脑里固有的，而是他们社会实践、艺术实践活动的产物，是社会生活的结晶；它们又会固定在艺术家身上成为艺术家的一种品性，会表现到艺术作品中去，在艺术创造中发挥重要作用。诗人自然也不例外。

在我国现当代诗人中，受过高等教育的，具有大学文化修养的，显然还是少数。而李瑛却是北京大学中文系的本科毕业生，这是他的一种优势。宋垒在

① 转引自胡经之：《文艺美学》，北京大学出版社，1999 年，第 183 页。

《关于李瑛》一文中说："我们的时代，有许多作家只上过中学甚至小学，更多的知识是参加革命队伍后才学到手的。唯独李瑛在北平解放时恰恰是北京大学文学院中国语文学系的毕业生，这能不能说明，读了大学文学系，才会更有利于创作呢？这个问题不易回答。毛泽东同志也曾批评过大学中文系的学生写不出文艺作品。掌握更多的知识，多接受前人的经验，显然对从事创作是有利的。"①多年来，大学中文系办学中有个偏差，就是不大引导中文系师生自己从事文学创作，形成了眼高手低的缺憾。随着教育改革的日渐深入，这种偏差也在逐渐纠正之中。但从知识积累、文化素养的角度来说，上过大学的诗人自然要比没上过大学的诗人，略高一筹。

李瑛出生在一个铁路职工家庭，其父小时候念过私塾，好学上进，后被保送到县里的中等师范学校去深造。他的英文不错，又写得一手好字，李瑛自幼就受了父亲的熏陶和影响。父亲教育李瑛用功读书，给他讲悬梁刺股、囊萤映雪的故事。他古文根底好，常常吟诵一些古诗词佳句，还常给儿女们讲《聊斋》中的鬼狐故事。他要求孩子们每到期末给他写信，报告考试成绩，还在回信中逐一指出去信中的语病和错别字。父亲十分鼓励李瑛阅读文艺书籍，他用卖了半袋杂合面的钱，给李瑛买了一本冰心的散文集、一本《世界著名小说选》和一本《作文描写辞源》。在幼年和少年时期，李瑛就养成了爱读书、爱思考问题的好习惯。这样的家庭教养，自然会在潜移默化中提高他的文学素养。正如《中华文学通史》所论述的②：

> 在与新中国同时成长的军旅诗人中，李瑛可说是文化准备和艺术修养最为充分的一个。他在北京大学的四年里，广泛涉猎中外名著，深受中国古典诗词和现代新诗的熏陶，深入接触了西方从浪漫主义到现代主义的各种诗潮，并开始发表一些颇具现代意味的诗作。跟绝大部分从战火中走来的青年军旅诗人不同，李瑛当初是以"青年知识分子"的身份带着一定的学养和超前的诗学观念走进军旅诗群的。

除去是否把李瑛定位为军旅诗人这点之外，我是同意上述的论述与分析的。他在北大念的中文系，广泛阅读中外文学名家名著，这使他对中外文学的发展历史有了了解。他对中国古代、近代和现代诗歌的名家名著，也都有广泛接触，从《诗经》《楚辞》《汉乐府》《古诗十九首》到唐诗、宋词、元曲以及明清的诗词曲，都有涉猎，他对中国诗歌的了解是系统的。对五四文学革命后新诗三十年

① 宋垒：《关于李瑛》，出自李泱、李一娟编：《李瑛研究专集》，解放军文艺出版社，1983 年，第 38 页。

② 张炯等主编：《中华文学通史》第八卷，华艺出版社，1997 年，第 239 页。

的发展状况，也有全面的认识。对于外国诗歌的历史、名家名著、流派、思潮，他也了然于心，所以他的诗歌观念是先进的，甚至是超前的。有了古今中外的良好的诗歌修养，这对于像李瑛这样从中学时代就开始写诗的早慧的诗人来说，是促使其在诗歌创作道路上越走越宽广、创作标准越来越严格诗歌质量越来越高的一个重要前提条件。诗人兼诗论家晓雪，曾谈到读诗多了对他写诗的帮助①：

> 当然，对诗歌这玩意儿，好比对情人一样，你一旦爱上了她，要想丢掉是很困难的。何况自己在大学里上的正是中文系。所以尽管暂时不敢再随便写诗了，但读诗却读得更多，几乎把学校图书馆里能借到的中外新诗集，都读过了。拿到一本文学杂志，也总是首先看诗。读得多了，渐渐提高了一点辨别能力，又逐步重新产生了一点信心：感到已发表和出版的诗中，确有不可企及的名篇，有精彩绝妙的佳作，有许许多多不同形式风格的好诗，但也有不少次品。就是著名诗人的作品，也并不是篇篇都好。自己没有什么才能，好的写不出来，那么差一点的、比较一般的总可以写一点吧？于是到大学四年级时，我又开始鼓起勇气，继续练习写诗。报刊上也开始发表自己的习作了。

晓雪说的辨别诗歌好坏的能力，其实就是一种关于诗歌的系统的理性认识，也是一种鉴别诗歌质量高低的艺术判断力。在这方面，教育程度高、文化修养好的诗人，比起那些教育程度低、文化修养差的诗人，自然会显示出一种创作起点高的优势。特别是到了今天这种知识爆炸的信息时代，一般来讲，诗人、作家都应具有较高的中西文化修养，成为知识型的诗人、作家。至于要成为独步诗坛、享誉中外的大诗人，知识储备、文化修养、诗歌理论等，都应是百里挑一的佼佼者。

我们之所以说李瑛诗歌创作的起点高，就是说包含这样三层意思：一是诗人是早慧的，他从 1943 年中学时代就写诗，而且内容及艺术的水准都不低。试看他 1944 年作于唐山的《古长城》，两节，八句，每句都是十个字，十分整齐：

> 夕阳铺起了暗淡的思绪，
> 向枯草探询昔日的故事；
> 城堡下有白骨诉说哀怨，
> 墙堞间涂满褪色的记忆。

---

① 晓雪：《天道酬勤》，出自《晓雪选集 4》，云南教育出版社，2008 年，第 823－824 页。

血和泪叠着历史的册页，
砖垣上印着苦楚的图案；
聆一阵月落胡马的悲嘶，
怕明天会有凄楚的风雨。

长城是我们祖国的象征，它通身如同我国“血和泪叠着历史的册页”，夕阳引发了诗人“暗淡的思绪”，他向枯草、墙堞、砖垣、城堡，“探询昔日的故事”，哀怨、苦楚，总之是祖国几千年来风雨凄楚的往事。这样凝重的诗句，出自一个18岁的中学生之手，足以见出他忧国忧民，向长城倾诉的博大的胸襟。二是说他大学期间的诗作，之所以受到沈从文、冯至等文豪级老师的称赞，就因为他的诗作从我国古典诗词和西方浪漫派到现代派诗歌中，汲取了营养。试看他1947年作于北大的《脊背》：四节，每节四句，诗句长短不等，从五个字到十一个字，大体押韵：“运”“狱”“砾”“地”“里”“力”“利”“纪”。全诗从头贯串到尾的“你”，就是我们民族和国家的具象、意象，诗人坚信：在你的脊背上，终将建起新世纪！

在你的脊背上，
燃烧着一群奴隶的命运；
在你的脊背上，
竖立着酒店和牢狱。

像冰雪封住了时间空间，
像火炽的太阳晒红了砂砾；
你的肌肉像枯槁的土地，
没有一条小河流向这里。

我听见一个沉沉稳稳的声音，
是你心脏的跳动，坚强而有力；
一声一声，震撼着这没落的时代，
一声一声，召唤着明天和胜利。

在你的脊背上，
我觉得世界多么贫穷；
在你的脊背上，
终将建起新世纪！

反复出现的“在你的脊背上”，突出了中心的意象，“我”面对“你”，直面抒怀，敞开胸襟，袒露了诗人关切转换命运的祖国的胸襟，表现了他政治上的敏感与早熟。若无中西诗歌的交汇滋养，是写不出这种时代气息浓烈、艺术形象鲜明的好诗来的。三是他的诗歌的根是植在中西文化交汇处的沃土上的，伸开两只手，一只向古典诗词索要精华，一只从外国多种流派诗作中借鉴手法。这是贯串他诗歌创作七十多年生涯的一个显著特点。

二、带笔从戎四十年，不仅是部队诗人

从1948年参军，到1988年离休，李瑛的确是戎装在身，椽笔紧握，在部队从事了新闻、编辑、文化、行政领导工作四十年。判断一个诗人，不能仅从其职业角度，就得出所谓部队诗人、工厂诗人、农村诗人、教师诗人等结论。何况以职业来划分诗人，并没有什么实际意义。

我们之所以不同意把李瑛仅仅归结为部队诗人或军旅诗人，其理由如下：

第一，在参军之前，李瑛已有五年诗歌创作的历史。而这期间他出版了《石城的青苗》(五人合著)、《枪》。这两本诗集，并非是表现人民军队生活的。像《春的告诫》是一首用拟人手法写的政治抒情诗，全诗两节，每节七句，每句字数从八到十二，参差不齐。但两节诗的末尾三句是相同的：

凡是陈旧的姿态都该改变，
凡是不堪积压的都迅速突破，
让生者倔强地爆裂开土地，
让死者埋下去填补他的空位。
呵，那些渴求着光和热的，
我给你们年轻的时间，
过时不再！过时不再！

所有能发声音的都发到无限，
所有褪失颜色的都重新闪光，
一切都在赤裸的生活中，
智慧属于工作，向它服从。
呵，那些渴求着光和热的，
我给你们年轻的时间，
过时不再！过时不再！

本诗以拟人手法，让春天告诫青年，要以只争朝夕的精神，投入改变陈旧事物

的斗争，急速突破，不怕牺牲，竭尽声力，创建闪光的新生活、新世界。内容催人警醒，形式相当整齐。像《窗》长达九章，一百二十八行，以长工刘占魁的一句话“这间房子太黑了，应该多开两扇窗”为中心，发宏大议论，要给苦难的祖国开一面窗。诗人在歌唱窗时，赞美了窗外美好的事物：年轻人斗争的行列；又联想起被反动派迫害的囚徒、等着从窗口跳出去的老妈妈、村东的王哥哥、刚会站起来的孩子、光明到来的好日子……长诗不乏叙述故事的成分，但中心还是“开一面窗”“需要热，需要光”。诗中融入了诗人在农村生活中知晓的故事，表达了旧中国人民群众要自己觉悟起来，创造好日子，创建新中国的进步倾向。这也显示了他日后能写出抒情长诗的功力与潜质。

第二，在被人视为部队诗人、军旅诗人的前三十年里，他的诗歌内容是相当广泛和多样的。早在 1980 年 3 月 20 日晚，我和李一娟采访他时，他就介绍说：“我的诗从内容上可分为四部分：第一部分是歌颂战士的，通过战士的作战、值勤、训练、劳动和日常生活，表现战士们的爱国主义、革命英雄主义和革命乐观主义精神；第二部分是歌颂祖国英雄的人民，歌颂祖国壮丽的河山的；第三部分是有感而发的政治抒情长诗；第四部分是表现世界各国人民的团结和友谊，特别是表现亚非拉人民的觉醒，反映他们反对帝国主义、霸权主义、种族主义、殖民主义而进行的斗争；总之，我写的东西的总主题和基本内容是爱国主义、国际主义，是对祖国的热爱，是对劳动和生活的赞美，以及对明天和未来的无限热情的向往。写战士，写人民，当然主要表现他们美好的思想感情，对他们做心灵深处的探索，把他们的精神美揭示给人们，使人感到力量，受到鼓舞，得到启示和熏陶。”①这就表明，李瑛诗歌的内容题材，在其参军入伍之后，并没有仅仅局限在表现部队生活，反映人民军队干部战士的心灵之美。相反，诗人的眼光是从祖国到世界，军内军外都是他的关注对象、表现对象。在其 1964 年出版的国际题材诗集《献给火的年代》里，有一首相当于序的诗《在每一个早晨》，这首诗的开头是：

> 早晨，
> 　　每一个早晨，
> 当阳光割开黑夜，
> 　　像一把利刃；
> 我醒来，
> 从门口接过报纸，
> 新鲜的油墨香，

---

① 李泱、李一娟编：《李瑛研究专集》，解放军文艺出版社，1983 年，第 10 页。

比酒更醉人！
于是我急不可耐地
谛听，
搜寻；
眼睛拨动每一个铅字，
像阔步在
世界的乡野和城镇。
哈！时代风景线，
多么迷人！

这个开头十分生动形象地表现了诗人每时每刻都在关心国际风云的变幻，担负起社会主义中国诗人的“胸怀祖国，放眼世界”的神圣责任。

还是在这首诗的后半部分，诗人唱道：

我像搅动海水，
哗啦啦地掀动报纸：
第一版，
第二版，
第三版，
第四版，
忍不住鼓掌，笑出声音！
我虽然住在北京这条
僻静的、窄小的胡同里，
但风暴般的世界，
却紧摇着我的房门。

这表明诗人是以无产阶级战士的国际主义胸襟，时时刻刻关心着地球每个角落发生的时事，并做出迅捷的反应。该诗的结尾，充满了马雅可夫斯基式的战斗豪情：

我兴奋地走着，
穿过天安门，
我看见旭日，
正染红桅顶——
我们的红旗，正在高空

和早起的太阳
　　谈心，
于是我不禁呼喊：
　　你们好！
　　　　太阳，缤纷的云！
也许由于兴奋，
太阳转过它通红的脸，
回答：
　　我永远属于坚强的战士，
　　　　属于人民，
　　　　属于你们，
　　去战斗吧！
　　是的，真正的美好的早晨
　　　　正在降临！

写得多么豪迈，多么雄壮，多么真挚热烈，多么激动人心。时隔51年，我们重读这五辑41首献给朝鲜、日本、印度尼西亚、刚果、摩洛哥、几内亚、古巴、美国、苏联、阿尔巴尼亚、西班牙等国家人民的赤热、滚烫的战鼓号角般的诗，仿佛看见诗人明亮的眼睛、绯红的面颊、飞动的钢笔、深情的华章……诚如诗人在《献给火的年代·后记》中说的：

是的，我相信这风暴般的世界，不仅摇着我的房门，也摇着全世界每一个人的房门；那么，让我们和我们的人民一起，对这风暴般的世界，这充满火、热、光明和生命的风暴般的世界里所发生的一切，来表示我们肯定的或者否定的意见吧；让我们在这一英雄事业的斗争里，来表示我们人民的爱和恨的强烈感情吧。

就是这个时代的尊严、力量和热情孕育了我这些诗歌。

诗必须成为斗争的武器，这是诗的荣誉。对于一个写诗的人来说，参加斗争是他庄严的战斗职责。

自然，在这样伟大的现实生活面前，我的声音是过于微弱了。尽管如此，我还是把它们整理出来，则完全是想把自己这一片真挚的感情，献给那些在被压迫、被剥削中为真理、解放、自由和独立而斗争的人们，献给那些正在建设新世界的人们，特别是觉醒了的亚洲、非洲、拉丁美洲的人民，作为对他们的敬爱的表示和祝福。

仅举《献给火的年代》这本诗集做例子，已足以说明李瑛并非仅仅把创作视野和诗歌题材局限于部队生活和军旅范畴，他把表现世界人民的团结和友谊，表现亚非拉人民的斗争和觉醒，看作自己庄严神圣的职责。

综上所述，即使是在带笔从戎的四十年里，李瑛的确写了不少优秀的战士诗、军旅诗，但与此同时，他还写了不少反映我国人民在农、工、商、医疗、教育等各条战线上，为社会主义革命和建设而英勇劳动、奋战不息的优秀诗篇。像《高高的白杨》，借树喻人，歌颂了一位建设边疆保卫祖国的女民兵。《第一支渔歌》是写黑龙江的渔民——络腮胡子的老阿爸，把开江后的第一网鱼送给了哨卡战士，唱出了嘹亮的拥军歌。李瑛的咏物诗、山水诗、哲理诗等，在此期间也是创作不断。《山鹰》《雨》《灯》《贝壳》《灯塔》《舢板》《珍珠》《海礁上的藤》《献给仙人掌的赞歌》《石岛》《致一棵被台风吹折的羊角树》《纸船》《笛声》《黄土小路》《玛瑙杯》《鼓声》《钻石》《咖啡》《列宁墓旁的枞树》《萤火虫》《石头》等，都是这方面的好诗。像《雨》，全诗六节，每节三句，构思新颖，联想丰富，音韵响亮，哲理深刻：

满山是野草的清香，
满山是发光的新绿，
满山是喧闹的小溪。

淅沥沥，淅沥沥，淅沥沥，
漫空里洒下一天细雨，
敲打着我的哨棚和石壁。

我想起了金色的沙滩，
我想起了蕉叶的烟雨，
我想起了塞北的马蹄。

那里呵，都有我住过的村庄，
都有我走过的小路，
都有我难忘的战友和兄弟。

今天，莫不是他们在怀念我，
才借亮晶晶的雨传递消息，
一声声，一句句……

我懂得它们深情的话，
一颗雨滴，一个喉咙，
向我叮咛着两个字：警惕！

这首咏雨诗清新、潇洒。综合运用排比、摹声、反复等修辞手法，假雨对话，假雨传言，假雨传声，写出了诗人与身处天南海北的战友相互叮嘱的珍贵情谊。

再如长篇咏物诗《海》共六章二十四节，一百七十八行。首章赞美了海的广阔无边，“海才真正是一片汪洋”。第二章写海在地球上的特殊地位。第三章写大海把所有的一切献给了宇宙。第四章写海的容颜、气度与性格：美丽、庄严、奇幻、直率、坦荡，如同自然史和社会史。第五章写海给了我们坚强的生命、忠贞的灵魂、深刻的哲学原则和无穷的力量。第六章写“我”与大海的关系，号召我们学习大海的精神。这种咏物长诗让我们闻到了唐人张若虚的《春江花月夜》和普希金的《致大海》的抒情与哲理气息。驰骋宇宙的想象、感天动地的呼唤、发人深省的哲理、热情洋溢的赞美、真心诚意的膜拜，读起来让我们荡气回肠、热血沸腾，且获得了有益人生的审美愉悦与享受。

第三，从改革开放新时期开始，加上离休后的24年，李瑛的诗歌领域日益开阔；题材广泛、丰富多样；思想深邃、诗笔老辣；风格凝重、刚健雄浑。他的《河流穿过历史》和1988年后出版的《月亮谷》《日本之旅》《多梦的西高原》《山草青青》《睡着的山和醒着的河》《纸鹤》《生命是一片叶子》《远方》《黄昏与黎明》《我的中国》《情歌和挽歌》《李瑛近作选》《倾诉》《李瑛短诗选》《出发》《野豆荚集》《中国当代名诗人选集・李瑛》《盐和糖》《北窗集》19本诗集中的作于1979年之后的诗作，都是上述论点的生动、丰富的例证。文学评论家张炯在《评李瑛的〈河流穿过历史〉》一文中说：

这本诗集的题材异常丰富，分五辑。第一辑记叙了日常生活见闻中的种种感触，从土地、野草到盐和糖、磨刀石和镜子、摇篮曲和蜡烛、柳枝和槐花……仿佛生活中的一切都能唤起他的诗情，都能让他捕捉到诗意；第二辑是抒写祖国南方的种种情景，从峡江情思到长江夕照，从过汨罗江怀屈原到春雨杏花，从红豆椰子、南方印象到桂林五月，从看彝族山民舞蹈到感叹饥饿的孩子们的眼睛，在对锦绣江山和众多人物场景的描绘中，倾泻自己对祖国和人民的深情；第三辑则把画笔转向西北，写霜降的田野、红高粱、野酸枣树、野蒺藜，写悬空寺、雁门关、黄河落日和壶口瀑布，写唢呐、小米和陕北女人，乃至六盘山、贺兰山、祁连山，浓烈的西北风物唤起诗人迥异于南方的情怀，让读者感到思古之幽幽的慷慨悲歌；

第四辑又把我们领到了空旷古寂的青藏高原，去领略青海的地平线、季节河、野马群，领略沱沱河的星星、可可西里的冬暮，让我们看到达坂城、魔鬼城和拉萨河谷与西藏的种种景象，跟随诗人的画笔和歌声，让我们深感祖国西部的寥廓、苍茫和新时代闪亮的阳光，包括新建的车站、艰辛的车队、温暖的牧民之家，也包括沙蒿、牦牛等在恶劣自然环境中顽强的生命歌唱；第五辑诗人的诗思回到自己的童年和故乡，在记忆的展开中，与青蛙、蟋蟀对话，从油盏、芦苇而怀念母亲，从看海而怀念父亲，对离世的爱人的怀念与眷恋；诗人还吟咏昙花，感叹自己年轻的岁月；他还与孩子们谈先烈、谈幸福……最后一组《勇敢》《箫》《弹洞》《红军标语》《历史的回声》等更燃起高昂的激情去歌颂牺牲的战士和战斗的岁月。

评论家用概括、简明、生动又富于雕塑感的文字，诗意盎然地概括了《河流穿过历史》这本诗集五辑中的内容。诗集中的264首诗足以表现诗人自改革开放以来，生活视野越发开阔，创作道路越发宽广。像诗集中的《鲁迅》《刘胡兰》是为伟人和英雄写的组诗，内容之深刻与形式之精美，都令人赞叹不已。《鲁迅》一诗是为纪念鲁迅120周年诞辰而作的，由《他的存在是无限的》《那个时代和他》《他的生命如此强大》《打开他沉重的书》《伟人或兵士》《对他的认识》《必须仰望的雕像》七首诗组成。不用全部分析，仅以《他的生命如此强大》为例，便可见诗人对鲁迅著作和鲁迅精神了解得是多么深透与精辟：

当他咯血的咳嗽停止
他用炯炯的目光
打量那个狰狞的社会
他让我们听一个孩子的哭声
他让我们看一个妇女的眼泪

生命如此脆弱又如此强大
他用脊骨测试它的高度
背负着沉重的爱和疼痛
他要扶一个民族站起来
顶着炸雷，披着闪电

诚如张炯所说，这种诗章的字里行间总流溢出“老年人特有的哲理感悟和历史沧桑感”。和其他诗人写鲁迅的诗作相比，李瑛的作品更见其锋利的思想穿透力和个性化的艺术感染力。

三、长诗短诗都写，哲理性日益增强

在李瑛七十多年的诗歌创作生涯中，他偏重写抒情诗，很少触及叙事诗。我们不妨称他是一个创作成就突出的抒情大诗人，或者说他是个长诗短诗兼工的优秀抒情诗人。若纵向考察他累积创作的三千多首抒情诗，哲理性日益增强也是其诗歌创作道路中一条鲜明而清晰的轨迹。

艾青说得好："我们的时代是一个新的时代，原是一个可以使感情充沛的抒情诗生长繁荣的时代；而这个时代却同样是处在非常激烈的斗争中，矛盾非常尖锐，各种新旧的观念在互相交替中，这个时代又需要人们以严格的理智来处理许多问题。这在表面上看起来似乎是矛盾的，其实连最好的抒情的作品，也一样是以很明确的理智作为基础的。我以为无论进行创作也好，还是为了更好地认识诗因而使诗能更向前发展也好，都必须理解诗的这种感情和理智之间的关系。在诗里，思想是通过感情的方式表现的。"①李瑛的长短不同的三千多首抒情诗，因为充分地反映了不同时代多条战线上人民的生活，发现、捕捉并尽可能优美地表现了其中的诗意、诗美，从而得到越来越多的读者的喜爱。吴开晋论述说："在当代诗人中，其(指李瑛)创作的产量不仅丰厚，而且反映的生活面也非常广泛。纵观他几十年的创作道路，通读一下他的抒情诗作，可以兴奋地发现一个共同点：即诗人的脚步是随着时代的前进而前进的，诗篇尽管内容各异，艺术手法不一，但都响彻着时代之音。可以说，随着新中国的诞生，国内外一些重大事件都有它的投影，诗人总是把一个革命战士的身份来歌唱我们时代新的生活、新的人物，抒发自己真挚的感情。他总是和我们的党、祖国和人民同呼吸共命运，尽管在一些个别问题上，诗人的头脑并非始终敏锐，但他总是把一颗赤诚的心献给我们的时代和祖国的社会主义事业，这一点确实是很可贵。"②让我们举点李瑛抒情诗作品的例子，来印证吴开晋的上述论点吧。

在当代诗人中，李瑛最善于表现部队生活，也最善于细腻生动地揭示战士的心灵。他的战士诗是带露采摘的花朵，新鲜、动人、独具风姿。战士诗是一种抒发战士在典型情境中的典型感受的短小精粹的抒情诗。抒情诗重在抒发作者对于客观事物的高度集中、非常浓烈的感情，而不像叙事诗要侧重叙述故事和刻画人物。因此，优秀的抒情诗必须具有美好的情思、深远的意境，能给读者以突出的美感、良好的艺术享受。试看李瑛作于1961年的《戈壁兵站》，写兵站就是汽车兵温暖的家。在空旷的戈壁滩上行驶了一天，夜风吹起的炊烟唤

① 艾青：《诗论》，人民文学出版社，1980年，第99页。
② 吴开晋：《现代诗歌与艺术欣赏》，河北人民出版社，1987年，第457页。

车队进了站：

站长督促：
“快进屋烫脚，洗脸！”
汽车兵送来一片笑：
“先检修好车，明天要翻山！”

掀开大门帘，
灯光照满脸，
黄泥巴的土房里，
装了一屋子温暖。

软绵绵的红花被，
厚敦敦的羊毛毯；
什么时候又多了一只小羊羔，
在地下缠着腿打转。

站长的关怀、土房内的陈设和气氛都让汽车兵感到家一样的亲切与温暖。诗的结尾两节，一节写屋外，一节写屋里，形成鲜明的对比，大大深化了诗的主题：

天好高，地好宽，
月亮升起了，又大又圆；
冷风吹得石头炸裂，
亮晶晶的大砂粒，在骆驼刺下打闪。

小屋里有多少甜梦，
梦里有多少绿色的春天，
不要说这戈壁荒凉冷漠，
大家庭的情感融化了荒滩！

《赞一名水兵》是李瑛 1980 年的作品，全诗五节，每节四句，本诗歌颂了一位在惊涛骇浪、急风暴雨中驾驶小艇的水兵。诗的三、四节描绘了这位水兵战天斗地的英勇场面：

涛，跃过桅顶；浪，扯下云团，
舰艇的路，曲折又艰险；
焦急的海燕向他频频召唤，
他望着滔滔的水路，把紧舵盘。

白的海浪，镶在船边，
白的海浪，也镶在披肩；
黑的铁锚，悬在船首，
黑的铁锚，也系在心间！

海浪镶在披肩，铁锚系在心间，这就虚拟化了的诗的语言。诗的末节把这位水兵说成是天海之间的“支点”，令人拍案叫绝：

呵，烈焰不灭，红云不散，
头上的军旗，迎风招展；
天这般大，海这样宽，
在茫茫天海间，他是支点！

《台风过了》一诗，题材新颖，写连长命令战士把被台风从抗风桐上吹落的小鲣鸟快快送回巢。诗结尾两节唱道：

既然你属于祖国，可爱的小鸟，
在战士心的天平上，你就是巨大的砝码，
多么重，即使你脱落的一片轻软的绒毛……

待明天长大，你定会征服那暴雨狂涛，
掠过艇桅，伴我们一起巡逻，
栖息窗前，和我们一起放哨……

战士爱祖国、爱自然、爱生命，他们美好的内心世界令人钦佩。类似的诗，还有《岛上夜半》等。

李瑛说过：“我把触角须根般地伸向生活的最底层和人们心灵的最深处。”在他那些写于对越自卫反击战战场上的抒情诗里，揭示了新时代最可爱的人的心灵深处的闪光东西。《歌一名喷火手》《歌一名机枪手》《歌英雄李启》等，都是让人过目难忘的好诗。《歌一名喷火手》用浪漫主义创作方法歌颂了我们的战士一往无前、有我无敌的英雄主义气概：

> 我们不能无限制地忍耐和沉默，
> 我们不能忍受屈辱，不能怯弱！
>
> 像任何一名普通的战士，
> 他背着喷火枪，潜伏在嶙峋的山坡；
>
> 只有亚热带的丛林和苦难的大地，
> 知道他心头的血，有多高温度的热。
>
> 一座座敌堡，窜出条条火蛇，
> 一双双战友的眼，焦灼又饥渴。
>
> 祖国哟，此刻，你看见吗——
> 他凝神蹙眉，咬紧牙关在想些什么？
>
> 猛然，只见他霍地跃起，
> 如风暴，卷起山坡上一团烈火！
>
> 呵，真理和正义如此锋利而炽热，
> 它能燃烧、摧毁，它能熔化、切割！
>
> 他喷出八万万郁积的惊雷怒电，
> 转眼，将堆堆铁石都化成一摊灰末！
>
> 故事就是这样单纯，却这样惊心动魄！
> 师党委，我看，授予他太阳般大的勋章，也不为过！

在这位严惩越南侵略者的喷火手的枪口上，凝聚着全中国人民的仇恨、愤怒，让一切顽固、傲慢的敌人顷刻间化为一摊灰末。这首诗雄浑、有力，显示出惊心动魄的壮烈的美。

李瑛不仅战士诗写得好，他的咏物诗也蕴含着深刻的哲理。我特别赞赏他的一首《萤火虫》，此诗作于 1980 年 3 月 18 日，后收进他的诗集《我骄傲，我是一棵树》。萤火虫是一种身体呈黄褐色的会飞的小昆虫，触角是丝状的，腹部末端有发光器官，能发出绿色的光。白天，萤火虫伏在草丛里，夜间常常飞出来。像李瑛的《萤火虫》这样的抒情短诗，有美妙的意境、丰富的感情、奇特的旋律和瑰丽的语言，集中体现了高层次的审美意识和审美情趣。之所以如此，其中的一个重要原因就是他的诗是从生活之树上采撷来的，又经过他精心酿造和加工，是精益求精的。这首诗共九节，每节三句，是结构严整的自由体新诗，呈现了大体整齐的建筑美。

六月、七月、八月、夜晚——
田野的夜晚，沼泽的夜晚，
萤火虫在飞，一闪一闪。

呵，它在草丛里寻找什么？
也许，夜深了，找不到它的家门？
也许，风凉了，找不到它的衣衫？

夜风呵，不要吹熄它小小的灯盏，
尽管它的光太微弱，太暗淡，
它的生命却自豪而勇敢。

它的心里藏着个大胆的秘密，
它在不屈地向黑暗挑战——
它决心要探索夜的深浅。

飞起来，像一条绿线，
轻轻地飘忽，没有声音，
难道不像一条热烈的河川！

落下来，像一粒豆子，
却是真实的存在，光芒闪闪，
难道不像高空的星斗一样灿烂！

世界，应该有光，应该有美，
正像应该有太阳，
有生命和生命的尊严。

有人说，天亮了，它变成了露珠，
有人说，天冷了，它变成了种子，
仍然不倦地、不倦地亮在人间……

所有的乐器都要求歌唱它，
所有的灯光都同意承认它，
对于它，它永远是无声的启迪和召唤！

诗一开始就用跳跃、轻快的诗句描绘了萤火虫在夜晚飞动的情景：六、七、八月正值夏季，这正是萤火虫活跃的季节，田野里、沼泽上，那一闪一闪的萤光表示这可爱的小生物在飞动。这是一幅充满生机的图画，它可以引起读者的神思遐想……第二节是诗人的一种推测，萤火虫在草丛里出出入入，东来西去，它们究竟在寻找什么呢？是家门？是衣衫？诗人提出了问题，又未急于作答，有意启发读者去思考。夜深了，风凉了，诗人对这些小昆虫是充满了关心的。第三节是诗人对夜风的祈求，也是对萤火虫的初次礼赞。祈求夜风不要吹熄萤火虫尾部小小的灯盏，尽管它暗淡、微弱，但却是黑夜中给人以鼓舞、希望的生命之光，它显示了萤火虫对自己生命力量的自豪，显示了萤火虫的勇敢。咏物诗的写作大都离不了移情于物的手法。以上三节可视为全诗的第一层，通过描绘萤火虫夏夜飞动的图画，对这种充满活力的小生物进行了初步的礼赞。诗的开头精巧别致、情趣盎然。

诗的第二层由第四、五、六三节组成，这是对萤火虫心里秘密的揭示，也是对这种敢于向黑暗挑战的小生灵的纵情礼赞。这其中充满了浪漫主义的夸张、想象，充满了艺术的虚构、渲染，哲理气息洋溢其间，读来发人深思，令人心动。萤火虫心中的秘密是：不屈地向黑暗挑战，决心要探索夜的深浅。这里也对之前的疑问做了解答。萤火虫本身是微小的，它飞起来尾部的萤光充其量不过像一条绿线，但是诗人却将其喻之为一条热烈的河川；萤火虫确实不起眼，落下来宛如一粒豆子，但是诗人却夸赞它像星斗一样灿烂。这是为什么？这种浪漫主义的礼赞、奇想蕴藏着什么样的哲理？读到这里，人们不能不认真思索这些问题。十年内乱，林彪、江青反革命集团在神州大地上践踏生命、暴虐无忌，他们鼓吹的“造反派脾气”，其实就是法西斯主义，他们把污辱人、迫害人当成乐事，这种流毒为害甚深。李瑛在礼赞萤火虫时，充分肯定了它向黑暗挑战的不屈精神！热烈赞扬了它要探索夜的深浅的顽强意志！诗人在这首咏物诗里，赋予了萤火虫与黑暗抗争的战士的性格和神采。诗人融情于景、移情于物，借以抒发自己的感受，达到情景交融、情理交织的境界。通过萤火虫以生命之光探索黑夜深浅的形象，赞美了它敢于向黑暗挑战的精神。

第七、八、九三节是诗的第三层，是全诗画龙点睛的部分，是全诗的高潮所在。第七节从正面阐述全诗的主题：世界应该有光、美、太阳、生命和生命的尊严。萤火虫之所以值得赞美、歌颂，就因为它有光，它美丽，它是生命，它有生命的尊严。诗人在第八节运用传说式的虚拟手法，说萤火虫天亮后变成了露珠，变成了种子，但不管如何变化，它仍然不知疲倦地亮在人间，给世界、给人类带来光明和温暖。这种浪漫主义的畅想，扩展了诗的意境，增强了人们对萤火虫的好感，是锦上添花之笔。第九节在结束全诗时很有力量，很是新奇。诗人连用了两个"所有的"表示全范围的指示代词，强调了乐器和灯光对萤火虫的好感，一个要求歌唱它，一个决定承认它。诗人对萤火虫又持怎样的态度呢？诗中做了含蓄的表示：它对诗人永远是无声的启迪和召唤！李瑛历来重视诗人在创造精神美方面所负的重任，他要求诗人"积极地发现那些美好的事物，并把它们以生动的美的形象表现出来吧——因为从某种意义来说，人们需要诗就是需要美。"《萤火虫》一诗所提倡的对生命、人的尊严及美好事物的尊重，对社会主义中国的青少年来说，是必须具有的基本的品德。

类似《萤火虫》这样优秀的咏物诗还有不少，如《贝壳》《山中小路》《山鹰》《雨》《哨所日历》《灯》《灯塔》《珍珠》《海》《海礁上的藤》《中建岛》《纸船》《祖国的炊烟》《喜峰口》《疏勒河》《玩具》《茶》《弹片》《咖啡》《野草》《镜子》《蜡烛》《杏花》《睡莲》《蝴蝶标本》《枯叶蝶》《野牛角》《野酸枣树》《小米》《芦花》《野豆荚》《沙蒿》《藏刀》《青蛙》《蟋蟀》《弹洞》等。

特别是在进入改革开放新时期后，李瑛不仅增强了抒情长短诗的哲理性，而且不时地写出一些哲理诗。像《认识生活》一诗，共五节，每节都阐述了你在什么情况下、境遇中，才算认识了生活，每节都讲出了一个哲理：

当财富和情欲使人发疯
欺骗显得多么重要
你肯维护生命的尊严
你便认识了生活

当你会辨认白昼的真理和黑夜的谎言
懂得哭笑、爱憎和生死
你便认识了生活

当你看见城市转过脸去
擦拭不愿让人看见的泪和血，
你便认识了生活

把犁头扛在右肩，镰刀扛在左肩
无论付出或获得都是诚实的
你便认识了生活

像春的大地一样忙碌
既做自己的国王又做奴隶
当你闻到咸涩的汗味
你便认识了生活

五节诗，格式相同，前三句是条件、是前提，第四句是合乎逻辑的推断与结论。认识生活对每个人来说都非轻而易举之事，要付出汗水、血和泪等代价，在实践中分辨善恶、是非、真假、美丑。这首诗的哲理是深刻的。《这就是岁月》《旋转》《声音》《蜡烛》等都是这类哲理诗。

哲理诗的出现是李瑛抒情诗思想力度增强的必然结果。而这些哲理诗的出现，又标志着李瑛的诗歌在体式方面又有了新的开拓与进展。这也表明诗人在诗歌创作上并不满足于已经取得的成绩，而是在不停地探索与进取。

四、内容不断深化，形式努力创新

诗歌的内容与形式的问题，涉及诗歌创作和诗歌批评中的一些基本问题，诸如诗歌作品的内容与形式的关系，诗歌的题材与主题、语言与样式，以及诗歌的风格、流派和诗歌的民族特点等。马克思主义哲学告诉我们，一切事物都有它的内容与形式，都是内容与形式的辩证统一。内容，是指构成事物的内在要素的总汇；形式，是指事物内容多要素的结构和组织形态。对诗歌来说，内容是它抒写了什么，描绘了什么；形式是指它怎样抒写，怎样描绘。

纵向考察李瑛七十多年来的诗作，不难得出这样的结论，即：他的诗歌的内容在不断深化，他的诗歌的形式在努力创新。这也就是李瑛诗歌的社会影响越来越大、他的诗坛地位越来越高的重要原因。

我认为，若不细加划分他的创作阶段，可以以 1976 年创作、1977 年发表的长诗《一月的哀思》为标志，把他七十多的创作历史划分为前后两个时期。从诗作内容看，后期比前期要明显得深刻了许多。新中国成立前，他的诗作可以视为是受了早已传入我国的西方现代主义手法影响的作品。他借播谷鸟的噙泪的呼唤，展现了旧中国满目疮痍的景象："荒芜的土地没人收拾/饥饿的时代将你蹂躏。"(《播谷鸟的故事》)"城堡下有白骨诉说哀怨，/墙堞间涂满褪色的记忆。"(《古长城》)"夜，携着呻吟和数不清的焦虑，/携着饥饿的人和他们家族冰冷的尸体，/散步在冻结了落叶的冰河上。"(《散步的夜》)"在你的脊背上，/燃烧着一群奴隶的命运；/在你的脊背上，/竖立着酒店和牢狱。”(《脊背》)“谈起生活，人们像走进寒冬/一个个唏嘘着，怀无数憧憬/一阵阵痉挛又颤抖，/人命贱，物价涨，像旋风。”(《北平》)这些新中国成立前写的学生时代的诗，表现了一个年轻的进步的革命诗人对旧时代、旧中国的憎恶，他渴望在党的领导下通过英勇无畏的斗争创建新中国、新生活。这些诗讲究意象选取，注重细节刻画，内情与外物相融合，释理与抒情相呼应。

而在1949—1977年这28年间，可以说李瑛是以创作军旅诗为主的。这些军旅诗的抒情主人公就是和诗人亲如兄弟、情同手足的战士。正如诗人自己所说的，在这些歌颂人民解放军普通战士的诗歌里，“通过战士的作战、执勤、训练、劳动和日常生活，表现战士们的爱国主义、革命英雄主义和革命乐观主义精神。”①作于1956年的《落呀，落呀，金色的黄昏》，是一首写海岸巡逻哨兵的构思独特的诗。在黄昏时分的海岸，大海的颜色越变越深了，它就要睡去，闭起嘴唇。“年轻的哨兵巡逻来了，/沙滩上留下一串漫长的脚印。”“我们的哨兵警醒地走着，/在大地边沿划出了一道花纹。”诗人挥动彩笔，渲染了巡逻哨兵威武、矫健的形象，还对云和风提出了请求：

你什么时候才巡逻回去，
直到日落？直到夜深？
云，不要遮住月光吧，
风，不要掀起他的衣襟。

他在带枪守卫祖国，
面对海洋，监视着敌人，
你看他踏出的那一串沙窝里，
哪一个没留下他一颗跳动的滚烫的心……

请求云和月关照我们的巡逻哨兵，亲切地询问战士们何时回去；更承接前两节诗里写到的沙滩上的脚印、大地边沿的花纹，运用浪漫主义的手法进行虚拟化、诗意化：“你看他踏出的那一串沙窝里，/哪一个没留下他一颗跳动的滚烫的心……”艾青说得精辟：“诗是由诗人对外界所引起的感觉，注入了思想感情，而凝结为形象，终于被表现出来的一种完成的艺术。”②李瑛亲身体验过海防巡逻哨兵的生活，和这些祖国的卫士朝夕相处，他对海防哨兵的感觉细腻而

① 李泱、李一娟编：《李瑛研究专集》，解放军文艺出版社，1983年，第10页。
② 艾青：《诗论》，人民文学出版社，1980年，第172页。

又丰富，在注入了自己对海防巡逻哨兵的关切、热爱、敬佩等思想感情后，又将这些感情凝结为刚健、威武的艺术形象，又用浪漫主义手法虚拟化、诗意化，从而写出了这首好诗，点染出每个沙窝里都留下战士跳动的滚烫的心的深刻、热忱的诗句！

李瑛的战士诗画面优美、诗意浓厚，还呈现了一种刚柔结合、清新雄奇的艺术风格。当代诗人中，以阳刚之美或阴柔之美立于诗坛者，不乏其人。但能如李瑛这样，以多套笔墨写诗，使阳刚之美和阴柔之美相互结合者，实不多见。《月夜潜听》一诗，作于1961年年初，是一首写巡逻战士直抒胸臆的细腻深刻的抒情诗。在涨了大潮的海滨，在大地透明的月夜，执行潜听任务的海防战士出发了，请听巡逻战士对月亮和风说些什么："月亮，不要照出我的影子，风不要出声；祖国睡去了，枕着大海的涛声。"多么细心可爱的战士呵！他们唯恐月影、风声惊扰了安睡的祖国、休憩的人们。正是由于有了战士的忠心和深情，警觉的夜也把万弦绷紧，"刺刀上写着战士的忠诚"，这种虚中有实的精彩诗句，创造了奇妙的意境。有了这样的铺垫，我们读着下面富于情趣的诗句，就丝毫不感觉突兀了："三块岩石，却有三双耳朵；/三簇野草，却有三双眼睛。"这样的诗，十分细致地表现了我们的战士全心全意为人民服务的崇高的内心世界。为了边境的安宁，为了祖国人民的幸福生活，他们忠于职守，以苦为乐。有了祖国的叮嘱、人民的信任，他们能克服各种意想不到的困难。是战士的生活和战士的感情孕育了诗人刚柔并济的诗。李瑛自己说过："部队生活是我的诗歌的生命的摇篮，是他们——我的战友们用汗、用眼泪、甚至用鲜血，灌溉了我诗的土壤。"①李瑛同志的战士诗题材丰富、形式多样，有的写现实，有的勾连今昔。如作于20世纪50年代中期的《磨刺刀》，全诗六节，每节四句，可谓气冲霄汉，高亢嘹亮：

雷一声，闪一道，
扳倒峭壁磨刺刀。
我的汗，在刀身上淌，
刀的火，在我心头烧。

莫忘当年井冈险哟，
哨哨都飞红梭标；
莫忘当年怒江急哟，
惊涛骇浪洗大刀。

---

① 李瑛：《在生活的激流中锻炼成长》，《解放军文艺》，1962年第5期。

而今风雨几十载，
天换了，地换了，
可刀声未停人未老，
刀光下，走出咱一代新英豪。

头上的五星星更红，
手里的战旗旗更娇；
革命的利刃永不倦，
照亮万里青山坳。

云滚滚呵歌滔滔，
高山哨所磨刺刀；
磨罢一弹铮铮响，
闪动白光一道道。

站在哨所抬头看呵——
夜空又多了一颗星，
大地又多了一滴雨，
人间又多了一分笑！

这是多么好的一首诗呵，通过描写高山哨所的战士磨刺刀的动作、场面，抚今追昔，表现了我们今天的年轻战士，没有忘记当年老同志在井冈山、在怒江进行艰苦的革命斗争的历史，他们继承了先辈时刻准备战斗的光荣传统，在换天改地的新时代，继续保持高度的革命警惕，坚决完成一切祖国交给的战斗任务。诗的开头气势不凡："扳倒峭壁磨刺刀"，是浪漫主义的想象和夸张。几十载风雨过去了，"可刀声未停人未老"，"刀光下，走出咱一代新英豪"！本诗的时间跨度很大。这一代新英豪不是别人，而是高山哨所的年轻战士：他们头上的五星更红，手里的战旗更娇；他们磨好的刺刀，一弹铮铮响，闪光道道亮。因为他们没有忘记人民军队的斗争史，他们是新时代的新英豪。

李瑛诗的思想内容的深化也表现在他的咏物诗里。试看他作于 1978 年 11 月西沙永兴岛的《致一棵被台风吹折的羊角树》，本诗分两章，每章七节，采用了他曾经用过的两行体：

1

是的，你也是祖国可敬的公民，
是的，你也是阶级不屈的弟兄。

你这被台风吹折的羊角树呵，
我从没见过这样庄严的生命。

即使枝干折断，表皮撕裂，
仍匍匐在沙滩上倔强地生长；

尽管全身仆倒，鳞伤遍体，
斑驳的叶子仍望着海空。

我第一次看到愤怒的力量，
只因它对生活充满激情。

原谅这岛吧，它实在又小又贫瘠，
感谢须根吧，它不是用水，而是用信念滋润心灵。

这巨大的伤口，似终生也难以愈合，
但，希望把梢头已染出一派青青……

2

不屈的勇者呵，不死的生命，
我理解你的痛苦，你的不幸；

血的昨天，火的今天，
也许夜夜梦里仍有雷声滚动。

任波涛陡峭，风狂雨猛，
你永远保持战斗的姿容。

对如此勇敢美丽的灵魂，
我哟，怎能不歌唱你的光荣！

现在，我来了，我把手伸给你，
因为我找到了忠诚和爱情。

是的，你不是一棵树，小小的羊角树，
你是我的一位战友，一名士兵！

收下吧，请把我这支歌当作一束花，
感谢你，教我懂得了人生！

本诗采用了诗人与羊角树对话的艺术手法，移情于物，通过礼赞被台风吹折的羊角树的顽强不屈的生命力，表达了诗人对祖国西沙群岛的热爱，对和守岛士兵一样勇敢无畏的羊角树的敬佩。诗人不仅移情于树，表达了对羊角树的深厚情意；更由树及人，发掘了羊角树一切美好的思想品德，完全来自守岛的战士。诗人高声呼喊树是“祖国可敬的公民”“阶级的不屈的弟兄”！要大声赞这“不死的生命”“勇敢的灵魂”！这首中等篇幅的咏物诗，是诗人在西沙群岛采访时的切身感受，人树结合，借树咏人，歌颂了守岛战士的勇敢、忠诚。这种诗不是一般的咏物诗，也可视为特殊的战士诗，是战士生活之树上绽放的诗花，是战士生活的回声，是海岛草木之化身。战士生活的紧张丰富、祖国岛屿旖旎的自然风光，酿成了李瑛诗作的多种色调；战士心灵的纯洁美丽、神州山河的秀美景色，使他的诗风清新雄奇。这种鲜明、独特的诗风的形成，自然也是和李瑛有良好的诗歌理论修养，善于向古诗、新诗和外国诗借鉴分不开的。

本时期，李瑛还写了不少中长篇的组诗、政治抒情诗。脍炙人口的《一月的哀思》就不必多加分析了。几乎写在同一时间的《七月的花环》，副标题是：献给敬爱的朱委员长。本组诗陆陆续续写了五个月，由《一九七六年七月六日》《剑》《泪》《青春》《伟大的友谊》《大树》《你和革命》《战士》《你使大地开出鲜花》《给我们的枪的命令》《挑》十一首诗组成。第一首强调了朱德去世的日期，“一朵小小的白花却重过千钧”“噩耗猝然击碎了八亿颗心”写出了全国人民在朱委员长去世的噩耗传来时的无比悲痛之情。“静默里，人人在抽泣，在悼念，/却为何有人发出狞笑阵阵?”显然，狞笑者，正是“四人帮”反革命集团。第二首，诗人在瞻仰朱委员长遗颜时，想到他是“一柄时代的剑”，因为是“毛泽东思想铸炼它伟大的灵魂，/所以它通明如雪，光逼九天”。第三首写哨所战士泪流不止，表达他们对总司令的深切悼念，结尾两句铿锵有力，悲壮无比：“对革命战士多么生疏的泪呵，/今天，却像决堤的潮，飞泻的瀑……”第四首赞扬了朱委员长“信念弥坚，永远充满青春的活力”。第五首，摄取朱德向周恩来遗体告别、行军礼的特写镜头，赞颂了两位伟大的无产阶级革命家之间的伟大的友谊。第六首喻指朱委员长“像一棵高大的乔木，枝叶参天”，经得起风、云、雷、电的考验。第七首赞颂朱委员长“金戈铁马”的一生，结尾两句豪迈、壮丽：“想起真理、热血和钢铁铸造的革命，/呵，总司令，怎能不想起你英武的形象!”第八首用“战士”这个平凡又伟大的称号来评价朱总司令的光辉的一生。其中有这样精辟地表述朱总对中国革命巨大贡献的诗句：

在中国，曾有过铁的黑暗，
你打着绑腿走遍受难的土地；
从战场到战场，冲锋不止，
直到把五颗金星，镌上我们的旗。

这也就是说，他和毛主席一起，缔造了新中国，在天安门广场升起了五星红旗。第九首赞颂朱总司令是“我们向旧世界进军的总司令”，他领导我们“开创了前无古人的事业”，使“祖国大地开遍了鲜花”。第十首让我们“快擦掉最后一颗泪滴”，“昂起头来，列队肃立”，听从总司令的命令：“为建设新世界——出击!”第十一首，再一次突出了朱总那根“磨光的扁担”，表示我们要接过扁担：“哪怕它山再高，路再险，/我们也会把整个地球挑进明天!”用组诗的形式讴歌朱总司令，这可以说是李瑛的一种大胆的创新和有意尝试。这种写法的好处是：一、灵活机动，可以突出诗歌写作对象对中国革命的特殊贡献。用“剑”来礼赞朱德是人民军队的缔造者，是彪炳史册的无产阶级军事家，是十分准确的。这柄剑的作用和历史功勋是：

对一切阶级敌人，它呵——
横劈竖砍，宁折不弯，一往无前!

看，霜刃上，仍飞腾着熊熊烈火
——红旗，正掠过万水千山……

二、鲜明生动，点染出一组组审美品位高、哲理内涵深的意象。艾青说过：“意象是从感觉到感觉的一些蜕化。”“意象是纯感官的，意象是具体化了的感觉。”“意象是诗人从感觉向他所采取的材料的拥抱，是诗人使人唤醒感官向题材的迫近。”[①]这种精辟的论述在李瑛诗作里得到了生动、有力的印证。《七月

① 艾青：《诗论》，人民文学出版社，1980年，第199—200页。

的花环》的意象有：白花、黑纱、剑、泪、灯、军礼、大树、井冈号角、延水晨曦、丹心、礼花、金星、河水、火焰、树叶、鲜花、枪、泪滴、南瓜、柴草、米、盐、扁担等。正是靠了上述意象，我们可以十分具体、实在地感受到朱总司令对中国革命做出的巨大贡献。让这位无产阶级杰出的军事家朴实、高大、英武的形象屹立在我们脑海里，永远指引我们向前，向前，向前。三、便于描写、抒情、叙述、议理、铺陈几种手法交错使用。试看组诗第一首《一九七六年七月六日》开头两句：

这一天，一朵小小的白花却重过千钧，
这一天，噩耗猝然击碎了八亿颗心；

又如，第七首《你和革命》的第一节，描述了朱老总的革命生涯，既形象生动，又气势磅礴：

井冈号角，催动竹矛长枪，
延水晨曦，辉映草鞋双双，
飞霞流水，似奔驰金戈铁马，
云锁狂涛，犹见那灿烂阳光……

作于1979年8月的组诗《红花歌》，副标题为悼张志新烈士并致生者。这是李瑛的一首力作，诗前有三行序诗：

永远不要忘记——
我们曾有过
这样苍白的日子……

全诗由《尖厉的枪声》《一朵小红花》《琴音》《呼喊》《生命》五首诗组成。第一首诗严峻、犀利，警策、悲壮：“四人帮”残暴地杀害了张志新同志，两节诗描绘了她倒下后的形象：

她的愤怒的眼睛，
没有闭上，没有闭上，
仍在狠狠地瞪着——
这没有花开的春天和惨淡的太阳！

她的失血的苍白的脸，
满含悲愤和忧伤；
她的秀丽蓬乱的头发，
粘在血泊里，透出一派刚强！

真正的死不瞑目呵！为真理而献身的猛士又是何等刚强。诗人蘸着血泪，写下了发人深省的诗句：

但是，党呵，怎能设想，
竟是你的一个缺口，一颗准星，
一粒本该消灭敌人的子弹，
把她射杀在长满野草的刑场！

就是这样一个真正的共产党人，
沉甸甸地倒在大地上；
只因为，她向你倾诉了最高的爱，
便得到了这样的报偿！

我们无须逐一分析这组诗，仅上面的例子便足以说明李瑛这组诗思想内容的深刻和艺术形式的精美。在同类题材的诗作里，李瑛的《红花歌》是脱颖而出的力作。

在李瑛的中长篇组诗和政治抒情长诗里，不仅有对老一辈无产阶级革命家的悼念之作，还有写我国现代化建设取得重大进展的佳作，如组诗《早春》，由《欢迎》《植树歌》《写给一块矿石》《油田的喜报》《钻塔礼赞》《一个钻头的联想》《听总地质师的谈话》《芦苇的记忆》《黄河》《在僻静的山谷》十首诗组成。比如，在《欢迎》一诗里，诗人让我国第三颗返回地面的卫星“从高空俯瞰大地”，展示了我们祖国的壮丽景象：

无论是滔滔长江或莽莽昆仑，
无论是翠绿的兴安岭或赭黄的腾格里，
呵，烟波，火浪，夯歌，红旗，
哪里不都是喧闹的工地！

大道上，疾驰的车轮追逐车轮，
长空里，竞赛的汽笛召唤汽笛。

在油田，钻杆正向万米深的地心钻进，
在山麓，梯田正铺向白云里。

那丝绸般的公路裹起一座座山寨，
那巍峨的厂房似群峰矗立。

随后，诗人又用一节诗总结了祖国的今天，展望了它的明天：

一九七八年的中国呵，地球上，
有哪一寸土地能和它相比！
而明天，百花怒放的明天，
霞光虹彩，又怎能描绘它的庄严和美丽！

本诗是以诗人询问卫星而作结的，亲切、欢快、有力：

哦，亲爱的小星星，告诉我，你看见这些，
心中，多么骄傲！多么欢喜……

实践证明，当十一届三中全会的春风吹遍神州大地后，在短短的三十年里，改革开放使祖国面貌发生了前所未有的巨大变化，让世界各国惊叹不已。这也表明了我们的诗人李瑛是置身于时代前列，其诗作是有一定的预见性的。进入21世纪以后，李瑛又发表了三首长诗，即收在《野豆荚集》里《十一朵红玫瑰》《2003·北京：从春天到夏天》《永远的颂歌》。第一首长诗由十一章组成，我想也就是取名为《十一朵红玫瑰》的原因。第一章是导入，相当于序曲。诗人说：当“在曾是一片废墟和瓦砾之上”的“座座新城胸前的/花朵开放”时，“我的诗词便溢出/不住跃动的阳光和海水/辉映着洁净的街道和高大的玻璃窗”诗人无比深情地对祖国倾诉：

祖国，没有谁比你
更美丽，没有谁比你
给予我的爱更慷慨
你把你的全部所有
都给了我——
历史、大地、文明、爱、尊严和自由

第二章论述“我”与祖国的关系。在认定故乡的“小河”“炊烟”是祖国后，又认定“塞北雪花”和“江南的杏花雨”是祖国，诗人还用了一个十分新奇的比喻，说“我是你最远端的根系”。第三章借鱼和鹰之口，讲述祖国昔日的故事：祖国用“屈辱和苦难”“艰辛和渴望”，喂养了“一代代压不弯的脊梁”，教会“我们”如何在黑暗中去“寻找黎明”。第四章称赞祖国是“离天堂最近的地方”。第五章回顾祖国西部的历史，盛赞祖国在跨进新世纪时，从东方到西方发生的“传奇”式的变化：

祖国从喧闹的东方
到昂起头来的西部
如左臂和右臂
紧紧抱着这片土地跨进新世纪
用钢铁、火和玫瑰点染青春
每个建设喜讯
都是一个雄辩的预言和
一个简单的象征
这传奇
这跨越历史的巨大飞渡
使大地倾斜

第六章诗人歌唱“创造历史的人们”，从“孩子”“年轻人”到“老人”，又强调“每个人都是一部历史”。第七章指出“在我们这个世界上”，仍有“动荡”，把我国的和平崛起和世界上存在的种族歧视、战乱流亡、坦克碾人等丑恶现象对照起来，爱憎分明。第八章强调世界上的人们宗教不同，肤色不同，但“每个生命”都应有“庄严和自尊”，环看全球，诗人高唱：“最美的是你，我的祖国。”第九章让人们一起来为我们“饱受磨难的国度的人们创造的奇迹”唱歌跳舞。第十章根据自己的切身经历和战场感受，诗人说“他比谁都更懂得/热爱真理，珍重和平”。第十一章诗人说他心里有个最大的情结，这就是对祖国的爱。

长诗《2003·北京：从春天到夏天》，由“早春的警号”“SARS”“眼睛”“把这束花献给你”“心向北京”“挽歌”“告诉人类和历史”“初夏的钟声”八章组成。这是近距离反映当代社会“SARS”肆虐的一首时事诗、纪实诗，该诗也是同类题材诗作中的一件精品。它至少取得了以下三个方面的成就：第一，形象化地表现了“SARS”潜入北京的凶恶及危害。

骤然，急救中心的车笛

凄厉地响起
闪电和飓风，抽打着
全城的广场、大街和小巷
时间在火焰中流动
北京变得沉重了
SARS，SARS，SARS
潜进了这座城市

简洁概括的诗句警策有力。诗中还具体描绘了恶魔“SARS”的阴险的丑恶：

闪着贪婪的眼睛
龇着狰狞的牙齿
SARS，黑色的幽灵
潜入了这座城市
你看不见它
它从哪里来
从泥土里，水珠里，风里
抑是被打碎的瓦罐里或
潘多拉盒子里

第二，本诗表现了北京人民以及全国人民勇敢、智慧、齐心协力迎战“SARS”的决心和信心。

好呵，你(SARS)来了
太阳系的第三颗行星仍在旋转
可你潜入的地方，是
亚细亚东方历经磨难的中国
是建造长城的古老民族的子孙
这里就是长城脚下的大城
——十三亿人的心脏
SARS，我们接受你的挑战

第三，诗中用新颖的比喻、真挚的感情，歌颂了在与“SARS”搏斗时英勇献身的白衣战士。

呵，曾是一只夜莺化身的她
如今，竟变成了一只雄鹰
这是她吗
现在，她站在这里
露出唯一一双能看见的眼睛
这是她生命中最美的部分
在这精神最高的地方
擦一下眼罩
准备再上前方
看，窗外，一切
都在呼吸、奔流、成长
这是个多么美好的世界

为了救治遭“SARS”侵袭的人，为了让别人生活得更美好，有多少白衣战士英勇无畏，奔向与“SARS”肉搏的前方！诗里还具体描述了一位女白衣战士的慷慨赴死，以及她的亲人们对她的怀念：

她刚刚说完“不要靠近我，传染！”
她就走了，在一个个
眼皮红肿的黎明和傍晚
让我们把树叶和花瓣
洒在路上，送她远行
在生命成为叶子的时候
这叶子应该是绿色的
在生命成为花朵的时候
这花朵应该是红色的
我们生命的一部分已经消逝
但——另一部分却已再生

“妈妈，我永远把你的照片带在书包里
你陪我上学，我不哭！”
一个八岁孩子在滢滢泪光中这么说
“亲爱的，我又梦见了你，我把你
埋在永远的爱里，你便会回来。”
一个年轻的妻子坚定地这么说

"孩子，我未能给你换一身衣服
你没白长大，为别人而死是光荣的！"
一个把泪水全都汇聚心头的母亲这么说

这首长诗几乎是和我国人民战胜"SARS"的斗争同步构思、创作的。这表明了诗人的政治敏感与艺术创造都达到了前所未有的新高度。诗人说过："我始终执着于直接参与社会生活，实现真正的写作。我一直认为，只有有血有肉有汗有泪的地方，才是产生具有深度的美的作品的地方，才是产生真诗的地方。"①通过我们对上述中长篇组诗、政治抒情诗的重点剖析，完全可以印证诗人这个观点。他这些诗作的内容之所以不断深化，是因为他不论是在职或离休，他都直接参与火热的社会生活，全身心地观察、体验、思考、研究社会生活，从生活的矿藏中发现、采掘诗美的矿石，经过反复熔炼，创作出具有深度美的诗歌作品。

李瑛从其开始写诗时起，就一直重视诗歌艺术形式不断创新的问题。这一方面是因为他有较高的诗歌理论和诗歌美学修养，对诗歌创作的主观要求高；另一方面是因为他懂得缺乏艺术形式美或创新的诗作是跛脚的，是难以打动人心的。总之，他的诗歌创作态度是严谨而又认真的。

那么诗的艺术形式又包括哪些内涵呢？艾青在《诗的形式问题》一文中说："诗和其他文学样式不同的地方，在于它必须通过诗所特别具有的艺术，表现诗人的思想感情。所谓诗的艺术，包括诗的语言、诗的表现手法、诗的韵律。当诗人被某种事物唤起感情，产生一种为联想寻找形象的冲动，通过富有韵律的语言，把这种感情表现出来，才能产生诗。"②应当说，诗坛泰斗艾青的这些经验之谈可谓真知灼见。当然，我以为诗歌的艺术形式，除了艾青说的诗的语言、诗的表现手法、诗的韵律之外，还应增加诗的体式一项。

诞生在"五四"文学革命发轫初期的新诗，充当了文学革命的先导。新诗是"在创造性地继承了中国古典诗歌的民族传统，并接受了外国优秀的现实主义和浪漫主义诗歌的影响，而适应着中国人民革命的需要发展起来的"。③ 回顾中国新诗发展的历史，出现过的诗的体式是多种多样的，如五言体、七言体、九言体；格律体、半格律体；学习信天游的两行体、学习外国的十四行体；新辞赋体、自由体、小诗体；街头诗、朗诵诗、枪杆诗、快板诗，等等。

在现当代诗人中，努力探索新诗多样化体式的人并不算少，但在多种体式

① 李瑛：《李瑛诗文总集》第十四卷，中国文联出版社，2010年，第253页。

② 艾青：《诗论》，人民文学出版社，1980年，第93页。

③ 王瑶：《中国诗歌发展讲话》，出自吴开晋：《现代诗歌与艺术欣赏》，河北人民出版社，1987年，第124页。

的使用上，达到娴熟自如、甚至炉火纯青程度的则屈指可数。郭沫若、闻一多、朱自清、冯至、殷夫、徐志摩、戴望舒、艾青、臧克家、李季、张志民、阮章竞、田间、阿珑等七月诗派诗人等是现代新诗体式探索的佼佼者。而贺敬之、闻捷、艾青、臧克家、卞之琳、何其芳、郭小川、李瑛、张永枚、流沙河、舒婷、赵恺、傅天琳、曾卓、绿原、公刘、柯岩等是当代新诗体式探索的有成就者。

对于李瑛诗歌的体式，评论者甚少。吴开晋在其《现代诗歌艺术与欣赏》一书中论述说："打开其抒情诗集看，诗的形式虽以四行一节的半自由体为主，但民歌体、楼梯式、纯自由体的诗也有一些，某些篇章也带有古诗词的味道，这说明，随着诗人美学趣味的变化，或者依据不同内容的要求，而采用了多种形式。"①吴开晋认为"四行一节的半自由体"是李瑛抒情诗的主体形式。这个说法若纵观其李瑛七十多年的诗作，则失之偏颇。我以为，李瑛的中长篇政治抒情诗不是以这种体式写成的，而是他在采用 20 世纪五十年代末六十年代初盛行的"楼梯式"改造过的中国形式，又随着新时期诗歌体式的多样探索与发展，逐渐形成了个性化的李瑛式的楼梯式体式。

在《中国当代新诗史》里，洪子诚、刘登翰曾回顾并简单介绍了政治抒情诗的体式②：

> 政治抒情诗这一概念的提出，大约在五十年代末六十年代初。但是，这一诗体的出现，却在更早。广义地说，从 1949 至 1976 年这一时期的大部分诗作，都带有政治诗的性质："诗人所关注的是社会生活的政治层面，或是从政治的层面来关注社会生活；诗中所表现的或是具体的政治事件，或是透过生活的不同侧面来表现社会普遍的政治情绪。不过，这里所说的政治抒情诗，指的是一种有更明确思想、艺术规范的'诗体'。它在建国初就已存在。1950 年石方禹的《和平的最强音》、1954 年邵燕祥的《我爱我们的土地》、1955 年郭小川以《致青年公民》为总题的包括《投入火热的斗争》《向困难进军》等 7 首组诗，以及 1956 年贺敬之的《放声歌唱》等，都是最早一批有影响的政治抒情作品。"

李瑛的长篇政治抒情诗，从《一月的哀思》开始，比起五六十年代的同体式作品，又有了发展、变化和创新。《一月的哀思》这首长达六百余行的长篇政治抒情诗是李瑛的代表作。在诗里，诗人描绘了周恩来总理的光辉形象，讴歌了周

---

① 吴开晋：《现代诗歌与艺术欣赏》，河北人民出版社，1987 年，第 473 页。
② 洪子诚、刘登翰：《中国当代新诗史》，人民文学出版社，1994 年，第 185 页。

总理鞠躬尽瘁为人民的崇高品德，痛斥了“四人帮”的倒行逆施，寄托了包括诗人在内的亿万人民无限怀念人民好总理的绵绵哀思。可以这样说，《一月的哀思》是当代新诗发展的里程碑。在“四人帮”丑类肆虐横行的日子里，李瑛的这首长诗与天安门革命群众的诗歌相呼应，唱出了人民的心声。这又一次证明，李瑛是一位与人民休戚与共的诗人。诗歌体式是诗歌形式的一个要素，它既涉及诗歌的章法结构，又与诗歌的句式结构息息相关。《一月的哀思》共分五章，第一章描写了周总理逝世的噩耗传来八亿人民无比悲痛的心情，又交代了写作动机，起的是序诗作用。本章也表现了诗人的乐观的信念，他在家里扎了小小的花圈，又写了这首诗：

暂埋进这冰封雪覆的土地，
待明天，春满人间，
我坚信，它会萌生，
迎着阳光，
长出绿油油、绿油油的
美丽的叶子……

第二章、第三章是全诗重点所在。第二章写诗人和首都人民冒着严寒伫立在长安街头，等候总理灵车驶过的情景。全章共十节，以“车队像一条河，/缓缓地流在深冬的风里……”作间隔，分为五个层次，写了亘古未有的丧仪、葬礼：

呵，祖国——
茫茫暮霭中，
沉沉烟云里：
多少个家庭的
多少面窗子，
此刻，都一齐打开，
只为要献给你由衷的敬意。
多少农民，肃立在梯田上，
瞩望你；
多少工人，攀登在井架上，
呼唤你；
千万名战士持枪站在哨位上，
悼念你。
这就是我们的丧仪呵：

主会场——
九百六十万平方公里的祖国，
分会场——
五大洲南北东西；
云水间，满眼翻飞的挽幛，
风雷中，满耳坚定的誓语。
江水沉凝，青山肃立，
万木俯首，星月不移……
看，这是何等
庄严、肃穆、伟大的
葬礼！

第三章共十九节，以“呵，此刻，灵车，/正经过十里长街，/向西，向西……”作间隔，分为八个层次，追忆周总理光辉灿烂的伟大的革命的一生。第十六、十七两节尤为精彩，堪称全诗的核心：

敬爱的周总理呀，
登庐山峰顶，
看烟雨流云，
临北戴河滨，
听大海潮汐。
呵，日月不灭，苍穹不老，
山河不死，生命不已……
你把心脏的每次跳动，
都献给了人民；
你踏出的每一个足迹，
都是为了人民的利益。
你不许我们为你写一篇传记，
你的生命却写进党史的每一页里；
你不许我们为你谱一支颂歌，
对你的传颂却响彻寰宇；
你没有一个亲生儿女，
全国人民都是你的儿女；
你不要陵墓，没有碑文，
你的名字却镌刻在亿万人民心里。

对人民呵，你不求——
半点享受，丝毫报偿，
对革命呵，你只知——
鞠躬尽瘁，死而后已！
因此，你——大智大勇！
因此，你——无私无敌！
你就是这样——
忠于党，
忠于人民；
忠于祖国，
忠于阶级；
忠于毛泽东思想，
忠于马克思列宁主义……
对你如此
伟大、光辉、战斗的一生：
珠峰——显得太轻！
五洲——显得太小！
星月——显得太暗！
九天——显得太低！
如果谁不了解群众和领袖
该是怎样的关系，
就来看看我们的人民和你，
是多么亲密！

第四章写周总理永远活在人民心里，永远鼓舞着我们向共产主义进军。第五章是尾声，补叙了粉碎“四人帮”的伟大的历史性胜利。

具体来说，李瑛长篇政治抒情诗在体式上的发展、变化和创新，主要表现在以下三个方面：

第一，全诗章法严整，层次清楚，勾前连后，精美完整。前面，我们通过对《一月的哀思》的五章特别是第二、三章核心部分的分析，可以令人信服地说明这个问题。又比如，李瑛作于2001年5月的《永远的颂歌》，是献给党80周年诞辰的一首长达六百行的政治抒情诗。该诗由“欢庆序曲”“曾有过这样的年代”“铁锤和镰刀”“她的诞生”“一把刀或一支矛的历史”“火的种子”“燃烧的血”“秋天的果实”“让我们建设新世界(1)”“让我们建设新世界(2)”“呼啸的风雨”“关于自己”“给同志们”“回望”“在历史面前”“新的出发”十六个加了小标题的诗章组成，章法严整，层次清楚，通过对党成立 80 年来由小到大、由弱到强的艰苦卓绝的斗争历史的回顾，唱出了一曲豪迈、嘹亮、声震寰宇的党的颂歌。前三章是讲党成立前我们民族的苦难史；中间的五章是讲党领导人民建立新中国的 28 年的奋斗史；最后八章是讲党领导人民进行社会主义革命和建设以及改革开放的胜利史，这部分还讲到了诗人和同志们对今后党领导人民开创新局面的瞻望。

第二，在长短相间、交错的诗节之间和诗句之间，在符合节奏要求、韵律要求的前提之下，尽量注意诗节、诗句之间的大体整齐与建筑美。如《一月的哀思》首章由 4 节诗组成，最短的 9 行，最长的 20 行，另有 12 行和 19 行的。诗行有 2 字的，3 字的，4 字的，5 字的，6 字的，7 字的，8 字的，9 字的，10 字的，11 字的，12 字的，总之是长短不齐，但又大体整齐。比如该诗第一章第一节，用了三个“我不相信”和一个“我只相信”，淋漓尽致地表达了八亿人民对周总理病逝的噩耗的难以接受，同时又表现了周总理鞠躬尽瘁、为人民辛勤工作的一生：

我不相信
一九七六年的日历，
会埋着个这样苍白的日子；
我不相信
死亡竟敢和他的生命，
连在一起；
我不相信
迎风招展的红旗，
会覆盖他的身躯；
我只相信
即使把他交给火，
也不会垂下辛勤的双臂。

重复、对比的手法，大致相同的句式，响亮的韵律，整齐的节奏，使长诗一开始就紧紧吸引了读者或听众的注意力。

《永远的颂歌》的“欢庆序曲”，也是类似的写法，三“在”三“有”，加上两句总结，同样是精彩有力的开头：

在太阳系的第三颗行星上
有一个党

在第三颗行星的东方古大陆上
有一个党
在东方古大陆苦难的土地上
有一个党
八十年了，有她，这行星
才有了真实的意义和重量

与《一月的哀思》开篇不同：前者是抒情主人公的“相信”或“不相信”的主观感受、判断，时间是线索；后者是客观的叙述，理性的评价，空间是凝聚点。

第三，充分运用了象征、比喻、拟人、排比、反复、假设、呼告、通感、递进、互文、夸张、衬托、双关、顶针、对偶、用典等表现或修辞手法，突出了汉语的艺术魅力，真正做到了外为中用，努力使“楼梯式”这种诗体渐渐地中国化、群众化。

试看《一月的哀思》的第二章第四节：

为什么有人，
不许我们缅怀你伟大的一生？
为什么有人，
不许我们赞颂你不朽的业绩？
但此刻，
长街静穆，万民伫立，
一颗心——一片翻腾的大海，
一双眼——一道冲决的大堤。
多少人喊着你，
扑向灵车；
多少人跑向你，
献上花束和敬礼；
多少人想牵动你的衣襟，
把你唤醒；
多少人想和你攀谈，
知心的话题。

这节诗用了设问、排比、对偶、夸张、比喻、示现等修辞手法，诗句凝练、深刻、感人，节奏鲜明，音韵响亮。第六节诗也是相近的，但是又有了变化：

历史呵，请记着——
一九七六年一月十一日，
在中国，在北京，
一辆车，
辗过一个峥嵘的世纪。
车上——躺着一个
中国共产党的优秀党员，
车上——躺着一个
伟大的无产阶级革命家；
车上——躺着一个
真正的生命，
车上——躺着一个
人民骄傲的儿子。
——一个为八亿人，
耗尽了最后一丝精力的
伟大的英雄；
——一个为三十亿人，
倾尽了最后一滴心血的
伟大的战士！
敬爱的周总理，
你就这样
从你熟悉的长安街从容走过，
像生前，从不愿惊动我们，
轻轻地从我们身边走去……

第六节用了呼告、排比、警策、反复、示现等多种修辞手法，句式十分整齐。诗人并未机械采用五六十年代那种长句拆行、分阶排列的形式，而是齐头书写，有长句，有短句，用排比、反复、对偶的手法，使诗节大体整齐，诗句铿锵有力。像《一月的哀思》第四章第三节：

骄傲吧——
黄河飞涛，长城漠野，
江南水国，中原大地……
山山，因你而脉搏欢跳，
水水，因你而洪波涌起。

敬爱的周总理，
你的生命就是这样
和我们，
和我们的祖国、我们的阶级，
和我们大地的一草一木，一山一石，
紧紧地，紧紧地，
紧紧地连在一起……

这里用了呼告、对仗、重复等修辞手法。"地""起""理""级""地""起"等押韵，长短句交替使用，读来朗朗上口，有朗诵诗的效果。

不用再举更多的例子，李瑛的长篇政治抒情诗比起五六十年代的同类作品是有明显的发展和变化的。这是李瑛朝改造楼梯式这种外来诗体、使之中国化和群众化方向努力的结果。李瑛在《呼唤诗歌精品》一文中说："思想的深度，生活的浓度，时代的意识和激情，如何传达给读者，在艺术处理上对诗的表现就显得格外重要。"另外，李瑛在《诗美的追寻》中讲道："我们必须在继承优秀传统的同时，大胆地、勇敢地广泛学习和汲取西方对我们有用的东西。要警惕思维的惰性和凝滞。故步自封、闭关锁国是要枯竭而死的；一味停留在陈旧的习惯性的表现方法和模式中的作品，是没有生命力的，直白浅露的喊叫和叙议，是非艺术的。诗是语言艺术，要格外注意提高语言这个'人为的符号'的提炼和驾驭的能力。诗的意象是精神性的，它们可以大量的丰富多彩的并存。要着意培养自己的艺术感觉。在诗歌的多方面的艺术表现中，不妨进行各种各样的探索和尝试，努力开拓更为广阔的审美途径。"①这告诉我们，诗歌创新主要是"大胆的艺术追求"，具体涉及语言的锤炼，意象的大量的丰富多彩的并存，继承优秀的民族诗歌传统，大胆学习和汲取西方诗歌中对我们有益的东西。下面，我们就结合李瑛长篇政治抒情诗作品来展开此问题。如《我的祖国》的第五章，讲述我们祖国由五十六个民族组成，这里充满民族友爱、团结、自由、平等，大家手携手，共同创造现代文明、共同享受幸福生活。该诗是长句拆行的楼梯式排列形式，但相邻两长句都是四级阶梯式：

我的国家
　　深深地爱着
　　　　生长在她土地上的
　　　　　　每一个人

---

① 李瑛：《诗美的追寻》，中国文联出版社，2002年，第40页。

对于黄河和长江
　　五十六个民族都是
　　　　吸吮她们的乳汁
　　　　　　长大的儿女

再有就是排比句和对偶句的使用，使相邻的句子整齐、节奏相同：

昨天他们共同
　　抗拒雷雨
今天又共同
　　建设未来
他们互相交流
　　如何种植蔬菜
　　如何嫁接果树
　　如何改良土壤
　　如何使用良种

还有就是选择各民族的代表性乐器和节日，从他的《胡琴》《马头琴》以及《伽倻琴》的优美、嘹亮、悠远动听的声音中，可以感受到中华民族各族儿女蓬勃、旺盛的生命力……

由上述例子不难看出，李瑛在自己早期的为数不多的诗作中，已进行了一些改造外来诗歌体式的有益尝试和积极努力，事实上，他也取得了一定的成绩，积累了一定的经验，为其日后在这方面的发展奠定了基础。

五、诗论深刻，散韵结合

一个创作成果丰硕的大诗人，一定要用精辟的诗歌理论来支撑他的诗歌创作大厦。没有正确的科学的诗歌理论做指导，诗人在创作时可能会走弯路，会止步不前，会误入泥潭。李瑛之所以能成当代大诗人，在七十多年的时间里出版了五十多本诗集，创作三千多首诗，这与他有相当高的文化修养和理论素养密不可分。

李瑛出版了两本诗论文集，一本是解放军文艺出版社 1991 年出版的《对诗的思考》，一本是中国文联出版社 2002 年出版的《诗美的追寻》。前者分四辑录文 42 篇，后者分五辑录文 58 篇。另外，在报刊上发表的一些对李瑛的访问记、印象记里，也零星地记载了诗人的诗歌见解、感悟或理论。

李瑛还继承了我国古代大诗人杜甫开创的以诗论诗的优良传统，以诗歌的形式表现他对诗歌的理性思考和美学追寻。像《听一位黑人朋友朗诵诗》《读〈女神〉》《我们用什么哺育诗歌》《寄远》《石壕村》《灵感》《我的关于西藏的诗》《对诗的追寻》《让我们寻找好诗》《关于美》《我向你展示我的心灵》《听一只工蜂赞美劳动》等诗歌，闪现着诗人对诗的真知灼见。

李瑛的诗歌理论，主要包括以下五个方面：

第一，十分重视诗人的社会责任感和历史使命感。

在我多次访问李瑛时，他都首先谈到这个问题。他在《〈李瑛抒情诗选〉自序》中说："诗人决不是为糊口而寻找的一种职业，一种手艺；它是一种使命，一种责任，庄严的神圣的使命和责任。他必须诚实而正直。诗人应该强烈地意识到自己在历史上的地位和作用。他在写自己的时候，也是在写人民和时代。诗人和人民、和时代是无法分离的。这就是我对自己和自己的诗提出的第一个和最后一个要求。这就是我对诗人所从事的劳动的理解。"①19世纪俄国革命民主主义批评家别林斯基说过："诗人比任何人都应该是自己时代的产儿。"这和李瑛的看法是一致的。普希金、莱蒙托夫、涅克拉索夫、马雅可夫斯基、吉洪诺夫、特瓦尔多夫斯基是这样的"时代的产儿"，所以他们的诗歌在俄苏文学史上占有重要的地位。在我国新诗发展史上，《女神》的作者郭沫若，《红烛》和《死水》的作者闻一多，《孩儿塔》的作者殷夫，还有被称为"时代的鼓手"的田间，《烙印》的作者臧克家，《大堰河》的作者艾青，《夜歌和白天的歌》的作者何其芳等，都是以"时代的产儿"的英姿，活跃在新诗史上的成绩卓著的诗人。不用再举更多的例子，我认为，李瑛强调诗人的社会责任感和历史使命感，没有仅仅停留在认识和理论层面上。他自己是这样说的，也是这样做的。尤其难能可贵的是，他在离休之后，对于新诗的现状和当今诗坛涌现出的问题，他又谆谆告诫诗人要加强自身的素质建设："当前，我国诗坛自然有很多成就，但我也想到了另一面：是否有些浮躁、驳杂、流于浅薄甚至混乱呢？我想，既然诗是和真理、和美并存的，既然我们应在诗中追求一种有意义的生活，那么我就希望我们的诗歌作者，能更多地加强些自身素质的建设。"②李瑛指出我国诗坛存在"浮躁、驳杂、流于浅薄甚至混乱"等问题是一针见血的，是十分中肯的。我们希望诗人们能重视这些问题，找到产生这些问题的原因，并能对症下药地解决这些问题。当然，解决这些问题的前提，还是要加强自身的思想、理论、文化、美学素养的建设。

第二，诗人必须深入生活，好诗是生活的馈赠，社会生活是诗歌创作的唯

---

① 李瑛：《李瑛诗文总集》第十四卷，中国文联出版社，2010年，第181页。

② 李瑛：《生命是一片叶子·后记》出自《李瑛诗文总集》第十四卷，中国文联出版社，2010年，第224页。

一源泉。

诗与生活是诗歌理论的一个基本问题。古今中外的成就显著的大诗人，都很重视生活实践对诗歌创作的巨大作用。艾青曾说："我生活着，故我歌唱。""必须了解生活的美，必须了解凡我们此刻所蒙受的一切的耻辱与不幸、迫害与困厄，即是我们诗的最真实的源泉。""生活是艺术生长的最肥沃的土壤。思想与情感必须在它的底层蔓延自己的须根。"①。

对于文艺和生活的关系，李瑛在《到生活的大潮中去》一文中，有明确、精辟的论述②：

> 文学艺术是作家对生活认识的一种形象的艺术表现，因此文艺和生活的关系是毛泽东文艺思想中一个最基本的问题。毛泽东说人民生活"是一切文学艺术的取之不尽、用之不竭的唯一的源泉"。这就是说：一、生活是文学艺术的源泉；二、生活是文学艺术唯一的源泉，再没有第二个源泉了；三、社会生活无比丰富，它不是静止的凝固的，而是流动的，是永远不会枯竭的。因此，他号召作家长期地、无条件地、全心全意地到生活中去。邓小平同志继承并且在新的历史条件下发展了毛泽东同志文艺思想的基本原理。他明确宣布，我们的文艺属于人民，人民是文艺工作者的母亲。教导作家必须自觉地在人民生活中吸取题材、主题、情节、语言、诗情和画意，用人民创造历史的奋发精神来哺育自己。因此，作家要进行创作，首先必须到生活中去，从生活的发展和变化的过程中，从和新的时代相结合的实践中，去对生活进行观察、体验、研究、分析，在此基础上，对生活原料进行积极的能动的加工、改造。这样，只有这样，创作活动才具有客观基础。
>
> ……
>
> 从人的思维方式到情感，都在发生日新月异的变化。许多新人不断诞生，许多新事物不断涌现，这是一个创造奇迹的时代，是一个朝气蓬勃、壮怀激烈的时代，是一个充满复杂的矛盾和冲突，并又在获得解决的斗争中胜利前进的万马奔腾的时代。有着时代责任感和艺术使命感的作家们，理所当然地应把反映这场改革、这个时代，作为自己的庄严职责，创作出属于这个时代的新文艺，这是当今作家对我们民族所应承担的历史责任。

我们认为，只有深入生活，诗人才能找准时代的脉搏，尽到自己的社会职责，

---

① 艾青：《诗论》，人民文学出版社，1980年，第184—185页。

② 李瑛：《到生活的大潮中去》，出自《李瑛诗文总集》第十三卷，中国文联出版社，2010年，第138—139页。

完成时代赋予自己的使命，创作出生活气息浓厚、人民喜闻乐见的优秀诗歌。李瑛在《生活涌出的诗情》一文中说得好："好的诗总是回响着时代的声音，跳动着生活的脉搏，从而总是鲜明地表现出来自现实生活深处的人们的精神风貌、思想趋向和心理素质的。"①

第三，诗歌应当有最深刻的美，而诗人则应当具有一双十分敏锐的、善于捕捉美、发现美的眼睛。诗人的职责当然是写诗，更准确地说，应该是创造美，以陶冶人们的感情，净化人们的心灵，丰富人们的内心世界，提高人们的审美能力。这是李瑛诗歌理论一个重要的支点。

李瑛从中学时代开始写诗起，就十分重视诗人的美学追求、审美素养的问题。首先，他认为诗歌是文学体裁中最擅长抒情的一种，又是最集中反映生活和心灵的一种艺术形式。在《回答历史的召唤》一文中，李瑛说："人世间什么东西最美好？真正动人、真正可爱的是人的高尚心灵，最美的也是人的高尚的心灵，催人泪下的是心灵，是精神，产生力量的也是人的心灵和精神。"②所以，诗人必须潜入社会生活的底层，"去以自己的火点燃旁人的火，去以心发现心"，把表现人的高尚心灵，作为自己的创作的重要任务。"打铁先得自身硬"，诗人自己应当有正确的人生观、世界观、文艺观，要有高度的审美素养。其次，李瑛特别重视诗人要有真实的思想和真挚的感情。他在《人间最美是真情》一文中说："诗人致力于本质地反映时代，时代严格地选择真正的诗人。大凡能够在历史中存留下来并始终发出灼灼光彩的诗篇，重要原因恐都是表现了作者真实的思想和真挚的感情。"他又进一步分析说："感情是最个人的，同时也是最能呈现一个人真实的内心世界和复杂的意绪的。情真意切，就会给诗篇注入活力，使之具有真实的强大的生命。"真是美的前提，凡是假的，都是不美的，李瑛认为，"一个诗人不仅是美的代表，而且首先还应是真的代表。一个诗人应该成为一个种族的触角，任何时候都不应淡化自己作为社会良知的声音。"③

第四，诗人应有思想家的头脑，要始终把自己的命运和祖国、民族的命运紧紧联系在一起，要置身于火热的现实生活之中。他在《野豆荚集：后记》中说④：

> 一个人就是一条路，每个人都有自己的思维方法和行为方式：一个人就是一个世界，每个人都从自己的世界出发。

---

① 出自李瑛：《李瑛诗文总集》第十四卷，中国文联出版社，2010年，第91页。
② 出自李瑛：《李瑛诗文总集》第十四卷，中国文联出版社，2010年，第79页。
③ 李瑛：《李瑛诗文总集》第十四卷，中国文联出版社，2010年，第85页。
④ 李瑛：《李瑛诗文总集》第十四卷，中国文联出版社，2010年，第252页。

对我来说，从最初写诗开始，始终是把自己的命运和祖国、民族的命运紧紧联系在一起，直到如今，而在艺术表现上我的每一首诗从酝酿到诞生都是一次新探索的开始。

我没有过人的天才，也没有多么高深的艺术造诣，但我对诗是忠实的，对它的追求是严肃和勤奋的。我从不满足自己。我喜欢读书和思考。

事实上，李瑛对诗的态度确实是忠实、严肃的。读书和思考促使他能跟随时代的发展、科技的进步，使自己的思想方式和感情方式也发生相应的变化。正是因为他能始终坚持发展变化的观念与视角，所以他能思索和发现新诗在创作中出现的问题。他一直认为，“只有有血有肉有汗有泪的地方，才是产生具有深度的美的作品的地方，才是产生真诗的地方”。他对自己在诗歌创作方面的严格要求是①：

我喜欢有健康的真情实感的诗，无论悲喜，无论爱憎，不伪造，不矫饰，自然而质朴。诗有真情才有分量和生命，从潜在的人的心灵到民族特性乃至更大范围的人类精神，写出那些溶于自己血液中的精壮的、滚烫的东西，而不是那些毫无意义的琐屑的东西。

诗由情酿成，但却并不排除理性的思考。善于把深刻思想含蕴于诗的情韵之中，让感性与知性相融，使之发光。因此，要求作家尽量成为一个学者型的作家，诗人尽量成为一个有思想家头脑的诗人是并不过分的。我认为具有浪漫主义气质和具有深刻思想在一个人身上是并不矛盾的。

我喜欢具有丰富想象力的诗，因为没有想象，诗人不打破自己直接经验的局限，从更广阔的范围去反映客观世界，就难以使之更深刻，更真切，更动人。诗人的想象所驰骋的领域是无限广阔的，那种神姿天纵的强烈想象，那种疯狂忘情的大胆追寻所开拓的空间，会使读者骤然震惊，从而会产生异乎寻常的美的效果。诗是靠想象而存在的，没有想象就没有诗歌创造。

李瑛的诗歌理论，一方面来自他对中外诗歌理论的阅读、理解与阐释，另一方面则来自他自己七十多年来从未停止的丰富的诗歌创作的实践经验和深刻体会。正是由于其来源是古今、中外、点面、人己、感性与理性相结合的，它才独具一种理论穿透力，可以解答我们当前并不能令人满意的新诗创作局面中出现的一些疑惑与问题，其现实指导价值是不言自明的。

---

①　李瑛：《李瑛诗文总集》第十四卷，中国文联出版社，2010 年，第 252 页。

第五，强调诗人要有正确的指导思想，要学贯中西，沟通古今，继承和发扬九十多年来我国新诗发展的优良传统，不断拓宽自己的创作视野，不断增强自己的审美品位，不断丰富自己的创作手段与技巧，不断提高自己的语言驾驭能力。

加强马克思主义理论学习，明确自己创作的指导思想，是根本性质的问题，必须予以充分的重视。追求社会主义诗歌的真善美的境界，抵制不健康的社会思潮和文艺思潮对诗歌作者的冲击，提倡认真学习马克思主义至为重要，也是唯一有效的手段和方法。艺术不可能不表达一定的思想倾向。从文学发展的历史来看，艺术从一开始就同时具有现实的理想的因素。现在有些作品却没有理想之光，存在自然主义倾向，这就难以发挥鲁迅所说的“引导国民精神前进的灯火”的作用。这恐怕是和我们思想工作薄弱以及作家忽略马克思主义的学习、缺乏坚定的信仰有关。有人认为学习马列主义会影响自己的形象思维，否认文艺实践是一种有理性的劳动；有人认为文艺离政治越远越好，只有把政治淘洗干净的艺术，才会有永恒价值。这些认识，已经同马克思主义关于“文艺是一种意识形态”，“是能动地认识世界的形式”这些思想相去甚远。事实上，正如阿·托尔斯泰说的，不厚此，必厚彼。如果不加分辨地接受西方现代哲学思潮的影响，毫无批判地横向移进自己的作品，并在作品中加以宣扬，就会影响社会主义文学主体的建设。在这种情况下，我感到着重提出加强马克思主义学习的问题，的确是十分及时、是高瞻远瞩、是切中文艺界问题要害的。我们要繁荣和发展的是社会主义的文学艺术，社会主义的文学艺术和其他任何文学艺术的显著区别，即在于它是服务于人民的，是以马克思主义为指导，自觉地联系于无产阶级改造世界的实践活动的。不学习、不了解马克思主义关于文艺和政治、文艺和生活、文艺的社会功能等方面的美学理论，没有马克思主义世界观、人生观、艺术观和审美观，就很可能成为一个被人讥笑的头上插着风向标的作家。同时，缺乏一个理性的头脑，纵使生花妙笔，也难以正确地、深刻地、本质地认识头绪纷繁的现实生活，并在作品中给以客观的反映。因为这样的作家难以从一个较高的层次上艺术地把握世界，创造出社会主义的新文学。所以，加强文艺队伍的思想政治工作，提倡熟悉马克思主义理论和美学，当然也要对比地研究马克思主义以外的美学，应被视作提高作家素质、发展社会主义文学事业的一项特别重要的战略措施。

有了正确的指导思想，用马克思主义理论和美学武装了头脑，我们的诗人还要学贯中西，沟通古今，努力成为学者型诗人。李瑛在《严肃的探索者》一文中回顾了我国新文学重要一翼的新诗的发展历程：“我国文学艺术，有几千年的光辉历史，给我们留下了极为丰富的遗产，已成为全人类宝贵的精神财富，这是举世公认的。但作为新文学，却只有几十年的历史。对一个民族文化的发展来说，半个多世纪中成长起来的我国新文学，恐怕还算是年轻的文学。新体诗歌在冲破旧体诗词格律的束缚、在形式上尽量采用与口语相近的白话的发展过程中，随着生活的前进，如何高度集中地概括反映社会生活和人们的心灵，表现时代的群众的思想感情；如何吸收本民族的优秀艺术传统，把握民族特点建立自己的新形式、新格律；如何具体借鉴外国诗歌的长处，为我所用；以及如何建立新的诗歌美学等等，自然有许多复杂但却很重要的课题，需要进行深入的理论研究和创作实践，做出回答，以期在不断的探索中发展我们的新诗。"①李瑛始终是尊重新诗的发展历史的，他很清醒地看到了新诗发展所必须解决的一系列重要问题。同时，他也看到了诗界前辈在建立与发展新诗方面所做出的努力与贡献。他明确地指出："应该说，'五四'以来，在我国文学发展史上，许多诗界前辈在建立和发展新诗方面，无论创作实践或诗歌理论探讨，都曾进行过多方面不懈的尝试，取得了丰硕的成果，大大推动了我国新诗的繁荣和发展。"②他还具体阐述了卞之琳先生在这方面的贡献，以及他在丰富和发展诗歌艺术方面的两个成就③：

> 诗的格律问题，在闻一多提出以"音尺"作为诗的建行单位之后，卞先生最初也曾依此作过尝试，后来他从汉语单音字的特点和特殊规律出发，经过长期深入的理论研究，并在自己的诗歌创作上作了认真的实验，便摆脱了以字数为单位的束缚而以音组、顿作为诗格律的基本因素，探讨顿在诗的节奏、体式等方面的作用和效果，其所创造的严谨的格律和多变的体式，大大丰富了我国诗歌的艺术形式，在新诗美学建设上，作出了有益的尝试。
>
> 再比如在诗的体制、构思上，卞先生写的大都是短诗，诗写得短写得精粹，却有大的容量，意蕴深厚，有情致，有韵味，是很不容易的。这需要有高深的艺术造诣和厚实的表现能力。正像卞先生自己说的，他"喜爱淘洗，喜爱提炼，期待结晶，期待升华"，卞先生对我国古典诗词有很深的修养，古典诗词讲意境，讲含蓄，讲精炼；同时卞先生又是毕生从事研究外国文学的名家，他从外国文学中，从外国现代诗中，得到许多可贵的启示和借鉴，为追求"戏剧性的情境"的诗化运用，为表现中的象征、暗示和鲜明、活泼的意象的选用与组合等等，在诗句构成和表现手法上，他能立足中国的土地，使中外精华相互交会，使他的诗作、无论写人、写事、写景、写物都能在很短的篇制里完成。这些诗常常进入时空迅速，跳跃较

---

① 出自李瑛：《李瑛诗文总集》第十三卷，中国文联出版社，2010 年，第 124 页。

② 出自李瑛：《李瑛诗文总集》第十三卷，中国文联出版社，2010 年，第 124 页。

③ 出自李瑛：《李瑛诗文总集》第十三卷，中国文联出版社，2010 年，第 124—125 页。

大，节奏偏快，所以篇幅虽短，却给人以无穷的回味。卞先生贯通中外古今文学艺术，博大精深，兼收并蓄，一般人是很难企及的。

李瑛年轻时就喜爱卞之琳、闻一多、冯至、何其芳、废名、穆旦、绿原、郑敏等一批熟悉外国诗歌的学者型诗人的诗作，这也是他诗歌创作起点高，多方借鉴、吸取外国诗歌营养、技巧，思想内容不断丰富、深刻，艺术质量日益提高的一个重要原因。他对卞之琳的诗作能贯通中外古今诗歌理论、知识、营养的精辟分析，实际上成为他对新诗发展道路的具体阐释，也是他诗歌理论的一个重要方面。为我国新诗发展奠定基础、开辟道路的老一辈新诗诗人，像郭沫若、闻一多、冯雪峰、蒋光慈、艾青、臧克家、汪静之、殷夫、康白情、俞平伯等，都十分重视向古典诗歌和外国诗歌学习、借鉴的问题。李瑛也是如此，他在《对当前诗歌创作问题的一些思考》一文中说："我认为故步自封，不注意借鉴和吸收外国现代诗歌的形式和表现方法，不注意研究和拓展新的美学领域，当然是不利于丰富和繁荣我们民族的诗歌的。我主张要创造现代化的中国诗，或中国的现代诗。它应是健康的内容同完美的艺术形式的统一。在艺术上，不妨放开手脚，去做勇敢的尝试和探索，大胆借鉴西方现代艺术中能为我所用的表现方法和手段，不怕失败，允许失败。反过来，生吞活剥地模仿西方，也是严肃诗人所不取的。这是不成熟和轻率的表现。西方现代主义的一面重要旗帜就是反传统。我们中国有自己优秀的民族传统、民族意识、民族文化，以及自己的审美标准，我们的诗就应该有自己的民族风格。所谓风格，不仅表现在生活内容上，也表现在艺术上，除了鲜明的自然风貌、人文景观、风土人情，更重要的是人们独特的精神气质、心理状态、思维方式和行为方式等等。"总之，李瑛认为，在明确了指导思想之后，要努力继承我国古典诗歌和新诗的优良传统，又要注意借鉴外国诗歌的形式和表现方法，实现外为中用。

不仅如此，李瑛还特别强调了语言问题。在《对当前诗歌创作问题的一些思考》中，他说："语言问题亦是诗创作中的一个重要问题。诗是语言艺术。诗人首先是通过语言传递感情的。由于诗这种艺术形式的特殊要求，语言要力求准确、形象、生动、单纯、简洁、质朴。要注意积累词汇，要研究词汇的不同特性，以增强语言的表达能力，扩大诗的容量。古今中外的大诗人，都是十分注意诗歌语言的运用的。杜甫的'吟安一个字，捻断数茎须'，马雅可夫斯基的'像从矿藏中提炼一克镭'的精神，都是大家所熟知的例子。"在《李瑛诗选·自序》中，他又讲道："我认为，一个诗人应该有高度的艺术感觉、语言的感觉——不是随意拾取生活中自然形态的语言，而是必须刻意追求加工提炼的语言，去努力寻找那唯一准确的单纯的语言——有生命力的语言。"李瑛在《李瑛近作选·自序》里，又讲到他的诗作的语言特点："我爱诗，我以经过自己心灵化、意象化处理的语言歌唱；尊重语言的逻辑、结构和秩序，保持它外部的平衡和内在的节奏，如同颜料、音符和黏土，或者是石头和青铜，它们自然而质朴地闪烁在大地之上。”①在《倾诉·自序》里，李瑛又论述了诗歌语言：“作为抽象符号体系的语言，这个‘思想的直接现实’，是一种传统，一种文化。我国的文字是镌刻在甲骨、熔铸在青铜上的，是极为丰富、发达，且极富表现力的；诗中的词语，应尽量避免艰涩和怪异；句式结构不要盲目破坏其基本规律和秩序、免却给读者阅读和理解造成障碍。”②在《野豆荚集·后记》里，李瑛要求诗人“提高语言的驾驭能力”。“记得哪位文学大师曾经说过，‘诗的语言是神的语言’。被称为一个民族第二表情的语言，对诗美的构成至关重要；诗句组织，从形式到句式，从内在关系到外部排列，以及词语、意象的选择，力求生动、准确，并把它安排在最好的位置，使它牢固、发光。”③李瑛还主张口语入诗，他特别了解卞之琳在这方面的成就，在《严肃的探索者》中说：“再比如在语言上，为尽量扩大读者面，注意选用平易淡雅的口语入诗，而这些极普通的口语，又是经过严格选择、能够恰如其分地表现其情其景的，使你不能不惊讶于他用语的大胆，他的这种特长，句法之精，用字之巧，在他的许多诗中是随处可见的。”④

值得我们重视的是，李瑛在其诗作中也表现了他的一些韵文体的诗歌理论。作于1978年的《读〈女神〉》，是在郭沫若的代表诗作《女神》发表六十年时作的，该诗深刻又扼要地阐发了《女神》巨大的社会作用，以及对诗人的影响。试看开头这节诗：

六十年了，永生的女神
可想到，你的每个字，
曾怎样像火种，
照耀过我的青春。
呵，雷电郁积，大陆浮沉，
腥风血雨，狂飙突进，
我看见：他——我们的诗人，
屹立在贫瘠的中国大地上，
发出雄浑深沉的声音，
召唤我们——

① 出自李瑛：《李瑛诗文总集》第十四卷，中国文联出版社，2010年，第240页。
② 出自李瑛：《李瑛诗文总集》第十四卷，中国文联出版社，2010年，第245页。
③ 出自李瑛：《李瑛诗文总集》第十四卷，中国文联出版社，2010年，第254页。
④ 出自李瑛：《李瑛诗文总集》第十三卷，中国文联出版社，2010年，第125页。

日出而作、日入而息的人民；
召唤从黄河岸边走来的
古老的民族，
召唤着我们民族
伟大的灵魂；
焚毁吧！掀翻吧！粉碎吧！
蛇奔鼠突的腐朽的宫殿；
相信吧，壮丽的凤凰，雄奇的天狗，
相信你新的生命，新的力量，新的精神！

既讲了《女神》对自己的影响，又讲了郭沫若《女神》诗集的巨大的社会作用。再看该诗第二节，集中笔力，阐释了《女神》对诗人的巨大影响：

呵，纯洁的、光明的、神圣的火呀，
以雷的节拍、血的色彩、海的流韵，
照耀过我明亮的眼睛，
燃烧过我跃动的青春：
金涛烈焰，
铸就了我生命的剑，
千仞飞瀑，
冲击着我心头的琴；
在一间小小的、小小的教室里，
我朗诵它，像背诵小学课本：
“地球，我的母亲……”
火炽的诗句，
拌合着冰冷的糠皮和泪水，
滋养着我的生命，我幼小的生命，
——哦，难忘的记忆里，
蕴藏着多少苦楚和酸辛！
你的每一首诗，
对于我都是一个启示呵，
你帮助我认识了诗歌，
也帮助我怎样生活和做人。
直到雪霁冰融，长夜消隐，
迎来祖国真正的早晨……

火炽、亲切的诗句，具体阐释了《女神》对诗人的启蒙作用，“金涛烈焰，/铸就了我生命的剑，/千仞飞瀑，/冲击着我心头的琴。”对仗的诗句，精巧的比喻，形象、生动地表现了《女神》对诗人的启蒙作用。

作于1974年的《听一位黑人朋友朗诵诗》，先刻画了这位黑人朋友高大威猛的形象：

> 他站在那里，像一团烈火，
> 他迈动阔步，像一只狮子；
> 他的两眼放光，
> 声音像爆炸的霹雳，
> 谁知他胸中，
> 冲撞着多少仇恨和期冀。

接着，又描述了这首诗的战斗激励作用：

> 他用闪闪的钻石作语言，
> 他用滚滚的波涛作韵律；
> 像一双大手撼动整个非洲，
> 召唤他们的每一粒子弹，前去杀敌！

这首诗的结尾，诗人把黑人朋友和世界人民两者的战斗声音紧紧汇聚在一起：

> 望着眼前这位黑人朋友，
> 我怎能不想起这片大陆苦难的经历；
> 当通红的诗句
> 流出他滚烫的嘴唇，
> 我听见，那声音——
> 正和全世界人民战斗的怒吼响在一起！

组诗《对诗的召唤》由《回忆一次朗诵会》《不，文艺属于人民》《摇篮》《对诗的召唤》《必须经常检查我们的武器》五首诗组成。这组诗涉及了诗歌的社会作用，《回忆一次朗诵会》写了工人们在听了悼念周总理的诗歌朗诵会后，“大颗大颗的泪珠滴下来”，诗中写道：

> 滴下来，它炙热，像星星在燃烧，

滴下来，它清冷，秋露般白……
敬爱的好总理，忠魂不泯，
字字句句，都化作了献给他的松山花海。

静悄悄里，我知道，每颗心都陷落了；
周总理呀，诗呀，真该为你们骄傲，
因为我又一次感到——
你伟大的生命、力量和存在！

《文艺，属于人民》，批判了“四人帮”利用文艺篡党、夺权、营私的滔天罪行。《摇篮》写战友对诗人的教诲、激励：要像子弹那样勇敢，像风钻那样强悍。这也就是说诗人要把人民的要求、嘱托，当作自己成长的摇篮。《对诗的召唤》揭露了“‘四人帮’这伙阴谋家、叛徒和奸细，/妄想用十亿伏特的高压扼杀诗歌和真理”，诗人大声疾呼：

站起来，我们的诗，人民的诗，
在他们面前，只有战斗到底！

是的，既然是诗，你就是战士，
你就应昂首向前，毫无所惧！

你就应撼动世界，像风暴撼动森林，
你就应摧枯拉朽，像烈火焚烧牢狱！

对敌人，如果不去进行殊死的斗争，
那么，你的生命还有什么意义！

《必须经常检查我们的武器》表现了诗人庄严又神圣的使命感、责任感，他响亮地宣告：

因此，在砸碎人间的最后一副镣铐之前，
必须经常检查我们的武器——
看我们的诗，是否响亮？
看我们的刀，是否锋利？

在《听一位诗人谈诗》里，李瑛借老诗人的嘴，又一次讲了诗歌的本质：“诗不是哭泣的眼睛/你会看见我的诗/闪在他的刀尖上/写诗不是一个诗人在同一群文字/游戏/我的诗是一种生命形式/一种力量和精神。”同时，李瑛还形象地描述了诗歌的战斗作用：“我的诗无论是甜的或咸的/都会像钉子打进悬崖一样/打进时代和历史/我骄傲的是：它会在那儿/自豪地活着，并/发出钻石的光芒。”在《诗的青春》一诗里，李瑛在祝贺臧克家九十华诞时，用满含哲理的诗句、新奇的比喻，赞誉了这位成就卓著的大诗人：

二十世纪和你
　　是一对孪生兄弟
二十世纪有刀有枪
　　有声和无声的枪都同样尖厉
而你有笔有琴
　　不息地弹奏着无论严冬或早春

如今，二十世纪即将熄灭
　　时间，留下一堆灰烬
而屹立在灰烬中的
　　却有值得这个星球骄傲的
　　　　我们
　　我们英雄事业
　　　　我们事业中永不老的你和你
　　　　　　永远不老的诗的
　　　　　　　　青春

充分肯定第一代新诗人的历史功绩，也是李瑛诗歌理论的一个有机组成部分。在《我的关于西藏的诗》里，诗人对他的这个题材的诗作，用了连比来说明其本质：

我是说我的关于西藏的诗
应该像鹰，或者
像牦牛，像青稞，像石头
从心灵、血液到意志
庄严、坚强而美丽
　美丽得古朴而神奇

神奇得苦涩而悲楚
我是说我的关于西藏的诗
至少应该是它们生命的
深沉的投影

像鹰，像牦牛，像青稞，像石头，是它们生命的深沉投影。

无须再举更多的例子，仅从上面例子的简析中，我们对李瑛的韵体诗论，可以概括出这样四个特点：第一，他充分肯定了第一代新诗人为中国新诗发展奠定基础、开辟道路的重要贡献。第二，举郭沫若的新诗集《女神》为例，说明它对包括李瑛在内的许多新诗人在人生道路、创作方向上的巨大影响。第三，具体阐释了新诗人的时代责任、历史使命。第四，生动说明了新诗在团结人民、教育人民，打击敌人、消灭敌人方面的重要作用。

第三章　李瑛诗歌创作的特点

上一章我们从五个方面具体阐释了李瑛在当代诗坛上的重要地位。本章主要是从五个方面来归纳、阐释李瑛诗歌创作的显著特点。为此，我们当然要把他置于中国新诗九十多年发展的历史背景中，既要同与他不同时代的诗人的创作做纵向比较，又要与其同代的诗人的创作做横向考察。正是在这种纵横结合的研究、考察的基础上，我们逐项归纳出李瑛诗歌创作的个性化、独特性的结论。

一、精彩地表现了部队生活

当代诗人中，李瑛是最善于表现部队生活的一个。1949 年春，李瑛参加了人民解放军。在《〈李瑛诗选〉自序》里，他回忆自己参军后的生活说①：

北京刚一解放，我就和一批和我年龄相仿的同学一起参军南下，在部队里做新闻采访工作。我们从北方昼夜兼程，直到扬子江边；解放武汉之后，我又和部队一起跨鄂赣，越五岭，直指广州。

我们是在漫天暴雨的追击途中听到新中国成立的喜讯的，当时那种自豪的狂欢情景，使我终生难以忘怀。

广州解放之后，我又去参加了进军广西的一些战斗，直到祖国大陆全部解放，接着又去参加解放海南岛的渡海作战的战斗准备。

一年半紧张的战斗生活，给我留下了极为深刻的印象：烈日下的行军、暴雨中的追击，星晨暗夜，炮火纷飞，斗争的艰苦，战友的牺牲，在我内心引起极大的震动。我的第一本诗集《野战诗集》(1951 年出版)就是那个时期留下来的。

全国大陆刚刚解放，鸭绿江边又传来了炮声。1950 年冬天，我被调到解放军总部工作不久，便又到朝鲜战场去工作和采访，这是全然不同于国内战争的一场新的战争。在汉江北岸，在朝鲜山麓，在纷飞的大雪和燃烧的火光下，在掩蔽部摇曳的烛光里，我记下了强烈的感受。之后，在战争进行中和停战之后，我又曾两次入朝。我是怀着无论如何要把我们志愿

---

① 出自李瑛：《李瑛诗文总集》第十四卷，中国文联出版社，2010 年，第 172—173 页。

军战士在国外作战的真实情况报告给关心他们的祖国亲人的心情写这些诗的。这就是后来整理出版的我的第二本诗集《战场上的节日》(1952 年出版)。

在上述文字中，诗人介绍了他的头两本写战争和部队生活的诗集的写作背景。直到 1988 年他离休时，他的诗歌创作都是业余写作，他始终没有脱离部队生活。他的《天安门上的红灯》(1954)、《早晨》(1957)、《时代纪事》(1959)、《静静的哨所》(1963)、《在燃烧的战场》(1979)、《战士们万岁》(1985)等诗集，是集中反映部队生活的。在革命战争中经受考验，热爱部队和生活，促使他创作了不少清新优美的战士诗。1963 年，老诗人张光年在为李瑛的自选诗集《红柳集》写的序言中说："他(指李瑛)的思想、感情、经验和才能，就在这个伟大的革命集体(指部队)中间，年复一年地成长起来。虽然不能说是完全摆脱了知识分子趣味和学生腔，但是十分可贵的是，他学会了用革命战士的眼光来观察世界，观察人，用战士的心胸来感受、思考现实生活中许多动人的事物，并且力求作为普通战士的一员，用健美的语言，向广大读者倾吐自己认真体验过、思考过、激动过的种种诗情画意。"正是从这个意义上说，我们认为李瑛首先是一位擅长表现战士心灵美、部队生活美的诗人。

李瑛表现部队生活的诗，是内容新颖、形式精美的优秀的抒情诗。张光年也认为："在《红柳集》里，给人印象最深的是歌唱战士生活、特别是歌唱海防前线战士生活的那些作品。可以看出，这是诗人曾经作为普通一兵深入生活的宝贵收获；同时，诗人也把自己对于战士们的性格与心理的长期揣摩，对于党、对于祖国、对于革命战士的全部热爱，一起融汇到这些抒情短章里面了。"(《红柳集·序言》)什么是战士诗？是指一种抒发战士在典型环境中典型感受的短小精粹的抒情诗。抒情诗作为诗歌中的一大类，不是人们头脑中所固有的，不是从天上掉下来的，恰恰是实际的社会在诗人的头脑中的反映的产物。抒情诗重在抒发主人公对于客观事物的高度集中、非常浓烈的感情，而不以叙述故事和刻画人物为侧重点。因此，优秀的抒情诗必须具有美好的情思、深远的意境，能给读者以突出的美感、良好的艺术享受。

作于 1960 年年底的《哨所鸡啼》，是一首借物言志的构思新颖的咏物诗。在云遮雾绕的港湾的高山哨所，当黎明之际，山上山下一片混沌之时，雄鸡开始报晓了，诗人形容说是"一个生命在快乐地呐喊"；鸡啼的声威如何呢？"压住了千波万壑，吐出了满腔喜欢"；雄鸡的啼叫，打破了港湾的宁静，增添了无限的生机。诗人挥动彩笔，渲染了雄鸡健美的艺术形象：

看它昂立在群山之上，
拍一拍翅膀，引颈高唱；

牵一线阳光在边境降临，
霎时便染红了万里江山。

这无异在我们面前展现了一幅浓墨重彩、生意盎然的哨所鸡鸣图，浮雕式地突出了那立于群山之巅而引颈高唱的雄鸡的姿影。作者有意不说是阳光映照在雄鸡身上，却别有韵味地虚拟出雄鸡牵来一线阳光降临在海湾边境的艺术境界，既富于浪漫主义的想象，又进行了不落俗套的艺术创作，进一步扩展了雄鸡报晓的意义，是它牵来阳光，染红万里江山。照常理，诗写到这里本可以结束了，但诗人仍觉得兴犹未尽，就别开生面地进行了由鸡及人的联想，诗人豪情四溢地议论说：

莫非是学习了战士的性格，
所以才如此豪迈、威严；
只因为它是战士的伙伴，
所以才唱出了士兵的情感！

诗人妙笔生花，突出了他在边防哨所深入战士生活时得来的宝贵经验，只有哨所里的战士，才会对哨所雄鸡的啼叫格外动情，他们不把雄鸡看成一般的家禽，而将其视与为自己性格相同、情感相通的忠实伙伴。

艾青在其著名的《诗论》中说过："诗人必须比一般人更具体地把握事物的外形与本质。"李瑛的抒情诗既能具体、鲜明地把握事物的外形，又能深入、细致地表现事物的本质，而且赋予他笔下的艺术形象以浓厚的诗意。

收在《红花满山》诗集中的《木筏天上来》，是李瑛在部队基层时写的。描写了两位"猛虎班"的战士出山送草药，驾木筏出山峡的惊险场景。第一、二节诗，以夸张的手法写了木筏从天而降、顺流而下的高速度：

看，一支木筏天上来，
比鹰疾，比箭快；
莫不是强劲的风，
吹下一片山头的云彩！

扑簌簌的小红旗，
在浪尖上摆；
噗噜噜的水花儿，
在木筏两边开。

接下去，又点出了两个乘筏战士令大山瞠目的雄姿：“绕险滩，/过悬崖，/一霎时，/把座座大山都惊呆；一转舵，云破天开，/两颗红星飞出山峡来。”再往下，又进一步展现了两位战士翻江闹海的不凡气魄和下山出峡的目的：

顺江水联翩飞又落，
哪怕迷蒙的烟雾把路埋；
哈，不愧是“猛虎班”的两只小老虎，
挟山拽水好气派！

战士出山送草药，
草药一载歌一载；
看筏上，战斗的激情火样红，
看筏下，月下的江水银样白……

这首诗画面美，构图新，有层次，有意境，气魄大，撼人心，由上而下，由远而近，烘云托月，突出了高山哨所的战士劈波斩浪、送草药出山的威武姿影，展现了人民子弟兵爱民心切，履险如夷的宽阔胸襟。

作于1960年的《杨柳和士兵》，写人、状树，交织构思，形成了一种特殊的艺术境界，揭示了人民解放军既是战斗队又是工作队的本质，在保卫祖国和建设祖国两方面做出巨大贡献：

风沙里走来一队骑马的解放军，
长毛帽子皮靴子，
马枪挎在身，
嘿！一眼望去好精神！

风沙里站着片片柳树林，
像一片山，像一抹云，
脚踏风雪，头顶烈日，
一把把扬起柳絮乱纷纷！

是谁栽了这片杨柳树，
招来小鸟叫阳春？
是谁抽出条条绿柳丝，
挽住青的流水白的云？

风沙里，传马嘶，
送一队骑兵出柳林，
柳林深处就是他们的家，
他们就是栽柳的人。

看杨柳多像这士兵，
深深的根须把大地抓紧；
看士兵多像这杨柳，
他们比杨柳更坚韧十分！

这首诗首节写士兵，第二节写柳林，第三节问栽林人，第四做作了回答，第五节人树都写，卒章显志，点出全诗主题，突出了我们人民军队顽强、坚韧的意志。

作于1958年的《我们的指导员》，是一首格律化的既有建筑美又有音乐美的新诗，它表现了人民军队基层连队干部的身先士卒、处处垂范的好品德。全诗四节，大体整齐，就格式而言前两节相同，后两节相同。不同之处是：前两节起句是七字句，后两节起句是两个三字句。四节诗后两节句式完全相同，重复和设问手法的使用，突出了指导员的艺术形象，使人难以忘怀。每节第三句开头的象声或绘形的叠词“呼啦啦”“吱扭扭”“气吁吁”“影绰绰”的使用，既加强了诗对读者的视听冲击，又显示了李瑛深厚的语言功底。

队伍出发上前线，
太阳如火烤人脸；
呼啦啦，那领头打旗的是谁呀？
——我们的指导员！

人汗马汗洒满道，
长途行军好疲倦；
吱扭扭，那推炊事车的是谁呀？
——我们的指导员！

脚起泡，肩磨烂，
道道河水道道山；
气吁吁，那背战士过河的是谁呀？
——我们的指导员！

扎下营，星火闪，
战士鼾声匀又甜；
影绰绰，那树下站岗的是谁呀？
——我们的指导员！

李瑛写部队生活的诗也是与时俱进，有所发展和变化的。1979 年 3 月写的《婴儿的哭声》，表现了对越自卫反击战中我们战士的国际主义精神和爱国主义精神相结合的广阔的胸襟，在严惩进犯者的同时，他们没有忘记自己作为仁义之师，实行革命人道主义的神圣职责：

密集的枪声渐渐稀疏，
草丛间仍然烟雾腾腾；
婴儿的哭声铺出一条路——
呼唤着火线上的中国士兵。

战士来了，举着火把松明，
孩子醒了，睁开明亮的眼睛；
他第一次张望着这人间，这世界，
但见几张关切的脸，几颗红星。

战士掏出干粮，给饥饿的母亲，
战士脱下衬衣，包起幼小的生命；
新生的婴儿不懂得这一切，
年轻的母亲却热泪纵横……

短短的几节诗，展示了我们新时代的最可爱的人那细腻柔美的内心，他们一面严惩侵略者，一面用自己的救危济困的行动增进中越两国人民之间的友谊。

二、生动地描绘了人民的新思想、新风貌

这是李瑛诗歌创作的第二个特点。李瑛被不少诗歌评论家称为“军旅诗人”，这种称谓并无错。诗人自己分析说：“至于称我为‘军旅诗人’，大概是因为过去我发表和出版了许多军事题材的诗作，再加上在部队工作，所以有这个叫法是很自然的。这是个光荣的称谓。”但李瑛又指出：“但从另一方面说，我在写部队题材作品的同时，还写了大量军外题材的作品，它们的数量远超过我

写部队题材的作品。"①这点是我们应当特别重视的，不能把李瑛仅仅说成"军旅诗人"，更不能把军事题材的诗作误认为是其诗作的全部。李瑛自己说得好："若从我全部诗作的总量看，部队内容的诗约占三分之一。所以，如今要对一个诗人做整体论述，应阅读和研究他的全部作品，若只根据他的工作范围和部分作品做简单归类，然后据以评价，难免不够准确和全面。"②从登上诗坛以来，在七十多年的创作生涯里，李瑛始终关注祖国和人民的命运。他以战士和诗人的两重身份，观察和表现新中国成立六十六年来人民群众地位、命运和精神面貌的巨大变化。他以那支多姿多彩的灵动万分的诗笔，生动地描绘了人民的新思想、新风貌。

作于 1955 年的《给景颇族的兄弟和姊妹》，描绘了景颇族人民的新生活，表现了他们的勤劳、好客和骁勇善战：

我感觉幸福，我看见：
在垂着乳房的木瓜树底下，
在垂着胡须的老榕树底下，
果实和爱情都成熟了……

人说，代表幸福用香醇的酒，
你们的酒酿得很醇；
人说，保卫生命用亮晶晶的子弹，
你们的枪射得很准。

同作于 1955 年的《礼物》，表现了彝族人民对人民军队和汉族诗人的真挚情谊：

向日葵种满小河两岸，
向日葵围绕着边寨，
淳朴的彝族弟兄迎接我，
用向日葵子将我款待。

他们向我谈生活，笑声朗朗，
好像这葵子就从他们的心窝摘来；
对于我，比一切礼物都珍贵，

① 《李瑛访谈录》，出自李瑛：《李瑛诗文总集》第十四卷，中国文联出版社，2010 年，第 280 页。
② 《李瑛访谈录》，出自李瑛：《李瑛诗文总集》第十四卷，中国文联出版社，2010 年，第 280 页。

它藏着这样多的阳光，热和爱的光彩！

作于1956年的《第一条河》，写海南岛五指山黎族人民成立了农业生产合作社，开掘了第一条灌溉水道。全诗采用诗人和小河（水道）的对话形式，五问五答，明朗、清新、欢快。试看该诗第五个问答：

呵！我明白了，可爱的河，
那么你又是怎么来到这座村落？

是黎族兄弟把我从谷底引来，
我是他们合作社的第一个新客；
你看这山里哪儿不充满新奇？
小鸟呵，帮我讲吧，我可不懂得这样多……

由于诗人重视深入生活，他总是长年在祖国的东西南北奔走，所以他的诗作能反映农民、工人、牧民、商人、老年、青年、妇女、孩子等多职业、多方面、多领域的人民群众的新生活，诗意盎然地揭示他们的新思想、新风貌。两行体诗《歌女民兵阿华》，展现了一位山区女民兵的飒爽英姿：

十三岁，只身游猎传佳话，
一张豹子皮还在墙上挂。

深山里，有风吹雪压，
可她呵，眉头不皱眼不眨。

十五岁，爱乡爱队爱集体，
斗倒敌人，好样的一个女儿家！

如今，上山来，会樵会耘，
下水去，能捞能驾。

《护林民兵》写的是一个民兵集体，可以与《歌女民兵阿华》相呼应，同样是两行体，又有民歌风味：

山脚下飞着一群鹰，

是我们的护林民兵。

枪在肩，缰在手，
大皮帽下闪着双警惕的眼睛。

马蹄踏着雪花，嘚嘚嘚嘚，
清点着每一棵白杨、冷杉、红松。

作于1978年的《望》，塑造了西沙群岛的老渔民的形象：

十二级台风九级浪，
如今都停息了——
停息在这位老渔民：
褐色的肩膀，褐色的胸膛！

这显然是虚拟的说法，但却突出了老渔民不惧风浪、久经锻炼的品格。修好了船与帆，他站在沙滩上，凝眸远望。“风，吹着他斑白的头发，发尖上，凝结的是盐是霜?”诗中进一步描绘了老渔民的形象：

看他桨橹般结实的手臂，
看他龙骨般坚强的脊梁，
一双无畏的钢铁的翅膀，
曾扫平多少滔滔雪浪！

望着他深邃的眼睛、威望的气概，
我惊讶于他的美和力量。

我们的人民，不仅是战天斗地、搞好生产建设的能手，也是奋不顾身、浴血沙场的保卫祖国的英雄。作于1979年的《担架》，描绘了在对越自卫反击战中赶制担架，抢救伤员的傣家姐妹：

火线上，伤员要后送呀，
最后，缺一副担架怎么办?
绷带，止不住伤员的血，
绷带，缚不住姑娘的泪。

是呀，伤员要抢救，
缺一副担架怎么办?
路太远，难以背上他跑，
坡太陡，无法驮着他飞。

呵，只见我们这两个好姐妹，
拢一拢头发，抹一把泪——
砍两根青毛竹，脱两条黑筒裙，
把伤员按上担架，就迈开了腿……

面对这对抢抬伤员的机智的傣家姐妹，诗人评价道："不是吗？昨天，她们犹似轻柔的白云，/轻得那样胆怯，柔得那样妩媚，/见流血，还害怕；遇生人，还羞愧；/而今，却变成了冲天的火，爆炸的雷!"战争锻炼了她们，她们变得坚强、勇敢了!

李瑛是敏感的，他善于发现生活中的美的人、美的事，并用抒情诗的形式把这些表现出来。作于1960年的《"娃娃"》，描绘了一位家在江南，却在塞北阴山下工作的小气象员。她看似稚弱，却能把风霜雨雪踩在脚下。试看诗中这样精彩的两节：

她还穿着妈妈做的小花袄，
从江南走到阴山下；
头巾下裹着一脸青春，
为祖国，愿来受风吹雨打。

一支温度计——
测量漠北的体温和脉搏；
一架风速器——
挽着万匹脱缰的野马。

朴素的肖像描写，亲切的拟人手法，在浪漫主义的创作方法的烛光映照下，这位南国女子气象员的形象变得更加光辉、高大。她的"一架风速器"，能"挽着万匹脱缰的野马"。

作于1960年的《乡邮员》，表现了乡邮员顶风冒雪，跋山涉水，送信取信的敬业精神。最后两节诗，既阐述了乡邮员工作的意义，又突出了他朴素而高大的形象：

送来一封信，
使家里的灯花更亮了；
带走一封信，
使碗里的奶茶更香了。

门外，又一阵风雪，
拥走了乡邮员的一阵阔笑；
寥廓的山野没有一个人，
只一个黑点在天地间摇……

特别值得我们重视的是，李瑛用他那支诗笔，多角度、多侧面地表现了少数民族的新生活。《我们的牧场》抒写了蒙古族人民扩展牧场的壮举；《射箭》描绘出他们英勇善射的雄姿；《飞机》记述了在内地飞机的支援下运送急需物资的感人情景；《送行》写牧民阿斯尔要去包钢做工人，送行老人叮嘱他：

去吧，阿斯尔，别再想你的套马杆，
莫怕楼多挡得眼睛疼，
过去给牧主放牧、打草，
现在听党话，去建设自己的内蒙！

《包头钢铁大街的清早》，表现了包头这个新兴的钢都的热闹、繁华，朝气勃勃，正是新中国新兴工业城市的一个缩影：

车铃响，汽车叫，
钢铁大街正是清早，
几十里的路面黑压压，
赛过黄河万里涛。

车轮追车轮，肩膀擦肩膀，
羊皮大袄披上身，齐往车间跑；
不同的民族，各路的口音，
每个人心里都装着一张时间表。

——去炼铁厂炼铁，
——去焦化厂炼焦，

——去高空架烟囱，
——去地下铺管道……

《林中黎明》是写伐木工人的奉献精神的，他们为了给祖国各地供应又多又好的木材，起早睡晚，战天斗地：

于是，天未晓，
工人们便披衣坐起，
轻轻点亮帐篷的小灯，
想起遥远的工地、身边的树海，
撕一张日历，望一眼天色，
再擦遍油锯，再紧紧鞋带，满怀激情。呵！
　　迎接战斗！
　　　　迎接胜利！
　　　　　　迎接出征！

《枣林村集》是诗人在农村参加社会主义教育运动时写的，出版时又做了修改，是1972年出版的，诗集中写了社会主义新农村的新人新事新风貌。《试水》是写时值春旱，大渠试水，万事俱备，只欠东风，放水给村里带来的希望和欢乐：

库里的种，早选过，
檐下的犁，早擦好；
只待春风起，
比试新犁刀。

放水了，放水了，
春水要灌千顷苗，
三十里路不算远，
四个流量不算少，
看冲下多少豆叶和草节，
看漂起多少雪沫和冰屑。

《农忙托儿站》是写老人自办托儿站，支援麦收。这种农忙托儿站因陋就简："大树下，一张席，/柳荫下，一条毯，/大树一棵——屋一间，/柳荫一片——床一片。”办站老人的心思是什么？“说是种田为革命，/人人奋战三夏上前线！”

即使是在十年动乱前写成，又在出版时做了修改的几本诗集，李瑛也注重用他的诗笔表现人民群众身上闪烁着的社会主义伦理美。《枣林村集》(1972)、《红花满山》(1973)和《北疆红似火》(1975)三本诗集，汇集了这方面的成果。

在改革开放的三十年里，我国人民的物质生活和精神面貌都发生了巨大的变化。作于1984年的《为一家小小的花店开业所写的贺词》，洋溢着明朗、欢快的基调：

现在，我们已经有了
轻风细雨，泥土日照，
有了书籍，笔，琴弦，石雕，
有了铁锤，镰刀，机械手和电脑；
婴儿有了奶汁，
老人有了安乐椅，
每个家庭都有一扇明亮的窗子，
都有一轮慷慨的太阳，照耀；
紧张的劳动之后，
你回到家，怎能没有花呢，
——那对生活的爱的深情的微笑！

作于1984年的《川江历史》，写一位老纤夫的儿孙改变了家族的命运：

今天，他的儿子
自豪地骑在川江背上
戴着白手套驾驶航船
并用汽笛召唤群山
他的孙子在葛洲坝
穿着白罩衫操纵照耀千里的电站

纤夫的子孙成了航船的驾驶员，成了电站的管理员，这个纤夫家庭的变化就是我国劳动人民命运改变的缩影。

作于1994年的《在阿克塞部落牧民家里》，通过对大西北一家牧民的描述，讴歌了像山鹰那般强悍和天鹅般美丽的阿克塞牧民：

有野山植物般强悍的父亲
有云朵般温柔谦和的母亲
小女儿的红裙子映透蓝天
　荒滩便告诉我：这里有花朵

母亲的牧歌能融化石头
父亲跳舞的皮靴子使城眩晕
小女儿的花帽上翎毛掀动
　高原便告诉我：这里有山鹰和天鹅

作于2001年的《这里将建起一座火车站》，以浓墨重彩的诗笔，以空前豪迈的诗句，讲述了新世纪给青藏高原带来的巨大变化：这车站建立在沉睡了三千年的高原荒滩上，“左邻是黑色的牦牛群/右邻是白朵”，新火车站是啥样子呢？“有月台/有号志灯和长椅/有酒店/有卖雪莲花的姑娘/有鲜得不能再鲜的热牛奶/有绿色的邮箱挂在雪线上”，修建这座火车站的意义是什么？“犹如一个远古记事的绳结/可以听见生命从洪荒传来的声音/或者犹如一颗红宝石/闪烁在东方中国/二十一世纪的额头上/白天，它是太阳/黑夜，它是星斗。”

三、始终胸怀祖国，放眼世界

在七十多年诗歌创作生涯里，李瑛始终是一个热爱祖国、忠于人民的诗人，也是一个关心人类命运、具有广阔的国际主义胸怀的诗人。爱国主义和国际主义题材的诗作成为他诗作的一个重要主题并占据了相当大的比例。

北方的兴安岭林区，内蒙古的茫茫草原，涛涛的东海之滨，一望无际的戈壁沙漠，雪峰入云的青藏高原，长城以北的冰天雪地，西南边陲的峡谷激流，全都写入了他的诗篇。祖国秀丽的自然风光，五十六个民族多姿多彩的幸福生活，城市乡村的社会主义建设的火热场景，改革开放促使神州大地日新月异的变化，大大开阔了诗人的创作视野，使他积累了用之不竭的创作素材。

李瑛爱国题材的诗，首先是从祖国秀美山川中发现并捕捉了诗意，刻意求工地进行了艺术表现。在《长江夕照》和《黄河落日》里，他写出了这两条孕育了中华文明的母亲河的雄姿、气魄。他笔下的长江是这样的：

从上游流下来
九千年，荒滩草莽
流下来，滔滔阔浪
九千年，风吹倾了

群山，吹倾了
低飞的孤鹭的翅膀
没入苍茫

多么广袤的空间感，多么悠长的时间感，荒滩、草莽、阔浪、风、群山、孤鹭这一系列的意象，让人们深感长江的雄伟、浩大。诗人驰骋了浪漫主义的想象：

该有一盏灯，照耀
上游——下游
九千年，天海泱泱
大地也微微颤动了——
多么凝重壮阔的主题和
雄浑辉煌的思想

自古以来，描绘长江的诗，数不胜数，但李瑛这首诗的雄浑、凝重、壮阔，使人深感震撼。他笔下的黄河又是怎样的呢？

等了五千年
才见到这庄严的一刻
在染红一座座黄土塬之后
太阳，风风火火
望一眼涛涌的旋涡
终于落下了
辉煌的、凝重的
沉入滚滚浊波

同样，李瑛写出了黄河落日的庄严、辉煌、凝重，让人经久难忘，诗情画意满胸膛。人们说"桂林山水甲天下"，诗人在《倒影》中唱道："一个桂林站在岸上/一个桂林浸在水里"，更为奇妙的是该诗的最后一节：

我想写一首关于倒影的诗
铺开纸，流水便打翻每一个字
那些没有橹、没有帆、没有锚的字
就漂流在水上

两个桂林便一起望着
半江渔火里我的诗歌的
倒影

这是多么奇妙的构思，这是多么新颖的意象，它表现了诗人用诗歌来表现名城桂林的一片深情，一片艺术苦心。在云南，他抒写了《红土地之恋》："呵，我又见到你，红土地/我没带来花和酒，我只想/一步一步，赤着脚走遍你。"在《澜沧江》一诗里，他用了拟人手法，说澜沧江是"受尽群山羁绊、冰雪封裹的叛逆的姑娘"，是"劈开峭壁、挣脱挟持出走的姑娘"，是"苦难、草根和风霜喂大的姑娘"。这是对澜沧江准确而又人性化的描述。在《过原始老林》一诗里，他形容原始老林"像磅礴的大山，崛起的绿云"，"像壁立的狂涛，奔突的雷阵"，流露出诗人对原始森林的珍爱。在《木棉花》一诗里，面对历经暴风骤雨而盛开的木棉花，他形容说："白天像杯子，/斟满通红的酒；/夜晚像红烛，/高燃似火；/染香了鸟儿的翅膀，/醉了云朵。"多么恰当的比喻，多么令人惊奇的想象。在《怒江》一诗里，诗人形容这条江是："无数吼啸的喉咙/无数愤怒的眼睛/无数挣扎的翅膀"。还说它是龙、狮子、野牛，"矢志到有阳光的宽敞明亮的地方去/这个满身创伤的愤怒的灵魂/这个值得尊敬和赞美的爆炸的生命"。《腾冲》一诗，用"比星更亮"和"比花更美"来形容这个风景胜地，还说它"是一枚精致的翡翠/闪烁在欢乐的手臂上"，又"是一坛陈年佳酿/只待你来，向你开封"。组诗《石林》不是一般的纪游诗，而是赋予了深刻的哲理性。诗写出了石林"铁青的、凝重的、静静的"等外在形体上的特点，又说它"像宁静沉思的哲学家，又像英武威严的将军"。游览石林的感受是怎样的？"一个人在它们中间，/会发现自己的价值，/并且会看到——生命/竟这般美丽！"《黄连河》一首，写出云南省大关县海拔1199米的这条高原河的英姿：

那野谷的飞瀑群
刺骨的冰水比钢针还锋利
跌跌撞撞，奔腾激溅
发出金属的幽光和喧响
是远祖的汗和泪吗
每滴都源自苦难的血缘
以无限活力滋养着
每一朵野花和精壮的草籽

李瑛不仅钟情于南方的红土地、澜沧江、石林、大峡谷，他也热爱北方的黄土地、月亮谷、野酸枣树、小火柿，还依恋大西北的丝绸之路、壶口瀑布、半坡村、碑林、祁连山、嘉峪关、燕鸣壁、疏勒河、莫高窟、月牙泉、贺兰山、贺兰山岩画、西夏王陵、腾格里沙漠等。我们的祖国是举世闻名的文明古国，她有秀丽的山川，众多的名胜，丰饶的物产。她的一切，都令诗人陶醉。诗人用他那支灵秀、多彩的笔展现了祖国南北东西的自然美，激发了读者的爱国热情。

李瑛爱国题材的诗，具有以下四个特点：

第一，诗人就是这些诗作的抒情主人公，祖国千姿百态的自然风光美都是依照他的切身感受来表现的，也就是说经过了他的艺术加工。其诗清新隽永，耐人寻味，描摹细腻又富有变化。在《致舟山群岛》一诗里，他说舟山群岛是“东海的山，东海的舰队”，又“像草坪上散落的花瓣，像母亲胸前的玛瑙、翡翠”。在《敦煌的早晨》里，写了青少年早晨种树，诗的结尾：“人说敦煌连早晨也是黄色的，/黄的河水，黄的野云，黄的古堡；/可为什么透过万里沙帐，我却看见：/这早晨，湿湿的，青青的，有多么好！”《戈壁日出》用拟人手法，把初升的太阳写成一个巨人，“太阳醒来了——，它双手支撑大地，昂然站起，/窥视一眼凝固的大海，/便拉长了我们的影子。”随着太阳升高，时间推移，“忽然，它好像暴怒起来，/一下子从马头前跳上我们的背脊，/接着便抛一把火给冰冷的荒滩，/然后投出十万金矢……”多么浪漫、奇特的诗句，如果没在戈壁滩看过日出，是不会写得如此绘声绘色的。

诗人笔下的西沙群岛又是怎样的呢？在《西沙群岛情思》一诗里，诗人写了那海水、礁盘的颜色，写了岛上洁白的沙粒，又把这景色和呼伦贝尔草原、阿佤山、昆仑雪岭和毛乌素沙漠做了对比：

> 赭黄，淡绿，深青、藏蓝，
> 闪光的碧水镶着褐色的礁盘；
> 礁盘上托着洁白的沙粒，
> 鲜艳的五星红旗在碧空招展。
>
> 莫不是我又回到了辽阔的呼伦贝尔草原，
> 莫不是我又攀上了云南翻腾的阿佤山，
> 昆仑雪岭的磅礴，毛乌素沙海的浩瀚，
> 此刻呵，一齐扑向眼底眉尖……

李瑛的描绘祖国秀美山川的诗，还有第二个特点，诗人有意把祖国山川的秀美和党领导人民开展热火朝天的社会主义现代化建设紧紧地联系起来。像

《大亚湾的故事》一诗，从昔日、今天和明天三个视点来描述大亚湾，先看昔日的大亚湾：

历史睡着时，大亚湾
一座座漂泊的岛
无处抛锚
那时渔火飘摇里
泪眼汪汪的母亲
用凄苦的故事喂养我们
一声声倾诉不尽的冤苦和叹息
都凝成了死去的石头

再看今天的大亚湾：

今天，历史醒来
一切都袒露在阳光里
再无漂流的船板和
失眠的窗口
刺破《大亚湾报》版面的，是
山头高耸入云的高压线的铁塔，是
滨海大道上矗立的宾馆和商城
绿阴里层叠的楼群
如果不是窗前晾着鱼干
谁也不相信
那是渔民的住宅

再看明天的大亚湾：

而明天，浪花后面
深水码头上
成排的龙门吊
将邀请五洲宾朋
蜷伏的锚链和缆桩
在倾听远海的风雨

是的，大亚湾最终会建设成为一个现代化的大城市、大港口，成为举世瞩目的南国明珠。

《两朵云》《一条中国龙》是写青藏铁路的建设、通车的，是典型的把自然风光和火热的建设结合起来的诗篇。请看《两朵云》的结尾一节：

在地球最高处
　闪闪的冰壳之上
在唐古拉山顶
　蓝幽幽的天空里
拂动着两片白云
一片是藏族姑娘送别的长袖
一片是月台上的列车运行时刻表

再看《一条中国龙》的第三节：

天上的西藏呵
曾被血泪沤烂的西藏呵
遥远的奥秘佛国的西藏呵
这龙
怀满腔美学激情和
浪漫主义理想
要到你那儿去，它仰慕你
蓝得发脆的天宇
滴着金属汁液的太阳和
醉人的奶香
它要到天堂的宫殿
看看被神鹰撕烂的蛮荒与贫穷
并带去人间最好的玫瑰

李瑛描写自然风光的诗的第三个特点是：以边塞的自然环境为背景，如戈壁、草原、荒滩、高原、海岛等，诗人不仅发现了当地富饶的资源，还写了在这里生活、劳动、战斗的人们的心灵美。他称“傣家姑娘是孔雀的姐妹”，她们是“挑小竹篓的姑娘”“撑着小竹排的姑娘”“驾驶推土机的姑娘”(《孔雀》)。他称彝族是“火的民族”，这个民族“总是站在宇宙中心/以无人企及的智慧和勇敢的美/诠释着自然的新秩序”。(《火的民族》)他描写那唱着山歌的铁索桥上的苗族姑娘："在风景与声音之间/溢出一股清香/早晨，一个苗族姑娘/背篓里背着山歌/款款地走在/颤悠悠轻摇的铁索桥上/桥下是伴奏的江水。"(《边城黎明》)

第四，李瑛爱国题材的诗，还包括对我国从古至今的爱国诗人的缅怀与称颂。《过汨罗江怀屈原》，这是一首两行体的抒情诗，短短的六句，蕴含着深刻的哲理："把世界装进陶罐/抱着它，纵身跃进波涛里"。这首诗还有精湛的比喻，阐发了屈原投江的重要意义："忧愤和痛苦像烧红的铸件/煮沸大江，腾起嗤嗤水气。"诗人南行，雨后见杏花，想起南宋爱国诗人陆游《临安春雨初霁》中的诗句："世味年来薄似纱，谁令骑马客京华？小楼一夜听春雨，深巷明朝卖杏花。"诗人认为：空间浩瀚，时间邈远，陆游把满腔情愫，写进他的诗里。李瑛在《杏花》诗中写道：

而今，经过宋元，经过明清
空气也变得温馨
风也变得香甜
云也变得柔美
这是它们存在的意义
是从花朵到果实的哲学所构成
此刻我们坐在阳台上
用熟透的红杏待客
或喝着用杏子酿成的低度酒
或用杏干泡茶喝

显然，诗人认为我们今天身处新时代、新中国，在吃杏子、喝杏酒、泡杏茶时，不要忘记陆游和他的爱国诗。

在《鲁迅》这组诗里，包含《他的存在是无限的》《那个时代和他》《他的生命如此强大》《打开他沉重的书》《伟人或兵士》《对他的认识》《必须仰望的雕像》七首诗。这组诗是献给鲁迅诞辰一百二十周年的。在鲁迅逝世的 1936 年，"从北京到上海/三亿人在莹莹泪光中喊他/烛光摇曳，没有回应/如今，十三亿人/把他埋葬在爱里/离我们越久/越显出他的意义/他的存在是无限的/他是美和真理"。诗人称颂鲁迅是"一个赋予时代历史重量的伟人""一个圣哲""一个兵士"。这是准确、科学、朴实的评价。在《一个勇敢智慧的生命》这首诗里，李瑛说郭沫若"是文化战线卓越的战士"，"他一生致力于发现、创造和开拓，/从甲骨中探询历史，在摇篮边哺育诗歌""终于迎来了新生活"，迎来了"透明的人间，健康的社会，强大的祖国"。在为艾青八十华诞写的贺诗《梦里追寻的声音》里，李瑛说艾青"歌唱一个民族的春天"，"喉咙里流出你心头对祖国的爱"。

像古今中外的许多杰出诗人一样，李瑛不仅胸怀祖国，而且放眼世界，用自己的诗作为祖国、为人类歌唱。19 世纪俄国著名文艺批评家别林斯基说："任何伟大的诗人之所以伟大，是因为他的痛苦和幸福深深植根于社会和历史的土壤里，他从而成为社会、时代，以及人类的代表和喉舌。"①李瑛那些国际题材的诗作，展示了当今时代变化的风云，描述了人类进步的脚印，讴歌了中外人民的友谊。在诗集《李瑛国际题材诗歌选·自序》中，李瑛说过：

我清晰地听见正义和真理向她的每个儿女说道："你们要生活下去，要坚强地站立着和征服敌人！"于是每个男人和女人的肩头，便负起对在摇篮里的婴儿的平静的呼吸、对生活、对维持家庭乃至整个社会温暖的全部责任和使命。

我们深知过去的岁月所受灾难的痛苦，也深知如今胜利的骄傲和喜悦，我们懂得它们的意义和价值。

让我们把压迫、剥削、吃人的制度和贫穷等，一起涤荡干净吧！我为我和我们这一代人，能亲身经历并积极参加如此轰轰烈烈的伟大年代的斗争而感到荣幸。

诗人这种时刻关照世界人民斗争和人类解放事业的国际主义情怀，是他创作国际题材诗歌的坚实思想基础。李瑛国际题材的诗作，主要见于《友谊的花束》(1955)、《献给火的年代》(1964)、《站起来的人民》(1976)、《我骄傲，我是一棵树》(1980)、《美国之旅》(1985)、《李瑛国际题材诗歌选》(1986)、《日本之旅》(1990)等诗集。诗人从 20 世纪 50 年代起，就以庄严神圣的责任感，写下了数以百计的国际题材的诗。细加分析，李瑛国际题材的诗又有这样两类：

一是反映了 20 世纪 50 年代中期至今的重大国际斗争以及有影响的国际事件。从 1950 年冬至 1953 年冬，诗人先后三次访问朝鲜，时至抗美援朝战争期间，他写的"染着硝烟气息的小诗"，收进了《战场上的节日》(1952)和《天安门上的红灯》(1954)两个诗集中。《钢铁的洪流》一诗中，写朝鲜人民奋力支前、和中国人民志愿军并肩作战："而走在公路左侧的，/是坚强的朝鲜人民。/铁轮的牛车：/载着累积如山的箱子，/载着堆得高高的粮秣的草袋，/辘辘的，辗轧着/自己房舍的烟尘和瓦砾，/同我们一起，/雄壮地，/向前进。"在《向平壤挺进》一诗中，诗人看见："朝鲜孩子们/替他们父亲/抢修钢骨铁筋的电线架子，/挑送着铁轨上的石块""朝鲜的妇女们，/做着她丈夫留下的工作，/把副副担架匆匆抬过，/在通红的脸上，汗水沾住了头发"朝鲜人民是英雄的人民，是不可战胜的人民。他们的前赴后继的壮举，让诗人觉得："我们都是巨人，/我们有这样大的力量，/把一切道路都旋转过来，/铺向平壤！"在《苹果园》一诗里，诗人写在一个战后的傍晚，诗人和战友宿营在一个朝鲜老妇人的草房，她

① [俄]别列金娜选辑，梁真译：《别林斯基论文学》，新文艺出版社，1958 年，第 26 页。

拿出一篮篮苹果，“硬递到我们手里要我们尝”，又给诗人讲说往事，讲说复仇，讲说希望。诗人祝福说：“我知道在那行行的苹果林里，/又将照满春天的阳光。”经过了反击美国侵略者和韩国伪军的战争考验，朝鲜人民变得更加勇敢、坚强。在抗美援朝战争结束以后，在有关外事活动及出国访问中，勤奋的热情的诗人，又挥动他的诗笔，创作了不少的国际题材的诗作。这些诗，有的描绘了异域土地的自然风光，有的表现了被压迫民族寻求自由独立的正义斗争，有的记录了中外人民的珍贵友谊，有的揭露了不合理社会制度下的丑恶、怪异现象。《友谊的花束》是表现中国人民和东欧人民之间团结友爱、相互支持的优美抒情诗。《献给火的年代》与《站起来的人民》是献给觉醒了的亚非拉人民的号角，希望他们尽快挣脱自己身上被压迫、被凌辱、被掠夺、被剥削的锁链，努力建设民族独立、自由、富裕的新生活。《瑞士之旅》讴歌了阿尔卑斯山、雪岭、洛桑的壮丽风光，缅怀了在瑞士苏黎世小巷居住过的列宁，拜谒苏黎世郊区的托马斯·曼的墓，还赞扬了中瑞人民的友谊。《美国之旅》中的43首诗，如同臧克家所言是“诗的随笔”。它赞美了北美新大陆优美的自然风光，讴歌了中美人民之间纯洁的友谊，还讴歌了美国人民无穷的智慧和创造力，表达了对美国历史上杰出的政治家、艺术家的敬意，也没有忘记对美国社会制度弊端与罪恶的揭露。1988年、1992年，诗人两次应邀访问日本，随后出版了《日本之旅》(1990)、《纸鹤》(1993)两本诗集，内收42首诗。其中，有描写日本自然风光的，如樱花、浅草公园的鸽子、灯笼、鱼幡、小雨、鹿、富士山、大涌谷，有描写拜谒周总理诗碑、鉴真墓、中岛健藏墓、镰仓大佛的，还有描写访问日本友人的，等等。

李瑛的国际题材诗歌，展示了他作为一个将爱国主义与国际主义相结合的无产阶级诗人胸怀祖国、放眼世界的广阔胸襟。20世纪60年代、70年代、80年代、90年代的重大国际斗争、重要国际事件，如埃及人民抗击英法帝国主义的入侵，朝鲜人民统一祖国的斗争，印度支那人民的救国战争，柬埔寨人民的革命斗争，巴勒斯坦人民求解放的奋斗，非洲、拉丁美洲人民反对殖民主义和霸权主义的正义斗争等，在他的诗作中几乎都有表现。

李瑛的诗作善于用英雄人物的榜样激励第三世界人民奋起。1953年作的《一个真实的人的歌》，讴歌了反法西斯斗士、捷克的民族英雄尤利乌斯·伏契克：“他屹立着像一座山，/他燃烧着像一团火，/他是这样一个无畏的真正的人!”作于1961年的《卢蒙巴的故事》和《血在燃烧》，描绘了刚果反帝英雄卢蒙巴的威武形象：

刚果呵，
你威严的铀矿石山，

就是他的骨骼；
你咆哮的刚果河水，
就是他的血液。
为了刚果的太阳，
不再沉进奴隶的血里，
你听他在愤怒中高呼：
“让我们的人民赢得胜利！”

——《卢蒙巴的故事》

他的胸膛像青铜，眼睛像利剑，
头上站着太阳，脚下傍万里江流，
身后——
身后是刚果高昂的头！

他振臂高呼：
“给刚果自由！”
非洲的一千条瀑布都回应，
喊声震动了宇宙！

——《血在燃烧》

不仅如此，诗人还以“咏物诗”的形式，从中挖掘出磐石般的真理；再加上十年以上的时间沉淀，这些吟咏的对象已带上“哲理诗”的气息。《弹片》一诗写诗人十三年前在朝鲜战场上的草丛里拣回一块弹片，它“已结满铁锈”，它上面的“血迹已被雨水冲掉”，诗人睹物生情：

多少年来，多少往事都已遗忘，
只有这弹片，这火光，
这一片裂心的呼号，
使我的心呵，永难忘掉。

诗人语重心长地告诫人们：这弹片如今仍在燃烧：“你看：即使在今天那千万块同样的弹片上，不都是血仍在淌，烟仍在冒！”《一束金达莱》一诗，写一个朝鲜小妹妹，在诗人背包的伪装上，“插上一束金达莱”，战斗打响之前，诗人采了一朵金达莱花，夹进日记册里。

诗人以今昔对比的方式吟咏道：

它紧贴我的心，紧贴我的心，
它仍在伪装我，把我遮盖；
上火线战斗，我一无所虑，
只因我心上怒放着这束金达莱。

十年后把日记打开，把它打开，
一团硝烟又扑满怀，
硝烟里，我看见，在朝鲜，
那红花已层层叠叠把山盖。

一束平凡的金达莱，寄托了朝鲜人民对志愿军的深沉的爱，也是中朝人民伟大友谊的象征。《上甘岭的泥土》一诗，让我们看诗人手抓的那把泥土："一半是石粉，一半是弹片"，诗人赞颂说：

认识吧，这就是英雄的朝鲜，
——神圣的泥土，不屈的山；
在石粉和弹片间，
屹立着一个坚强的信念：
不作殊死的战斗，
怎有今天？

诗人还以寄赠通信的方式，讴歌了中朝战友之间生死与共的友谊，直抒胸臆的火热诗句、鲜明的意象组合、抚今追昔的独特构思，让人灵魂震撼：

似乎发生在昨天呵——
昨天早晨或昨天夜里：
大同江上的战斗，
长津湖畔的追击；
炸药和仇恨在爆炸，
炮车辗过燃烧的山脊；
甚至在那短暂的战斗间隙，
我们的一位朝鲜战友
又吹响了芦笛……

如今呵，
春风几度吹开金达莱，
从我们肩头升起了多少旭日？
不要忘记昨天呵，
不要让昨夜的篝火停熄；
你听，那是什么声音？
分明是敌人在磨响刺刀，
响声淹没了野鸟高啼……

抗美援朝战争胜利之后，朝鲜人民以“千里马”的速度，开始了重建家园的壮举。民歌两行体诗《献给“千里马”的骑手》共三章，第一章写赴朝作战，“难忘那十二年前烽火紧，/炮火映红鸭绿江”。第二章写中朝军民并肩战斗，“我们同吸一颗烟，一点红光万里明”“一条坑道里度除夕，/一条堑壕中杀敌兵”“一千个日呵一千个夜，日日夜夜苦斗争”。第三章写凯旋归国后对朝鲜军民的问候及祝愿。

在战后重建家园的斗争中，英雄的朝鲜人民以千里马的速度，取得了巨大成绩。诗人忍不住赞颂道：“听今朝，‘千里马’蹄声如骤雨，/看明日，十里新城又一楼。”

对正在进行抗美救国斗争的越南人民，诗人在《夜晚，在南越的峡谷里》一诗里，借星星和血泊的对话，表达了越南人民斗争到底的决心：

他们说：“我们的弟兄早已起来，
再不许美军蹂躏、折磨；
我们的人民再不能被他们和他们的走狗
枪杀、奴役，压榨、掠夺！”

“我们在深山呼唤自由，
在密林中点起篝火；
我们在斗争，斗争会给我们自由，给我们一切：
这山，这河，这玻璃似的稻田和欢乐……”

当诗人在睦南关时，写了《金鸡山望远》一诗，他表达了自己的心愿：

我真想顺眼前大道奔过去，
和越南战友们一起投入苦战，

为那血泊里的一粒泥土，
粉身碎骨，也情愿心甘！

诗人尤其关注非洲人民争取民族独立、自由解放的斗争。他为非洲黑人兄弟的觉醒而欢呼：“好呵！/斗争！自由！独立！/斗争！自由！独立！/是的，我的黑色弟兄呵，/对那些嗜血的殖民主义者，/只有这样！/必须这样！”(《献给阿非利加的情歌》)当非洲的鼓声响起时，诗人在《非洲的鼓声》一诗中激情洋溢地写道：

咚哞——咚哞，是谁在敲呵？
看不见他的脸，
却看见闪光的泪珠，
却看见战斗的幸福。

不用问是哪个国家、哪个民族，
是古老的非洲在迈动脚步，
团结起来坚持斗争，
坚决把殖民主义逐出大陆！

《茶》一诗，以中国种茶专家到摩洛哥指导种茶，摩洛哥的土地上长出了中国的茶苗这则消息为由头，以借物抒情、借物言志的方式，表达了中国人民对争取民族独立、自由的非洲人民的全力支持：

于是古老的土地
向朋友呼唤；
中国的茶子，
便带着一片翠绿的梦，
万里迢迢到非洲，
在苍莽的大陆上，
舒青、发芽。

中国的大地呀，
尽管你的赠礼
多么微薄，
但在摩洛哥人民心上，

粒粒茶子，
却像千斤重的砝码。
为什么？为什么？
是六亿人民的友谊，
在这里化作了：
流水一样绿的叶子，
奶汁一样白的花。

茶子成了砝码，友谊化作了绿叶和白花，这是多么富有诗意的想象，这是多么恰当的升华，李瑛的诗总是这样奇妙地展现了诗的魅力。李瑛又抓住 1963 年新年的第一天，中国货轮“和平号”驶抵几内亚的科纳克里港口这则新闻，创作了《哦，西非洲》一诗：“烟波里，忽飞出一面红旗，向西非招手”，“科纳克里，一个闪光的早晨，/第一艘中国货轮驶进了港口”，西非洲人民摆脱了被奴役的黑暗生活：

如今，云散了，天亮了，西非洲，
中国擎一束鲜花来献给朋友；
越过汪洋大海，请接受，
哦，黑兄弟，让我们紧挽胳臂向前走！

对英雄的岛国古巴，诗人创作了《迎春之献》《寄战斗的古巴》《欢呼》《古巴情思》《关于主权》《给“里约·达穆希”号商船水手》《送运载小麦的船去古巴》等一系列抒情诗，阐发了古巴革命成功的巨大意义：“(古巴)你的船只正向明天进发，/在美洲夜雾茫茫的海面，/是你，燃亮了标灯、火把；/在美洲夜雾茫茫的海面，/是你，响亮的汽笛溅起了水花。”诗人赞赏古巴人民捍卫主权的英勇斗争：“今天，古巴弟兄们，我看见：/你们誓死保卫自己的主权，/把断然的回答掷给敌人：‘独立的古巴，不容侵犯！’”桌上古巴的一颗石子，激起诗人多少情思，他在《古巴情思》一诗中这样颂扬：

英雄马蒂的号召，
出征战士的歌曲，
矿山里机器的喧响，
码头工人欢乐的号子……
这一切
都一齐回响在我的生活中，

成为我生命的一部分；
呵，难道还有什么歌，
比这更宏伟，更壮丽！

古巴的兄弟们，
望着它，
我就像看见了你们高昂的头，
从骄傲的目光中，
感到了你们的脉搏和呼吸；
而我从中
也得到了多少鞭策和激励！

用不着举更多的作品来做例证了，我们认为，李瑛的国际题材的诗作之所以具有催人奋进的力量，是因为他是一个关心祖国和人类命运的诗人，同时又是一个与时俱进的目光远大的诗人。他在艺术构思上总是追求新形象、新意境。1992年写的《和平是一棵树》的结尾，让人耳目一新："在我们这旋转的地球上/和平是一棵树/给它雨露，给它天空/好让每天的太阳/攀着它上升。"用树来形容和平，何其新颖！

20世纪90年代，诗人又有机会访问古巴，写的诗带有新的时代烙印，技巧也更加娴熟，内涵更为丰富，角度更显新颖。1996年作的《古巴》一诗，记录了一个生活场面："一群孩子在水洼里嬉戏/和历史的梦一样高的纪念碑和雕像/一边坠着水珠/一边俯望着他们。"同时写作的《献给马蒂》一诗，歌颂了马蒂这位古巴民族英雄、独立运动领袖的斗争方式、巨大贡献和深远影响，表达了诗人对他的敬意：

我看见你用仇恨磨亮刀枪
又看见你用锤子锻打诗句
对于你，诗歌和刺刀同样锋利
铁砧上每个字都是生命的种子

一个赋予时代重量的人
使我们认识人的美丽
你站在诗的高度俯望人生
在爱中燃烧，在歌中死去

你把精神中的盐和铁交给人类
不屈的意志是光辉的旗
让我把这束花和这首诗捧在手心
到古巴来献给你，英雄马蒂

李瑛国际题材的诗是其诗歌创作中十分重要的一部分。不论是在思想内容的深刻性，还是在艺术形式的创新性方面，都有值得我们深入挖掘的新的东西。

四、专注于抒情诗的写作

古今中外的著名诗人大概有这么三种：第一种是专注于抒情诗写作的，第二种是专注于叙事诗写作的，第三种是既写抒情诗又写叙事诗的。显然，李瑛是属于第一种的。

总览李瑛的三千多首诗作，可以说不论写作时间的远近、写作篇幅的长短，我们都未曾发现他写过叙事诗。因此，我们称李瑛为专注于抒情诗写作的诗人。早在1950年写的《江布尔和他的诗》一文中，李瑛论及了江布尔出现的社会与历史及文学的条件，同时又论及了社会主义抒情诗的特点，还论及了江布尔的诗的影响①：

> 在光辉的斯大林时代下，在各共和国共同革命的凯旋下，在新道德的苏维埃制度里，以及在俄罗斯古典文学数世纪的传统、苏维埃文学丰富的经验和自己民族口传民间诗歌的影响中，中亚细亚文学的沃野上，人民的花朵江布尔天才的出现并不是偶然的，正因为这样，他的文学创作，才正确地依循了民族形式和社会主义内容原则而发展下来，他的诗歌里充满丰富的苏维埃爱国主义及与各民族兄弟般友爱的热忱，这便是他创作中的最基本的内容和主题；同时他的每一篇诗都渲染着异常浓厚的抒情的色调，社会主义的抒情诗，在质上最重要的特点，乃是消除个人与社会之间的矛盾，而江布尔诗中质朴的抒情性，即是具有普遍意义，具有人民意义，完全牢固地建立在个人与社会关系统一的基础之上；更由于他的诗与东方古典诗歌有着血缘的关联，在形式上也就显示出强烈的民族性、精神、历史和习惯；他的诗是配合着琴韵而唱的，诗的主题与音乐又有着高度的和谐。所以江布尔的诗从内到外，都受到了苏联人民以至全世界人民最高的评价和热爱。江布尔的方向，江布尔之所以在新生活的力量下，重新创造

① 出自李瑛：《李瑛诗文总集》第十三卷，中国文联出版社，2010年，第36—37页。

了辉煌的艺术，也证明了只有人民解放，才能解放人民的艺术，才能使人民的艺术得到成长和发展的这一真理。

当然，因为论文写在60年前，当时对斯大林的“个人崇拜”还流行，难免有些绝对化的地方。但总的看来，李瑛对社会主义抒情诗的特点的论述，不失为一家之言，而且确有精当之处。

李瑛在七十多年的时间里写了三千多首抒情诗，在当代诗人中，像他这样专门从事抒情诗写作，而且数量大、精品多、体式繁复、长短皆有的，十分罕见。吴开晋曾说：“纵观他(指李瑛)几十年的创作道路，通读一下他的抒情诗作，人们在思索之后，却可以使人兴奋地发现一个共同点：即诗人的脚步是随着时代的前进而前进的，诗篇尽管内容各异，艺术手法不一，但都响彻着时代之音。”①我们认为，响彻时代之音可视为李瑛抒情诗内容上的一个特点。为了说明这个特点，我想到了李瑛两首与石头有关的抒情诗，从细类上说，又可称为咏物诗。一首是作于1947年的《石头：奴隶们的武器》，当时诗人还在北京大学读书，另一首是作于1980年的《石头》。前一首诗共五节，每节四句，不妨抄录如下。

我们不能不为自己高兴，
我们的武器这样多；
我们不能不为石头高兴，
它能做那么多伟大的事情！

我们用石头筑起城堡，
我们用石头打出火星；
我们用石头参加战斗，
每块石头都记得我们的歌声。

我们是从大自然里成长起来的，
我们经历过无数风雨阴晴，
我们要生活，要做真正的主人，
我们就是这样简单呵，我们要斗争！

这是我们最后的武器，

① 吴开晋：《现代诗歌艺术与欣赏》，河北人民出版社，1987年，第457页。

我们要用它砸碎牢笼；
你们有权势，我们却有血肉，
我们决不比任何人软弱、贫穷！

我们不相信命运，决不哭泣，
我们只相信自己，力量无穷；
快握起石头，成为射手，
我们要复仇呀，我们要斗争！

这首诗诞生在1947年北京的反饥饿、反内战的民主爱国学生运动中。它表现了爱国学生日益觉醒，要用石头做武器，和国民党反动派做殊死的斗争。这首诗内容好，格调高，但总的来说，艺术水平不高，有点标语口号式的味道。因为诗人当时对抒情诗特点的把握还不准，构思也多少流于一般化。诗人在《呼唤诗歌精品》的发言中讲过："诗是以艺术形象方式反映人们心灵和社会生活的，这是大家所共识的。诗歌创作一般是个体劳动的形式，常常有明显的个人印记和个性差异。诗的创作虽然是以个人的形象思维来完成，但却不能排除理性思考。"①但作于三十七年后的《石头》就是一首抒情诗的精品，该诗创造性地运用了象征手法。全诗四章，每章四节，共十六节，每节四行，共64行，是中等篇幅的咏物抒情诗。第一章讲石头是由"汗和泪，搅拌着思想和感情"而形成的。第二章讲"我只知道石头紧裹着整个地球"，"是人间的精英，宇宙的精英"。第三章讲石头虽有"千般身影，万种风情"，"都庄严地统一在浩瀚的时空"。第四章讲"石头是唯物主义者，没有谎言和欺骗"，庄严得像星星。诗人在本诗写作中，思接千载，视通万里，涉及了我国盘古开天辟地、后羿射日的神话，涉及了沟鳞鱼、恐龙、巨象等古生物，涉及了宇宙、星球的形成史，运用了象征、夸张、拟人、排比、铺陈等艺术手法，突出了石头的优秀品德：

石头是唯物主义者，没有谎言和欺骗，
它尊重历史的每一分钟，每一秒钟；
它不会因淫威而歪曲历史，
它不会因胆怯而放弃刚正。

这是全诗中非常重要的一节，诗人意犹未尽，又加写了一节，进一步展现石头的高风亮节：

① 出自李瑛：《李瑛诗文总集》第十三卷，中国文联出版社，2010年，第185页。

它是质朴的，但却晶莹，
它是崇高的，但却普通，
它是冰冷的，却藏着火的种子，
它埋葬了死者，又孕育出新生命！

全诗临近结束时，诗人采用赋的手法，以切身的感受，又一次颂扬了石头的功绩：

我在长城边认识了它，它威武，
我在斯大林格勒认识了它，它英勇，
我在漓江两岸认识了它，它奇幻，
我在阿尔卑斯山下认识了它，它深情……

丰满实在的赞誉，尽数罗列其功用，让读者对石头既怀敬意，又感亲切。通过以上两首诗的对照分析，不难看出，李瑛是一位追求抒情诗的高品位美的诗人。他明确表示："故步自封、闭关锁国是要枯竭而死的；一味停留在陈旧的习惯性表现方法和模式中的作品，是没有生命力的，直白浅露的喊叫和叙议，是非艺术的。"(《呼唤诗歌精品》)以上例子还表明，李瑛抒情诗烙有深深的时代烙印，传达了时代之音。

大家知道，抒情诗可以分为个人抒情诗和政治抒情诗两大类。个人抒情诗又包括：爱情诗、纪游诗、交友诗、怀乡诗、酬答诗、咏物诗、山水诗等等；政治抒情又包括颂歌、哀歌、战歌，篇幅有短的、中等的、长篇的。李瑛的抒情诗几乎涵盖了抒情诗的各种类型和支脉。新中国成立前，他写的《播谷鸟的故事》《古长城》《散步的夜 》《石头：奴隶们的武器》《脊背》《花・果实・种子》《春的告诫》《歌》《窗》《枪》《太阳，啊！太阳》《北平》《纵火》《沉痛的悼念》《石像》《我们的旗》《睡着的战士》《历史的守卫者》这十九首抒情诗，短的如《古长城》两节八行，长的如《窗》九章二十六节一百八十二行。李瑛的抒情诗内容或是写旧中国的黑暗、腐败，劳动人民受压迫、受剥削，难以卒岁；或是写学生、农民、匠人的觉醒、反抗、斗争；或是咏物抒怀；或是歌颂春天、花朵、太阳；或是写北平的革命烈火在酝酿；或是悼念民主斗士、恩师朱自清；或是描绘人民战士——历史守卫者的雄姿。这表明，李瑛抒情诗的起点是高的，题材是广泛的，体式是多样的。

为了说明李瑛在部队生活四十年间写的一千多首抒情诗是怎样生动、别致、深刻地反映了我们人民军队火热的斗争生活，为我们伟大祖国的英勇保卫者唱出了一曲曲优美、真挚的颂歌，我们不妨具体看看以下三首诗：一首是

《月夜潜听》，一首是《灯塔》，还有一首是《祖国的炊烟》。这三首诗作于20世纪六七十年代，窥一斑而知全豹，通过这三首诗，我们可以看出李瑛战士诗所取得的显著成就，也可以分辨出他那刚健清新的艺术风格。

这三首诗是诗人深入基层连队当兵时期丰富生活体验的艺术结晶。部队紧张、热烈、多彩的生活是李瑛诗歌生命的摇篮，战士淳朴、高尚、宽阔的胸怀是李瑛诗歌肥沃的土壤。从题材来看，《月夜潜听》和《灯塔》是写海防战士或诗人在海防前线的见闻感受的，《祖国的炊烟》是写对越自卫反击战争的。从抒情诗的类型来说，《灯塔》是咏物诗，《月夜潜听》是纪实诗，《祖国炊烟》是写景诗。但是，咏物也好，纪实也好，写景也好，都是以抒发人民战士和诗人的爱国情怀、战斗情愫为主，用凝练的语言、澎湃的激情，向读者描摹出部队生活中的诗情画意，倾吐出诗人在现实生活中的哲理真谛。

作于1961年的《月夜潜听》是李瑛抒情短诗的代表作。全诗六节，每节四句，共二十四句是一首充满诗情画意、令人玩味再三的好作品。它生动、逼真地记载了诗人和他的战友月夜在海边巡逻的感受。诗的前四节都以月亮为线索，通过巡逻战士的语言、行动，点染出他们在执行任务时高度警觉、一丝不苟的精神境界：

满月推起海的大潮，
满月照得大地透明；
巡逻组长说：
“今夜月圆，注意潜听！”

月亮，不要照出我的影子，
风不要出声；
祖国睡去了，
枕着大海的涛声。

我们出发，伴满海明月，
我们出发，披一天繁星；
警觉的夜像万弦绷紧，
刺刀上写着战士的忠诚。

轻轻，再轻轻，
躲躲月光，沿低谷横行；
三块岩石，却有三双耳朵，

三簇野草，却有三双眼睛。

这些诗句，不是对于自然景色的机械描写，而是渗透了诗人艺术概括力和想象力的智慧结晶。“满月推起海的大潮”，一个“推”字多么遒劲有力；祖国“枕着大海的涛声”睡去了，又是何等清新别致的意境？由于有巡逻战士忠于职守，他们聚精会神地掩蔽在岩石后、野草里观察、潜听，促使那“警觉的夜像万弦绷紧”，真是妙语连珠，耐人寻味。不是亲自参加过海防线上的月夜巡逻，绝写不出这种带有浓厚生活气息的诗句。

诗的后面两节是巡逻战士(包括诗人)对祖国、家乡、亲人的直抒胸臆、倾吐衷肠，也暗写了巡逻任务的胜利完成，字里行间洋溢着人民战士报效祖国的一片深情：

亲爱的家乡，亲爱的祖国，
多少神圣的命令藏在我心中；
就是这最大的信任和叮嘱，
为我们遮住了暴雨狂风！

远村传来鸡叫，回营吧，
不要告诉炊烟，不要告诉风，
边境好恬静，但要警惕，
夜是肌肉，我们是神经。

通过比拟的修辞手法，把巡逻战士和巡逻环境熔铸在一起写：夜是肌肉，战士是神经！奇特的构思，表现了人民战士常备不懈、时刻听从祖国召唤的高尚情操。

1978 年创作的《灯塔》是一首咏物诗，全诗八节，首尾两节是相同的，反复点出了该诗的主旨：“让我们向灯塔学习，/感谢它陪伴我们思索和生活。”中间六节，每节四行，从不同角度赞颂了灯塔的生活态度和牺牲精神，它从容巍峨、扎根危岩，它有庄严的灵魂、健壮的体魄、坚强的意志、勇敢的性格，正是它，让天显得低，让海显得小，它是永不枯萎的花，它是永不陨落的星。

这首咏物诗，塑造了诗人和海军战士心目中的英雄——灯塔的巍峨庄严的立体形象，如第三节：

头上，乱云飞卷，雷驰电掣，
天宇塌了，它越发挺胸昂首；

脚下，怒浪汹涌，奔腾激溅，
大海翻了，它仍然从容而巍峨。

这首咏物诗用了反衬、比喻、假设、对比等艺术手法，渲染了灯塔顽强的生活态度、蓬勃不衰的生命活力。第二节诗通过对比，突出了灯塔的勇于牺牲的精神：

在这浩渺无垠的宇宙，
在这辽阔苍莽的烟波，
有谁能像它这样真实无畏地生活，
这样勇于牺牲，这样忘我！

第四节突出了灯塔顽强的生命力，能战胜一切险恶、危急环境的意志力：

哪里礁恶滩险——
就在哪里扎根，不屈地闪亮；
哪里危岩矗立——
就在哪里开花，顽强地生活。

第六节借助天与海的反衬，突出灯塔的伟岸高大：

有它，天也显得低了，
——日月星宿，在它身边旋转；
有它，海也显得小了，
——狂涛万顷，化作一池碧波。

作于1979年的《祖国的炊烟》，是表现参加了对越自卫反击战的诗人和战士们胜利的喜悦与自豪感的。全诗九节，每两行一节，共十八行。全诗从内容上可分为三层，开头两节是第一层，大意是攻下敌人高地的战士，看见了祖国“鸡鸣起处的峡谷”，“升起一缕淡的炊烟”。中间五节是第二层，大意是战士看见炊烟后的推想，强调了对越自卫反击战的必要性。

呵，炊烟下，定然有一间茅屋，
茅屋里，定然有张慈祥的容颜。

是阿妈？曾为我缝过挂破的军装，
是阿爸？曾为我烤干汗湿的鞋垫。

也许还有小弟弟小妹妹们，
通红的小脸映着通红的火焰。

说不定：这茅屋，这火塘，这亲人，
早装进敌人大炮的瞄准镜里边。

若不是祖国命令自卫还击，
这里哟，恐早已变成了废墟一片！

第八、九两节是第三层，写战士(诗人)见到炊烟后的感受和誓言，全诗在这里达到高潮：

呵，散发着干草气息的温暖的炊烟，
阳雀声中，祖国像在把我轻轻召唤。

虽然，我此刻在战壕里，离开了祖国，
她深情地叮嘱，却化作了我杀敌的誓言……

不难看出，李瑛的战士诗或战地抒情诗充满了新的意象、新的兴寄、新的情趣，创造了优美、深邃的意境，给人以高格调、高品位的审美艺术享受。李瑛在构思他的抒情诗时，善于移情于物，用自己的美学理想烛照生活中朴素的美好的场景，但根本的创作目的却是要揭示战士与人民的心灵之美。

杨匡汉在《中国新诗学》论及抒情诗时说："抒情诗并非发泄一时的情绪或矫情媚的太'做'，其最高目标，则是全身心、全人格纯粹的结晶。有人做了一千首诗不一定会成为真正的诗人，有人也可能用一辈子的体验写出一首真正的诗。屈原一生浩大而深沉的忧患意识，'惜诵以致愍兮，发愤以抒情'，唱出了滴滴是血泪的《离骚》；杜甫经过颠沛流离，才以'三吏''三别'去深深体悟横卧在风雨背后我们民族亘古的苦难；魏尔仑的心灵脱俗；歌德的《浮士德》，是毕生享尽人间物质与精神的幸福，最后一口气还呼唤着'光！光！'的真理寻求者自己人格的写照；不是以无畏的精神投入希腊民族独立战争，也便没有拜伦《哀希腊》中把痛苦和搏斗视为通向自由的桥梁；同样，正是由于'把学者的智慧、诗人的性灵和一颗妇女的心融合在一起'，多才多病的白朗宁夫人战胜了死亡的爱情，唱出了玉石般的坚贞和对人生的信心。这一切都是印证聂鲁达的论断：‘对于每一个诗人，诗歌应该是有机的组织——它是他血液中的流动体，是他整个存在的脉搏和颤动。’(《诗刊》1959 年 8 月号)抒情诗应当而且一 定要构成一个诗人灵魂的灵魂，构成他整个存在和整个人生经验的一种传动方式。也因此，为了寻找真诗，为了这一份融合生命的热，有时要付出毕生的代价。”①李瑛的抒情诗之所以广为流传，脍炙人口，也是完全符合上述论断的。

我们高兴地看到，在 1988 年李瑛离休之后，他成了专业的诗人，他的抒情诗创作又进入了题材广、样式多、数量大、质量高的新阶段。诚如诗人在《我们的春天》中说的：“我的心是一把火/我要使我的诗/从笔尖直烧到地平线尽头/让新生命快快诞生。”这阶段的抒情诗，有了隐喻与哲理的含义：“刀刃和磨刀石越磨越薄/两个生命一起得到了延伸/牺牲的痛苦是崇高的。”(《刀和磨刀石》)“在一条条玉米秆的粗壮的根上/中国的秋天成熟了/我的到处流淌着/汗的气息、奶的气息、酒的气息的/北方的秋天。”(《北方的根》)“所有的花都向我喊/不要碰它，连它的影子/不然，它闭上眼、垂下睫毛/滚烫的血也会凝聚/没有谁比它更懂得爱/因此才懂得痛苦和悒郁。”(《含羞草》)。这阶段，诗人写了若干回顾自己出生及童年的抒情诗，表现了不同阶段的人生感受，是我们了解诗人成长过程的珍贵资料。“我裸着身子挤进了人间/屋顶的茅草覆盖着/柴烟、席片、油盏和/烂棉絮裹着的我/世界冷冷地望了我一眼/就转过脸去/没有声音/只屋角卷进的风雪和/父亲怜爱的叹息/迎接了我。”(《我的诞生》)“我的童年是饥饿的/只贴地皮生长的野菜和岁岁榆钱/给过我温饱/后来是吃得满脸紫污的桑葚。”(《童年》)“我的少年已成灰烬/只有布谷鸟的叫声/凝成粒粒坚硬的石子/在灰烬中闪光/年复一年。”(《又闻布谷》)这阶段，诗人为数不多的怀念亲人的抒情诗温馨、凝重，抚今追昔，苦甜相错，悲喜交织。“那靠着一捆捆芦苇的土墙/就是我的家/那用野蒿或荆条系着柴门的/就是我的家/在劈开芦苇的清脆中挥汗的/是我的母亲/坐在土炕上翻动苇篾编席的/是我的母亲。”(《苍苍芦苇——怀念母亲》)淡淡几笔，一位勤劳、刚毅的伟大而质朴的母亲形象，浮现在我们面前，她给我们以什么样的启示呢？诚如诗人在该诗的末节所说的：

今天，在这个
充满欲望和激情的世界
想起我被一次次狂风
刮远的童年
想起贫穷悲切的芦苇

① 杨匡汉：《中国新诗学》，人民出版社，2005 年，第 77—78 页。

眼前便有一盏跳荡的火苗
而后是母亲和
一个苦难时代的身影

苦难的时代，困厄的童年，操劳的母亲，这些容易被物欲横流的商品经济大潮刮远的东西，我们必须牢牢抓紧，永不忘记。

《永远的距离》是诗人为祭奠去世二十年的父亲而作的，同样是一首撼人心魄的好诗。全诗共七节，其中五、六两节尤为精彩，意象组合，发人深思：

他上紧发条的钟仍然年轻
他种的盆花仍在开放
他未看完的书仍在呼吸
但，他走了
这里变成一切的尽头
千山冷雾，万水烟云
永远的距离，无法测量

瞬间
灯，椅子，笔，钟，盆花，书和
我
都成了孤儿
没有了他
世界被劈成两半

透过真挚、新颖的诗句，一位勤劳、简朴、酷爱学习与写作的父亲的形象耸立在我们眼前，不仅是诗人，我们的泪也“变成了石头”。李瑛是个性格内向的诗人，在他的成长过程中，作为农妇的母亲和铁路职工的父亲，都给了他良好的巨大的影响，是他成长为一个爱国、忧民、勤奋读书、热爱真理、积极进步的知识青年的最早的引路人。

同时，本时期诗人的即景诗，像荆棘，似蒺藜，充满讽刺的力量，促使人们幡然觉醒，要保护自然和历史，而不是肆意损害它们。2002 年作的《在街头》，严厉地鞭笞了有人在街头高声叫卖钟乳石的怪现象。诗人用拟人和白描手法，写下这节令人心泣血的硬邦邦的诗句：

而今已找不着家门

一个活着的庄严的灵魂
孤零零地蹲在大城喧闹的街头
红灯绿酒与它无关
奔驰的车轮也与它无关
它睁大眼睛
望着这个冷酷的世界
听着金币滚动的声音和
它的主人高声地
叫卖历史、大自然，以及
生命的痛苦
它砍断的脊骨仍然是坚强的
血已流干的伤口
燃烧着愤怒

类似的讽喻抒情诗还有《蝈蝈》《关于一只雪豹》《弃婴》《时装店的模特》《青青的小树林》《一个城市的血》《一个中国家庭的阵痛》《鸟笼》《街头》等。应当看到，李瑛这些抒情诗，是针砭我们当今社会一些消极的怪异的现象的，它们的价值和从正面褒扬一些新人新事新风貌是相同的。我们切莫低估了它们的存在价值和意义。

本阶段李瑛还发表了一些十分精致，令人爱不释手的爱情诗、友情诗，像《两棵银杏的爱情》《爱情》《两颗心》《朋友》《祝福》《我心底有一个秘密——给娟》《给你》等。我认为《我心底有一个秘密》是李瑛写得最好、最令人感动的一首爱情诗。诗的副标题告诉我们，这首诗是写给他的妻子冯秀娟的。此诗不分节，一气呵成，共九句：

我心底有一个秘密
是甜的，甜得使人痴迷
我心底有一个秘密
是苦的，苦得使人颤栗
不能告诉任何人，不能
只想告诉你，轻轻的
所有的爱情都是甜的
但甜却总有苦味伴随
没有苦味的爱是不真诚的

诗人辩证地看待心底的秘密，一方面它甜得使人痴迷，一方面它又苦得使人颤栗。这个秘密不能告诉任何人，只能轻轻地告诉“你”。由此可见“你”在诗人心中的地位是举足轻重的。这首诗既强调了爱情的专一性、严肃性，又指出了“没有苦味的爱是不真诚的”。这对帮助当今心态浮躁的年轻人确立科学的爱情观，是大有裨益的。在艺术性上，其坦率、真挚的韵味，使人想到了诗人喜爱多年的普希金。

至于李瑛的那些长篇抒情诗，从最早作于1961年的《关于人、星球和宇宙》到《2003·北京：从春天到夏天》，共有二十九首。这也是李瑛抒情诗中的“重型武器”。从体式上说，除了20世纪60年代的《关于人、星球和宇宙》《追念》《献给十月革命的炮击》三首沿用了外国传入的“楼梯式”之外，其余都是由诗人自行创造的章下分节、节中句数不等、句中字数不等的“齐头式”体式。这对中国新诗的发展起了有益的探索作用。应当指出，《七月的花环》，采用的是组合诗的体式，总诗题下，分列了“一九七六年七月六日”“剑”“泪”“青春”“挑”“大树”“伟大的友谊”“你和革命”“战士”“你使大地开出鲜花”“给我们的枪的命令”十一个小标题。《在焦裕禄墓前》也是由十一个小标题组合而成的：“兰考，在阳光里”“你的死使我懂得了生”“他带走了什么”“泪，渗进这失血太多的大地”“他比山河更富于生命”“一声声带血的呼唤”“他的许多话至今还活着”“在一棵泡桐和一棵泡桐之间”“你可闻到先烈血的清芬”“于是，我想写一首诗”“让我们……”。我们做了一下统计，在这二十九首长诗里，咏物的有五首：《海》《关于生命》《祖国的泥土》《献给扬子江源》《醒来的塔里木》；纪事的两首：《一个遥远的故事》《中国农民的起飞》；纪人的两首：《在焦裕禄墓前》《罗布泊的石子》。除了上述九首之外，其余的二十首都可视为长篇政治抒情诗。

李瑛1961年写的《关于人、星球和宇宙》，是以当年4月12日苏联宇航员加加林乘宇宙飞船到了太空又返回地球的新闻为题材而创作的。诗人充满自豪地歌颂了加加林和社会主义阵营：

> 这一天啊，光荣的苏维埃人，
> 　　用社会主义坚强的合金，
> 　　　　铸起巨大的
> 　　　　　　多级火箭；
> 这一天啊，英雄加加林
> 　　搭飞船，
> 　　　　从列宁身旁出发远游；
> 他微笑着一挥手
> 　　就跨上九霄，

像一下子抱起整个地球。
看，在人类面前，
　　大地变得多么小，
　　　　而天变得多么低，
　　　　　　　　大自然变得多么驯柔！
他——
　　一个巨大的生命
　　　　在太空发光，
甚至使灿灿的繁星，
　　也抵不过他身上
　　　　一颗纽扣；
他在天上骄傲地
　　向人间报告：
　　　　“我很好！”
声音，灌满了宇宙。
然后，载着
　　五彩宝石的繁星，
　　　　极光，
　　　　　　　　彗星的长尾和
满舱传奇的
　　神灯，花朵，醉人的酒，
　　　　又回到地球……
让远古的祖先
　　看吧，这是我们——
　　　　　　　　社会主义的骄子，
向烟波浩淼的
　　处女地的天海，
驶出了怎样神奇的
　　第一艘
　　　　飞舟！

上述例子表明，李瑛长篇政治抒情诗的第一个特点，是敏锐、及时地表现了我们生活中的重要或重大的事件。正像他称赞马雅可夫斯基那样，“和战士的刺刀一样忠诚”，李瑛用自己的笔，把自己“巨大的情感”和“战斗的灵魂”，“全部献给了斗争、劳动、时代和人民”。因为他骄傲地沿着列宁为苏维埃诗魂指出的诗歌创作道路挺胸抬头，阔步前进！

充满爱国主义的豪情，讴歌我们无坚不摧的中华民族勤劳、勇敢、不断创造人间奇迹的伟大的民族精神，这是李瑛长篇政治抒情诗的第二个特点。1975年5月27日14时30分，中国登山队全部胜利地从北坡登上了喜马拉雅山珠穆朗玛峰顶，诗人为此创作了《踏天歌》，诗人大声唱诵：

这就是我们的祖国哟，
祖国，曾经是——
千百年疮痍满目，
而今——
繁花似锦，万木葱茏！
是的，昨天，
我们的父兄，
已踏烂三座大山；
今天，看他们呵，
宝刀不卷，战旗更红！

诗人还大声地邀请："世界呀，请到珠穆朗玛峰顶/来认识我们吧，/这就是今天我们的面容，/——伟大中国人民的面容……"诗人认为这次攀登的胜利，唤起"八万万男男女女，/正进行着无畏的攀登"。诗人充满信心地表示：

今天，我们的代表，
登上了地球的峰顶，
明天，我们的红旗，
将插遍各条战线的万仞群峰！

李瑛的长篇政治抒情诗，以《一月的哀思》为代表，唱遍了祖国的山山水水、城市农村，成为亿万人民悼念、缅怀毛泽东、周恩来、朱德、刘少奇等老一辈无产阶级革命家的佳诗力作。还有《七月花环——献给朱德委员长》《九月献诗——献给毛泽东主席》《为一个永远活着的大写的人而歌——献给刘少奇主席》。这些情深意切的长篇政治抒情诗，是对马雅可夫斯基长诗《列宁》的成功借鉴，又从中国具体国情出发，是当代诗歌史上里程碑似的作品，凝聚了诗人的艺术智慧和心血。对《一月的哀思》的评介文章很多，我们这里不做更多的评析。仅以《为一个永远活着的大写的人而歌》为例，全诗有七章，第一章写"现在""全中国站立起来"，迎接刘少奇，他是一柄剑，一颗星，一块煤炭，一株青松。这是导入。第二章寻找刘少奇。“回答的只有：狂涛——跃上云霄、雪暴——腾满苍穹!”“回答的只有：电光——扯在云际，暴雷——炸在头顶!”而历史的回答是：他和真理同在！他在时代身边，他在人民心里。第三章写在十年动乱中，刘少奇被一伙歹徒劫走，在十几年的噩梦中，饮尽悲愤，冤屈而死！第四章回忆刘少奇的革命历史、伟大功绩。第五章呼应第一章，冤案得以昭雪，教训需要总结，中国会变得更加成熟、勇敢和聪明。第六章写需要记住的教训：几代人的痛苦，一代人的牺牲，刘少奇 1969 年冬天倒在大风雪里，1980 年春天才闭上眼睛。第七章写党和人民向刘少奇默哀、致敬，他号召我们：“珍惜从昨天的灰烬中诞生的今天吧”，团结起来，“去走向新世纪的征程!”李瑛长篇政治抒情诗的第三个特点，是他有马克思主义的思想深度，能站在时代的高度，用人民的思想、眼光、感情来塑造老一辈无产阶级革命家的艺术形象，同时在诗歌体式、意象、技巧上精益求精，重视典型细节的刻画，重视重大历史场面的描绘，语言精练，充满哲理，引人深思。

五、自觉从民歌、新诗、古典诗词和外国诗歌中吸取营养

李瑛之所以能攀上当代新诗艺术的高峰，成为享誉中外的当代大诗人，这除了他自身具有的长期扎根于人民军队和人民生活的肥沃的土壤，生活经验和积累丰厚，马克思主义理论水平高，文化艺术修养好，诗歌创作态度的勤奋、严肃、认真等主观条件优良之外，还与他艺术视野开阔，善于学习，能自觉从民歌、新诗、古典诗歌和外国诗歌中吸取营养分不开。

高尔基指出：“人民不但是创造一切物质财富的力量，同时也是创造精神财富的唯一无穷的源泉，他在创作的时间、美和天才上都是第一流的哲学家和诗人，这样的诗人写出了人间一切伟大的诗篇和悲剧，也写出了其中最伟大的一篇——世界文化史。”①高尔基还指出：“民谣是与悲观主义绝缘的。”为什么会有这个特点呢？吴开晋的分析是：“人们的审美意识，产生于长期的生产实践和社会生活的影响，在旧社会，劳动人民尽管处于被剥削被压迫的地位，但并不甘于忍受，他们采取了各种斗争方式，试图改变自己受奴役的命运。因而他们对未来充满了希望，对生活充满了信心。这种希望和信心，促进了他们的美学理想的形成，并制约着他们的审美感受的表达。”②

民歌可以认为是古今中外一切诗人成长的摇篮，李瑛也不例外。他的抒情诗大致有这么四种体式：以四行为一节的半自由体，这是他主要采用的体式；民歌体；楼梯式；纯自由体。他的民歌体式也是多样的，如《这就是岁月》，每

---

① 转引自北京师范大学中文系 55 级学生集体编写：《中国民间文学史(初稿)》上册，人民文学出版社，1958 年，第 1 页。

② 吴开晋：《现代诗歌艺术与欣赏》，河北人民出版社，1987 年，第 473 页。

节三句，全诗四节，共十二句。每节第四句是大同小异，个别字词有变化，采用了《诗经·国风》中用过的重复手法：

一片飘落的叶子像一张撕下的日历
抑或一张撕下的日历像一片叶子
这就是岁月，我无须告诉你

古老斑驳的长城静谧地站在月光里
波涛滚滚流去，千古不息
这就是岁月，我不能告诉你

从摇篮到墓碑，人人在注释生命的含义
忠于历史的只有大海的潮汐
这就是岁月，我无法告诉你

一个个今天，瞬间就变成昨天
昨天死在脚下，只有真实的今天在你手里
这就是岁月，我只能把这句话告诉你

第一节诗的一、二句，采用了民歌中往复回环的手法。这首诗揭示了岁月——时间的本质，要人们把握好今天，注释好生命的含义，活得更有价值和意义。

《一个可爱的哭泣的孩子》也是民歌体的抒情诗，全诗三节，每节五句，第五句大致相同，句末两个字有变化，仍是用了民歌常用的复沓手法。

一个可爱的哭泣的孩子
用污脏的小手抹着眼泪
偷偷地望着我，却不
告诉我为什么哭泣
于是，我学会了倾听

缄默中，每粒葡萄
都在沉思中转红而成熟
它们用秘密和阳光孕育乳汁
用梦想和月光酿酒
于是，我学会了沉默

爱情是一朵花
从眼睛到嘴唇火一样开放
有时是甜的，有时是苦的
即使凋谢也不会枯萎
于是，我学会了思考

这是一首优秀的哲理诗，要人尊重事实、尊重对方，要学会倾听、沉默和思考。同时，该诗用首节首句作标题，这也是民歌的一种表现手法。

《寄远——赠美国诗人朋友艾伦·金斯堡》是一首民歌体式的赠友诗。全诗三章，每章三节，每节两行，是两行体民歌体式的诗。韵脚响亮，可见诗人对友情的珍惜：

一、

你用诗建筑了自己的世界，
在其中生活，你哭，你笑。

你不愿石头般缄默，你在寻找，
在颓唐中醉酒，在郁闷中长啸。

你的胸腔里有一架琴，
你的歌便在你的琴声里燃烧。

二、

踏着落叶，你匆匆地来了，
手里提着琴箱，肩头背着挎包。

你把诗集送给我，把美国送给我，
从中，我感到你愤懑的生命在跳。

我说，朋友，这个年轻的世界，
该有更多的阳光照耀！

三、

虽然，你不是风，不是天空的云，
踏着落叶，你又匆匆地来了。

眼里闪着自豪，用中国话喊着"你好！"
然后热情地将我拥抱。

如今，你蓬松的大胡子，使我怀念，
怀念你的大胡子下埋着的天真和诚挚的笑。

这首两行体的民歌风味的诗，表达了中美诗人之间的真挚的友谊。第二人称的对指抒情和顶针的修辞手法，都是民歌中常用的。

《西藏印象》也是一首民歌风味的诗，它只有两节，每节八句，共十六句。两节开头一句是相同的，第二句有变化。三至六句都是数量词开头，这也是民歌常用的手法：

在西藏，只要停下脚步
便看见壮丽与辉煌
　　一万重雪岭苍茫
　　三万道瓦脊红墙
　　五万座金顶古寺
　　七万扇庙门廻廊
庄严肃穆里紧锁孤寂
紧锁纯朴的祈愿和历史的沧桑

在西藏，只要停下脚步
便感到神的奥秘和信仰的力量
　　一万只经轮旋转
　　三万串佛珠闪光
　　五万只钟号交响
　　十万尊佛祖造像
酥油铜盏间烟云漩涡里
经卷字字，祈望人间幸福吉祥

李瑛对"五四"以来的新诗历史是清楚的，他对新诗数十年间的成绩是尊重的，他对前辈新诗人开创的优良传统是主张继承和发展的。当然，他对新诗存在问题和弊病，也是心中有数并努力改正、补救的。在《严肃的探索者》一文中，李瑛说："应该说，'五四'以来，在我国文学发展史上，许多诗界前辈在建立和发展新诗方面，无论创作实践或诗歌理论探讨，都曾进行过多方面不懈的尝试，取得了丰硕的成果，大大推动了我国新诗的繁荣和发展。”①在《期待思想的闪电》一文中，他回顾了“五四”以来八十年间，我国新诗发展的历史，以及诗学建设、诗歌美学探索诸方面的状况、问题，又对21世纪诗歌提出了殷切希望②：

今年是我国五四运动八十周年。五四运动集中显示了我国人民伟大的爱国主义精神；同时在作为新文化运动一翼的文学革命中，诞生了白话诗。我们诗界的先人，在这场震古铄今的运动中，勇敢地打破了传统诗歌格律和规范的束缚，以白话口语入诗，进行了诗体革命。在早期诗歌创作中，无论冰心、宗白华等的“小诗派”，或郭沫若热情奔放的自由体，也无论闻一多力求表现音乐美、绘画美、建筑美的新格律，或徐志摩的抒发性灵的“咏叹调”，都对诗体大解放的实践和新诗发展，作出了可贵的贡献。但此后不久，民族陷入危亡时刻，风起云涌的抗日战争的烽火，燃遍全国；八年之后，又有相继的解放战争，整个社会长期处于动荡的冲击之中，这对诞生不久的我国新诗，在诗学建设、包括诗歌美学探索等诸多方面，自不可能有充分的条件进行深入系统的研究。全国解放以后，1958年时，记得诗歌界曾进行过一次大规模的较为广泛的诗歌发展问题的讨论，涉及诗的形式问题、语言问题，以及向民歌学习等问题。但由于不久相继而来的客观环境和“左”的干扰，未果而终，使诗学建设未能再深入地继续进行下去；直到十年浩劫，连人身都失去了自由，遑论进行学术研究和理论探讨了。“四人帮”覆灭后，经过对真理问题的大讨论，我国实行了改革开放，人们的思想逐渐得到了解放，心灵和视野开阔起来，文学界也有了较为宽松的环境和氛围，这时，诗歌创作才得以逐渐复苏，呈现出一派生机，使整个新诗有了可观的发展；直到近些年来，诗歌获得了进一步的繁荣，取得了有目共睹的成就。但在肯定成绩的同时，也不能不看到存在的问题，比如诗界还从未组织起认真系统的学术探讨和深入的理论研究。当前，人们都希望少一些浮躁的炒作，少一些廉价的吹捧和攻讦，渴望文学领域能有一种健康纯净的氛围，对我们古老民族的深厚诗学底蕴和东方意义的美、对如何借鉴外来文化、如何正确总结过去迎接新世纪发展我国诗歌的问题，多开展一些较为系统深入的规律性研究。一个民族的诗歌走向成熟，需要适宜的条件，我国古典诗用了好几百年的时间，欧美诗歌由传统发展到现代也用了二百多年，我们新体诗的发展要走向更大繁

① 出自李瑛：《李瑛诗文总集》第十三卷，中国文联出版社，2010年，第124页。
② 出自李瑛：《李瑛诗文总集》第十三卷，中国文联出版社，2010年，第192—194页。

荣，以达极盛，恐还需要一个过程，还需要一些时间。应该说，过去风风雨雨的八十年，对新诗的成长和成熟，仍然是短暂的，我们的新诗应该说还是一个年轻的文学门类，我们当然希望能尽量缩短这个过程。当前，诗界涌现出的各种观点、主张，各种形式、体制，各种风格、流派，各种表现方法，呈现出“百舸争流”的态势，是一种好现象。在稳定宽松的大环境下，作品只要内容健康，艺术上不妨都可以大胆尝试，不必匆忙定于一尊。比如当前在大量自由诗体的创作中，有些诗人倡导格律诗，有些诗人实践新古体，有些诗人更侧重横的移植，还有的诗人提出新古典主义等等，我觉得都可以放手探索，致力创新，只要是严肃以求，这种种尝试都是有益的。大家都该以宽容相待，使整个诗界有一种平等和谐的气氛，各种诗都容许有呼吸的权利，各个生命都能得到尊重和成长；同时也希望有关方面继续给予更多的关注，使真正做到“百花齐放、百家争鸣”。这样，诗的路子就会越走越宽，就可以使我们在探索和实践中，在尊重和继承古典诗歌优秀传统、汲取外国诗歌新鲜生动的文化营养中，适时进行反思和回顾，以便得到调整和移位。大家共同来接受时间和读者的检验。在实践中加强诗学研究，同时又可以以这些理论研究引导实践。这种研究应该是充满活力的，是建立在科学的和实事求是的基础之上的，以现代观念和方法进行审视。二十一世纪是知识创新的时代，知识创新依靠的是人的思维的创新，置身于庞大的互联网跟前，面对巨量信息，人们的思维方式不可避免地将发生变革，这种变革，可能不是技术性的、补充性的，而是革命性的；对此，应该有充分的估计和准备。我们的诗人，可以从观照世界和现实的方式入手，认真地有计划、有准备地开展对诗体、形式、诗歌技法以及语言等等问题的深入研究。可以肯定，这种研究会大大有助于培养我们的创造性思维，提高我们的创新能力。创新是一个民族进步的灵魂，诗歌上的创新，也是诗歌发展的灵魂。大力开拓新的审美领域，提高诗的艺术水平和表现能力，从而建立起具有我们民族文化新形态的我国现代的新诗学。

实际上，李瑛的上述论述，可以视为对新诗八十年发展史的回顾，视为对新诗成就和问题的科学分析，视为对今后如何实现中国新诗现代化的一个切实可行的纲领性建议。基于对诗界前辈的尊重，李瑛从 1943 年开始新诗创作时起，就注意从已有的新诗中吸取营养。从 1952 年到 1962 年这十年间，他写了几百首抒情短章，从中挑选了八十多首，编成了《红柳集》。

不仅如此，李瑛还十分重视新诗诗人要站在时代前列、感知社会情绪、赞美人的高尚心灵的职责与使命。他在《黄昏与黎明·后记》中说：“我始终认为对于诗人来说，他总要站在时代的前面，以强有力的感情和燃烧的文字，表现自己所感知的社会情绪、创造的艰辛，表现对人的高尚心灵与力量的赞美，呈现人们灵魂对真理和对生活的热爱。”试看他的《赞一名水兵》就是这样的一首好诗。全诗五节，每节四句，共二十句。可分为两层，开头两节是第一层，为水兵驾船出海做了铺垫：

大朵大朵的云，飞过海面，
奔腾呼啸的风，掠过舷边，
莫非又回到洪荒的远古——
只有涛涌颠连，浪雨飞溅！

无边的天，紧压着海，
咆哮的海，紧扯着天；
忽然，从浪的牙缝间，
钻出一只闪光的小船！

下面三节是第二层，写这名驾船的水兵如何战风斗浪，英勇无畏，成为茫茫天海的支点。这是多么新颖奇特的比喻呵，让人拍案叫绝：

涛，跃过桅顶；浪，扯下云团，
舰艇的路，曲折又艰险；
焦急的海燕向他频频召唤，
他望着滔滔水路，把紧舵盘。

白的海浪，镶在船边，
白的海浪，也镶在披肩；
黑的铁锚，悬在船首，
黑的铁锚，也系在心间！

呵，烈焰不灭，红云不散，
头上的军旗，迎风招展；
天这般大，海这般宽，
在茫茫天海间，他是支点！

总的看来，这首诗大体整齐，音韵响亮，比喻新颖，虚实结合，写出了这名迎风斗浪的水兵大无畏的气魄和保卫海疆的必胜信心。不论是从思想深度看，还是从艺术精度讲，它都是一首好诗。

李瑛大学时代系统学习过中国古典诗词和外国从古代、近代到现当代的诗歌，这为他的诗歌创作提供了可资继承、借鉴的广阔艺术天地。具体来说，他对古典诗词的借鉴，表现在以下几个方面：

第一，通过精彩的画面和优美的意境来抒情，真正做到"一切景语皆情语"。试看诗集《在燃烧的战场》中的一首诗《峡谷静静》，全诗四节，每节四句，共十六句，是战地护士的一首抒情诗：

夜深了，峡谷吹起了冷风，
夜深了，薄雾漫进了帐篷；
重炮仍在远处隆隆回响，
幽蓝的夜空闪闪发红。

峡谷静静，小河静静，
静静的暗夜里，流水淙淙，
护士走过来，抱一堆伤员的血衣，
把恨和爱交给山，交给水，储在心中。

小河静静 ，峡谷静静，
静静的篷顶上亮着盏马灯，
护士走进来，迈着轻轻的脚步，
一双眼，巡护着一片鼾声。

颗颗星星望着这一切，闪在高空，
朵朵花记着这一切，迎接黎明；
此刻呵，谁能说伤员已经睡去，
你知道，一顶帐篷覆盖着多少激战的梦！

这是一首十分轻柔、含蓄的战地抒情诗，通过峡谷、冷风、薄雾、小河、流水、血衣、马灯、星星、花、黎明这一系列意象，通过护士洗伤员的血衣，通过护士巡护伤员的梦睡，表达了白衣天使对伤员无微不至的阶级友爱，创造了幽远、美好的意境。

第二，长短句相间，注重对仗、排比，有格律诗词的意境、韵味。试看《山草青青》诗集中的一首诗《读〈烈士永生〉》，《烈士永生》是河南人民出版社出版的大型系列丛书，记载了数百位革命烈士的英雄事迹，深受读者欢迎。全诗五章，每章两节，每节两句到八句，长短不等，每句三个字到十一个字，字数不等。

一、

群峰千立
横亘在历史的大地
高昂的头颅支撑着天空
云，在他们脚底
鹰，在他们脚底

在中国，任何地方
都能看到他们
甚至梦里

二、

大地龟裂时
汗是湿润的
长空冰冻时
血是滚沸的

人间污浊中
只有生命，无畏的生命
是澄澈的

三、

山巅有冰雪，生命不会死去
石头里有火，生命不会死去

无论叱咤风云，或者
铁一般沉寂
生命，永远睁大着眼睛
在它面前

死亡，也要颤栗

四、

历史说
生命，不只是
血液流淌，心脏跳动，肺叶呼吸
为照亮人间，愿做火把
为时代前进，甘做路基
披荆斩棘中有无数艰辛
只有艰辛，能向你
诠释幸福的含意

没有任何东西
比这样的生命
更纯洁，更深刻，更勇敢，更美丽

五、

一朵晚云，一片潮汐
也有欢乐，也有痛苦，也有悲戚
刻在花岗岩上的历史
是一首站着的诗

像太阳一样地生活
让花朵自由地开放
真正的生命是不死的

第一章是说烈士们用“高昂的头颅支撑着天空”，在中国的任何地方都能看到他们高大的形象。第二章是讲烈士起的作用：用汗湿润龟裂的大地，用血滚沸冰冻的长空。第三章讲烈士的生命不会死去。第四章讲烈士愿做照亮人间的火把，甘做让时代前进的路基。没有任何东西能比烈士的生命更纯洁，更深刻，更勇敢，更美丽。第五章写烈士献出了自己的生命，让人们“像太阳一样生活，让花朵自由地开放”，这样的生命是不死的，是永生的。这样的诗，有格律诗和词的整齐的句子，韵脚也响亮，内容凝练，蕴含哲理，没有良好的古典诗词修养的人，是写不出这种新诗的。

若从语言锤炼和运用方面来看，李瑛像我国的古典诗词家一样，“吟安一个字，捻断数茎须”，肯在推敲上下硬功夫。这是他学习古典诗词的第三个方面。试看这样的诗句：“马车的鞭花开在北方，大道蜿蜒在塞北高原”(《长城线上》)；“再不闻胡笳鼓角声，再不见旌旗卷大漠”(《过烽火台》)；“一件羊皮袄在风雪里飘，两只皮靰鞡在雪地里叫”(《乡邮员》)；“冰窟间有我们的观测站，雪谷里有我们的养路班。”(《茫茫雪线上》)；“南疆昆仑河谷底有宝石，北疆阿尔泰山麓有塔松”(《给天山上的道班工》)；“柳梢上，知了嘶叫续又断，大渠边，蝴蝶飞得轻又慢”(《巡诊》)。这些诗句有的还是对仗的，表情达意十分得力。

最后，谈谈李瑛如何从外国诗歌中吸取营养的问题。诗人曾对访问者说：“在我所经过的六十年创作历程中，最初尝试写作时是不稳定的，谈不到风格。及至大学读书时，受到冯至、朱自清、沈从文等先生的教诲，他们深刻的人文精神，丰厚的文化底蕴；他们诗文的含蓄深沉的韵致，细腻优美的情感形态，令人难忘。当时又读到艾青的诗，眼睛为之一亮，那种清新的气息和浓郁的诗情，那种洒脱、自然的质朴的美使我惊异，大大拓宽了我对诗美的认识；之后读到何其芳、绿原等人的诗也十分喜爱。”“我不太喜欢某些过于苛刻的理性色彩和惯于分析思维的诗歌，当然，我理解和尊重作者的思想个性和传统。我更喜欢充满东方文化意韵的抒情味浓、联想丰富、结构精湛、语言典雅的诗。歌德的反映资产阶级上升时期欧洲文化和他基本建筑在唯物主义基础上的哲学、美学思想，以及海涅提出的积极浪漫主义的主张和他坚持艺术必须具备本质的真实等，也给我留下很深印象。”“改革开放的历史新时期，随着社会发展，科技进步，人类所面临的生存背景发生了深刻变化，面对着身边的新生活和成长起来的具有更为深刻、更为丰富、更为复杂的心灵世界的新人，以及逐渐走向成熟的读者；从接受角度考虑，诗除了感染人、激励人外，还应对人有智性的启迪、精神意识的震撼，以及语言的愉悦等等，因此我感到，我们的诗如仍囿于过去相对积久的形式、长期惯用的艺术手法、模式化的思路和陈旧的词语，显然是不够的，必须从对诗的观念到多种现代艺术技法的运用、意象的营造、语言的选择，以及美学追求等多方面，从一个新的文化层面上寻求探索和突破。诗人最危险的是精神的禁锢。你的诗必须具有现代意识，才能深入现代人的心灵。”“诗人要尊重他所处的时代和读者。刚才你提到更加贴近表现现代人的自我内心的真实，我则想到为什么不可以把心灵纵深层次的探索和社会生活的探索结合起来呢？不能盲目创新，寻求怪异。特别是这时能接触到许多过去长期难以读到的外国不同形式、风格的诗作，使我们在进一步继承传统的同时，研究、借鉴西方诗作中某些新鲜的优秀的东西，力求使自己的诗既具有深刻的思想智慧，又富较强的艺术魅力。”①

李瑛从西方诗歌中吸取过哪些营养，他在借鉴外国诗歌方面又显示出哪些特点呢？

第一，从刚登上诗坛的学生时代起，他就接触过冯至、艾青、何其芳、绿原、穆旦、郑敏等人的一些受过西方诗歌影响的中国新诗诗人的诗，他小心翼翼地使用了隐喻与象征、具象与意象、内心展现与剖析等西洋诗歌中常见的艺术手法。

作于1944年的《散步的夜》，格调凄凉、悲怆，让“夜”在冰河上散步，描绘了20世纪40年代中期旧中国难民流离失所、尸横遍野的惨状：“无名的尸身挂在树枝间，/无数的尸体横在断桥下；/冷酷的夜完成残忍的工作，/狞笑地望着明天……”作于1947年的《脊背》，全诗的中心形象“你的脊背”有些朦胧，但已蕴含着“奴隶的命运定将改变”的胜利的预言。

第二，带笔从戎之后，在解放军这座革命熔炉里，李瑛的思想感情发生了巨大变化，他不再是以一个战地记者的身份来创作，而是完全融进了部队之中，能用战士的眼光观察事物，能用战士的心胸去感受生活，能用战士的爱憎来表达自己的感情。《早晨》这本诗集中的诗，成了地道的战士诗，如同张光年所说的：“在《红柳集》(是其1952—1962十年诗作的一个精选本)里，给人印象最深的是歌唱战士生活、特别是歌唱海防前线战士生活的那些作品。可以看出，这是诗人曾经作为普通一兵深入生活的宝贵收获；同时，诗人也把自己对于战士们的性格与心理的长期揣摩，对于党、对于祖国、对于革命战士的全部热爱，一起融汇到这些抒情短章里面了。”②苏联诗人伊萨科夫斯基说过：“他必须经过一条准备的道路，这条道路是一切诗人在他们成为诗人以前都要经过的，不过每一个人经过的道路不同，每一个人用去的时间也不同。这条道路就是发展的道路，学习的道路，蓄积知识与生活经验的道路。这也就是把生活本身，把诗的各方面，把诗的各种特质用最仔细、最深刻和最彻底的态度加以研究的道路。”③李瑛是认真地、成功地走过了这条道路，他的写诗的才能，已为越来越多的人所公认了。

曾凡华曾说：“我觉得，和艾青一样，李瑛诗歌艺术的根也是扎在中西文化交汇点上的。尽管他不像艾青那样有较长时间的西方生活经历，但他读过大量西方各种风格、各种流派的作品，并有较多的出访机会，有对西方现代诗本质特点的深刻探究和把握，因而能身体力行，将其崭新的思想和艺术技巧融入中国传统诗歌艺术中。无论是具象与意象的运用、无论是形象与象征的破译，

---

① 李瑛：《李瑛诗文总集》第十四卷，中国文联出版社，2010年，第284—285页。

② 李泱、李一娟编：《李瑛研究专集》，解放军文艺出版社，1983年，第145页。

③ [苏]伊萨科夫斯基著：《谈诗的技巧》，孙玮译，作家出版社，1955年，第171页。

他都注重用诗的魅力来创造更美更有深度的境界，他注重在诗中刻画个人的感受和内心世界。”①

应当指出，李瑛作于1980年的咏物抒情诗佳作《我骄傲，我是一棵树》，是成功地将西方现代主义技巧融入中国风味的新诗力作，早已引起众多诗论家的关注与推崇，还曾入选过高中语文课本。该诗三章，第一章三节，第二章八节，第三章二节，全诗共十三节。最短的诗节两句，最长的诗节十九句。第一章点题，自述我这棵树长在黄河岸边和长城脚下，受过山与海的教育，能永远正直地生活，有斗争的品格，是大自然的一部分，属于人民、历史、祖国和世界。第二章自述我这棵树能在不同颜色的土壤中生活，照顾孩子，关爱老人，美化新婚的嫁娘，安慰辛勤的母亲，做他们的伞、琴，为他们抗击风沙、抵御雷火，甚至幻想能为人民“流出奶，流出蜜，甚至是香醇的酒”，能生长在海上、空中，做人民的仆人，为他们工作。第三章写假如自己死去了，还要尽快地变成煤炭，献给人间“纯洁的光，炽烈的热”。关于这首诗的主题思想，诗人自己的概括是：“我写了一棵树，实际是写了一个人，一个胸怀远大理想、对人民至死不渝、肯于无私奉献的人的形象，一个战士的形象，一个革命者的形象。”②关于这首诗的艺术手法，诗人也曾有所论述：“在艺术上，我完全运用了拟人化的手法，用了浓重的强烈的浪漫主义手法，大胆的想象，大胆的比喻。在严肃的又是无所约束的创作中，我借鉴了西方印象派的色彩、表现派的恣放，以及一些难以尽说的可以为我所取的现代诗歌中的变异方法和表现手段，一些意象和夸张，我尽量寻找现代西方诗歌与东方传统美学彼此可以沟通的语言，以及我们民族欣赏心理和欣赏习惯能被接受的处理方法，我尽量写得明快晓畅，使之可以上口朗诵，我尽量写得很细（如写到孩子、新嫁娘等）力图激起读者心灵深处的回响，同时也会使诗显得更丰富、更有情致和韵味，也更美。”③

首先，拟人化，拟树为人，是这首诗最主要的艺术手法。诗的标题“我骄傲，我是一棵树”，也是一个明确的判断。这就是拟人，在“我”和“一棵树”之间画了等号。

其次，作者又强调用了浓重的强烈的浪漫主义手法，大胆的想象，大胆的比喻。“我愿摘下耀眼的星星，给新婚的嫁娘，作她们闪光的耳环”，真是大胆的想象。幻想有朝一日，树能“流出奶，流出蜜，甚至流出香醇的酒”，能“生长在海上”，“能生长在空中”……这都是典型的例子。

再次，诗人运用了西方印象派的色彩、表现派的恣放；还运用了西方现代

① 曾凡华：《一条深沉浩荡的河流》，载于《文艺报》，2010年5月19日。

② 李瑛：《对诗的思考》，解放军文艺出版社，1991年，第57页。

③ 李瑛：《对诗的思考》，解放军文艺出版社，1991年，第57页。

诗歌中的变异方法和表现手段，一些意象和夸张。当然运用这些时，要考虑到我们民族的欣赏心理和欣赏习惯。树死了，变成煤炭，这是人所共知的科学常识。第三章用了假设的手法："如果你俯下身去，会听见，/我的每一个细胞都在轻轻地说：/让我尽快地变成煤炭。"

20 世纪 80 年代以来的三十年里，李瑛对西方诗歌的借鉴，进入了一个更加充分、大胆改造的新阶段。收在《河流穿过历史》这本新时期诗选中的不少诗就是这方面的例证和成果。如《巢》的构思，以小见大，以近见远，以简示繁，由实见虚，无拘无束，末节只有一行，点出了主题："生命比风云更强大"。两只鸟筑巢在"多风雨摇动的枝头"，"它们在那里栖息/生儿育女/锻炼胆魄和意志"，"当冬天树叶落尽/它们简陋的巢，就是/大树最美的花朵/所有天空的路都属于它们/所有四海不眠的星星都属于它们"。

读李瑛的近作，总让人觉得有普希金的一些抒情诗的影子、气息。像《朋友》《不要忘记走过的路》《生活仍将继续》《假如大海没有浪》《我望着你》《我最初的爱情》《影子》《当我不再工作》等。这种感觉是怎么形成的？有如下几个理由：一是这些诗既单纯，又真挚。如《朋友》：

曾结识许多朋友
才相聚又匆匆分手
一转身就是离别
脚步汇进熙攘的人流
岁月太倥偬，山高水阔
谁知再见是什么时候

二是这些诗注满了人生哲理，激励你披荆斩棘，破浪前行。看《不要忘记走过的路》：

不要忘记走过的路
即使满路泥泞
使你迈不开腿
棱角锋利的石板
割破你的脚掌
它仍然认识你
不时站起来，找你
向你眺望

三是这些诗鼓励人们要乐观，要满怀希望。看《生活仍将继续》：

站在苦难面前
不能只剩一双眼睛哭泣
挺直脊梁，昂起头颅
像梳好翎羽的鹰
带着创伤，凌空飞去
勇敢地迎接未来——
无论阳光，或者雷火

的确，李瑛算得上是一位真正意义上的纯粹的诗人，在这个需要纯净的诗来陶冶人们心灵的时代，他的诗更有着非同一般的意义。他诗中所浸润的道德感、责任感，他诗中所表现出的诗人的良知和本分，足以让整个喧哗的世界静默。

让李瑛诗歌在培育“四有”社会主义新人的方面，发挥它的浸润心灵、陶冶情操的审美教育作用吧！

第四章　李瑛诗歌创作的成就

在当代中国诗坛上，李瑛是一位才华横溢、成果丰硕的大诗人。法国著名艺术家罗丹曾说："在艺术家看来，一切都是美的，因为在任何人与任何事物上，他锐利的眼光能够发现"性格"，换句话说，能够发现在外形下透露出的内在真理；而这个真理就是美的本身。"①这就是说艺术家的眼光要敏锐、独到、深刻，面对相同的对象，他能发现一般人或看不出、或忽略了的美和真理。让我们来看李瑛1981年的一首诗《柳哨》：

一个多么质朴的单纯的生命——
中国北方乡野的柳哨。

它不是布谷或斑鸠，不是一只鸟，
是一个顽皮的孩子在雨里吹着吹着，
踏着沾满春泥的脚，走过小桥，
寻找失落在那里的记忆和音乐。

是的，我诞生在北中国平原的茅屋中，
因此，你可从中听见风雨的喧嚣；
是的，我是喝黄河水长大成人的，
因此，你可从中听见那滚滚的波涛。

一个深情的透明的声音，
深情得像凝视，透明得像微笑，
呵，它是我的喉咙，我的肺，
我的至今不泯的童真与骄傲。

一个多么蓬勃的绿色生命——
中国北方乡野的柳哨……

① ［法］罗丹口述：《罗丹艺术论》，葛塞尔记，沈琪译，人民美术出版社，1978年，第2页。

这是一首清新隽永的咏物诗，柳哨是用一截柳枝做成的，被北方乡野的孩子视为最廉价的、唾手可得的土乐器。我1950年在北京上小学五年级时，老师还向家里穷、买不起任何乐器的同学推荐柳哨。李瑛从柳哨中发现了什么？“一个质朴的单纯的生命”“一个多么蓬勃的绿色生命”，一种贫穷的顽皮的孩子的奇妙无比的土乐器，从中能听见“风雨的喧嚣”“滚滚的波涛”，它是“一个深情的透明的声音”，它是包括诗人在内的成千上万吹过柳哨的人的“喉咙”“肺”，童真与骄傲！不是诗歌大师，能创造性地发现这么多闪着童真童趣的光芒的东西吗？

面对七十多年来诗人持续不断创作出来的三千多首诗，这些影响了中青年军旅诗人成长，深得许多诗歌爱好者喜爱的长短不同的抒情诗，我们要努力开掘、反复思索，从中展示李瑛这位大诗人的诗歌创作的成就。

一、是当代创作成果丰硕的名诗人

李瑛和贺敬之、郭小川、闻捷、张志民一样，是当代中国诗坛上成绩卓著的名诗人。他不仅是当代军旅诗的奠基人，也是当之无愧的当代军旅诗的领军人物。贺敬之同志讲得好：“在我看来，你大半生的创作实践和取得的重要成就已充分表明：你是新中国诗歌发展史上的一位杰出的人民诗人和人民军队杰出的军旅诗人。”贺敬之对李瑛的评价是准确的、中肯的，用“杰出的人民诗人”和“人民军队杰出的军旅诗人”来评价李瑛在新中国诗歌发展史上的地位，也是恰当而又全面的。从他创作诗歌的题材和内容看，从他创作的诗歌在人民群众和部队中的反响来看，李瑛都当之无愧的是“杰出的人民诗人”和“人民军队杰出的军旅诗人”。

为了弄清李瑛在当代新诗坛上的重要地位，我们不妨把他和中国新诗史上的杰出大诗人做个比较。著名的中国现代文学史家王瑶在其《中国诗歌发展讲话》一书中说①：

> 一九二一年出版的郭沫若的诗集《女神》，是“五四”时期影响最大的一部诗集。他那种“为反抗的烈火燃得透明”的反封建和反抗不合理社会的精神，那种雄浑豪放的风格和自由体的形式，在当时发生了很大的影响，给初步觉醒起来的青年们以精神上的鼓舞，也为新诗的发展奠定了良好的基础。《女神》中所表现的那种狂风暴雨般的反抗精神(如《胜利的死》、《匪徒颂》)，那种对个性解放狂热的讴歌和积极的乐观主义情绪(如《天狗》、《光海》)，那种对军阀罪行的强烈的诅咒和对祖国炽热的眷恋(如《女神之再

① 王瑶：《中国诗歌发展讲话》，中国青年出版社，1982年，第124—127页。

生》、《炉中煤》)，那种对于创造光明的歌颂和对于祖国未来的新生的渴望(如《金字塔》、《凤凰涅槃》)，都引起了人们很大的激动，给当时抱着热烈的革命情绪的青年人以精神上的力量。作者的丰富的想象和澎湃的热情，对于社会不合理现象的诅咒和愤慨，把自然界的雄伟事物加以“人格化”和当作朋友来对待，都表现了一种充沛的追求光明的革命气魄。在《序诗》中，他说“我是个无产阶级者”；在《地球，我的母亲!》中，他歌颂了工人和农民；在《匪徒颂》里，他颂扬了伟大导师列宁；这就说明虽然在当时他还不是一个彻底的马克思主义者，但已经明显地受到了十月社会主义革命的影响，思想中已经有了社会主义的因素了。因此在他的诗里，表现出了“五四”的反帝反封建的革命精神，对于中国现代文学中新诗的发展奠定了基础。他自己说：他曾经受过民主主义诗人惠特曼等人的很大影响，“惠特曼的那种把一切的旧套摆脱了的诗风，和五四时代的狂飙突进的精神十分合拍，我是彻底地为他那雄浑的豪放的宏朗的调子所动荡了。”(郭沫若：《我的作诗的经过》)这同样说明了他自己的风格。他写的《太阳礼赞》、《立在地球边上放号》、《笔立山头展望》、《梅花树下醉歌》等诗，都显示了如同《女神》那样雄奇磅礴的艺术风格。

无数的白云在空中怒涌，
啊啊！好一幅壮丽的北冰洋的情景哟！
无限的太平洋提起他全身的力量要把地球推倒，
啊啊！我眼前来了滚滚的洪涛哟！

——《立在地球边上放号》

这种风格和它所唱出的火热的激情及反抗的精神，开辟了“五四”以来新诗的浪漫主义传统。而这个传统，在《女神》里同样表现了同中国古代浪漫主义诗人之间的深刻联系。在《女神》以后，郭沫若又有《星空》、《前茅》、《恢复》等诗集，在许多诗篇中所表现的革命精神要比《女神》中的更其激进和鲜明了。譬如在《上海的清晨》一诗里，他唱出了：

马路上，面的不是水门汀，
面的是劳苦人民的血汗与生命！
血惨惨的生命呀，血惨惨的生命！
在富儿们的汽车轮下……滚，滚，滚，……
兄弟们哟，我相信就在这静安寺路的马路中央，
终会有剧烈的火山爆喷！

在《我想起了陈胜吴广》一诗里，他歌颂了“在工人领导之下农民暴动”的力量，社会主义思想的因素对他已经逐渐起着支配的作用了。冯乃超曾说：“

郭沫若先生在中国新诗的劳作上，是成就最高，贡献最大的人。三十年代以降的青年学生，都是他的读者，他用琳琅新颖的诗句，有如一位伟大的教师，熏陶着年轻的一代。他塑模了中国古代反逆典型，做年轻世代的模范，培植了对僵死教条庇反抗精神，他苏醒了古人生死不苟的美德，使年轻的世代有所借鉴。他是理解现代中国脉搏的跳动，而兼精通中国古代精神（通过古代语言和古典）的少数者之一。"（《发聩震聋的雷霆》，见《抗战文艺》七卷六期）

他对于中国新诗之所以有如此重要的贡献，主要因为他一贯是中国人民革命运动的积极参加者，在他的诗中表现出了热烈的革命情绪，而艺术上也很优美的缘故。以后在抗战期间，他还写过歌颂民族解放斗争的《战声集》和《蜩螗集》。

应当说王瑶对郭沫若这位中国新诗奠基者的评价，是十分准确、科学的。第一，他论述了郭沫若的诗集《女神》在"五四"时期的巨大影响，是列举了《女神》中的代表性篇章来具体分析的。第二，他指出由于在创作《女神》时，郭沫若的思想中已经有了社会主义的因素，他的诗里表现出了"五四"的反帝反封建的革命精神，为中国新诗的发展奠定了基础。第三，郭沫若开辟了"五四"以来新诗的浪漫主义传统，而这个传统又是同中国古代浪漫主义诗人之间有着深刻联系的。第四，引述冯乃超的论述，指出郭沫若在中国新诗发展史上是成就最高、贡献最大的人。第五，进一步分析郭沫若之所以能对中国新诗有如此重要的贡献，主要因为他是中国人民革命运动的积极参加者。

比照来说，李瑛为中国新诗在当代的发展与创新，做出了巨大的贡献，在近七十多年间，他出版了五十三本诗集，各诗集中重复收编的不算，有抒情短诗、组诗二千八百多首，长诗二十九首，其创作成果堪称丰硕。诸诗集中，经过他自己筛选的精品诗集有《中国当代名诗人选集：李瑛》（人民文学出版社，2006 年出版）、《河流穿过历史》（作家出版社，2009 年出版）、《李瑛七十年诗选》（人民文学出版社，2011 年出版）三本。这三本诗集里收集了诗人八百多首诗歌，约占其诗作的 1/4 多。对于没有读过《李瑛诗文总集》十四卷的读者来说，认真阅读这三本诗集，也可以借以了解李瑛诗作的精髓、特点和成就。对于李瑛诗歌的评论者、研究者来说，在反复品读这八百多首诗作的过程中，也可以从中悟出李瑛诗歌的创作成就、艺术风格。

下面谈一下我们称李瑛为当代名诗人的理由。

李瑛自 1942 年登上诗坛，新中国成立后大量从事诗歌创作，其作品在读者中享有盛名，影响十分广泛，他在当代新诗发展上，做出了重要贡献，在新诗的审美化、群众化、民族化方面，积累了许多宝贵经验，他和艾青、臧克家、闻捷、郭小川、李季、贺敬之、张志民等名诗人一起，代表了当代中国新诗创作的最高水准。再加上他的诗作数量大，质量高，在十年内乱中也没有中断创作与出版，所以他的诗歌在军内外读者中都享有盛名，也成为不少青年诗人创作的楷模。

第一，李瑛是一位专注于抒情诗写作的大诗人。他的抒情个性十分鲜明，他有数以百计的抒情诗珍品。韦苇同志在《刺刀映着红花》一文中分析得好："抒情个性就是抒情诗人在表达诗的主旨时所流露的艺术个性。它由诗人的世界观、美学理想、性格、气质、艺术修养诸种因素凝聚熔铸而成。""抒情诗较之其他文学样式更适宜于直抒胸臆，反映强烈的感情，因此也就更能表现作者个性。个性特点越鲜明就越能吸引读者，越可能成为诗中珍品。李瑛三十年来，始终执着地坚持个性化的艺术追求。在新中国成长起来的卓有成就的抒情诗人中，李瑛的抒情个性是鲜明的。他的有些诗章，即使隐去作者的名字，也不难从题材、构思、设譬、语言和韵味等方面所表现的个性特点上判断：这是李瑛的诗。"①这种抒情个性，首先表现为他对生活场面和战斗场景的独特把握与表现。试看《出港》，短短四节诗，共十七行诗句，把我们舰队出港的场面描写得多么辉煌、威严、隆重：

云霞扯起无数面旗号，
海上铺满翎羽和珠串，
黎明为迎接我们舰队的出港，
把水天筑成一片辉煌的宫殿。

一座座岛屿像披戴武装的巨人，
树林的叶簇像他们闪光的箭；
看他们列队在光辉的海面，
一排排，一队队，好不威严！

从没有这样隆重的仪典，
如此惊心动魄，壮丽非凡；
阳光从海面射进云里，
天地间绷起无数道金色的弦。

---

① 韦苇：《刺刀映着红花》，出自李泱、李一娟编：《李瑛研究专集》，解放军文艺出版社，1983年，第253—254页。

这时，我们的舰队向大海进发，
山鹰欢送，海鸟相迎，
云在掣动，浪在飞卷，
我们的红旗回答他们，
以水兵的豪壮的语言。

这首诗是1956年的作品，尽管是李瑛创作的进展期阶段的作品，但诗以浪漫主义的丰富想象和雄奇巧妙的构思，把我们的人民海军舰队出港的场面，写得这么威武、雄壮，真是壮军威、鼓斗志的好诗。半个多世纪过去了，这首诗依然有着勃勃生机，当我们日益现代化的人民海军的舰队出港时，官兵们读着这样的诗，依然会豪情满怀，壮志凌云。

让我们再来读一首诗人作于1960年年底的诗《霜降》，此诗是写军民鱼水情的，全诗八节，每节三句，共二十四句，韵脚十分响亮：

一夜潜伏归来，
刺刀上凝着昨夜的霜；
论节气呵，已是霜降。

大娘呵，大娘，
我不能到你那里，
去替你加一件衣裳……

只在一年前，这时节，
我们还驻在你小小的村庄——
那小河环绕、枣林掩映的村庄。

那一天夜半，忽觉身下发烫，
大娘，是你呵，一抱草，
为我们烘起一铺热炕。

然后又一针针、一针针，
缝补我们磨破的衣裳，
针呵，线呵，直牵来破晓的阳光。

闪亮的白发，摇曳的灯火，
干练的手指，深情的目光，
永远印在我心上……

入伍来，曾度过多少“霜降”，
人民总按时送来新的棉装——
送来无尽的情深意长。

此刻呵，我们仍像睡在你身旁，
江南塞北的母亲哟，正是你如火的爱，
融化了窗外万里寒霜……

全诗是以“一夜潜伏归来”的“我”的口吻写的，完全是现实主义的笔法，抚今追昔，写了我对拥军大娘的关切、怀念，一年前“我”和部队正驻扎在她那小小的村庄，大娘为战士们“烘起一铺热炕”，彻夜缝补战士们磨破的衣裳，永远印在“我”心上的是什么？是“江南塞北的母亲”那“闪亮的白发，摇曳的灯火，/干练的手指，深情的目光”。这样的诗，抓住了典型环境中的典型动作、细节，写出了军爱民，民拥军，军民一家骨肉亲的主旨，显示了李瑛诗歌细腻亲切、柔美动人的又一种抒情个性。诗的抒情主人公包括战士、诗人和千万子弟兵，诗的结尾，宕开一笔，点染出雄奇幽远的意境：

此刻呵，我们仍像睡在你身旁，
江南塞北的母亲哟，正是你如火的爱，
融化了窗外万里寒霜……

李瑛 20 世纪 60 年代的抒情诗《大海的骑士》，把迎着狂风暴雨驾艇出海的水兵说成是大海的“真正的主人”；《初到哨所》写战士初进观察班，班长给了他半碗苦涩的水喝，“突然，哨所窗口上云飞浪卷，/那半碗水在我心上燃起了火焰；/祖国呵，感谢你的信任，/请给我吧，给我最艰苦的考验！”《哨所鸡啼》写出了鸡作为战士的伙伴，在啼叫中“唱出了士兵的情感”；《月夜潜听》写“沿低谷潜行”的战士，“刺刀上写着战士的忠诚”；《下岗后》写海草、波涛“陪着下岗的战士垂钓”，写风和水鸟一齐来和战士“嬉闹”，他们捕获了几只海蟹和几条小鱼之后，晚上“还要准备去听课、上哨”，海防战士的生活多么充实！《夜过珍珠河》，写出了战士对祖国山河的无比热爱，充满浪漫主义的神奇想象和比喻，该诗末节的反问点出主题：“如果你没有为祖国横枪跃马，/你怎能认识她壮美的山河？/你怎能认识九月高原的星斗呵，/色彩一串比一串亮，故事一串比一串多？"《敦煌的早晨》赞扬当地青少年植树造林的积极、踊跃，青年人"要到瀚海的浪尖上去栽杏种桃"，少年"要到学校去栽条林荫道"。《红柳·沙枣·白茨》借物咏人，希望年轻人都像它们，成为"生活中真正的勇士"。《戈壁日出》赞扬了在"熏烤得人喘马嘶"的戈壁滩坚持工作的勘测队员。

第二，李瑛七十年多来一直勤奋写诗，在他的刚健清丽、精细质朴的艺术风格形成之后，随着写作环境及对象的变化，他的诗风也是稳中有变的。李元洛在《李瑛诗作艺术片论》中说："李瑛的风格，不同于郭小川的雄浑深沉，也不同于贺敬之的豪放俊逸，不同于闻捷的优美豪迈，不同于公刘的凝练深隽。他的风格也许具有上述这些诗人的风格中的某些因素，但他毕竟有自己的面目，在优秀诗人中确立了自己的门户。"①

李瑛诗的刚健清丽、精细质朴的艺术风格，首先体现在诗的构思上。如《海的怀念》一诗，表现了海防战士忠于祖国的崇高精神："我爱海，但我同样也爱山，/大海，高山，分挑在战士的双肩。"全诗以战士"爱海又爱山"为一根红线，把五节诗串连起来。李瑛的诗在构思上还能做到平中见奇，凡中见美。如《雨》一诗，写的是战士雨里站岗放哨，这似乎平平常常，写不出什么新意。但到了李瑛手里，通过联想和想象，写出了清新、浓烈的诗意：首节勾画出一幅雨景图："满山是野草的清新，/满山是发光的新绿，/满山是喧闹的小溪。"这幅雨景图，是战士用视觉、嗅觉、听觉诸器官感受到雨景的勃勃生机。当战士听着细雨敲打哨棚和石壁的淅沥沥的声音时，他产生了丰富的想象和联想："我想起了金色的沙滩，/我想起了蕉叶的烟雨，/我想起了塞北的马蹄。"那些地方有战士住过的村庄，走过的小路，有难忘的战友和兄弟，当他沉浸在回忆的幸福中时，又突发奇想，认为这雨声是战友们向他传递的信息，叮嘱他要"警惕！"诗结尾的画龙点睛之笔，深情地表达了人民战士的忠于职守和真挚友情。

其次，李瑛刚健清丽、质朴精细的诗风，还体现在形象的提炼和塑造上。他说："诗人必须学会用新鲜的、生动的充满感情的形象来表达对时代、对自然界、对人类社会的看法；他必须懂得用形象来表现思想和观念。"(《李瑛诗选·自序》)对于生活场面、人物行动和自然景色，有特殊意义的时间、空间和物品，李瑛从不轻易放过，而是根据自己独特的感受，新颖的审美发现，精心提炼，加以典型化之后，熔铸成诗作中平中见奇的艺术形象。"界碑边耸立着我们的瞭望架，瞭望架上闪着警惕的眼睛。"(《边境线上》)"蜿蜒国境的界碑呵，/我们

① 李元洛：《李瑛诗作艺术片论》，出自李泱、李一娟编：《李瑛研究专集》，解放军文艺出版社，1983年，第283页。

又一次走过你身边，/留下警惕的马蹄印守卫边防，/留下忠诚的心和你做伴。”(《巡逻》)“哨所后面是曲折的堑壕，/堑壕连着云中线路、万里大道，/连着祖国每座工厂、每层梯田，/连着战友的每个掩体、每把刺刀。”(《一号观察哨》)清晨，一只境外的小鸟，飞进了哨所的窗子，它长得啥样？“灰色的翅膀，黑色的尾尖，/轻盈地、轻盈地落在窗台；/它转动着机灵的眼睛，/梳梳羽毛，又把头歪了一歪。”淡淡几笔，让我们眼前浮现出小鸟的生动有趣的形象，诗的结尾一节，点出了全诗的理趣、主旨所在：“我们欢迎你，可爱的小鸟，/我们接待你，用阳光和林海；/今天看见你，想起这一切，心潮澎湃，/使我更懂得了对生命的责任和伟大的爱！”(《清晨》)在《高高的白杨》一诗里，诗人描绘了一名哨位上女战士的英姿飒爽的形象：

昂头望，哈！浓密叶簇里，
——齐耳短发姑娘家；
她借喧响的叶片抒豪情，
凌九霄，望遍了海角天涯。

几年前，她还是一个小姑娘，
城市里出生，城市里长大，
而今来建设边疆保祖国，
自豪于云里落户，雾里安家！

不要发梳，却有清风来理，
不需头巾，自有云霞披挂；
望未来，挺胸昂首，
一杆枪，装点了如火的年华。

浪漫主义的想象、夸张与理想化，合情合理的陈述与交代，让这位女哨兵的形象既真实又高大，既英俊又挺拔，让读者为她所代表的一代新人的成长深感骄傲与自豪。

李瑛长期深入生活，对事物的观察细致入微，他的诗歌十分注重小事与细节，因小及大，发掘出社会生活中战士与人民的心灵美、情操美。在《灯》《一把麦粒》《在苗圃》《甜》《永不降落的旗》《信》《花》《遗产》等诗里，都有令人难忘的细节。《遗产》里写了两块在将军身上镶了七十年的弹片，结尾两节诗，警策、深刻，发人深思：

他身后一无所有
只这捧骨灰
埋着这两块七十年前的
活着的弹片，坚硬而炙热
依然是狰狞的、卷曲的、锋利的
从骨灰缝隙、冷冷地
窥视着人间
（此刻，它们在想些什么呢）

而在它们后面
一个黄金般辉煌的事业
正太阳般腾起

诗里说“他（将军）身后一无所有”，只有一捧骨灰和两块弹片作为遗产。读了此诗，人们不能不对身经百战、奋斗一生的将军表示崇高的敬意。正是他这样的人，铸就了我们黄金般辉煌的事业。哨所的油灯、三合村民兵送给诗人的那把麦粒、苗圃里那至多不过三寸的小树（白桦、红松、冷杉）苗、一棵草根、铁丝网上挂扯着的一段绑腿（写着主人的名字）、那封“绝情姑娘的冰冷的信”、诗人窗头那朵几年前从火线移来的小红花等等，一经进入抒情诗，这些细节事物会成为全诗的意象核心、中心线索，成为诗人审美愉悦的寄托物。

在1988年离休之后，我们看到，因为不再是利用业余时间写诗了，诗人以往的抒情诗中稳定的细腻、轻巧而又带有刚健、清新的艺术风格，又有了一些变化：他的诗中增加了写豪迈的、粗犷的、雄奇的生活与斗争的内容，既写了我们社会中光明的、成功的、辉煌的主体方面，也没有忽视我们社会中那些灰暗的、贫穷的、畸形的方面。为了建设和谐的、富强的、法治的社会，我们必须正视这些社会问题并尽快加以解决。作于1997年的《我的另一个祖国》便是这方面的代表作。全诗九节，但第一节、第九节都只有一行诗，开头一节是惊讶的反问：“难道这就是我的祖国？”，结尾一节是深情的呼唤与感叹：“我的艰辛中成长的祖国呵”。现把当中七节诗抄录于下：

大地尽头的最后一座村庄
犹如一堆风卷的枯叶
犹如史前部落的遗址
遥远却又很近
生活中直线的心电图和低血色素

把跃动的生命全都埋葬了
没有什么比这更真实

低矮的茅顶倚着坍塌的土墙
一户户相拥相挤的苦人家
家家传递的都是愁苦
日子沉重得像石头
贫穷和哑默深不可测
没有什么比这更死寂

如果不是土墙缝冒出呛人的柴烟
如果不是有狗在门前走过
如果不是墙角开着一株瘦弱的葵花
谁也不相信这是一座村庄
千年也割不断和穷困相连的脐带
没有什么比这更凄惶

走进一间黑洞洞的茅屋
一个老人独对一堆火的余烬
苦涩中，两只混浊的眼睛
用逼人的力量拷问我
你是谁？我的心被刺穿
没有什么比这更严酷

我俯身握着他干树皮般的手
泪，扑簌簌滴在死灰上
我的心燃烧起来
我的理智却结成了冰
没有什么比这更痛苦

跨出门，忽听一片孩子的读书声
嫩绿得滴水的童声
比阳光更明亮
从哪个缝隙传来
穿透这里全部的

死寂、凄惶、严酷和痛苦
把四周的山都震动了

我窒息的肺和猝死的心脏
突然醒来，看见
他们生命的高度
远远超过乌蒙山
明天，他们踮起脚
就会看见山外辽阔的世界
没有什么比这更真实

读着这样的沉甸甸、凄惶惶、苦涩涩的诗，我们的心在抽紧，我们的头脑在深思，我们的肺在屏息；但与此同时，读着这样的有亮点、有希望、有理性的诗，我们看到了诗人的新的努力、新的追求、新的探索。他有几段话说得真好①：

我认为，诗的最高规范是生活。作品就是对生活的一种解释——一种称赞或一种批判。诗应该真实地、本质地、深刻地反映生活；诗应该代表人民的意志，表现人民的愿望，传达人民的呼声。不了解人民和生活，便不会有诗歌。

诗人对生活哲理的发现和对知识的探求是没有止境的。

我认为，诗人的党性和作品中生活的真实性应该是统一的，它们是需要统一、而且是可以统一的。我们当然应该大大地歌颂生活中的光明面，同时也要在正确的立场、观点指导下，勇敢地、准确地批判和鞭挞那些落后、腐朽的事物。歌颂和暴露从来就是一个问题的两面。

像《我的另一个祖国》这样的诗，完全再现了诗人的诗歌理论认识。它以形象、逼真、令人惊愕的西部地区落后山村的严峻的、令人揪心的生活画面，用“一堆风卷的枯叶”“史前部落的遗址”来形容这个山村，真是确切、精当。村里人过得是啥样的贫困生活？“低矮的茅顶倚着坍塌的土墙/一户户相拥相挤的苦人家”，家家愁苦不堪，日子沉重如石头，村人只能哑默！诗人做出形象的比喻：“千年也割不断和穷困相连的脐带”，他们怎能不凄惶！诗人走进了“一间黑洞洞的茅屋”，见到一位双眼混浊的老人，“独对一堆火的余烬”，老人并未张口说话，但诗人感觉他的眼光在“拷问自己”，诗人的“心被刺穿”，这是多么严酷

① 李泱、李一娟编：《李瑛研究专集》，解放军文艺出版社，1983年，第78—79页。

的场面！他俯下身去握着老人“干树皮般的手”，泪落不止，心如刀绞！李瑛诗歌中的这种革命人道主义思想，是对屈原“长太息以掩涕兮，哀民生之多艰”，以及杜甫“安得广厦千万间，大庇天下寒士俱欢颜”的关心民生疾苦的人道主义的继承与发扬。是的，这首诗发表后不久，从2000年起，党中央吹响了“西部大开发”的嘹亮号角，全党全军全国人民，特别是祖国东部、北部、南部发达地区，都争相为西部大开发出力、做贡献。李瑛把这首诗取名为“我的另一个祖国”，是有深刻的含义的，是发人深思的，表现了这位当代大诗人能与我们党的战略决策同步的政治敏感和能站在时代高度的思想家的水平。李瑛这首诗的深刻性，还在于他不仅仅展示了“另一个祖国”的令人痛心的“穷困”“哑默”“凄惶”，更能以辩证唯物主义的观点，写出她的希望、未来：这就是山村“孩子的读书声”——“嫩绿得滴水的童声”，这声音的力量是无比强大的：“比阳光更明亮”，能“穿透这里全部的死寂、凄惶、严酷和痛苦!”诗人“窒息的肺和猝死的心脏”“突然醒来”，他告诉人们：孩子们“生命的高度，远远超过乌蒙山”，“明天，他们踮起脚/就会看见山外辽阔的世界”。诗人认为，只要孩子们受到良好的教育，掌握了足够的知识，他们会在党的领导下，在山外世界人们的支援下，彻底改变贫困山村的面貌，过上与穷困绝缘的幸福生活。类似的诗还有《饥饿的孩子们的眼睛》《一个城市的血》《弃婴》等。应当看到，由于诗歌题材内容的变化，李瑛的表现我们十年动乱的严峻生活的诗，凝重、深挚、激愤的基调，在《一月的哀思》《七月花环》和《为一个永远活着的共产党人而歌》等悼念老一辈无产阶级革命家的政治抒情诗中，已有了充分的表现。至于他离休之后写的一些反映我们社会生活中真实存在的灰暗的、愚昧的、贫穷的、畸形的阴暗面的诗，则更多地显示了冷峻、凝重、警策、粗犷等风格。《弃婴》一诗，严厉地谴责了弃婴这种“人性沦丧”的丑陋卑劣的行径。弃婴被丢在垃圾箱里，苦难的三个月的他，“在这儿蹬着小腿”“通红的脸颊贴在皱巴巴的布片上”“淡黄的软发黏在泪水里”，“她身边是塑料袋、果皮和/发霉的烂菜叶子”。《城市的血》一诗，愤怒地声讨了奸商售出劣质安全网，因此而过早地夺去了一个刚十八岁的在十五层高的脚手架上工作的工人的生命。有这样两节诗，让人觉得似有铅块压心，沉重不已：

三十分钟前，他还念叨
收工后要给妈妈寄药
二十分钟前，他的血
就凝固在工地瓦砾上

十分钟前，谁拉来一个

装水泥的袋子
盖在他扭曲的脸上
不让人看见

看似白描的诗句里，既有诗人对死难工人的深挚同情、对工人孝心的赞许，又有诗人对制造和销售假劣安全网的奸商的谴责、对工地出了大事故而责任方却漠然置之的批判。

不应忽视，李瑛的诗风还有由清丽向雄奇、由细腻向粗犷方面的变化。试看他的《祁连山之鹰》《逆风飞行的鸟》《野马群》《格木尔以远》《羚羊》《藏刀》等诗，不论是写景诗、咏物诗，都显示了粗犷、刚健、雄浑、豪放的艺术风格。在诗人笔下，祁连山之鹰，“擦地飞行”，羽毛和山、沙碛及砾石的颜色一致：“半是灰褐，半是铁青”。试看第三节诗，对祁连山之鹰充满浪漫主义的神奇而又夸张的艺术描写：

它坚劲的翅膀拍击着
像风暴和雷霆
使大地上的沙石和碱草
奔驰滚动，迸出火星
不怕坚硬的荒滩
撞烂头颅
也不怕锋利的锐石
剖开前胸
迅疾地一闪而过
箭一般擦地飞行

《野马群》的构思、意象、时空都是令人耳目一新的：说它们“支撑着长天”和云朵，说它们是“干旱沙漠上涌动着野性的血”的动物，说它们用“粗野的喘息击打着山壁”，说它们“已奔跑了三千年”，说它们即使死去，“它们剽悍勇敢的灵魂也在奔跑”，它们“是大西北突起的筋络和肌腱”，它们“是大西北跳动的心脏”。博喻的使用，突出了野马群强大的生命力以及它们和大西北的紧密关系。《格木尔以远》一诗，呈现了烈马、羚羊、牦牛、犏牛、鹰等一系列意象，诗人做出判断说：“就是这些枯黄的/浩瀚与粗犷/艰辛与无畏/构成格木尔以远/永恒强悍的悲壮与威猛”。《羚羊》一诗在描绘了天山峭壁的崖顶上羚羊的雄姿之后，用一节诗，以浪漫的想象和奇特的比喻，带有夸张和神话色彩地表述了羚羊的巨大作用：

只有它
雄立在万山之上
被晨曦镀成黄金
辉煌如火
仿佛全赖这颗生命的砝码
才使我们向东倾斜的大陆
不致翻覆，从而
保持了平衡和稳定

和1960年写的《哨所鸡啼》相比，李瑛的诗风由清丽向雄奇，由细腻向粗犷、既刚健又雄浑的发展变化就不言自明了。

二、记录了新中国六十六年波澜壮阔的历史画卷

准确地说，李瑛不仅是当代最杰出的军旅诗人，而且是一位深受人民群众喜爱的贡献卓著的人民诗人。他用那支得心应手、魅力无穷的彩笔，用长短不拘、不断创新的抒情诗体式，在五十三本诗集中，记录了新中国六十六年波澜壮阔的历史画卷。

具体来说，表现在以下五个方面：

(一)解放战争的艺术表现

众所周知，辽沈、淮海、平津三大战役，是从1948年9月12日开始，到1949年1月31日结束，历时四个月零十九天，共歼灭国民党军队一百五十四万人，基本上摧毁了国民党赖以维持统治的主要军事力量，中国革命在全国胜利的大局已定。李瑛是1949年3月参军的，他随军南下，成为新华社部队总分社的记者。在《野战诗集》(1951)、《战场上的节日》(1952)和《天安门上的红灯》(1954)三本诗集里，收录了他反映解放战争和抗美援朝战争的诗四十九首。《号声》《山地演习》是写部队演习的，突出了解放军战士解放全中国的钢铁意志和决心："我们的号声从黑龙江畔/将吹响到酷暑的南海，/我们要坚决粉碎黑暗的旧世界，/解放祖国的人民和土地。"《炮连战士谈爱马》写战士视马为"我们的哑巴朋友，它的生命同我们自己的一样"。《他们时常帮老百姓做种种事情》《行进的兵团》写新型的军民关系。《睡着的战士》和《历史的守卫者》是诗人为战士作的战地剪影。《打回老区》写老区人民对人民军队的盼望和欢迎。《一个战地医院的夜晚》写一位英雄的女医生在敌机轰炸扫射的情况下坚持为伤员做手术，还给伤员输血。《血衣》表彰一位英雄排长，也写了众多烈士的牺牲的意义："获得一个新兴的钢铁的祖国"。《独木桥的故事》写在过独木桥时，二野和四野的战士互相谦让，让对方走独木桥，自己涉水过河，这是多么可贵的战友

情。《粮食》记述了粤赣湘边区纵队东江第二支队钢铁连虎口夺粮的英勇战绩。他们的连歌唱得好："战争的火花烧红了钢铁，/钢铁的健儿结成了钢铁连，/钢铁的健儿呵，/钢铁连在你战争中长大，/你在战争中锻炼，/你是箭头，你是雷电，/你永远站在战争最前线。"《是这样一个夜晚》是写海练中，每班都想争当"海练光荣船"，在渡海战役中争当先锋。《痛苦的回忆》是一首回顾二十多年中国革命历史的抒情诗，全诗三章九节八十九行，是篇幅较长的一首。诗中还缅怀了那些为革命牺牲的烈士，向党和毛泽东同志表示了将革命进行到底的誓言和决心。在表现解放战争的诗作里，这是十分特别的一首，已能够见出诗人写作长篇政治抒情诗的潜质与能力。《炮兵翻过五岭山》写出我解放大军"一天行军三百里，一口气到头没眨眼睛"的排山倒海的气势。全诗虚实结合，写出了我军官兵无坚不摧、无难可阻的豪迈气魄。试看其中两节：

报仇心急一阵风，
恨不得插上翅膀越五岭，
巴掌宽的山路斜陡陡的角，
牲口驮子又行不成。

团政委的话，像铁打，
"没有路，炸开它！"
轰的一声霹雷响，
石头渣子冒火山开了花，
连推带扫打开了路，
活像那神话石匣开了锁，
横涌出一支兵和马。

《我们的旗》是对党旗的庄严颂歌。诗中的比喻新奇、独特创造的意境豪迈、开阔。试看其第二节：

是钉在空中的我们的行为、思想，
是我们宣誓的印章，盖在蓝天的纸上，
我们望着你像婴儿望着母亲，
像金黄的向日葵望着阳光。

(二)抗美援朝战争的生动剪影

解放战争结束后，李瑛回到北京，在解放军总部工作。抗美援朝战争开始后，他曾多次赴朝采访工作。他用二十七首诗，反映了这场意义深远的战争。

《运输线上》写一位司机，穿过敌机密集的火力封锁网，奋战十五天，终于把整车弹药送到前方。《钢铁的洪流》展示了志愿军炮兵和支前的朝鲜人民，并肩前进，形成了钢铁的洪流。诗中的场面描写壮观、雄伟、振奋人心：

中国人民志愿军，
英雄的炮兵们，在路上，
隆隆的，
向前进。
红色的马鬃飞扬着，
像跳荡的火焰，
新月形的蹄铁溅起火星，
炮手们骑在高大的马上，
把大衣领子扶到耳梢，
昂着头，
望向远方。

而走在公路左侧的，
是坚强的朝鲜人民。
铁轮的牛车：
载着堆积如山的箱子，
载着堆得高高的粮秣的草袋，
辘辘的，辗轧着
自己房舍的烟尘和瓦砾，
同我们一起，
雄壮地，
向前进。

《向平壤挺进》一诗，写出了诗人及万千志愿军战士与朝鲜人民肩并肩，向平壤挺进的感受："我们都是巨人，/我们有这样大的力量，/把一切道路都旋转过来，/铺向平壤！"《追击途中》写志愿军团长在追击途中，救护了一个婴儿(他的母亲刚被美、李伪军(即当时中国政府官方对美军及其附属韩国李承晚军的称呼)杀害)："团长紧紧抱住他，/追过去，/像擎着一面火焰似的旗帜，/并且喊着：'同志们！/给咱们的孩子报仇呵！，"《在伤员转运站》描绘了志愿军伤员高昂不衰的战斗意志，诗人吐露了他们的心声："我们在战斗中/成长的共产党人，/决不能因为炸断了腿骨/便再不战斗；/决不能因为打断了胳臂/便垂下双手。”《在前线团指挥所》为团长、政委英勇无畏地亲临前线和从容镇定地指挥作战作了速写，他们不怕敌机轰炸，冲击了阵地，或在掩蔽部里从容地研究着敌情。《春天》描写了一个细节：师指挥所里，一只用炮弹壳做的花瓶里，花儿开得鲜红。诗中说：“这花儿仿佛是个不朽的象征，/为了对人类担负的责任”“为了和平，我们才狠命地打击侵略者”。《最后一个人》写了一位志愿军机枪组的副射手，独自一人，凭着一挺机枪，和蜂拥而至的敌人“坚持了九个钟头的战斗”。这是一位顶天立地的孤胆英雄。《为了祖国》写了三位英雄：炸断了右手的连长，带头向敌人发起冲锋；一位机枪被炸坏了三机枪手，抱着炮盘被炸坏的六零炮的炮筒，把敌人打得鬼哭狼嚎。还写了步炮班长“将铁锹架在炮尾下，用肩胛抵住锹柄”，在大炮向敌人开火后，他却牺牲了。《我怎能不想起临津江边的那门炮》写一位少先队员寄来了红领巾，战士们把它系在炮身上。这表现了祖国人民对赴朝作战的志愿军的关怀与支持，类似题材的还有《一九五二年十月二十五日》等。写朝鲜人民对志愿军的关怀与支持的有《苹果园》《一袋麦粒》《一个战斗结束的晚上》。写志愿军对朝鲜人民的关爱及中朝友谊的，有《献花》《朝鲜战场的一个晚上》《最好的歌》《过乌川里》等。歌颂朝鲜军民重建家园的有《和一个朝鲜同志谈话》《废墟上的一幅蓝图》《奇迹》。歌颂志愿军英雄的《邱少云》，正在潜伏的邱少云，“火把他的皮肉烧焦，/把他全身燎起了血泡，/他压紧地面，把手插进土中，再说一句：/‘决不能动，为了不给战友暴露目标！’”诗人在最后一节说：

敌人打不倒我们，
火也决不能把他烧掉。今天
他好像站在那儿，阳光已把他镀成了黄金，
他说的话全世界的人都已经听到……

诗人用浪漫主义手法，塑造了永远活在人民心里的志愿军英雄的光辉形象。

还应指出李瑛的《在朝鲜战场上有这样一个人》，是一首歌颂志愿军司令员彭德怀的一首朴实、亲切、真挚、凝重的好诗。前面分析过，这里就不赘述了。

(三)抒写边疆少数民族努力建设新生活

《雨中》写春雨中，旗委书记等三人骑马到草场，又进了蒙古包，他们要给草原换新装：“从怀里掏出一张图——/夏营地，冬牧场，/这里开渠，那里垒圈，/这里建立配种站，那边修盖接羔房……”他们谈着规划，征求乡亲们的意见。《亮晶晶光闪闪的小河水》，写呼伦贝尔草原的牧民在辽阔的牧场上开出了引水河。诗中的“你”，指的就是引水河。一节节直面呼告的诗句，表达了牧民们和诗人对这条“军民一起用咸的汗水引来”的河的热烈欢迎与赞美。试看这三节诗：

你唱着跳着奔向牧场深处，
你摆尾摇头跑向白云里，
你多么天真又多么自豪地向前流去，
亮晶晶光闪闪的小河水。

那毛纺厂传送的羊毛不就是你？
那乳品厂流动的牛奶不就是你？
那大道上奔腾的马蹄不就是你？
亮晶晶光闪闪的小河水。

从你，我还听见多了一百种鸟的歌声，
从你，我还看见多了一百种草的颜色，
从你，我还闻见多了一百种花的香气，
亮晶晶光闪闪的小河水。

浪漫主义的想象与夸张，整齐的排比诗句，字里行间充溢着牧民对新生活的热情向往。《草原红花》表现了蒙古族九岁小学生萨仁的“爱集体，觉悟高”。在骑马上学的途中，萨仁发现了一只受伤的小羊羔，他“快翻身上马”，去向民兵报告。这是从心灵方面写少数民族的成长，他们的集体主义思想在闪光，他们的革命警惕性在增长。《关怀》一诗，赞颂了草原上的新气象——赤脚医生的出现。全诗四节，每节十二句，十分整齐，呈现了建筑美。诗前小序点明了主题：“牧场上出现了第一批赤脚医生，他们战风斗雨，跟包巡诊，日夜活跃在千里草原……”《在篝火边》构思新颖，让在林区生活、劳动的鄂温克族老爹和蒙古族大哥，畅想二十年、五十年、一百年后这里的城市生活：“看吧，那时，你们建起的工厂，/将高过我们的兴安岭；/你们点亮的灯光，/将多过我们头上的星座。”《敖鲁古雅》一诗是对鄂温克族东方红猎业队猎民新居的精彩素描，他们住着“小木屋”，开始了幸福的定居生活：

昨天还冒风雨游猎在深山，
今天却园里有菜，圈里有猪，
去学校的路上跳着红领巾，

养鹿场的鹿群在召唤主妇。

不要看他们已经定居，
他们的枪法并没生疏；
人人都是名好猎手呵，
家家都有狍皮坐垫熊皮褥。

诗人纵情欢呼："在遥远的大兴安岭密林里，站起来一个新生的民族!"李瑛亲身深入了内蒙古呼伦贝尔根河市敖鲁古雅鄂温克乡的猎民生活后，才写出了这些美妙、深情的抒情诗，他还用《树上仓库》这样的诗，告诉年轻的鄂温克人，不要忘记先辈们过的痛苦生活，仓库里有些什么？"看，犴皮口袋里有木碗，/桦皮盒子里有箭簇；/有兽骨的针，狍筋的线，/有皮衣，有鹿哨，有石斧……"诗人希望年轻的鄂温克人，通过"树上仓库"里的器物，"永远记住那旧社会的悲苦"！像《村夜》《琴》《莫彩菊》《这群"小老虎"》《八月的夜》《给小鹿》《送》等诗，都是从不同方面表现了鄂伦春族人民多姿多彩的新生活。

应当指出，我们祖国是由五十六个民族组成的社会主义国家，新中国成立六十六年来，少数民族生活的巨大变化，正是我国发生翻天覆地变化的一个重要组成部分。从20世纪50年代起，反映边疆少数民族的新生活，成了李瑛的诗作绵延不断的一个内容。诗集《花的原野》里，有不少诗是反映蒙古族人民的新生活的。《射箭》里展示了蒙古族骑手高超的射箭技艺，他是在骤雨中表演骑射，诗人用夸张的手法、豪迈的诗句，歌颂蒙古这个英勇的民族，给读者留下了经久不灭的印象：

只见他笑着拉过一匹马，
不踏马镫，不鞴马鞍，
轻轻地一跃而上，
草原便突然矗起一架山。

"我们用弓箭打敌人，打野兽，
绝不能麻痹，放松半点！"
谈笑间只见他已收弓勒马，
一箭已把整个草原射成两半。

随着一阵朗朗的阔笑，
头上也就雨歇云散，

好像和亲人在庭院说笑，
声音把整个的草原灌满。

此刻我分明看见一个英武的民族，
正策马驰骋在历史的高原——
飞掠的云朵是骏马，
一弯彩虹是弓箭。

诗人多次访问过新疆、西藏、青海、甘肃，20世纪八九十年代，他的一些诗也反映了西北地区、边疆地区少数民族人民随着物质生活的富裕文化生活、精神面貌发生的可喜变化。《深情》一诗，刻画了维吾尔族老人克里木的质朴形象：

蹲在戈壁滩的大道旁
送我这只喷香的馕
你驴车的木轮子般圆圆的馕
你拍打的手鼓般圆圆的馕
圆圆的，像成熟的秋天
多么丰饶、温馨的质朴的形象

在另一首《阿尔泰姑娘》里，诗人在把阿尔泰姑娘与江南姑娘作了比较后，称赞阿尔泰姑娘说：

她不是花一般娇、丝一般轻、云一般柔的鸽子
她是一只鹰
属于阿尔泰山嶙峋的岩石、冰雪和金子的
美丽的鹰

鹰的比喻十分恰当，突出了阿尔泰姑娘的矫健、坚强、骁勇、朝气蓬勃。

《哈达》一诗，显示了诗人对藏族人民的一往情深，面对藏族大哥送给他的哈达，诗人畅想，这是“一捧喜马拉雅山头的白雪/一条雅鲁藏布江心的清流/一片藏北草原的白云”。这是浪漫主义的奇想，但很好地诠释了藏族人民向客人敬献哈达的真义。在另一首名为《哈达：一片纯情的云》的诗里，诗人描绘了敬献哈达的藏族同胞的肖像、表情以及诗人接受哈达时的心态、感受：

一副黝黑的、陌生却率真的脸
一双明亮的、诚挚又深沉的眼睛
弓着身，捧给你掬自心窝的烫手的真情
连同微笑
连同说不尽的温暖和幸福
在追逐金钱、追逐享乐的喧腾生活里
在虚伪、浮躁的尘嚣之上
像一条河
以一百个虔诚与祝愿
抚平你伤痕累累的心头
弥合深渊、裂谷和滴血的伤口
此刻，你生命中的冰川和痛苦
一起融化了

李瑛真是慧眼独具，他从献哈达中发掘出了前人未发的含义，用哲理性的诗句来表达，是那样的深刻而让人警醒。

《重逢》是作于 2001 年的诗，通过诗人与一位女藏族同胞三年后的重逢，发现她的生活、处境有了很大变化，借此表现了改革开放给藏族同胞带来的实惠。三年前的她，带的是荒碛、牛皮绳、糌粑口袋、羊毛毡、牛粪火、铜壶；神情、穿着是：比两颗星更亮的瞳仁、比两朵花更红的双颊、银耳坠、蓬乱的头发、污旧的大袍子。如今呢，她正坐在小城街头，卖香烟饮料，“她的眼睛更亮了/娇着的微笑中牙齿更白了/翠绿的手镯和珠饰更鲜艳了/脸上散出护肤香脂的清芬”。

自从党中央发出了开发大西北的号召以来，由于东部等经济发达地区的支援，我国边疆地区的面貌迅速发生了巨大变化。像《两朵云》《一条中国龙》，都是写青藏铁路的建设的，青藏铁路是世界上最高的铁路，是令举世震惊的建设项目。诗人写道：

在地球最高处
　闪闪的冰壳之上
在唐古拉山顶
　蓝幽幽的天空里
拂动着两片白云
一片是藏族姑娘送别的长袖
一片是月台上的列车运行时刻表

这是多么奇妙的比喻，两片云：一片是长袖，一片是列车运行时刻表。一条中国龙又是怎样游过青藏高原的呢？“这龙/怀满腔美学激情和/浪漫主义理想”，要到西藏去。这是亘古未有的奇迹。这条铁龙的修建，既有利于加强西藏地区的现代化建设，改善西藏人民的生活，又有利于西藏地区的国防建设。

(四)表现人民群众建设社会主义新生活的高昂热情、巨大干劲和无穷智慧

《长城线上》一诗，展现了塞北各族人民人欢马叫忙春耕的景象：在长城脚下，“一块块土地多好看：/道道渠水，条条大路，/方方的田野用林带镶边”。在长城额头上，有蒙汉大字的标语：“今日肥似海，明日粮如山！”昔日的民族隔阂变成了今日共同劳动的甘甜。《飞机》一诗，写的是从北京来的飞机在为戈壁地区的治沙、修路等工程做贡献，还运来了新种羊：

孩子们纷纷跑到大路上：
“看呀，看呀，一架飞机！”

队长说：“它从北京来，
给我们运来了羊仔——
细毛种羊运到了，
快扫清棚圈，把稻草铺起！”

这些新生事物，被诗人敏锐地写进了自己的诗里。

《羊羔》写了内蒙古草原上专门接生、养育小羊羔的蒙古包，里面养育着五十只小羊羔：“一篮篮干草低低地垂着，/一缕缕光照进蒙古包，/空气也好，草也好，/门框上还挂着一只温度表。”诗的结尾：“‘百母百仔’的红旗已插在包顶上，/‘保产保育’的旗子也一定要它迎风飘！”《包头新志》展现了草原新钢都的崭新气象：

一排排楼房平地起，
一炉炉铁水喷出来，
乌拉山，黄河水，
沙窝子要出好钢材。

红铁汁，绿柳丝，
万顷流沙变林海，
昆都仑桥柳絮飞，
都是包头的好颜色。

美妙、深情的诗句，展示了草原钢都令人欢欣鼓舞的新容貌，这也正是20世纪50年代开始执行第一个五年计划时的新中国的新面貌。《包钢素描》《钢铁大街的清早》也是这方面的诗作，从颜色上写钢都："蓝的汽车、白的楼房、绿的树苗，/包钢，你的颜色有多好"；从工人表情上写钢都："各人有各人的岗位，/各人的脸上都有一朵笑；/他们都来自茫茫沙海，/如今一起跑上这历史尖端的钢铁大道。"

三门峡水利工程是个大型的水利工程，诗人的《三门峡人》《峡谷夜歌》《大禹》《过渡口》《潼关》《历史的秘密》《三门峡歌》等诗作，描绘了这个"锁黄龙"的伟大工程的动人场景。先看治水人的气魄："山南的，海北的，/一齐集在黄河底；奋臂高呼锁黄龙，/汗水洒在黄河里。""站在坝顶哈哈笑，/笑声压得浪涛低；/朝着黄河唾一口，/看你服气不服气！"夜晚的三门峡谷又是怎样一番景象呢？《峡谷夜歌》的第一节写道：

三门峡的峡谷装满灯火，
三门峡的峡谷装满了歌：
蓝的电花到处打闪，
黄的路灯是长河，
白的聚光灯劈一条甬道，
起重机挥动的长臂上，
红色灯火像宝石颗颗；
——最暗的是谷底黄河的水波。

大禹是我国古代传说中治水的英雄，而诗人认为，在沸腾的三门峡，"电焊、马达、铁锤、车笛，/沸腾的工地上人人赛过大禹"。由于诗人的传统文化修养好，他把大禹引入自己诗作，让读者明显享受到了更高层次的审美愉悦。

农村的社会主义建设、农民日益高涨的生产热情和知难而进的充天干劲，正在改变着农村一穷二白的落后面貌。《三月陇东》展示了西北农村生气勃勃的景象：

麦苗片片，果林层层，
从沃野直上丘陵；
渠里流水，路上车轮，满是歌声，
从哪里又传来一片鸡鸣。

最是那黄褐色的高山顶，

一群群扎营安寨大旗红。
"水土保持"的大字标语镶在山坡上，
黄土高原正掀起一场大革命！

当桃花绽放时，早春的北国农村是怎样的景象？当诗人看到小河水漂来了一瓣桃花时，他高声唱道："贴着耀眼的春联的农家，/火红的日子不正像它；/雪未化，早已在积肥选种，/备好了车马，擦亮了犁铧。"《从县城来的大路上》描绘了农民忙春耕的景象：

一车车化肥，一车车农药，
一车车良种似山高；
那匹匹扬鬃的大红马，
止不住朝天咴咴叫。

后边又飞过队自行车，
崭新的瓦圈崭新的条，
小伙子，敞开大襟任风吹，
姑娘们，印花的头巾呼啦啦飘。

忽听锣鼓猛劲敲，
一辆辆支农的卡车又追过了，
喊声落在鼓点上，
车上的工人师傅不住把手招。

诗里不仅写了农民忙春耕的热情、干劲，还写了下乡支农的工人师傅的兴高采烈。农业是国民经济的基础的思想，日益深入人心。《春歌》一诗表现了菜农忙春耕、唱春歌的情景：

层层风障，重重篱笆，
好像波浪滚天涯；
且听阵阵歌声起，
谁知在哪排浪涛下。

阳畦埂，一遍遍培，
阳畦土，一次次耙；

粪肥哟，筛了又筛，
清水哟，洒了又洒。

一块块玻璃架个齐，
暖烘烘，不怕风吹；
一张张苫子盖个严，
厚敦敦，不怕霜打。

这些菜农觉悟高，懂得自己劳动的价值和意义："为给国家种鲜菜，流尽汗水算个啥"。因此，诗人才兴高采烈地说："听，春歌满天涯！"

新型农民要掌握科学知识，不能再靠天吃饭。《管天小哨兵》里就描绘了枣林村的张小青，她自学《气象学》，依靠有经验的老农，建起了百叶箱，天天做气象记录，还注意飞鸟爬虫的报信，她成了枣林村气象哨的小权威：

全村里集合要开会，
生产队长要派工，
气象哨上去问她：
有没有雨？刮不刮风？

她传布的气象信息，得到乡亲们的认可，有助于保苗防霜，保苗抗旱。难怪诗里说：

有人喊她"天文家"，
有人叫她"女司令"，
可不是，过去不起眼的毛丫头，
如今管风雨，管雷霆。

社会主义新农村，一方面要战天斗地，把农业生产搞好，另一方面也要提高农民的思想觉悟，树新风，做新人。《让水》一诗的审美价值就在于此。在大旱的时节，在"高粱叶子打卷，玉米叶子蔫，豆叶子要起火，棉枝子要燎干"的紧急情况下，处于上游的生产队长，挥手高呼："平时受党的教导，是钢是渣火线看！干！放水给下游，看咱战苍天！"农村干部中的这种先人后己的思想和全局观念尤为可贵。《排涝》一诗，写县、村干部在抗涝斗争中的模范带头作用：

正焦急，
冒雨走来了县领导，
查水情，看沟壑，
访罢南岗瞧北坡。

雷里闪里有人喊，
话音卷着一团火：
“坚决大战风和雨，
不给老天粮一颗！”

听话音，那是谁？
老书记，还用说！
支委们都冲在第一线，
喝令暴雨乖乖顺那锨板落！

《王老汉》一诗写七十岁的王光汉惜粮如金，他亲自动手，从地里到场院，“一穗穗拾呀一粒粒拣”。在这样的老农身上，闪烁着我们民族勤俭持家美德的光芒，他还要村里的青年，懂得“闹节约，讲勤俭”的重要。像《槽头》《碌碡吱扭扭叫》等诗，表彰了饲养员大老王、看场的赵大爷一心为公的好品质。这些可爱可敬的老农，身体力行，倡导了社会主义新农村的新风尚。

《报捷》一诗，赞美了我们年轻魁梧的高炉炉长，讴歌了聪明干练的纺织女工：

他们：一面擦汗，一面报捷，
凯歌，回荡在天安门广场的上空。

他，用氢，用氧，用无畏和忠诚，
炼出祖国铿锵的钢锭；
她，用经，用纬，用纯洁的爱，
织就时代多彩的长虹。

工人阶级用他们的辛勤劳动实现自己的理想，表现了对祖国的忠诚。

《送煤工》表现漫天大雪之中，送煤工给千家万户送去了煤炭、温暖。在大雪纷飞里，他蹬着三轮车：

吱吱吱，轧得雪花叫，
丁零零，一串车铃笑：
“老大娘，给您送煤来了！”
三轮车轧出三条黑道道。

当老大娘感谢他时，他语出惊人，把自己的职责和采煤工人联系起来了：

“嘿！要谢请谢那采煤工，
井底下，同志们正在争分夺秒，
这小胡同就紧连着那巷道口，
我们呀，不过替他们帮趟脚！”

顾客感谢送煤工，送煤工却让谢采煤工。从生活逻辑上说，正是这样，无人采煤，又何谈送煤？这表明，送煤工更尊重工作环境艰苦、危险的采煤工。这种“人人为我，我为人人”的思想境界，正在我们人民中形成、扩展，这也是推动我们社会主义事业不断前进的精神力量。

《赞美一条路》一诗前的小序说：“从格尔木到拉萨，我们将建起一条世界上海拔最高的铁路。”这指的就是青藏铁路。短短两节，每节五句，寓意深刻，哲理性强，赋予了铁路、车铃以象征的含义，让读者深入思索、细细咀嚼其丰富的内涵：

我以历史的名义赞美这条路
和 21 世纪同时诞生的路
它和新时代一起思索、一起成长
是一个民族的精神和骨骼
使我们离昨天更远，冰雪消融了

我以珠穆朗玛峰的名义赞美这条路
两条闪亮的铁轨直上云头
将载来第一根钢筋和座座大城
车铃是一个民族腾飞的歌
使我们离明天更近，并不断上升

在时间范畴里，以历史的名义赞美青藏铁路，用拟人手法赋予路以生命，说“它和新时代一起思索、一起成长”，说它是我们“民族的精神和骨骼”，它“使我们离昨天更远”，消融了妨碍我们前进的冰雪。在空间范畴里，以珠峰的名义赞美青藏铁路，它那“两条闪亮的铁轨直上云头”，它会让青藏地区出现“座座大城”，列车“铃铃唱着”我们“民族腾飞的歌”，“使我们离明天更近”。

（五）为杰出的科学家、文学家以及烈士、英雄等真诚讴歌

《他是一名战士》是悼念郭沫若同志的组诗，共三首，第一首共三节，每节八句，十分整齐，匀称，起句是重复的：“他是一名战士，真正的战士。”第一节，说郭沫若用“诗的子弹”，使五千年的旧中国“终于倒塌了”，他讨伐“四人帮”的枪口，至今“仍弥漫着硝烟!”第二节，说作为中国科学院院长，他统率着科学大军，“探索生命的奥秘，穷究宇宙空间；”“勇敢地向人间一切未知数，提出挑战”。第三节，说郭沫若“把一切都溶进庄严的信念”，他的“一首首革命诗歌”“一篇篇学术论文”，都是壮美的诗篇。第二首诗共三节，每节四句，同样整齐、匀称。这首诗概括了郭沫若一生的特点是：“致力于革命创造和开拓”，又突出了他两方面的贡献：“从骨中探询历史，在摇篮边哺育诗歌”，他胸怀美好希望：“希望你我的明天，能有透明的人间，健康的社会，强大的祖国”。在“风雨如磐的暗夜，他胸怀沉雷，笔卷洪波”“劲扫着一切垃圾、肮脏和污浊……”第三首诗，共四节，每节六句，大体整齐，写人民对郭沫若的赞颂、怀念。肯定他是一个共产主义者，他的研究对象“都怀念他”“呼唤他”，他将被载入史册，人们将传唱他的千首诗歌，他是“一个热爱真理的人”，他“永远不会死亡”!

《读〈女神〉》是赞扬郭沫若诗歌代表作的一首优秀的政治抒情诗，全诗两节，第一节二十四行，第二节三十三行。诗人首先突出了《女神》对青少年时代的自己的启蒙作用：诗集的“每个字，像火种，照耀过我的青春”。诗人又连喻说，诗集似“金涛烈焰，铸就了我生命的剑”，像“千仞飞瀑，冲击着我心头的琴”。诗人还具体重现了他读《地球，我的母亲》一诗的场景，以点面结合的方式，充分赞扬了《女神》对他的巨大影响：

> “地球，我的母亲……”
> 火炽的诗句，
> 拌和着冰冷的糠皮和泪水，
> 滋养着我的生命，我幼小的生命，
> ——哦，难忘的记忆里，
> 蕴藏着多少苦楚和酸辛！
> 你的每一首诗，
> 对于我都是一个启示呵，
> 你帮助我认识了诗歌，
> 也帮助我理解怎样生活和做人。

组诗《红花歌》，是悼念张志新烈士的。该组诗由《尖厉的枪声》《一朵小红花》《琴音》《呼喊》《生命》五首诗组成。第一首，以冷峻的笔调，要人们记住这页历史："四人帮"残酷地杀害了张志新。诗的末节写道：

反思吧，亘古不息的流泻的星火，
铭刻吧，日夜飞旋的通红的太阳；
党呵，它是你耻辱，她是你的骄傲，
战友呵，谁有权利把这严峻的历史遗忘！

第二首是说，时逢党的生日，张志新"浸一片粗糙的纸"，做了一朵小红花，诗中称赞它是一颗共产党员的心，穿过了狱栅，震动了天涯！"党呵，听见么？它在向你倾诉，向你讲话……，"第三首说张志新的琴音，是心音，"它在倾诉真实的话语""它向我们讲述人生""它向我们解释真理"。虽然她被子弹射穿了身体，她的琴音却轰然响彻天宇！第四首声讨了"四人帮"割断了张志新喉管的罪行。诗人说："但，正气岂能受辱！真理怎会砍断！""她的喊声在九万万人心底郁积，变成了爆炸的惊雷怒电""永远轰响在人间"！第五首，从哲理的高度诠释生命：它像泥土般淳朴，像石头般坚强！是奔腾的春天的江河，是磅礴的庄严的山峰！

在纪念鲁迅诞辰 120 周年时，李瑛写了组诗《鲁迅》。它由《他的存在是无限的》《那个时代和他》《他的生命如此强大》《打开他沉重的书》《伟人或兵士》《对他的认识》《必须仰望的雕像》七首诗组成。第一首主要论述鲁迅存在的价值：他去世时，三亿人在泪花滢滢地喊他；如今，在他 120 周年诞辰时，十三亿人把他埋葬在爱里。末节诗说得好：

离我们越久
越显出他的意义
他的存在是无限的
他是美和真理

第二首讲述了鲁迅与他生活时代的关系，深刻、凝重又富有哲理的诗句说：

悲愤和忧虑
烧焦他的眉毛
便把爱与恨藏在眉宇间

把半个中国藏在胡子里

第三首是写鲁迅的生命力的强大："他用炯炯的目光/打量那个狰狞的社会"；他"背负着沉重的爱和疼痛/他要扶一个民族站起来/顶着炸雷，披着闪电"。鲁迅作为中国文化革命的旗手，他毕生从事的是要人民觉醒，要让中华民族站起来的思想启蒙工作。

第四首是专门写鲁迅作品的社会作用。"打开他沉重的书/如推开历史的门，看见/他在焦灼中彷徨，听见/他在悲愤中呐喊。"这比喻是巧妙、精当的。

第五首是对鲁迅的科学评价："他是一个赋予时代历史重量的伟人/是一个圣哲/或一个兵士。"

第六首讲述诗人读鲁迅作品的体会及对他的认识：是作家，是兵士，是医生。结尾一节，令人深思、回味：

最后我见到了他
他把遗产都给了我
那是一支永远不肯休息的笔
是他的一根筋骨

这是说，诗人向鲁迅学习，要紧握"永远不肯休息的笔"，为祖国、为人民、为党而写作，而战斗。

第七首，先说鲁迅是一尊"必须仰望的雕像"，材料是珠峰峰巅的岩石。对人民，他是"一头俯首耕耘的牛"；对敌人，他是"一只激怒的咆哮的狮子"。

《歌英雄李启》《歌一名机枪手》《歌一名喷火手》《勇敢》《赞一颗火线钢钉》《最后的申请》等，是为对越自卫反击战中有名或无名的英雄、烈士而唱的炽热、深情的赞歌。

三、一个有理想、有道德、有激情、有技巧的时代歌手

人们常说，我国是一个诗的国度，在我国古代文学史上，诗歌放射着耀眼的光辉。但从中外文学史上看，诗歌这门古老艺术的范围，呈现了"由宽而窄"的特点。曹万生曾说①：

诗作为一门最古老的艺术，经历了产生、发展、变异的历史。茅盾从艺术社会学美学的角度论述了诗歌范围由抒情叙事到主要侧重抒情的"由

① 曹万生：《茅盾艺术美学》，中国社会科学出版社、华龄出版社，2004年，第273－274页。

宽而窄”的特点。

茅盾认为，作为诗的产生、发展时代，诗所表现的范围是广阔的。除戏剧以外，抒情、叙事，特别是叙事的任务，基本上都由诗所承担。“诗篇之有抒情与叙事，大概是很古的罢？既知有荷马，也该知有莎福。叙事长篇与抒情短章，在古代希腊，原亦同时产生。”(《〈诗论〉管窥》)抒情诗自从产生以后，一直处于发展的地位，茅盾指出的这个特点是人们所公认的。但他在论述中却看到叙事诗在诗歌部门中衰竭下去的现象。就中国文学史而言，“元白以后，中国叙事诗就不再发展”，已经“停滞”，“从世界各民族文学史看来”，也是如此。也就是说，到了这时候，诗已基本(注意，并非全部)不再担负叙事的任务，抒情诗成了诗的正宗。

引文告诉我们，诗的发展会导致诗渐次弱化、放弃叙事任务，而抒情成了诗的正宗。这种变化的原因是什么，曹万生从三个方面做了分析①：

首先，就叙事诗这一体裁本身形式来看。茅盾认为，叙事诗的情节一般比较简单，人物塑造也要受诸多局限，经过从先秦到中晚唐的发展，中国文学史上叙事诗技巧逐渐成熟的历史，已经证明了这一点：“叙事诗的技巧只能高到那样的地步”，因而，叙事诗在选材时，必然受到形式本身的局限，“在题材方面，势不能不有它的一个独自的特殊范围。

其次，从社会历史发展看客体对象的变化。茅盾认为，叙事诗不再发展，到了元白就停滞的原因，在于中晚唐市民阶层开始发达，特别是到了宋明，市井生活繁复多样。文艺作为社会生活反映的产物之一，不得不受制于客体对象的变化。复杂的场面、众多的人物、市井无赖、歌会商贾……叙事诗表现起来已很困难，“有许多场面不是‘韵文’所能写得恰到好处的”，这样，“说故事写人物这一任务就由小说更适宜地负担下去，所以叙事诗不再出色当行”。

再次，从社会历史发展看审美主体的变化。都市变化的节奏取代了牧歌式的情调，审美主体的心理也跟着发生了变化，就是：“表现更繁杂的故事与人物的要求，却并不因此(指叙事诗的表现——笔者)而中止”。按照接受美学的看法，也就是消费在生产着生产，欣赏主体的这种变化促使着新文体的产生，“评话恰就是这个市民阶级产生的新形式”，“薄伽丘的《十日谈》”、“菲尔丁、李却特生的小说”也都如此。(茅盾：《旧形式、民间形式与民族形式》)

---

① 曹万生：《矛盾艺术美学》，中国社会科学出版社、华龄出版社，2004年，第274—275页。

当然，对于叙事诗因小说的兴起而“停滞”，不能绝对化视之。举个例子，抗战爆发以后，我国新诗坛上，又陆续出现了柯仲平的《边区自卫队》、艾青的《火把》、田间的《她也要杀人》等叙事诗。

总之，诗歌发展呈现了由宽而窄的特色，由于小说的兴起，叙事诗呈现“停滞”；歌剧也被话剧所取代。这就说明，抒情诗在诗歌中的地位越来越重要。综合考察李瑛七十多年的诗歌创作道路，他是一个专注于写作抒情诗的大诗人，是一个诗歌数量越来越大、诗歌质量越来越高的人民诗人，是时代的歌手。

考察李瑛从少年到老年走过的诗歌创作道路，十分难得的一点是，他始终保持着自己的创作青春。晓雪说得好：“但一个诗人，要在一生中，从青年到老年都保持旺盛的美丽的艺术青春，最根本的就看他是否能够始终保持‘真正属于人民’的特色；就看他是否能够始终跟上时代前进的步伐，同革命共脉搏，与人民同呼吸；就看他是否能够始终坚持真理、代表人民，以战斗的姿态和高昂的激情，有胆有识并强烈深刻地表达出时代的精神和人民的心声。”①显然，要做到这一点，是多么的不容易啊！可是，我们的诗人李瑛就做到了，不折不扣地做到了！

我们认为，李瑛是一个有理想、有道德、有激情、有技巧的时代歌手。为什么这样说？我们有以下三个理由：

第一，他懂得诗人的使命和职责，他清醒地认识到诗人和人民、和时代的无法分离的密切关系。在《李瑛抒情诗选·自序》中，他说：“在这里，我想再一次表示的是，诗人决不是为糊口而寻找的一种职业，一种手艺；它是一种使命，一种责任，庄严的神圣的使命和责任。他必须诚实而正直。诗人应该强烈地意识到自己在历史上的地位和作用。他在写自己的时候，也是在写人民和时代。诗人和人民、和时代是无法分开的。”②这是李瑛的诗歌主张，也是他创作实践的指针。七十多年来，李瑛“经历了我们伟大民族黎明前黑暗的痛苦，也亲身迎接了祖国壮丽的日出”。他的足迹遍及祖国的东西南北，他和我们的祖国、人民一起成长；他号紧时代的脉搏，他深入人民群众之中，他积累了丰富的生活体验，他创作了许多为人民所喜爱的诗篇，成为我们伟大时代的热情歌手。

李瑛青年时代就参加了爱国学生运动，诗歌成了他的战斗号角和武器。试看他作于1948年年底的《中国学联，我们的旗》，全诗五节，旗帜鲜明，充满活力。诗中唱道：

---

① 晓雪：《诗的美学》，中国文联出版公司，1985年，第6—7页。

② 出自李瑛：《李瑛诗文总集》第十四卷，中国文联出版社，2010年，第181页。

我们的旗升起
呼啦啦飘响着人民胜利的凯歌
因为我们看见
在你自由飘荡中
飘展着一个新社会的美景
从反动制度的腐朽和破败里
就要蜕变出一个人民的新世纪

从此诗我们可以看出诗人的政治目光是远大的，他在诗的结尾又发出响亮的号召：

前进啊
中国学联，我们的旗
千万个人仰望着你
千万双手高举着你
前进啊
向着毛泽东大路
向着新民主主义的新中国

这又一次告诉我们，诗人的革命理想是从青年时期树立的。从上述诗句看，新中国成立之前，他的这种认识是先进的。从那时起，作为一个共产主义者，一个诗人兼战士，他走遍神州大地，放眼世界风云，多次出访外国，写了不少国内题材和国际题材的长短相间的抒情诗。正如晓雪所说的："他走遍祖国大地，放眼四海风云，生活在我们时代的战士和人民之中。从燃烧的战场，到喧腾的工地，从南方多雾的河谷，到北方广阔的田野，从茫茫戈壁滩的兵站，到浩浩大海边的哨所，从红军长征经过千山万水，到祖国边疆新建的被团团蒸气紧裹着的巨大的工厂，到处都留下他的足迹。"①淳朴的人民和英雄的战士，以及他们创造的亘古辉煌的业绩，激发了诗人强烈的创作欲望和不知疲倦的创作热情。崇高的理想、高尚的道德、火样的激情、娴熟的技巧，使他成为我们时代的杰出歌手。

诗人用火一样的诗句歌颂党旗；他的丰富的艺术想象力，铸就了深刻新颖的诗句：

① 晓雪：《诗的美学》，中国文联出版公司，1985 年，第 207 页。

呵，我们的鲜红的旗，你抽动着
钢铁的意志，招展着
远行的鹰和暴风雨的到来，
繁星的出现。

是钉在空中的我们的行为、思想，
是我们宣誓的印章，盖在蓝天的纸上；
我们望着你，像婴儿望着母亲，
像金黄的向日葵望着阳光。

贴切、深情的比喻，表达了我们对党的热爱与忠诚，诗人还铿锵有力地唱道：

我们将以劳力征服宇宙，
我们将以血汗写人民自己的历史；
一柄镰刀，一把铁锤，
它们使我们永远胜利！

你庄严得像我们的山河、草原，
你拥抱着太阳和我们，匆忙地旋转，
没有国界会阻挡住你的飘拂，
你比任何的旗帜都更光辉、崇高。

这是李瑛刚从北大中文系毕业，带笔从戎，在南下汉口时写的诗，当时他刚24岁。对党旗的深情礼赞，显示了他对共产主义理想的坚信不疑。

1955年李瑛写了《井冈山哨口》一诗，他称井冈山是“严峻的”，它的五座哨口是五堆篝火；他又把井冈山喻为我们心中的母亲、摇篮：

哎！难道不是你这严峻的，
严峻的但又慷慨的山，
难道不是你守卫了我的民族，
用你全部的生命、情感、炸药和子弹！

整个世界的眼睛都看着你，
呵！中国腹地怒耸的群山！
你，五座哨口——五堆篝火，

在中国的黑夜里熊熊高燃。

众所周知，中国新民主主义革命的一个特点，就是以革命的武装打垮反革命的武装。而井冈山就是毛泽东、朱德开辟的第一个武装革命根据地。诗人形象而又亲切地唱道：

哎！难道不是你这瘦弱的、
瘦弱的但又是健壮的胳膊，
难道不是你抱着、摇着我的祖国，
使她成长在阳光里，直到今天……

这就形象地表述了井冈山革命根据地对于中国革命的胜利、对于新中国的建立的巨大贡献。

在《李瑛诗选·自序》中，诗人回顾了自己前三十年走过的诗歌创作道路及前18本诗集的写作经过。从中，我们可以判定，李瑛的诗作决不能仅仅归为“一个士兵的歌唱”，正如晓雪所论定的：“李瑛是我们伟大时代的热情歌手；他的诗是我们的战士、我们的人民和我们的时代生活的回声，是一个激情充沛、思想深刻而富有才华的诗人对时代和人民的歌唱。”①

三十年来，我走遍祖国的山山水水，我和我们的人民、我们的祖国一起成长起来。

三十年来，在工作和创作实践中，我学习着观察生活、研究生活和分析生活，并养成了随手记录生活和对诗的思考、追求的习惯。英雄的战士和质朴的人民所进行的伟大斗争和他们创造的豪迈业绩，激起我强烈的创作冲动，给了我不可抑制的歌唱的感情。

为建设祖国，我曾一块砖、一块砖的给它重量和高度，在五十年代和六十年代初期，我曾在北方的田野种植小树，也曾在那干旱的大平原上，参加过挖掘湖泊、修建水库；在万点灯火和飞溅的焊花中，我访问过黄河大坝的喧腾的工地；在苍茫夕照里，登上信号台俯瞰烟笼雾罩的繁忙的海港；曾经冒着狂风和横飞的大雪，在荒山野谷采访那新建的被团团蒸气紧裹的巨大工厂……

为保卫我们用血汗建设起来的祖国，1955年，我曾怀着对革命先辈无限敬仰的心情，沿红军长征的脚印，作了为期半年的访问；之后便是一

① 晓雪：《诗的美学》，中国文联出版公司，1985年，第211页。

个政治运动又一个政治运动，1958、1960 年和 1963 年，曾三次下放到海防和边防部队当兵；十年浩劫中，我又被下放到部队基层去工作。

多年来我到过黑龙江的吴八老岛，和守卫在那里的英雄战友们一起生活；在喜马拉雅山峡谷，乃堆拉山口的冷雨打湿过我的军衣；在滔滔南海的西沙，台风过后，和战友一起巡逻渺无人烟的礁岛；又曾在滇南边境，用红河水濯洗我积满硝烟尘土的绑腿和背囊……

在上面的文字中①，诗人用诗意盎然的笔触回顾了他三十年踏遍祖国东西南北的火热又充实的生活，说明了他是在怎样的情境下产生了强烈的诗歌创作欲望。诗人进一步阐发了他作为诗人的敏锐又丰富的独到感受："三十年，我最大限度地使用自己的全部感官，目光炯炯地注视着，专注地倾听着和感受着身边发生的一切。我把触角须根般地伸向生活的最底层和人们心灵的最深处，许多动人的景象，许多感人的事物，许多悲愤和欢乐，许多焦虑和痛楚，促使我用笔记录它们——于是当我们的战士在战场上倾洒鲜血的时候，我的诗便和掩体上的野草一起生长；当我们人民的汗滴在工地上的那些石块、那些木料、那些钢板上的时候，我的诗便在那里结晶、闪光……"②李瑛始终坚持深入生活，伟大的时代、英雄的人民、祖国的新貌，给了他抒写不尽的题材、灵感。他的诗集一本本地出，他的来自火热斗争与沸腾生活的诗，是那么清新刚健，情深意挚，构思精巧，震撼人心。诗人笔下的阿尔泰姑娘："她不是花一般娇、丝一般轻、云一般柔的鸽子/她只是一只鹰/属于阿尔泰山嶙峋的岩石、冰雪和金子的/美丽的鹰"。(《阿尔泰姑娘》)诗人讴歌的养路工："左脚下是石子/右脚下是沙砾/最真实的是孤寂和铁镐/车轮辗轧的全是汗渍"。诗中评价养路工的生活："一半苦涩，一半甜蜜"；诗中描绘养路工的形象："风雨漂白了衣裳/阳光晒黑了脸膛"；诗中赞美养路工的前途："一片开花的大地"。(《青藏线养路工》)在大西北，诗人走进了一户牧民的帐房，喝了奶酒，他感受了这家人的纯洁和质朴，他是这样描绘这一家三口的：

有野生植物般强悍的父亲
有云朵般温柔谦和的母亲
小女儿的红裙子映透蓝天
　荒滩便告诉我：这里有花朵

① 出自李泱、李一娟编：《李瑛研究专集》，解放军文艺出版社，1983 年，第 75－76 页。
② 出自李泱、李一娟编：《李瑛研究专集》，解放军文艺出版社，1983 年，第 76 页。

母亲的牧歌能融化石头
父亲跳舞的皮鞭子使城市眩晕
小女儿的花帽上翎毛掀动
　高原便告诉我：这里有山鹰和天鹅

这首名为《在阿克塞部落牧民家里》的诗，突出了一家少数民族牧民的生动形象，运用浪漫主义的手法成功地表现了西部大开发给他们带来的新生活。

诗人还通过一些咏物诗表现了大西北正在发生的变化："劈劈剥剥的迸射的焊花""照亮一个民族古老的根和白骨""照亮一个真实的神话"，标志着"一个新时代正在来临"。(《焊花》)那新开出的路，"它们是中国西部古大陆的新高度"，是"一座座真正意义的里程碑"。(《新路》)在唐古拉山口，有一座战士的雕像，"太阳和月亮在他脚下旋转"，它"屹立在那里/成为火把/成为旗/成为鲜血流动的霞光/是亘古荒原跳动的心脏"。"他高昂的头/使大西北的高度和重量/增加了三倍。"(《唐古拉山口雕像赞》)秃鹫是"威严英武的山林之王"，它"把悬垂九天的路铺在翅膀上/把云进云出的巢筑在山洞里"，它"是高山的灵魂/它用生命告诉我许多语言之外的东西/在生活中——/去做闪电/去做风暴/去做雷火"。(《秃鹫》)在藏北，诗人高声赞美哈达：它"雪一样白，奶一样白/比梦还轻，比两千里更长"，"在追逐金钱、追逐享乐的喧腾生活里/在虚伪、浮躁的尘嚣之上/像一条河/以一百个虔诚与祝愿/抚平你伤痕累累的心头/弥合深渊、裂谷和滴血的伤口/此刻，你生命中的冰川和痛苦/一起融化了"。(《哈达：一片纯情的云》)

李瑛作为部队诗人，他始终生活、工作在一个十分广阔的天地里，"他时刻想的是诗人的职责，是如何加强对社会责任和对时代的庄严的思考，是如何为祖国歌唱、向世界发言，如何更深刻有力地唱出时代的声音、人民的声音"。① 当我们读着他的《海》《灯塔》《石头》《船》《生命》《胡杨林》《羚羊》《野蒺藜》《青稞》等许多抒情诗章的时候，当我们读着他的《献给十月革命的炮击》《富士山下的风暴》《非洲的鼓声》《茶》《血在燃烧》《迎接一位非洲朋友》《古巴情思》《列宁的故事》等国际题材诗篇的时候，我们真切地感受到，李瑛是一位胸怀祖国、放眼世界的写作题材日益广阔、诗歌质量渐次提高的大诗人。大海在诗人笔下是什么样的？

海是大的，
海是辽阔纯真的，

① 晓雪：《诗的美学》，中国文联出版公司，1985 年，第 211 页。

它是那样乐观，
那样健康，
那样忠勇；
海是严厉又温情的，
又是慷慨而谦逊的，
像老人一样慈祥，
却又永远年轻。

李瑛笔下的船，犹如一往无前的勇士：

把赞歌献给它吧，
它生来就是为征服这万顷狂澜；
即使死去，只剩船板，
也奋力腾跃，高歌向前……

诗人认为大自然中随处可见的石头，“有血液”“有心脏”，亿万年来它积累了“更多的记忆”，诗人高声礼赞说：

石头是唯物主义者，没有谎言和欺骗，
它尊重历史的每一分钟，每一秒钟；
它不会因淫威而歪曲历史，
它不会因胆怯而放弃刚正。

它是质朴的，但却晶莹，
它是崇高的，但却普通，
它是冰冷的，却藏着火的种子，
它埋葬了死者，又孕育出新生命！

这就是作为时代歌手的李瑛，面对大海，面对高山，面对树木，面对石头，他都有移情于物的强烈感受，阐述物中蕴含的哲理。正如晓雪说的：他宣告“我是广阔田野的一部分，大自然的一部分，我和美是一个整体，不可分割”，他认为自己是“属于人民，属于历史”，属于自己“所生长的社会和时代”，因而他的诗绝不停留在抒写对生活的浮光掠影的感受，也绝不局限于描绘一下普通士兵的生活片断及其所见所闻。他的诗为我们打开了更广阔的艺术天地，包含着更丰富的时代内容和更深刻独到的哲理思考。①

第二，李瑛敏锐地感受到改革开放三十多年来，我国社会和人民精神面貌发生的深刻变化。他特别强调诗人要到生活中去。在《到生活中去》一文中，他逻辑严密地论证说②：

随着我国政治的、经济的、文化的变革，必然使我国的社会主义社会和人们的精神面貌发生深刻的变化，人们精神面貌的变化，又会推动生活的发展。对如此迅猛发展的生动活泼的现实以及在现实中涌现出来的大量的新人和新事物，作家如果不去深入地观察、了解、体验和感受，怎能认识和理解这个时代的生活，更不用说深刻地表现生活了。

当然，对于"深入生活"这个口号，需要有正确的理解和实践，对此，我们过去的一些经验和教训是该记取的。

今天，随着人民觉悟和审美水平的不断提高，人们对作家的要求也越来越高。读者是文学的"消费者"，他们不满甚至拒绝各种伪劣产品、代用品或仿制品，是十分自然的。这也是一件好事。他们完全有权利向作家提出要求和批评。真正的文学作品应该是能够帮助读者认识现实，首先是认识同时代的人和他们所创造的英雄业绩，给人们以教育、鼓舞和力量。这就要求作家须有崇高的思想境界、精神境界和饱满的激情，站在时代的高度，用马克思主义理论指导，去观察和研究生活中发生的各种复杂现象和繁杂过程，看生活中什么东西互相联系着，过去的经验是怎样的，今天的现实和将来又是怎样的。有马克思主义的理论武装，就能使我们具有深刻的思想、革命的勇气和敏锐的洞察力，就能使我们正确理解新的社会关系和在不同时期以不同形式表现出来的各种矛盾和冲突——新的与旧的、正确的与错误的、先进的与落后的等等，在深入研究其全部关系和全部事实后找出新的概括形式，在时代的运动和复杂的社会关系中，刻画出具有鲜明性格特征、丰富内心世界、能够概括和反映时代的人物形象，特别是具有高度觉悟和崇高精神的有血有肉的英雄形象。作者在改造客观世界的同时改造着主观世界。面对这样伟大的时代和如此重要的使命，如此艰巨的任务，不熟悉、不了解生活，显然是不行的；闭门造车，面壁虚构，恐怕只能产生赝品、次品或废品，这已为不少人的创作实践所证明。遗憾的是，近些年来，有些作家思想上、感情上对时代热切的呼唤表现冷淡，他们漠视生活，轻视群众，就像有的同志曾经指出的表现出一种贵族倾向，

① 晓雪：《诗的美学》，中国文联出版公司，1985年，第214页。

② 李瑛：《到生活中去》，出自《李瑛诗文总集》第十三卷，中国文联出版社，2010年，第120—122页。.

缺乏作为一个作家所应具有的建设新世界的热情。这种现象，在我比较熟悉的诗歌领域可能更为严重。有的很有才华的年轻诗人，就公开主张写诗不同于写小说，更不同于写报告文学，写诗无须再去认识生活，只要能表现自己内心的隐秘就足够了。他们只热衷于宣泄没有任何意义的个人狭小的感情、甚至是一些颓废的没落的情绪，或是一味表现自己个人观念中的令人难解的“哲理”、“意念”乃至“幻觉”、“生命的瞬间冲动”等等，对于面前亿万人民豪情满怀地建设新世界的轰轰烈烈的伟业，似乎全然不屑一顾，他们所写出的那些缺乏时代精神、生活气息和真挚激情的苍白的作品，究竟有多少思想价值、感情力量和审美作用呢，又怎能唤起读者的共鸣呢！当然，文学领域不同形式的文学，从观察生活到表现生活，其创作规律不尽相同，但在必须深入生活这一根本点上，却都具有同样重要的决定意义。作为反映时代脉搏最敏感的诗歌，或许更需要有生活的激发、现实的感染和似火的激情。这种排斥深入生活的错误观点和主张，对一些生活经历和文学经历都还很浅的青年作家的成长，尤为有害。即使年龄较长，生活经验和社会阅历比较丰富的同志，也不能满足于自己过去已有的生活积累，那是十分不够的，必须不断扩大、补充和丰富自己新的生活库存，因为人类社会生活不是静止的和凝固的，而是像江河一样永远不息地奔腾向前，特别是在日新月异的今天，不及时从时代发展和变化的过程中熟悉和把握前进中的生活，便无法和人民一同前进，就必然落后于时代和群众。

之所以引述了李瑛上面的论述，是要我们清楚地了解他对诗人要到生活中去的问题的重视，以及他对有关这个问题的过去的一些经验和教训的强调。诗歌作为最敏感地反映时代脉搏的文学样式，诗人必须“从时代发展和变化的过程中熟悉和把握前进中的生活”，才能写出好作品。李瑛作于 1991 年的风景诗《倒影》，形象化地阐发了上述道理：“一个桂林站在岸上/一个桂林浸在水里”“我想写一首关于倒影的诗/铺开纸，流水便打翻每一个字/那些没有橹、没有帆、没有锚的字/就漂流在水上/两个桂林便一起望着/半江渔火里我的诗歌的/倒影”。大家知道，从审美视点看，文学可分两类：一类是外视点文学，如戏剧、散文、小说；一类是内视点文学，即诗歌。吕进曾说：“内视点就是心灵视点，精神视点。”“内视点将人带到一个意想不到的地方，带到诗的世界。在这里，外在世界在心灵化的过程中被进行分解和重新组合，物理时间和物理空间都失去了意义。在这里，诗人获得了第六感觉。人有五官：眼、耳、鼻、舌、身，因而人有五觉：视觉、听觉、嗅觉、味觉和触觉。内视点赋予诗人的第六感觉是心觉，它与五觉相通，而又超越五觉。诗人‘视于无形，听于无声’；他捕捉

‘无状之状，无物之象’。他听声类形，在五官五觉领域，各个感官相互沟通。一个感官鸣响，其他感官随即连锁共鸣。内视点给予诗人的是山中之色，水中之味，花中之光，女中之态，难以道破，只能会心。”①李瑛是懂得诗歌的内视点艺术的，《倒影》的浓烈诗味使来自内视点。流水怎么打翻纸上的字？纸上的字又怎么漂流在水里？半江渔火里怎么会有诗人诗歌的倒影？这在诗里是完全可能的。内视点可以把外在世界抽象、诗化，由此产生诗美。

第三，李瑛十分注重诗美的提炼和创新，他认为诗歌的力量在于它的思想性和艺术性的冲击，而这又取决于诗人思想水平与审美创造能力的高低。在七十多年的创作生涯里，随着诗人思想水平与审美创造能力的不断提高，他的诗中的美也日益闪烁出耀眼的光辉。他清醒地指出：“诗中的美是由诗人心灵产生和再生的。这种美像真理，正如法国米勒所说：‘美，就是表现的力’，它常能给人以奇妙无比的不可估量的启示、才智、灵感、激情和力量，使人的精神变得善良、睿智和崇高。”②试看诗人作于1987年的《黄河落日》，该诗呈现出一种庄严的美、刚毅的美。诗的开头起势不凡，给全诗定下了雄伟的基调：

等了五千年
才见到这庄严的一刻
在染红一座座黄土塬之后
太阳，风风火火
望一眼涛涌的漩涡
终于落下了
辉煌的、凝重的
沉入滚滚浊波

日落之后，又是怎样的景色？“淡了，帆影/远了，渔歌”；大地在沉默，树在凝思，鹰在盘旋……

只有绛红的狂涛
长空下，站起又沉落
九万面旌旗翻卷
九万面鼙鼓云锣
一齐回响在重重沟壑

① 吕进：《中国现代诗学》，重庆出版社，1991年，第22—23页。
② 李瑛：《诗歌的力量》，《诗刊》，1997年第4期。

颤动的大地
竟如此惊心动魄

这首诗写出了黄河落日庄严的景色，诗人之所以说"等了五千年"，为了是表明中国这文明古国已进入了改革开放的社会主义新时期，赋予了黄河落日以新的社会含义。诗中不乏引人深思的哲理性警句："黄土层沉积着古东方/一个英雄民族的史诗和传说。"诗的最后一节，写的是心觉，创造了古今交融的美好意境，是新颖别致的意象组合。这样的诗表明李瑛的诗美创造已达到同时代抒情诗的新高度，是联觉与心觉相结合的艺术结晶。

写于1990年的《箫》，不是一般的咏物诗，可以视为一首所谓以特别的技巧和创新的构思概括了从长征开始的几十年间人民军队的战斗历史的史诗。"一名战士，一杆枪，一支箫/三个凝重的影子/跋涉在长征路上。"这支箫是怎么来的？部队出发前，战士砍了"一支后窗的青竹"，作为手杖。那是没有乐器的年代，"青竹被做成洞箫"。战火，使"不会唱歌的青竹/过早地成熟了"。诗人用拟人手法把箫和战士融为一体："后来，到达陕北/不知那根南方竹子"，"能不能唱出黄土地生长的信天游/能否吃惯北方的小米"。"几十年过去了，战士再没有回来"。诗的结尾画龙点睛："一个穿着草鞋的坚强的灵魂/成为一部高亢的历史。"能在咏物诗里融进史诗的内涵，这又一次表明李瑛是善于驾驭各种抒情诗样式的诗坛高手。这方面的经验，值得我们认真总结。

四、勤奋、严谨，多方探索新诗发展道路

对于中国新诗九十多年的历史应作如何科学的评价，这不是一件简单的事情。真可谓仁者见仁，智者见智。艾青曾这样评价前二十多年的新诗："中国新诗，从'五四'时期的初创的幼稚与浅薄，进到西洋格律诗的摹拟，再进到欧美现代诗诸流派之热衷的仿制，现在已慢慢地走上了可以稳定地发展下去的阶段了。目前中国新诗的主流，是以自由的崇高的，素朴的散文，扬弃了脚韵与格律的封建羁绊，作为形式；内容则以丰富的现实的紧密而又深刻的观照，冲荡了一切个人病弱人的唏嘘，与对于世界之苍白的凝视。"[①]显然，艾青对新诗前二十多年中三个发展阶段的分析，对各阶段新诗内容、形式方面存在的弊端及发展方向的阐释，是十分精辟的。"抗战时期中国是以一个颇具戏剧性的简单认同为其开端的：卢沟桥一声炮响，震撼了诗人敏感的心灵与神经，30年代两大派别的对峙仿佛在一夜之间就陡然消失，几乎所有的诗人都一起唱起了

① 转引自潘颂德：《中国现代诗论四十家》，重庆出版社，1997年，第316页。

民族解放的战歌。”[①]中国诗歌会的诗人的战斗性的现实主义诗风，成为不同流派的诗人的共同归趋。总之，中国的现代诗人，本质上都是自己民族忠实的儿子，在自己的诗作里，都忠实地表现了抗战初期的民族情绪：没有消极颓废、惶惑不安，而是积极奋起、昂扬乐观。“抒情内容的健康与浅露，和现代中国民族的向上精神与不成熟性正相适应。抒情方式则大多是直抒胸臆的宣言式的呐喊，同时又加入了大量的议论式的陈词，这造成了一种时代所需要的气氛，容易产生现时性的鼓动效果，却不免空泛，而失去了诗歌应有的历时性的回味。还有大量的诗是直面现实的：诗人与人民共同经历着颠沛流离的逃亡生活，灾难深重的民族、人民的广泛人生世界也就大量地闯入了诗的领域，给战前的某些自我封闭的诗歌世界吹进了清新的生活之风，注入了新鲜的生命的泉水；叙述描写方式则回到了直接描摹、具体再现的简单粗陋的形式上。”[②]抗战时期新诗发展有何特点？“抗战时期的新诗从诗人的书桌，走到民众之中，走向世界反法西斯战线的东方战场，被严重的民族危机所激发起来的全民族的抗战热情，近百年来民族郁积的总爆发，都必然冲破诗歌格律的束缚，向散文化方向发展，自由诗体在中国诗坛再次崛起，成为抗战时期诗歌形式的主流。”[③]

抗战后期和解放战争时期，被称为“时代鼓手”的田间，出版了《抗战诗抄》《戎冠秀》《短歌》《赶车传》（第一部）等诗集，内容、形式、风格诸方面都有发展、变化，更趋于沉实、凝重，更重视民歌体。本时期活跃在诗坛上的有七月派诗人，冀汸、庄涌、邹荻帆、天蓝、鲁藜、绿原、牛汉、阿垅、曾卓、胡征等。力扬、光未然、袁水拍也是本时期重要的有成就的诗人，《射虎者及其家族》《黄河大合唱》（长篇组诗）《马凡陀的山歌》及其续集等，都是当时脍炙人口的力作。还有冯至及他的《十四行集》，以及在昆明西南联合大学任教的学者型诗人：闻一多、朱自清、李广田、卞之琳等，他们影响了当地的青年诗人、学生，促使他们直接从西方现代诗歌中汲取营养，再加上自己的创造，渐次形成了具有现代派特色的诗色。西南联大还特聘了英国著名的现代派文学理论家和诗人威廉·燕卜逊任教。他开了“当代诗”课程，后期象征派诗人奥登这时又来华访问，这使西南联大的学生、青年诗人，更加迫切地向西方现代诗歌学习、取经。

新中国成立后，除50年代初抗美援朝战争期间的“战歌”外，歌颂新中国和歌颂新生活的“颂歌”形态，是新诗的主要内涵和规范。“尽管相当一批作品为社会意识所渗透、为现实政治所左右而表现出工具化、粗制化的倾向，但还是有各种不同的诗，有各种不同的艺术探索，也有诗人们真挚的热情和不同的

① 钱理群、温儒敏等：《中国现代文学三十年》，北京大学出版社，1998年，第567页。
② 钱理群、温儒敏等：《中国现代文学三十年》，北京大学出版社，1998年，第568页。
③ 钱理群、温儒敏等：《中国现代文学三十年》，北京大学出版社，1998年，第569页。

美学风格。六七十年代之交'阶级斗争'的人为升温，诗与政治的关系进一步强化，数量上的'跃进'和质量上的'跌落'形成强烈的反差；及至'文化大革命'，诗坛一度'万马齐喑'，其后又大话、空话、假话充斥，成为中国新诗发展史上最暗淡的时期。"①

七十年代后期以来，当代诗歌进入了"新时期"。"发生于丙辰清明(1976)、以花与诗的方式开展的诗歌运动，是'新时期诗歌'的序幕。江青等'四人帮'垮台后又迎来'十月胜利的欢歌'和'一月哀悼的悲歌'。1978 年岁末大陆向世界宣告改革开放，当代诗歌随之也涌动变革的潮流。最初的呼声是以真实的血泪直面现实人生并表现诗人的良知，一大批经受磨难的诗人加入了'归来'的合唱，推动新诗摆脱'瞒'和'骗'的轨道而恢复良性循环的秩序。改革开放也引发了一场新的艺术思维方式的变革。被称作'朦胧诗'和'新诗潮'而崛起的诗群，以对于艺术规范化的叛逆，开启了艺术掌握世界的多种方式的尝试。'中国又有了诗歌'成为老、中、青三代诗人的共同话题。自 80 年代起先后出现了'归来者诗群'、'朦胧派诗群'、'新边塞诗群'、'新生代诗群'以及建国前就有的'九叶诗群'、'七月诗群'中的许多诗人的复出，形成众多群落。像舒婷、傅天琳、李小雨、梅绍静、翟永明等女诗人的成批崛起，也是这时期中国大陆诗坛的突出现象。1986 年被某些诗歌报刊所推出的打着各种旗号的诗歌派别近百种，如'非非主义'、'莽汉主义'、'超低派'、'雪海派'、'太极诗'、'城市生活流'等等，尽管它们并未都有显著成果，有些很快湮没，但毕竟显示诗坛创作走向的空前活跃。这时期的诗不仅有社会性主题的深化，也有'个人化'的努力；不仅有生命的感悟，也有对'知性'的注重；不仅有现实的关怀，也有'寻根'的萌动；不仅有抒情与叙事的并进，也有'现代史诗'的实验；不仅有对于生活主流的正常的赞颂，也有对人的隐微幽深的精神活动的发掘以及对荒谬现象的鞭笞；不仅继续有传统的抒情方式，也有诗体形式和语言结构的大胆调整与创新。从而以奔突的活力和激情，使大陆的新时期诗歌驰骋于更广阔的天地。可以说，这一时期的当代诗歌总体上取得了较之前期和中期更见突出的成就，但近期诗歌仍处于复苏与探索的'过渡'阶段。大陆的当代诗人既创造的欢乐，又承受着纷至沓来的艺术主张、艺术方法的冲撞挤压的困惑。而这时期的人文理想和诗性智慧，正催动诗人们继续创造面向二十一世纪的前景。"②

在引述、综合有关现当代文学史上的材料之后，我们大体回顾并勾画出了中国新诗九十多年发展历史的轮廓。我以为中国新诗的历史成就、曲折与坎坷，以及当今诗人的困惑，特别是 21 世纪的多元化发展，都是客观存在的事

① 张炯等主编：《中华文学通史》第八卷，华艺出版社，1997 年，第 167—168 页。
② 张炯等主编：《中华文学通史》第八卷，华艺出版社，1997 年，第 172—173 页。

实，是任何人也否定不了的。

特别是以郭沫若、闻一多、朱自清、冯至、臧克家、何其芳、艾青、冰心等为代表的第一代新诗人，他们奠定了中国新诗的基础，他们开辟了中国新诗发展的道路，他们开创了中国新诗注重革命化、民族化、群众化的优良传统，他们用自己的辛勤创作实践和深受人民大众欢迎的诗歌作品，显示了中国新诗蓬勃旺盛的生命力。

以李季、闻捷、郭小川、贺敬之、张志民、阮章兢、李瑛等为代表的中国第二代新诗人，虽然20世纪40年代就发表了作品，但他们的创作盛期都在新中国成立之后，由于他们的努力，新诗成了当代社会主义文学的重要一翼，他们拓宽了新诗的发展道路，在新诗学习民歌、继承古典诗歌以及向外国诗歌汲取营养等方面，都取得了显著成就。

李瑛诗歌创作的一个重要成就，就是在七十多年的诗歌创作生涯里，他从未停止对新诗发展道路的勤奋、严谨的探索。具体来说，他的探索是从以下四个方面进行的：

(一)重视民间歌谣，从中寻取多种营养，为新诗的大众化寻找良方妙策。

李瑛不仅重视向民间歌谣学习，他更加重视接受我国传统诗学的精粹，诸如讲真情实感，讲时代的生活气息，讲诗美意境，讲语言形象和拓展美学领域的联想等，从而形成自己的艺术风格和个性。

李瑛在自己的诗作里，也采用过信天游的两行体，但适当作了变动。请看他作于1962年的《献给“千里马”的骑手》，这首诗就具有浓烈的民歌风味：叠字的运用，尾韵响亮，数字的穿插，比兴的手法。试看该诗的第二章：

朝鲜的山呵朝鲜的水，
山山水水多么美。

如今来，一团硝烟一片火，
烟熏火燎我心儿碎。

掐朵金达莱背包上插，
不打败美帝我决不回！

永远难忘老阿妈，
夜半为我补衣裈。

细木格窗下结灯花，

冷风吹起她的白头发。

永远难忘老阿爸，
弹雨里为我抬担架。

冰溜溜小路山陡陡滑，
火光中为我滴落老泪花。

更是那英雄的弟兄，
我永远心中难平静——

十冬腊月风雪紧，
火热的情意化隆冬。

我们同吸一颗烟，
一点红光万里明。

我们共饮一碗雪，
雪中的情意分外浓。

上甘岭的石头长津湖的水，
长记我们歌声接歌声。

一条坑道里度除夕，
一条堑壕中杀敌兵。

一千个日呵一千个夜，
日日夜夜苦斗争。

远远近近传捷报，
山山水水送回声。

正如那峥嵘岁月里，
长白山青松飘香雪留红！

大同江呵黄河水，
永远歌唱我们这双好弟兄。

不难看出，这首民歌体式的诗，真挚地歌颂了中朝人民在抗美援朝斗争中用鲜血凝成的友谊。这也是李瑛为新诗民族化、群众化而做的扎扎实实的努力。

值得我们注意的是，在北大学习期间，李瑛也写过有民歌风味的诗：《当太阳照在这座和平的村子》，该诗作于1948年3月。全诗三节，每节四句，起句相同，都是题目；第二句大体相同，前半句各有变化，后半句“起飞了”是相同的。第三句又是重复，而且有人吆喝鸽群的声音：“啾！啊！啾！一，二，三……”第四句各有变化。第一、第三句重复，第二句后半句相同，第三句里有序数词、吆喝声，这些都是民歌的结构、句式。仅此一例，可以看出，李瑛是注意从民歌中吸取营养的。几十年来，他乐此不疲，这也是他的诗作质量不断提高的一个重要原因。

比如李瑛作于1984年的《重过天安门》，虽然用的仍是信天游的两行体，但诗句多由短句拼成，更显精练，更口语化，当然也就更易于被群众接受。诗的中心意象是华表石柱上盘绕的龙。20世纪40年代，诗人参加的爱国学生运动，是怎样的场面呢？

呵，我们游行队伍过来了——
没有尽头，没有尽头，像江涛。

像无穷的力量，一个觉醒的民族，
像历史本身，在苦难里燃烧。

伙伴们攀上它基座的石栏，
贴上去，贴上去，标语条条！

谁能忘却那殷殷血迹，
溅红苍龙那峥嵘的头角！

看，它飞了，乱云间，鳞甲闪耀，
新一代掀起世纪的狂飙……

这首诗写出了学生运动的声威，它起到了唤醒民族的作用。游行学生充满锐气，他们付出了流血的代价……几十年的时光流逝了，但学生时代的革命豪情，依然振奋人心！

李瑛自己认为，他喜欢李季、阮章兢那样的民歌体，他自己多年来一直在这方面努力。

(二)熟读古典诗词，从韵文中了解我国传统民族文化之精华、民族伦理之结晶，以此丰富新诗的手法、技巧，提高其均齐美、节奏美、音乐美、对称美、凝练美。

试看李瑛作于1999年的《龙》，短短两节，每节四句，像古典诗词一样匀称、整齐：

看它闪闪的鳞甲、炯炯的眼睛
挟五千载雷火，隆隆穿行
或深潜海底，或高翔云空
都感觉生命力量磅礴地搏动

说的是奔腾的黄河、飞峙的长城
说的是一个民族的火火风风
新世纪已擂起大鼓、撞响洪钟
看！十二亿人臂挽臂开始了新的出征

第一节描绘了龙的形象："闪闪的鳞甲，炯炯的眼睛"，对仗的诗句，突出了龙的特征。"或深浅海底，或高翔云空"，突出了龙上天下海的蓬勃生命力，它在"磅礴地搏动"，可谓惊天动地。第二节点出了龙的象征含义：意象是黄河，是长城，以龙为象征的中华民族，在新世纪要风风火火开始新的出征！

李瑛作于1958年的《赞海岸炮》，用了拟人的手法，又有浪漫主义的构思，写出了古典诗词般的意境与气魄：

远看看不到，
近看吓一跳，
走近炮位你瞧瞧，
它好像抖着膀子呵呵笑。

好长的脖子好粗的腰，
气派真不小；
一尊大炮压海潮，
胜过万座宝塔镇群妖。

高原泻下巴山雪，
西方滚来扬子涛，
十万大山车轮飞，
戈壁滩上马达叫。

长白山的灯，
五指山的鸟，
颗颗心儿都向着你，
争相敬礼来问好。

几百里海岸多亏你，
山山水水歌声高，
有谁知道你多重，
昆仑雪山难相较。

一条飘带系风雨，
一天星月满怀抱；
雄踞的大炮多威武呵，
水兵更比大炮高。

像“一尊大炮压海潮，胜过万座宝塔镇群妖”，有古典诗词的风味，内容上则体现了民族文化、民族心理。第三节以雄奇的诗句讲了海岸炮运至海防的过程，全是七字句，创造了辽阔雄浑的意境。像“有谁知道你多重，昆仑雪山难相较”的句子，也是大气磅礴的。

“意境”一词，最早见于唐代诗人王昌龄的《诗格》，此著意境与物境、情境并举，称三境，《中国诗学通论》对此有过论述①：

诗有三境：一曰物境。欲为山水诗，则张泉石云峰之境极丽艳秀者，神之于心，处身于境，视境于心，莹然掌中，然后用思，了然境象，故得形似。二曰情境。娱乐愁怨皆张于意而处于身，然后驰思，深得其情。三曰意境。亦张之于意而思之于心，则得真矣。

李瑛的诗，不论是军事题材还是非军事题材的，都很讲究意境。如作于 1958

① 袁行霈、孟二冬、丁放：《中国诗学通论》，安徽教育出版社，1994 年，第 1162 页。

年的《火炮上前线》，开头两节就创造了雄浑威武的意境：

汽车拖来一条山，
汽车拖来一座城，
巨大火炮上前线，
三山五岳好吃惊。

烟滚滚，月朦朦，
天摇地动滚蛟龙，
亮花花车灯一长排，
气势好威风！

用山、城来形容火炮的巨大、威武，用三山五岳吃惊来表现巨大火炮的非同寻常。再加上对运炮环境的描写："烟滚滚，月朦朦"，又用"天摇地动"来形容行进中火炮的威力。用"亮花花车灯一长排"来形容运送火炮场面的宏大。这首诗的意境是雄浑、威武、宏大的，自然会给读者留下深刻的印象。

再来看一首李瑛作于 1982 年的诗《风筝》，该诗很短，只有两节，每节四句，共八句。首节开头两句是对仗的，两个比喻先形容风筝像鸟像鱼，接着进一步描写风筝飘飞的环境：微风比云还柔和，蓝天比水还清澈。后两句形容一只只飞起来的风筝，是"春天的旗子，欢乐的歌"！由具体到抽象，创造了清幽、奇妙的意境。后一节由风筝写到放风筝的人，又联想到他们今后将在哪里建设生活，又歌颂了我们"真正是天高水阔"的祖国。诗虽短小，意境却在扩展；由咏风筝到歌颂祖国。

言有尽而意无穷，这是我国古典诗词追求的艺术境界，这里表现了一种含蓄的美。试看李瑛作于 1956 年的《过五指山》，全诗两节，每节四句，共八句。抄录如下：

像一棵千年根枝盘结的古树，
你坚劲巍峨的五指山；
鹰群曾在你的枝丫间营巢——
我们的游击队曾在那里飞行作战。

每条树枝都挂着威武的故事，
每朵花瓣都浸着壮丽的血点。
五指山，今天我迈着阔步穿过你，

鸡鸣犬吠，怎不激荡我的情感……

第一节在比喻五指山“像一棵千年根枝盘结的古树”之后，强调它的“坚劲巍峨”。自然界，鹰群在它枝丫间营巢；社会上，游击队曾在那里飞行作战。可见五指山的作用很大。第二节强调了五指山的威武故事多，“每条树枝都挂着威武的故事”；又强调了五指山是革命者付出了“壮丽的血点”的见证。诗人在阔步穿过五指山时，他的情感是丰富的、复杂的：有对五指山对革命事业做出贡献的崇敬，有对在五指山开展斗争时的革命先烈的悼念，有对五指山独特自然风光的赞赏，有对五指山今后建设发展的谋划……该诗言外之意很多，任读者自己去思索，去琢磨。

赴国难，忧黎民，重友情，都是我国古典诗词的重要思想内容，显示了我们民族的伦理美德。李瑛作于1985年年底的《我又看见了甘蔗林》一诗，前有小序说：“南游，又见甘蔗林，忆起郭小川，今年，他离去已经十年了，书此为祭。”全诗十一节，每节六句至十四句不等。睹物思人，是本诗的第一个特点。此次来南国，诗人“又看见了甘蔗林”，遂想起那个“在北方青纱帐里”“打游击的诗人”——郭小川，以诗引诗，以青纱帐喻人，这是本诗第二个特点。郭小川有一首诗《甘蔗林——青纱帐》，李瑛在本诗里，自然就会引用郭小川的诗的内容，但他又不是简单地引用，而是做了更为丰富的扩展与延伸，进一步以青纱帐比喻郭小川，试看该诗第三节：

呵，南方的甘蔗林，
我从北方给你带来了
青纱帐里每棵高粱的问讯。
甘蔗，没有年轮，
却有镌刻心头的记忆，
却有永远不死的声音；
它总想起北方的青纱帐，
青纱帐垄沟里露湿的灰烬；
想起那个紧紧攫住大地的生命，
那一蓬蓬粗犷坚韧的须根；
那个在生活面前永远高昂着头的诗人
——火，烧不毁他的喉头，
——灰，埋不住他的青春！

多么精彩的一节诗啊！出奇的想象，独特的认定，把青纱帐的顽强、倔强、蓬勃的生命力和郭小川联系起来写："那一蓬蓬粗犷坚韧的须根，那个在生活面前永远高昂着头的诗人。"不仅如此，十年来，这片甘蔗林还在盼郭小川来看看它们。而北方那些青纱帐，每天夜半，还在为郭小川哭泣。南北呼应，同念诗人郭小川，这是多么动人的情景。在鹧鸪声里，诗人还产生幻觉："我又听见他激越的声音，/我又看见他焦灼的瞳仁；那长长的叶子像他绿色的诗句，/大颗大颗的露珠是标点，/簌簌的风为他押韵。"全诗最精彩的句子是："那从他诗句里长起来的甘蔗林。"诗人甚至认定：七年来郭小川埋下的诗的种子，已长成蔽天的森林，它们的心，"与我的诗歌的心律共振"。正是这种出奇的想象，独特的认定，形成本诗的第三个特点。从本诗看出，在李瑛和郭小川之间存在着战友情、同志情，还有永远割不断的美好的诗情。

李瑛作于1998年《世界在爱的深处》，整齐、精练，如同古典诗词那样耐人寻味：

世界在爱的深处
生命在血的深处
只有诗懂得爱和哭

在方生与未死之间
在太阳与大地之间
苦难成长了一棵树

别看没有生僻、艰涩的字词，但充满哲理、耐人寻味。要悟出诗的主旨，得下一番苦功夫。所谓"诗懂得爱和哭"，当然是诗人先要懂得爱和哭。"苦难成长了一棵树"，是指人的一生不可能不经受苦难，经受的苦难越多越久，对人生的理解也多会越深刻、越透彻。试看李瑛作于1999的《一朵小红花》，全诗六节，每节四句，共二十四句。前三节，是八月、野蜂、苍鹰三个辅助意象，它们纷纷告之小红花这个中心意象："冬来了""快走吧"，但怒放在沙丘上的小红花，"摇摇头从容地说/我不怕峭厉的风和冰雪/也不怕恐怖和孤寂"。小红花长在一个筑路战士的墓上，成了他"永恒的碑、生命的火"，小红花的根"深扎在他心中"，"受战士血的滋养"，"灵魂便勇敢而坚强"，"心中充满骄傲和幸福"。该诗初初看起来是赞美小红花，深入一想，才知是赞扬那个为筑路而牺牲的战士。两个意象结合起来，造就了一首淡中显浓的好诗。

(三)具有开放眼光，从外国诗歌中汲取营养

李瑛的《假如大海没有浪》，使我们自然想到了俄罗斯大诗人普希金的《假若生活欺骗了你》。两首诗都采用了"假设"的方式来构思。李瑛的诗，篇幅较长，共两节，每节十五行，全诗三十行。普希金的短，只有一节八行。李瑛这首诗第一节的核心诗句在最后四行：

曾是人类摇篮的大海哟
没有浪
　　岛该怎样呼吸
　　船该怎样歌唱

而第二节的核心诗句，也在该节最后四行，内容是第一节核心诗句的扩展与深化：

曾是人类摇篮的大海哟
没有浪
　　历史该怎样前进
　　花朵该怎样开放

海洋占地球表面积的70%，人类文明的发展与海洋息息相关，当今社会的进步，离不开对海洋资源的开发和利用。此诗表明，李瑛善于学习外国诗的构思方式，但又不生搬硬套，而是自己有所改动、添加。

在诗的章法、结构上，外国诗是相当灵活的。如德国诗人海涅的一首《颂歌》，全诗四节，第一、第四节相同，都只有一行，第二节四行，第三节十二行，并不追求诗节的匀称、整齐。从青年时代就读外国诗的李瑛，也是知道外国诗的这种章法、结构的。先将海涅的《颂歌》抄录下：

我是剑，我是火焰。

黑暗里我照耀着你们，
战斗开始时，
我奋勇当先
走在队伍最前列。

我周围倒着
我的战友的尸体，
可是我们得到了胜利。
我们得到了胜利，

可是周围倒着
我的战友的尸体。
在欢呼胜利的凯歌里
响着追悼会严肃的歌声。
但我们没有时间欢乐，
也没有时间哀悼。
喇叭重新吹起，
又开始新的战斗。

我是剑，我是火焰。

再把李瑛的《槐花》抄录于后，以供对比：

我说的是淡雅的槐花，不是女孩

夏天，在中国北方
当女孩换上短裙
村头，槐花就开放了
素洁的白花瓣
裸露着柔嫩的肌肤
娇羞地泛出淡黄浅绿的朦胧
质朴如圣洁的女神
轻轻摇动似云若梦
蜜蜂飞来亲吻它
小鸟跳跃着轻轻飞过
在成长中实现自己
之后，便含一缕幽香飘然而下
崇高的灵魂如一支歌曲
为爱而生，为爱而死
庄严中完成自己最高的美

我说的是娴静的女孩，不是槐花

《颂歌》是海涅最著名的政治抒情诗，作于1830年，7月法国人民在巴黎举行武装起义，经过激烈的街垒战，终于推翻了波旁王朝。消息传来，海涅作了此诗。以形象的比喻、真切的感受，表达自己的革命激情。《颂歌》头尾两节相同，是高昂、犀利的比喻。中间一节，写自己投身革命的决心，又阐发了胜利与牺牲的关系。而《槐花》构思奇巧，把槐花与女孩结合起来，由花及人，由人及花，赞美了纯洁而崇高的爱情。头尾虽各一行，但不重复，花人位置互换了。仅此一例，可见李瑛诗的章法、结构，在学习外国诗中，是那样得体、灵活。

李瑛在向外国诗歌学习时，往往采用嫁接与杂交的办法，培植诗歌新体式、新品种。杨匡汉、杨匡满在《战士与诗人郭小川》中说："诗歌形式的要素之一是诗体。诗体不能仅仅看作诗所采取的句式结构，也应当看到决定诗体发展的思想内容。这种情况，在近代诗歌中更为明显。在外国，海涅对德国的影响，是由于他的作品具有鲜明的政治倾向性，以'宣传社会主义的诗作'(恩格斯语)配合了当时的革命斗争，并在德国民歌的基础上发展了诗的民族形式，他的许多抒情诗生动、朴素、浅显、简短而有力。普希金对俄国诗歌的贡献，一个重要方面，是他同反映贵族和资产阶级上层分子低级趣味的怪腔怪调进行了斗争，甘冒'粗俗'之名，用大量的俄罗斯人民的口语入诗，使俄罗斯诗歌从欧洲文学、特别是法国路易十四时代讲究典雅的古典主义的附庸地位中，独立解放出来，创造了与本国当时生活结合起来的新的民族形式。十月革命以后，马雅可夫斯基所独创的'楼梯式'诗体，也不仅仅是形式上的独辟蹊径，而是为了让这种形式适应急风暴雨式的人民革命运动的节奏。"①就拿"楼梯式"来说，李瑛并未机械地生搬硬套，而是为了更适合朗诵的需要，注意了汉语的习惯，注意长句拆行时的节奏，注意运用排比、比喻、对仗、反复等手法，增加诗的音韵美，尽可能使诗大体整齐，具有建筑美。不仅如此，在内容上还强调高度的概括力、艺术的感召力和深刻的哲理性相结合。试看李瑛1993年的《蝴蝶标本》一诗，一共六节，每节二句到七句不等：

是从庄周的梦里飞出的
　那只蝴蝶吗

如今，孤零零地
　伏在玻璃盒子里
似一片飘落的枯叶
　静静的，冷得像铁
　　梦和希望都已经干瘪

① 杨匡汉、杨匡满：《战士与诗人郭小川》，上海文艺出版社，1978年，第159页。

它曾经
　用飞翔创造了河流
用翅膀创造了花朵
用欢乐的歌声创造了爱情
用轻柔的舞姿创造了
　起伏的旋律、流光和宁静的美
没有蝴蝶的春天多么丑陋

然而现在
翅膀是美丽的却已僵硬
眼睛睁着却已失明
它只能孤零零地伏在小盒子里
　在没有阳光、风和草原的
　　永恒寂寞的空间
回忆自己已经历的一切

对这个美丽的世界
　再也不能创造，也不能欣赏
它已经不会知道
　伙伴们以及
　　认识的和不认识的树枝和草叶
都在寻找它

比一片飘落的叶子还轻
因为它已失去了生命
也许只有在这时
　它才更深地理解生活

这是一首诗意盎然的咏物诗，也是一首构思精巧、立意高远的哲理诗。起句就用了我国“庄周梦蝶”的典故，紧跟着第二节就描写了这个蝴蝶标本的形态：“像飘落的枯叶”，“静静的，冷得像铁”，失去了生命，“梦和希望都已干瘪”。第三节回忆有生命的蝴蝶创造了河流、花朵、爱情以及“起伏的旋律、流光和宁静的美”。第四节写失去生命的蝴蝶，翅膀已僵硬，眼睛已失明，只能在标本盒子里回忆自己的经历。第五节写伙伴、树枝和草叶还在寻找它。第六节写这时的蝴蝶，“才更深地理解生活”。应当承认，这是中国化了的楼梯式诗。比喻用得好，失去生命的蝴蝶，“像一片飘落的枯叶”。第三节用了四个排比句，讲述了蝴蝶曾有的创造力，这又是浪漫主义的夸张。第四、第五节和第三节形成鲜明的对比。第六节，卒章显志，点出全诗的主旨：失去了生命的蝴蝶，“才更深地理解生活。”从今昔对比中，得出了哲理性结论：生命十分重要，理解生活是困难的，有时要以生命为代价。这首诗做到了虚实相生、物我同感，创造了有生命时溢彩流光的美好世界，也点出了失去生命的干瘪、死寂的丑陋空间。

再如，作于20世纪90年代的《一只中国雄鸡在长鸣》，也是一首楼梯式的诗。显然，这只雄鸡具有象征意义，诗人强调：

　　屹立山顶，引颈长鸣
这昂视八极的威武造型
　　是一九九三年送我的
　　第一片风景

诗中特别指出，在“所有的鸟已经飞走/只有它陪伴我们/在春的肩头”：

以纯金的喉咙，召唤
我们所有的
　　犁铧、车轮、引擎以及
　　每一双手和翅膀
连同黄河
　　那滚烫的古龙的血
连同长城
　　那凝作化石的龙骨雄风

这种召唤的结果是怎样的？诗中写道：

看见吗，啼声后边
　　舒青的叶子已如涛涌
叶子后边
　　是花朵
花朵后边
　　是瓜果，小麦，稻菽，棉铃
　　是核电站和深刻的思想

是强大的精神、东方美学和
崭新的革命

召唤来了物质、精神的双丰收，召唤来了中国这个“巨人山摇地动的脚步声”。再次证明，从20世纪50年代初到70年代末，李瑛对楼梯诗这种外来诗歌体式的运用和把握，已经娴熟自如了，而且将其中国化，真正做到了外为中用。

归纳起来说，李瑛是当代成就显著、才思敏捷、通晓中西文化、作风严谨、理论修养良好的一位大诗人，七十多年来，他多方探索新诗发展的道路，在促使新诗革命化、民族化和群众化方面，取得了有目共睹的成绩。希望有更多的新诗理论工作者，对他的成就、经验、创造性的探索成果，做更多系统的研究与总结。

第五章 李瑛诗歌创作的美学追求

诗人的使命是什么？我们先来看三位外国大诗人的回答。歌德说："如果一个诗人终身努力去和有害的偏见做斗争，排除狭隘的观点，启发祖国人民的心灵，陶冶他们的趣味，提高他们的感情和思想，那么，他岂不是做了再好不过的事吗?"雪莱说："诗唤醒人心并且扩大人心的领域，使它成为能够容纳许多未被理解的思想的渊薮。"普希金认为他"所以能永远为人民所爱，是因为我曾用诗歌唤起人们善良的感情"。① 显然，他们的回答是触及了问题的本质的，只是各人表述的角度、方式不同。而李瑛的回答则干脆、简明："我觉得一个诗人的任务就是一个战士的任务，诗人的声音应该是时代的声音。"②不仅如此，他还进一步谈到诗歌的力量和深层次的审美作用："'从你，我看到了那在入海处逐渐宏伟的扩大并展开的河口'，这是惠特曼的诗《给老年》，这首只有一行的诗，通过一条苍茫入海的巨流，表现了老人波澜壮阔的生命，将凝重的人生历程深深地融入历史的沧桑之中；它不是表面化的、浅层次的描绘和抒发。它是美的，是厚重深沉的，这条即将入海的气象万千的巨流形象，以其贴切动人的美感和巨大的表现力，使读者对人生产生无限的感喟和遐想。"③总而言之，自从进入创作的成熟期后，李瑛就成了诗美执着的自觉的追求者。

在这一章里，我们将依次阐述如下四个问题：一、在美学理想烛照下写诗；二、呕心沥血创造诗美；三、用诗作颂扬民族精神、民族性格；四、用诗美塑造"四有"新人。

一、在美学理想烛照下写诗

在江柳著的《诗歌美学理论与实践》一书里，作者这样回答了什么是诗的问题："诗是表现诗人审美理想与激情的艺术形式；是诗人触物起兴，以感性形象为载体，表现主体的也是人民群众力量美的语言艺术。它以精练而有表现力的情感语言符号创造意象，并通过艺术技巧将声律、意象结构为意境，从而达到多功能的审美教育目的。"④这个回答好就好在：能紧紧围绕诗人的审美理

---

① 阿红：《探索诗的奥秘》，花城出版社，1984 年，第 3 页。

② 李泱、李一娟编：《李瑛研究专集》，解放军文艺出版社，1983 年，第 78 页。

③ 李瑛：《诗美的追寻》，中国文联出版社，2002 年，第 5—6 页。

④ 江柳：《诗歌美学理论与实践》，长江文艺出版社，1988 年，第 42 页。

想、表现人民群众的力量美这两个重点，来阐释什么是诗的问题。

若是从美学理论修养如何来考察，当今的诗人有三种：一是毫无美学理论修养的诗人，二是美学理论修养较差的诗人，三是美学理论修养良好的诗人。第一种诗人可称为“诗美盲”，显然是写不出哪怕有一点点诗美的诗作来的。第二种诗人，实际上是不符合基本条件的“不合格的诗人”，显然他们的诗作是平庸的、缺少诗美的。第三种诗人是合格的诗人，他们的诗作的审美品位通常较高。

不言而喻，李瑛属于第三种的人。李瑛从其参加人民解放军起，就对诗人的职责有着十分明确的理解。他说：“诗人的职责当然是写诗，更准确地说，应该是创造美，以陶冶人们的感情、净化人们的心灵、丰富人们的内心世界、提高人们的审美能力，所以说诗人的责任是很重的。”①

李瑛不仅明了诗人的职责，也有高度的美学理论修养，他从不盲目写诗，而是在美学理想的烛照下写诗。试看他作于1956年的咏物小诗《贝壳》，全诗两节，每节四句，共八句：

三月，四月，五月，
雨淋湿了海和它的贝壳；
一只贝壳，一片大海，
无数贝壳向我诉说。

贝壳说：告诉我吧，
告诉我今天欢乐的生活，
我虽然死了，却留下一只金色的耳朵，
为了倾听，倾听这时代的歌！

时间是三月、四月、五月，“雨淋湿了海和它的贝壳”。贝壳很多，贝壳生活在海洋里，“一只贝壳，一片大海”，数不清的大海都向我诉说。第一节节点出了贝壳、雨、大海和我的关系。显然，贝壳成了全诗的中心意象。第二节进一步说明贝壳对我诉说的内容：“告诉我今天欢乐的生活”，它还进一步解释说：“我虽然死了，却留下一只金色的耳朵，为了倾听这时代的歌！”诗里用了拟人的手法，写贝壳与我对话。很多贝壳向我诉说，内容是“告诉我今天欢乐的生活”，贝壳死了，金色耳朵还在，为的是“倾听这时代的歌”。一首普通的咏物诗，注入了歌颂今天欢乐生活、倾听这时代的歌的思想内容，这正是李瑛有美

---

① 李瑛：《李瑛诗文总集》第十三卷，中国文联出版社，2010年，第150页。

学理想、有精巧构思、有娴熟技巧的结果。李瑛诗歌中的美，是多层次的：意象美、意境美、结构美、语言美、声韵美、伦理美、人性美、时代美、哲理美……

再看一首《江南母亲》，作于 1986 年，全诗三章，第一章三节十行，第二章两节十行，第三章两节十一行。题目很大，表现对象是“江南母亲”这一群体。李瑛举重若轻，飞来神思：第一章写江南母亲“最懂得如何生活”，她们“辛勤得惊人”：采桑，采茶，采菱，采藕，车水，挑粪，打谷，收禾。从摇篮边到星星，到处闪动着她们的身影。第二章写她们用自己的汗、血、泪，还有凝重的痛苦和轻盈的欢乐哺育着中国的南方。第三章写她们哺育了世界，每天都和太阳一起辛勤工作，诗人借扬子江抒情：不要辜负宽厚深情的母亲，这样就能懂得生活。

再看第三首《生命的美丽》，作于 1991 年，全诗七节，每节两行至八行不等。诗人在南方山野看到“一只爱清洁的白鹭”“一尾快活的鱼”，它们倏忽远去了，此后再难相遇。诗人明白地告诉我们：

那翅膀拍动的声音
那尾鳍拨水的声音
便是我的诗歌生长的声音

他还闻到青草、泥土中的根和羽毛及鳞片的气息、生命的气息。诗人深情地说：“它们给我的睿智或启示/都使我感激。”可见诗人的诗美来自生命充沛的大自然，来自白鹭和鱼。不是审美理想明确的人，不是审美修养良好的人，是捕捉不到大自然中的生命的美丽的。李瑛说过：“可不可以说诗是精神美的一种表现形式，因此，诗人所从事的工作，就是创造人的精神美的一种崇高的劳动。那么，让我们深刻认识美的教育作用、力量和价值，让我们在所生活的活跃的社会中，积极地发现那些美好的事物，并把它以生动的美的形象表现出来——因为从某种意义来说，人们需要诗就是需要美。”①正是因为李瑛把诗作为精神美的一种表现形式，他历来重视诗歌美的教育作用、力量和价值。所以他在创作诗歌时，力求发现生活中的美，把生活美转化为艺术美、诗歌美，进而陶冶人的情操，净化人的心灵。

二、呕心沥血创造诗美

创造诗美不是什么轻而易举的事。所有艺术形式都要求艺术家在创造一件

① 李泱、李一娟编：《李瑛研究专集》，解放军文艺出版社，1983 年，第 78 页。

艺术品时，都要追求整体美。江柳论述说："整体是创造构思的起点，又是作品完成的终点。整体是决定成败的关键。它是作家将各种因素熔炼而铸造的合金的美神。如果诗人动笔之前不从整体构思入手，只专心于个别意象或词句，声律的推敲，结果只能是有句无篇。"①

应当如何正确理解、创造、欣赏诗歌作品的整体美？"当代民主德国美学家汉斯·科赫在《马克思主义和美学》中，谈到抒情诗的整体性时，举了约·罗·贝歇尔分析歌德《游子夜歌》的例子来作说明：

一切的峰顶
沉静，
一切的树尖
全不见
丝儿风影。
小鸟们在林中无声。
等着吧，俄顷
你也要安静。
（梁宗岱译）

贝歇尔说，如果只注意到'小鸟们在林中无声'，这首诗就'完全没有诗意'，因为诗人只显示了自然的一定状态，而且不可理解诗人写这些重复句干什么。只是有了最后这两句，'一幅完整拈来的自然界的图画才同诗人和读者的主体发生了联系。'这就是说，有了后两句诗才成为'全局性的整体'。这个整体表现了人和自然浑然一体的美的境界，表现了自己复归自然怀抱的理想精神。这种精神之所以与读者发生联系，是因为读者像诗人一样，厌恶那个充满了混乱、罪恶、贫困、荒淫与道德堕落的、人与自然以及人与人尖锐对立的资本主义世界，向往人与自然间安静的统一，达到心理的暂时平衡，因此这首诗才引起读者的精神、情感共鸣。所以科赫说：一件艺术作品就是'从整体上和一个个局部上发挥着感染作用，并且把局部和整体、把整体和局部联系为一个具体的、和谐的统一体'。"②

诗歌作为擅长抒情的文学体裁，艺术形象精美。鲁迅在《拟播布美术意见书》中说："刻玉之状为叶，髹漆之色乱金，似矣，而不得谓之美术。"这是为什么？就是因为所刻之玉，虽有叶状，但不是叶的艺术形象；涂在器物上的漆虽

① 江柳：《诗歌美学理论与实践》，长江文艺出版社，1988年，第20—21页。
② 江柳：《诗歌美学理念与实践》，长江文艺出版社，1988年，第22—23页。

有金子的颜色，但不是金。若无真实、生动、传神的艺术形象，不可能是一首好诗。

我们中国是一个诗的国度，我们有三千多年的诗歌遗产，我们有自己的优秀的民族传统、民族意识、民族文化，还有自己的审美理想、审美标准，我们的诗有自己的民族风格。这种民族风格不仅表现生活内容上，还表现在艺术手法上，这里有鲜明的自然风貌、风土人情、人文景观，还有独特的精神气质、心理状态、思维方式、行为方式等等。像李瑛这样每年都有好作品问世的大诗人，他在创造诗美时是做到了呕心沥血的。

李瑛认定："几千年来，中外文学史都反复证明了人民需要诗，就因为它能传达人民的心声，引起人们的共鸣，能给人以教育、激励、愉悦、慰藉的作用，能给人以美的享受，能丰富满足人们的精神要求。我过去所写的长诗《一月的哀思》和《我骄傲，我是一棵树》都是因为这样的原因才受到读者喜爱的。"①诗人强调了两点：一是诗"能传达人民的心声"，二是诗"能给人以美的享受"。就以《我骄傲，我是一棵树》为例来说明。本诗作于1980年。但本诗创作的酝酿过程却很长。诗人自己说："1955年，我曾到过四川西北的原始老林；1958年，又到过福建武夷山林区；1973年到过东北大兴安岭密林腹地一些林场；1974、1975年间，我又到了云南澜沧江的原始老林，茹郁葱茏的亚热带雨林，那遮天蔽日的古树野藤，所有这些雄浑苍莽的氛围和五彩斑斓的生活，加深了我对森林的认识和对树木的热爱，给我留下了难忘的印象。"②经过25年对森林和树木的反复观察，诗人认为："写诗是庄严的工作，是一种感情与行动，但人的天生直觉、想象，总是把理智远远地抛在后面，因此必须珍惜自己的内心活动和大自然的启示给予我们的领悟。不必回避理性的思考。在长时间的观察、研究和感受里，我分明看到人类所应享有和所应追求的美德以及对人生价值的理解；与此同时，还必须努力寻找表达自己思想感情的最佳形象和角度。我选择了树木，我要写一首歌颂树木的诗，它既不是北方的松柏，也不是南方的木棉，它是各种树木的概括和综合，它具有一切树木所具有的普遍的美好习性和品格，质朴中寓含着坚强的力度，庄严里吐露出无限生机。甚至在大自然中连树木也不可能有的种种奇特的幻想，在生活中是不可能的，是不真实的，但在艺术中又是合乎逻辑的真实。这种大胆的联想和虚构、夸张，在艺术表现中是完全允许和必需的，这会直接有助于加强艺术表现力，增强诗的素质，从而有助于主题的深化，产生感染力。"③

如同诗人自述，这段话有以下三个要点：第一，写诗是一种感情与行动，

① 李瑛：《李瑛诗文总集》第十三卷，中国文联出版社，2010年，第155页。

② 李瑛：《李瑛诗文总集》第十二卷，中国文联出版社，2010年，第195页。

③ 李瑛：《李瑛诗文总集》第十二卷，中国文联出版社，2014年，第198页。

要珍惜自己的内心活动和大自然的启示。第二，要努力寻找表达自己思想感情的最佳形象和角度。第三，决定写一首歌颂树木的诗，它是各种树木的概括和综合，允许大胆的虚构、夸张和奇特的幻想，虚实结合，“它具有一切树木所具有的普遍的美好习性和品格，质朴中寓含着坚强的力度，庄严里吐出无限生机”。足以见出李瑛是怎样呕心沥血地创造诗美的了。

创造诗美，首先是思想感情、内容主题的美。李瑛自己分三层阐述了这个问题①：

> 我想通过树这一具体形象，直接而亲切地袒露自己的情怀，我称赞圣洁的单纯和自然的纯朴，无论细腻的温情还是野性与放肆。
>
> 于是，我写了《我骄傲，我是一棵树》。
>
> 我写了一棵树，实际上是写了一个人，一个胸怀远大理想、对人民至死不渝、肯于无私奉献的人的形象，一个战士的形象，一个革命者的形象。

众所周知，写《我骄傲，我是一棵树》这样的长诗，比写那些抒情短章，要花费更多的心血。但是短诗里要创造出令人激动的美，也绝非轻而易举之事。试看李瑛作于1990年的《梦里追寻的声音——贺艾青同志八十华诞》，全诗三章六节。第一章把艾青喻为“一只吐血的布谷”，它深情地召唤一个时代，一个民族，一片大陆，使“我”醒悟、成熟。第二章说艾青的诗，是火，是雪，是水，是酒，是阳光，是鸽哨，像泥土，像珍珠，像礁石，像霜刃。第三章是对艾青的肖像描写，说他“在美和静谧里闪着睿智之光”，他的诗“是我梦里追寻的声音”。丰富、新奇的比喻，很好地评价了艾青在中国诗坛的重要地位，阐发了他的诗在民族解放斗争中的积极作用，描绘了诗人神采奕奕的形象：沉默地微笑着，眼里满含希望、机敏、泪水和纯真。这种内容深刻、形式新奇的贺寿诗，似不多见。

读着数以千计的李瑛呕心沥血创作的充满诗美的诗，我不禁想起他的《生命是一片叶子·后记》中的两段话②：

> 亲爱的读者，让我把这些诗献给你们，让我把我的怀着对生命的热爱和尊敬所写的这些诗献给你们，我想我是把我的心、我的像一片闪射着自由光芒的叶子一样的心，高高举起献给你们的，这里有我纯洁的感情、我

① 李瑛：《李瑛诗文总集》第十二卷，中国文联出版社，2014年，第198页。

② 李瑛：《李瑛诗文总集》第十四卷，中国文联出版社，2010年，第226页。

的理性思考、我的全部智慧、我的爱和我的美。我的工作当然远没有结束。我真诚地希望有更多的比我年轻的朋友在创作上远远超过我。我衷心期待有更多的人对我国未来诗学在继承过去的基础上，做出新的探索和尝试，用新的符号和新的精神，维护人的尊严和完整，创造新世界，迎接新世纪。

让我们一起满怀信心地走向未来！

不难看出，诗人始终对读者怀着一颗赤子之心。他的诗是为读者创作的，这些诗是他怀着对生命的热爱和尊敬所写的，这些诗里，有他那颗像一片闪射着自由光芒的叶子一样的心，诗里有他纯洁的感情，他的理性思考，他的全部智慧，他的爱和美。诗人还谦虚地表示，他真诚地希望有更多的比他年轻的诗人，在创作上远远超过他。他也希望有更多的诗歌研究者，对未来诗学做出新的探索与尝试。这对我无疑也是一种鞭策与激励。在当代大诗人里，像郭沫若、闻一多、艾青、臧克家、李季、郭小川、张志民、李瑛等，不仅创作了许多意象美、意境美的好诗，也往往留下了不少阐述他们新诗创作经验、体会，特别是在创造诗美方面的理论文章。作为新诗理论研究工作者，我们一定要同时观照这些大诗人的诗作和诗论，而不可偏废，仅执一端。

三、用诗作颂扬民族精神、民族品格

我们中国是一个多民族国家，在长期的历史发展中，由于时代的演进，由于各民族的共同努力，我们中华民族已逐渐融合为现代意义上的民族。李中华曾对“民族”做过如下解释①：

民族是一个历史的范畴。它的发展，经历了漫长的过程。人类早期出现的氏族，是在原始公社的经济基础上以血缘关系为纽带而联接起来从事社会生产的共同体。由于生产力的发展，作为社会生产共同体的原始氏族逐渐扩大，结成氏族联盟，形成比单一氏族更强大的部落。私有制和阶级的产生，使原始公社崩溃，不同氏族和部落的人们混合居住在同一块土地上，于是又产生了地域性的部落。随着国家的出现，这种地域性的部落便失去了自己的独立性，转由国家来管理。这时，它已不是按照人们的血缘关系，而是按照人们居住的地域来实行管理的职能。几乎在部落转向国家的过程的同时，血缘关系和语言相近而又居住在同一地域的各个部落实行联盟，形成了部族。这个部族即是古代意义上的民族。再经过封建社会的

① 李中华：《中国文化概论》，华文出版社，1994年，第20页。

长期发展，到了资本主义时代，古代民族遂逐渐演变为现代民族。

弄清了民族的概念后，我们可以来研讨李瑛用诗作颂扬民族精神、民族品格的问题了。

还是在小学课本里，我们就知道中华民族的民族精神和民族品格：勤劳，勇敢，酷爱自由，勇于反抗外来侵略和压迫，提倡仁、义、礼、智、信，主张天人合一，以美养善、美善合一，开放宽容，纳人之长等等。

我以为，这样的民族精神、民族品格，是位居世界各民族之前列的，是合理的、进步的，是受到尊敬和值得推崇的。“五四”新文化运动以来，鲁迅、老舍在他们的文学作品里，率先提倡“改造国民劣根性”的问题。所谓国民劣根性，就是有悖于上述中华民族的民族精神和民族品格的精神垃圾和销蚀剂。李瑛诗作的一个重要价值，就在于他十分重视用诗歌作品，来颂扬民族精神、民族品格。继续解决前辈大作家改造国民劣根性的问题，让诗歌在建设社会主义文明的事业中起到它应有的重要作用。

李瑛不止一次谈到他喜爱什么样的诗歌，我们这个时代诗人的使命感、责任感等问题。他在1986年的《创造时代、生活、人民的美》一文中说①：

> 就我个人而言，我更喜欢那种有强烈的时代意识、浓郁的生活气息、质朴的文笔、真挚的感情的诗，充满哲理的思考、给人以深远的联想和回味的美感的诗；而不喜欢那种思想苍白、情绪低沉、光怪陆离、琢磨不透的诗。在我们这个伟大的年代，生活凝聚成的诗，应该是色香味俱佳的精品。诗中只有含有健康的基因和染色体，才能长出茁壮的幼苗，开出鲜艳的花朵，结成丰硕的果实。我觉得，今天，一个有严肃使命感的诗人，无论何时何地，都不能忘记时代，都不能忘记生活，都不能忘记读者。
>
> 我们的时代是社会主义的二十世纪八十年代。这是一个突飞猛进的时代，是一个大变革的时代。我们在新的道德、新的观念和新的风尚中，在新的太阳照耀下生活，民族正实现腾飞，祖国正走向富强。我们诗人没有理由不关注这个时代，没有理由不对轰轰烈烈的现实生活的发展变化，保持敏锐的感觉和充沛的激情，没有理由不忠实于它。我们不能忘记生活，对于如此广阔的现实来说，我们的笔所接触的生活仍嫌浅薄和狭窄；我们部队诗人，应该尽可能多地从部队、从前线、从新一代革命战士的心灵中不断去吸取营养；尽可能深切地去熟悉他们，理解他们，发现他们心中有声有色的世界和奥秘，感受他们报效祖国的热血的激荡和一颗赤子心的律

---

① 李瑛：《李瑛诗文总集》第13卷，中国文联出版社，2010年，第91—92页。

动；他们是壮丽事业的建设者和保卫者，是文艺作品的表现对象。我们要尊重他们和热爱他们，要怀着真挚的感情歌唱他们。我们不能忘记读者，因为我们的文艺是要为他们服务的，当然希望它能对读者有益。比如，丰富他们的感情，鼓舞他们的生活热情和追求理想的信念，给他们启示，引起他们思考，使他们更加聪明勇敢和坚强……这是自不待言的。我们的作者要养成善于倾听读者意见的习惯；忘记了读者，我们的工作还有什么意义和价值呢！

我们的诗人一定要加强使命感和责任感，写出的作品除去思想上使之具有更深刻、更广泛的社会内容和历史高度之外，在艺术上，也要不断有新的追求，不能停留在已有的成绩上；不能只是沿袭过去已经惯用的表现方法，程式化的构思，陈旧的感情，重复的形象，固定的视角；要研究丰富抒情的手段和方式，开辟更多的健康的审美途径，提高美学水平，和生活一起前进。

上述论述，是他在离休前两年说的。他喜爱的诗，常常就是他精心创作的深受战士和人民群众欢迎的美学品位极高的作品。这表明李瑛的艺术品位、美学追求，是高质量高品位的，对待诗歌创作，他总是精益求精，丝毫不马虎的。他喜爱的诗，是有强烈的时代意识、浓郁的生活气息、质朴的文笔、真挚的感情的，这是四个前提条件，另外还有两个要求：一是要充满哲理的思考，二是能给人以深远的联想和回味的美感。如诗人在读《桑恒昌怀亲诗》后，谈了自己总的印象："这本集子所收各诗都是以讴歌和思念父母为主题的抒情短诗。书，本子很小，只有 64 开，且很薄，只收诗 18 首，但却是一组好诗，一组感人肺腑的真善美和谐统一的好诗。读着它，仿佛感到作者每写一首都是一次咳血，而我们每读一首，则都是一次生之颤动、灵之喊叫。"接着，李瑛分析诗集中第一首诗《致父母》，又旁及《致母亲》《再致母亲》《夜半时分》《星光下》《卧成一座山》《有梦长过黄泉路》《中秋月》等诗，进一步归纳了这组诗给自己留下的深刻印象，以及诗人桑恒昌丰富和复杂的内心世界和诗具有的更为深广的社会意义和丰富内涵，李瑛写道①：

在第一首《致父母》诗中他这样写道："父亲和母亲，/用心上的肉捏成了我。/我又用心上的肉，/捏了一大堆诗句。""正当我需要母亲的时候，/母亲离开了我。/正当我需要父亲的时候，我又离开了父亲。"当离开父亲时父亲的叮嘱，已使"我分不清/是母亲的语气，/还是父亲的声音"。

① 李瑛：《李瑛诗文总集》第十四卷，中国文联出版社，2010 年，第 86 页。

> 他就是以这样简洁明了、平易自然，但却含蕴着纤细温柔的语言，巧妙地抒发了他对父母的深情，这里，他的淡语亦浓、朴语亦华的诗句，深刻地表达了诗人噙着泪花的倾诉和歌唱。可以说，他这样一腔至美至醇的情感是凝重的，是闪烁着人类深刻的美好情致的。

对《致父母》一诗作了扼要分析之后，由点及面，诗人又评论说："桑恒昌的这组诗给我留下的最深印象就是每首诗都回荡着久久积压在他的心底的魂牵梦绕的真情。这种真情浓烈可信，具有纯朴、深挚的人性魅力和一种庄严美。"接着，李瑛又对《致母亲》《再致母亲》《夜半时分》《星光下》《卧成一座山》《有梦长过黄泉路》等诗篇作了分析，他认为这些诗都表现了诗人由于思母之切而呈现的一种难以摆脱的执着感情的幻象，或觉得母亲仍然活着，"母亲，走近一些呵，/让儿子数数你的白发"，或觉得夜半忽从电话听筒传来母亲急促的喘息，"母亲拼死一呼，/便又被死神掳去，"或当列车偶停故乡月台，忽见"那瘦骨棱棱的身架，/怎么看都是母亲"，多么渴望她"喊我一声小名"，或者"寻找母亲的去处，/一路寻到唐古拉山，/母亲为啥不走了，/路太颠？风太寒？""作者在艺术创造中，通过这些幻觉，揭示出一种深层的特有的心理活动，大大丰富了诗的表现方式，产生了更为真切和深刻的感人力量。这里我想说，诗中的幻觉并不是唯心的，它是诗的想象方式之一。产生这种感觉，一方面是由于感觉与知觉的规律，另一方面则是由于与心理激动状态有关的主观原因，正像歌德所说，在艺术创作中'通过幻觉达到产生一种更高的真实的假想'，它是从时空世界里产生的一种对经验与回忆的升华。幻觉和联想都是诗人用来突破直觉的狭窄天地的一种浪漫主义艺术的表现手段。"李瑛还指出："通过诗人所回忆的父母，也鲜明地呈现出中国农村劳动人民宽厚善良的崇高形象和种种生活际遇，就使诗具有了更为深广的社会意义和丰富内涵。"①

李瑛很少用充裕的篇幅、细致的笔墨，这样动情地来评价当代一位诗人的亲情诗。但是，他却用了二三千字的篇幅，来指出桑恒昌怀亲诗的鲜明的主题、奇巧的构思、魂牵梦绕的真情、高妙无比的艺术处理，还谈到了该组诗在表现中华民族精神、品格方面的突出成绩。

什么是民族精神？所谓民族精神，指的是一个民族在长期的生存和发展中形成的思想、观念、意识和心理的总和。什么又是中华民族的民族精神？中华民族的民族精神是怎么形成的？五千年的灿烂文化，孕育了中华民族特定的思维方式、价值观念、审美情趣、道德风尚，形成了全民族共同认同的心理素质和精神风貌。这种民族精神，始终在中华文化的发展过程中起着主导作用，处

① 李瑛：《李瑛诗文总集》第十四卷，中国文联出版社，2010年，第86—88页。

于核心地位，由此形成的中华文化优秀传统，是我们民族文化的主流和精华。归纳起来，主要有如下几个方面：爱国主义、天人合一、以人为本、崇礼重德、贵和执中、自强不息等方面。

当然，这种民族精神在历史的发展中会有变化和更新。在近代，民族精神在继承传统民族精神的基础上，又加入了发愤图强、独立自主、变革求新、团结统一的新内容。“五四”以来，又增加了民主观念、科学思想、艰苦奋斗、自力更生等新内容。新中国成立后，特别是改革开放以来，随着实现四个现代化的社会变迁，中华民族的民族精神在继承优秀传统和保持革命精神的基础上，又增添了新的内容：市场竞争意识、民主法制意识、时间效率意识、开拓创新意识、科教先行意识等。

李瑛诗歌在颂扬民族精神、民族品格方面，有如下三个特点：

(一)自觉性高，形象性强，社会效果好

李瑛早年的诗，控诉了吃人的旧社会，洋溢着反抗、斗争精神。“无名的尸身挂在树枝间，/无数的尸体横在断桥下；/冷酷的夜完成残忍的工作，/狞笑地望着明天(他不知明天是什么样子)；夜/散步在冻结了落叶的冰河上……”(《散步的夜》)由拟人化的散步的夜作证，揭示了旧中国尸横遍野、民不聊生的悲惨景象，使人感到揪心的疼痛。

《歌》写出了北京20世纪40年代末反饥饿、反内战的爱国民主学生运动的赫赫声威。

歌声，
从贴着无数标语和传单的墙壁上，
激昂地回响过来，
震撼着这凋敝的古城，
震撼着天空和大地；
听，三倍激昂的声音在响起：
专制的暴君，
我们用爆炸的歌声同你比！
我们用肩膀靠着肩膀的力量同你比！
我们将胜利！

的确很形象地写出了学生运动的声势、力量，从“歌声”这个特定的角度，写出了学生必胜的信心。推翻专制暴君的统治，争取民主自由，这就是我们的民族品格！难怪他的这些诗得到了北大老师们的好评。

写海防战士的诗，如《山鹰》诗人先用前四节诗，写了山鹰俯瞰云层、搏击长空的矫健形象，最后一节，笔锋一转："啊，矫健威武的山鹰，/凝聚了我满腔豪情。/我的驻守在深山的战友呵，/这山鹰不正是你的身影！"在写守卫边寨的边防战士的诗里，有这样的妙语佳句："月，在山的肩头睡着，/山，在战士肩头睡着。""没有悬崖，拨开荒草，/闪动着巡逻战士的刺刀；/七亿人民的嘱托频频叮嘱：/警惕！警惕那豺狼虎豹！"(《边寨夜歌》)战士为国戍边的责任感，就是他们的爱国主义情怀。这些诗在20世纪五六十年代深受读者喜爱，也是当时青年诗人的参照物和模仿对象。

(二)能连贯今昔，进行革命传统教育，运用浪漫主义的联想、夸张，写得大气磅礴，有声有势

试看李瑛的《磨刺刀》：第一节，写今："雷一声，闪一道，/扳倒峭壁磨刺刀。/我的汗，在刀身上淌，/刀的火，在我心头烧。"第二节，写昔："莫忘当年井冈险哟，/哨哨都飞动红梭标；/莫忘当年怒江急哟，/惊涛骇浪洗大刀。"第三节连贯今昔，写当今的战士继承了当年红军、八路军的优良革命传统："刀声未停人未老，/刀光下，走出咱一代新英豪。"新一代又是啥样的精神风貌？"头上的五星星更红，手里的战旗旗更娇"。

相似的内容，不同的视角，以小河为历史的见证，《过小河》一诗似乎感情更真挚，诗句更绵密，军民情谊深的传统也在代代相传。头两节抚今追昔："杨柳青，芦苇密，/晚霞落，炊烟起；/砍柴回营过小河，/见一群姐妹洗军衣。"淙淙河水告诉他："三十年前在这里——/一位老大娘，/为给子弟兵洗军衣，/被敌人杀害在河心里。"随后的五节就写老大娘的精神产生了巨大的力量，促进了革命事业的大发展。诗的最后一节，回应开头，联贯今昔，亲切感人：

> 战士砍柴过小河，
> 人人激情似潮急，
> 拔节芦根细细嚼，
> 摘片柳叶吹柳笛；
> 稍歇息，都记起——
> 就是我们这群年轻人，
> 当年都生在那枪声里；
> 而你河边的好姐妹哟，
> 不就是那英雄大娘的亲儿女。

不用再举更多的例子，足以见出李瑛诗中像洗衣大娘的人物，是英雄的母亲，是勇于为子弟兵服务的支前模范，她的慷慨赴死，让青山肃立，令江河哭泣。

她身上凝聚的爱国主义、英雄主义的民族精神、民族品格，令人敬佩不已。

(三)不论写人、咏物、绘景，这些诗都具有情理交织、物我同在、虚实结合的优美的意境，也常常寄寓着深刻的哲理

1978 年 11 月，诗人在西沙永兴岛遇到了一位辛劳了五十年的老渔民，遂写了这首诗《望》。“十二级台风和九级浪，/如今都停息了——/停息在这位老渔民：/褐色的肩膀，褐色的胸膛!”风浪怎么能停在老渔民的肩膀、胸膛里?这是虚拟性的说法，是诗的语言、意境。在修好了船和帆后，他站在沙滩上，远望着大海汪洋。诗中多次描绘老渔民的肖像：“风，吹着他斑白的头发，/发尖上，凝结的是盐是霜?”“看他桨橹般结实的手臂，/看他龙骨般坚强的脊梁，/一双无畏的钢铁翅膀，/曾扫平多少滔滔雪浪!”虚实结合，突出了老渔民战胜风浪的力量。“望着他深邃的眼睛，威武的气概，/我惊讶于他的美和力量。”诗人最后点出：“他不正是一座青春的雕像”。搏击风浪的西沙永兴岛老渔民，他是我们勤劳勇敢、自强不息的民族精神的象征，他身上的美和力量也正源于此。

试看李瑛作于 1993 年的《红高粱》，这是一首典型的咏物诗。全诗九节，每节三句到十一句不等，但全诗内容可明显地划分为三层，第一层(第一节)虚笔描绘红高粱的形象：“北方，红高粱/从秋的最高处挂下来/一粒粒血的种子/殷实而精壮。”明明是红高粱从土里长出来的，诗里却是“从秋的最高处挂下来”，这就是诗意的写法。又有谁知道“秋的最高处”在哪儿?这又是诗人的主观想象和认定。典型的物我同在、虚实结合，开笔就点染出优美的意境。第二层(第二节至第五节)以排比的手法，描绘红高粱的坚强形象：顶着风雨与炎热，“攥着拳头生长”；修长的大叶子，挥舞的是“大刀的形象”；钢筋般的根，虬曲般地“掘住泥土”生长；摇曳的红穗，涌向天边，让流云“卷起滔滔的红浪”。第三层(第六节至第九节)诗人就红高粱大发议论，主要有四点：一是认定红高粱和种它的农具：犁铧、镰刀、锄板，“都是我的直系血亲、兄弟和爹娘”；二是认定红高粱“根是宣言、叶是旗帜，是北方历史的诗行”；三是红高粱让我们闻到了烈火、汗和血的气息，它是我们民族“美学和力学的最高形象”；四是这些年我们疏远、丢失了红高粱米饭，偶然在宴会上品尝一瓷勺。本诗做到了情理交织、物我同在、虚实结合，既塑造了红高粱的意象，又歌颂了它是我们民族精神、民族品格的诗意象征。

再看李瑛作于 1997 年的一首写景诗《边城黎明》。全诗六节，每节句数不等：少的两句，多的九句。全诗可分两层意思，前三节是第一层，后三节是第二层。第一层，具体介绍了边城黎明这幅画的内容：第一节总的写画里有一种声音、一片风景；第二节写一个苗族姑娘“背篓里背着山歌”，走在铁索桥上；第三节写姑娘“黑眼睛一闪一闪”“银链子一闪一闪”，还有歌、朝霞、江水“一闪一闪"地流进了生活。真是充满诗意，沁人心脾。第二层，诗人评价这种声音和风景：这是"世界黎明最亮的声音"、最亮的风景，这表明当地人已把"失血的梦丢在昨天"，生活在前进。"这风景是一个生命的词根"，是"中国深山里生机勃勃的故事"，是"原生的质朴美"；又说这位苗族姑娘"是一枝诱人的会唱歌的山茶花"。姑娘、声音、风景、梦、山茶花，这多重意象的组合，表现了苗族人民生活的日新月异。

四、用诗美塑造"四有"新人

(一)努力建设具有我们民族文化新形态的中国新诗学

所谓"四有"新人，就是有理想、有道德、有文化、有纪律的社会主义新人，也就是我们社会主义事业的接班人、建设者。诗人清醒地意识到："我们是五千年的文明古国。我们的祖先为人类文明留下了大量丰富的宝贵遗产。这使每一个中华子孙都感到骄傲。如今，我们重新站起来，找到一条适合我国发展的社会主义道路，在政治上经济上获得了独立，这是我们付出巨大牺牲和代价取得的。但是，只有政治经济的独立而没有自己民族思想文化的独立是难以想象的。思想文化是意识形态，民族的文化，是民族的社会生活、文化传统、生活方式、风俗习惯、心理素质以及语言特点等多方面综合形成的，是在民族长期发展的历史中形成的。我们有我们中国自己特色的独立的文化，永远保持我们民族的精神，维护它的独立和尊严，在文艺上则要保持它的社会主义性质和民族特色，没有鲜明民族特色的东西，在世界上是站不住脚的。"①整个文化是如此，对于文艺是如此，对于诗歌也是如此。不仅如此，诗人在《期待思想的闪电》一文中还论述说："二十一世纪是知识创新的时代，知识创新依靠的是人的思维的创新，置身于庞大的互联网跟前，面对巨量信息，人们的思维方式不可避免地将发生变革，这种变革，可能不是技巧性的、补充性的，而是革命性的；对此，应该有充分的估计和准备。我们的诗人，可以从观照世界和现实的方式入手，认真地有计划、有准备地开展对诗体、形式、诗歌技法以及语言等等问题的深入研究。可以肯定，这种研究会大大有助于培养我们的创造思维，提高我们的创新能力。创新是一个民族进步的灵魂，诗歌上的创新，也是诗歌发展的灵魂。大力开拓新的审美领域，提高诗的艺术水平和表现能力，从而建立起具有我们民族文化新形态的我国现代的新诗学。"②读了这段论述，我是深有同感的，也愿意为创建"具有我们民族文化新形态"的我国现代新诗学加砖添瓦。我以为这种现代新诗学，也应包括对一位诗人毕生的诗歌创作的专门

---

① 李瑛：《诗美的追求》，中国文联出版社，2002年，第5—6页。

② 李瑛：《李瑛诗文总集》第十三卷，中国文联出版社，2010年，第194页。

研究，也就是有代表性的重要诗人的诗人论。

(二)抒情诗人的基本修养

优秀的抒情诗人应具备一流的人格修养与艺术修养，人格修养与艺术修养差，是不可能创作出净化读者灵魂的优秀作品来的。为什么年近七旬时，李瑛认为他的“动力没有衰退，活力和创造力甚至比过去还更旺盛”，“艺术感觉和思维能力似乎也比过去更敏锐”，“始终保持着自己的一片童心”?

一是他重视深入生活，二是他刻苦学习、勤于思索。他在诗集《生命是一片叶子·后记》中的这段话①，即是最好的答案：

> “生活”这是个多么生动活泼、多么丰富美好的字眼！它总是奔跑着的，闪动着的，它总是新的，甚至使你难以想象和捉摸。长时期来，我每年总要外出，到基层去，到大自然中去，参观、讲学、访问和旅行，为此，我经历过不少艰辛，吃过不少苦头。我们伟大祖国如此辽阔，无论高山大河，或一块石子、一湾细流，都会为我揭示出形态神秘的大千世界，揭示出大自然给予我的美学教育，徘徊其间，常会产生无穷的遐想，我们的民族创造了如此久远的灿烂文明，看到那些沉寂的战场和墓葬，砖石瓦缶，陶片青铜，踽踽在废墟之上，便像听到来自大地腹腔的清晰却又遥远的回声；今天，我们的人民又创造了如此辉煌的业绩，他们吃苦耐劳，和谐大自然，他们在同一切腐朽没落的传统观念，在同旧的思想道德的斗争中，建立起新生活、新精神、新秩序，他们的脚步声震动了世界。感谢我们值得骄傲的父辈和祖先，给予我他们的基因和一份纯净的鲜血，使我得以有至高无上的爱和积极的思绪、质朴和正直、善良和纯真，使我得以在对生活的观察中，引发出心灵的折射，或消融于哲学的沉思，或映照艺术的情韵；就是受这些激发，才使我能永葆心灵的青春和诗的激情，这时我便努力寻找自己的语言和自己艺术地掌握世界的方式进行创作。我对自己的追求充满信心。

李瑛在艺术修养上是积极努力，从不止步的。他曾经称赞已经离开我们的当代杰出诗人郭小川说：“他是一个艺术家，一个真正的诗人。他思想敏锐，视野开阔。他把自己所具有的高尚情操，把自己斗争生活的丰富积累——认识的积累、感情的积累，同锲而不舍、精益求精的艺术追求紧密地结合起来。他是一个具有高度责任感的严格意义上的诗人，一个真正的创造者。他永远不满足于自己已经取得的艺术成就，无论是在诗的形式、表现方法，还是在语言结

① 李瑛：《李瑛诗文总集》第十四卷，中国文联出版社，2010年，第223—224页。

构和美学追求上，他总是不断地进行新的探索和尝试，不倦地追求和寻觅浓郁的诗情，并且取得了丰硕的成果。”①其实，这段论述与评价，若挪用到李瑛身上来，我以为也是完全合适的。由于李瑛的诗歌创作时间绵长，诗作数量大，诗作审美质量越来越高，他的诗歌创作成就，特别是抒情诗的创作成就，已经超过了郭小川。尤其难能可贵的是，改革开放以来，诗人更加自觉于提高诗作的艺术水平。诗人明确地告诉我们：“改革开放的历史新时期，随着社会发展，科技进步，人类所面临的生存背景发生了深刻变化，面对着身边的新生活和成长起来的具有更为深刻、更为丰富、复杂的心灵世界的新人，以及逐渐走向成熟的读者；从接受角度考虑，诗除了感染人、激励人外，还应对人有智性的启迪、精神意识的震撼，以及语言的愉悦等等，因此我感到，我们的诗如仍囿于过去相对积久的形式、长期惯用的艺术手法、模式化的思路和陈旧的词语，显然是不够了，必须从对诗的观念到多种现代艺术技法的运用、意象的营造、语言的选择，以及美学追求等多方面，从一个新的文化层面上寻求探索和突破。诗人最危险的是精神的禁锢。你的诗必须具有现代意识，才能深入现代人的心灵。当然，这绝不是如某些诗人那样脱离时代和生活的浅薄的无病呻吟，甚至是低俗的宣泄。诗人要尊重他所处的时代和读者。刚才你提到更加贴近表现现代人的自我内心的真实，我刚想到为什么不可以把心灵纵深层次的探索和社会生活的探索结合起来呢？不能盲目创新，寻求怪异。特别是这时能接触到许多过去长期难以读到的外国不同形式、风格的诗作，使我在进一步继承传统的同时，研究、借鉴西方诗作中某些新鲜的优秀的东西，力求使自己的诗既具深刻的思想智慧，又富较强的艺术魅力。”②从其新时期的诗歌创作实践来看，李瑛诗作的艺术水平，有了明显的提高。李瑛不仅有良好的中国传统文化的积累和修养，他也相当熟悉西方文化的精髓。他读过大量西方各种风格、各种流派的诗歌作品，有过较多的出访机会，对西方现代诗的本质特点有深刻探究和把握。正因为他有中西兼顾的良好的诗歌文化修养，他的诗歌的美学感染力和艺术穿透力不断增强，使他成为越来越受广大青年读者喜爱的学贯中西的学者型大诗人。

(三)李瑛的诗是培养“四有新人”的生动教材

李瑛作于1984年的《二十岁生日》，全诗十节，短的节三句，长的节十二句。全诗有三层意思，第一层(第一节至第三节)祝贺这位满二十岁的战士的生日，是在打了漂亮仗之后，是在鏖战方停的阵地。先说他眼里充满欢乐、痛苦、懊悔和焦虑，经过二十年风雨后，他变得强壮了。他的生命像山、树、河

① 李瑛：《李瑛诗文总集》第十三卷，中国文联出版社，2010年，第96页。

② 《李瑛访谈录》，出自李瑛：《李瑛诗文总集》第十四卷，中国文联出版社，2010年，第285页。

流、泥土、子弹、大炮一样。炮火已经覆盖了他“稚气的欢乐、单纯的幻想、勇敢的追求、狂热的嬉戏”。第二层(第四节至第八节)讲生日的特殊祝贺方式：没有啤酒、吉他、圆舞曲，有的是伪装网、步谈机、汗和草的气息。诗中说：“你长大了，/像枚成熟的果子，/忠诚而且坚实。”战士在过生日这天，坚守在掩体里，幸福、威严和警惕！诗中再次喻指他是小松树、铁丝网、鹰。第三层(第九节至第十节)说战士心头有个秘密：有一位苗条的姑娘闯进了心头，诗人肯定他有爱的权利，弹坑边一朵刚开的小红花，就是给他的生日贺礼。这是充满人文关怀的一首好诗，表现了解放军战士对祖国的无比忠诚。这样的诗倡导了革命人生观，可以提高军内外广大青年的政治觉悟。

李瑛作于2006年的《和梦的对话》，是一首不大好懂的人生哲理诗。这首诗讲的是诗人和梦的对话，梦告诉诗人：“我所呈献的是你的真实”、“我是严肃的”、我“带给你失去的欢乐”，“当然也会给你悲伤”；梦要求诗人：“不论欢乐或悲伤/都应该同样接受”，把梦保存好，“让更多生活情蕴陪伴你”；梦特别强调：“并不是要你永远躲在我的身后”，“没有梦是真正的不幸”！上述对话的内容，不是一看就懂的，要反复诵读，真正读懂其中的真意。梦要诗人正视生活，正视现实，正视历史，正确理解梦的或乐或苦的内容。多读这样的诗，自然会使青年变得成熟起来，历经生活的种种际遇之后，要从中悟出人生的哲理、真谛。李瑛作于2005年的《不要忘记走过的路》，似乎可以成为对《和梦的对话》的诠释、打开哲理之门的钥匙。李瑛作于2008年的《学会忘记》，也是指导广大青年如何做人的一首优秀的哲理诗。本诗不分节，浑然一体，共二十六行。全诗以“学会忘记”为标志，可划分为三层意思。第一层(开头四句)，讲要忘记年轻时追求过的“荣誉、名声和财富”。第二层(五至十六句)，讲要学会忘记辱诟、恩怨等附着在身体之外的东西，要重视“真实”，还有那“有思想信仰的赤裸的生命”。第三层(十七至二十二句)，讲要学会忘记，使自己快乐，像鸟、种子、水珠、星火。

作于2007年的《悼一位高原汽车兵》，让青年真正懂得生命的价值，要时刻准备着，为开发祖国大西北，做出自己的贡献。“把千里长路/折叠在二十岁的生命中/谁知道他碾碎多少/烈日，幻影，风暴，野谷/左窗，飞掠的荒滩/右窗，旋转的雪脊/一次次把太阳/从黑夜里捞出来。”真是诗的构思、语言、形象、意境，大气磅礴地写了二十岁的高原汽车兵是怎样劳累、奔波，特别是“一次次把太阳从黑夜里捞出来”。汽车兵的死，对诗人震撼极大：“我成了一块石头/下不了笔/写对他的怀念/辗转一夜直到眼皮红肿的黎明。”诗人用吐自肺腑的诗句，表达了对汽车兵的崇敬与怀念：

他去了，只留给我一个巨大的背影

在千山之外，千水之外
在生命禁区之外
世界最高的地方
群星升起的地方
他的衣角飘动在那里
是一面翻飞的旗帜

读了上述李瑛的诗作，可以见出，诗人不是居高临下地对青年读者进行教育，而是敞开自己的心扉，平等又耐心地和他们谈心、对话。他认为，自己的诗不能只写对生活的浮光掠影的感受，也不能一般化地写对大自然的粗浅的感知，而要借助新颖的视角、生动的形象、典型的场面“来‘表现人民的愿望，传达人民的呼声’，来抒写人民的高尚的精神、光辉的理想、纯洁的心灵和美的感情。不仅写人物(包括将军、士兵、工人、农民、知识分子和诗人自己)的大量抒情诗，从不同的角度和方面，以不同的方式和深度，揭示和表现了当代人民的光辉品质和崇高精神，揭示和表现了他们赖以推翻旧世界、创建新世界的英雄性格和道德力量，揭示和表现了他们光彩照人的心灵美和精神美，就是在写风光景物、花草树木、虫鱼鸟兽的时候，诗人也要独具慧眼地从抒写对象中自然而然地发掘出某种可贵的东西以寄寓他发现的某种给人启迪、耐人寻味的生活哲理，以揭示我们时代人民性格中某种闪光的品质和他们的灵魂美、精神美。”①

对南海上的云、海声、无名小岛、珍珠、海沙、海礁上的藤、仙人掌、东岛的鸟、一棵被台风吹折的羊角树、海螺等，诗人都有深切的感情。对海声，诗人赞颂道：“沉沉隐隐，/从烟里，从云里，从雾里，/雄浑像炸雷，/像迸裂的金属，/像磅礴的群峰，一齐倾倒；/洪波深处，惊心动魄/又像发来万乘铁骑，一声长嘶，/鼓角中，无数马刀，嗖地抽出了刀鞘；/尖厉，又似飞鸣的箭镞，/沉浊，又似排空的重炮……”(《海声》)对无名小岛，诗人歌唱说：“黑点——叶片——玉盘，/南海的无名小岛呵，淳朴又庄严；/知道吗，我们过去曾失落了你，/我到处寻找你，直到今天。”(《赴无名小岛》)谁应该得到珍珠呢？诗人回答说：“辛勤的水手，勇敢的渔民，忠诚的战士，/既然你的日子是浪花串成的，/那么，就把珍珠带走吧！”(《珍珠》)诗人还描写了满眼生机的海沙：“看粗犷的仙人掌，/骄傲而且倔强；/看无畏的抗风桐，/骁勇而且坚直。”“当然，在他们身边，/还有跳荡的渔火，/还有晾晒的网具，/还有一行行警惕的足迹……”(《海沙》)诗人大声赞美海礁上的藤：“只有一个信念占满它的心：/战胜风浪，征服雷电，抵御酷暑！/为了祖国，既然是生命便要生长，哪怕脚

① 晓雪：《诗的美学》，中国文联出版公司，1985年，第214—215页。

下没有一粒真正的泥土；/看它牢牢地攀紧祖国大地的身姿，/对我们，永远是无声的启示和鼓舞！”（《海礁上的藤》）面对被台风吹折的羊角树，即使枝干折断，表皮被撕裂，仍匍匐在沙滩上倔强地生长：

不屈的勇者呵，不死的生命，
我理解你的痛苦，你的不幸！

血的昨天，火的今天，
也许夜夜梦里仍有雷声滚动。

任波涛陡峭，风狂雨猛，
你永远保持战斗的姿容。

对如此勇敢美丽的灵魂，
我哟，怎能不歌唱你的光荣！

现在，我来了，我把手伸给你，
因为我找到了忠诚和爱情。

是的，你不是一棵树，小小的羊角树，
你是我的一位战友，一名士兵！

收下吧，请把我这支歌当作一束花，
感谢你，教给我懂得了人生！

可以看出，李瑛是一个博学多思、虚心谦和的人，对生活中的诗情画意有特殊的敏感，对事物中潜藏的哲理能巧妙的发掘。他总是以青年读者的朋友的身份，来感受、发现生活中美的事物，并融进自己的审美理想，把生活素材加工、提炼为诗境优美、想象丰富、语言质朴的诗。比如，在中越边境自卫还击战中荣立一等功的战斗英雄刘勇，战前反复吟咏抄在笔记本上的《关于生命》一诗，并自言自语地说：“李瑛同志，我把你这首诗带到战场上去，变成枪，变成手榴弹，变成胜利的鼓角。”①为什么这首诗，受到刘勇的特别喜爱，因为诗人在抒发了自己对青年一代的期冀，在阐述了自己的人生体验后，有这样几句

① 《广西日报》，1979年5月8日。

诗："是的，我们的生命像一条河，不能单纯衡量它的长短，该计算它——转动多少机组，发出多少电量，灌溉多少田垄"。显然，河的形象里寄寓了关于生命价值的哲理，它们震撼了青年读者的心灵，激励他们立志成为"四有"新人，把实现四个现代化的重任担在肩头。

在李瑛的数以千计的抒情诗里，爱情诗占有不可缺少的地位。优秀的诗人在生活中极为重视谛听、观察人们的精神世界，爱情也在其中。"真正的高尚的爱情，是生活中一种美丽的东西。人们在这种关系里，最易于袒露自己内心的秘密，最易于无所掩饰地流露出自己的生活态度、人生理想和品德情操。美好的爱情同美好的思想，是一对孪生姐妹。然而，各时代有各时代的爱情，各阶级有各阶级的爱情。尽管爱情历来是诗歌中一个常见的主题，但正像高尔基早就期望的，对于无产阶级来说，'爱情作为诗人的主题，显然需要涂上另外的色彩'。"①

李瑛作于2007年的《我心底有一个秘密》《我最初的爱情》《祝福》《等待》《爱情故事》《爱情》《舞蹈》《窗台上的花》等，数量虽不多，质量却很高，可以视为李瑛抒情诗中的精华。

《我心底有一个秘密》是写给李瑛的妻子冯秀娟的，运用了民歌重复的手法："我心底有一个秘密，是甜的，甜得使人痴迷""是苦的，苦得使人颤栗"，这秘密，"不能告诉任何人"，"只想告诉你轻轻的"。"没有苦味的爱是不真诚的。"音韵响亮，感情真挚，充满哲理，是难得的质朴深刻的爱情诗，对当今青年树立正确的恋爱观大有裨益。《我最初的爱情》全诗五节，每节一句到八句不等。几十年过去了，只有"月光般美丽的爱情""仍照耀着我"。爱情是怎么开始的？"两颗幼稚的心，羞涩地躲在花丛后边，我摸了她的手，我亲吻了她"。此后，埋在心底的，"这一块金子般的爱情"，"经历了无数风雨"，"仍然滚烫，甜蜜"，"一如当年纯洁而完整"。本诗体现了我们民族的道德、伦理观，歌颂了坚贞如初、恒定不变的爱情。《等待》这首诗长达208行，共十章。诗人在2008年7月31日写的《等待·后记》中，讲述了他写这首诗的经过、心境。还告诉我们他写成此诗，是在妻子冯秀娟病逝后的41天。这首爱情诗好在哪儿？第一，构思新颖，富于独创性。如第一章，诗人说冯秀娟的病逝"带走了我生命的/一半，三分之二/更准确地说是全部"。第二章说冯秀娟去世的日子，"这一天的日历是一扇门/你昨晚把它打开/今天却关闭了/时间冻结在那儿/从此我再难推动它/也没有钥匙能把它打开。第二，抚今追昔，感情真挚。第三章这五句："红楼课堂激情的歌声/少女的妩媚/青春的欢乐/始终不息地/在我心的深谷回响。"诗人在第四章，用简洁朴实的语言、生动的比喻，回忆了他俩相濡

① 吴欢章、孙光萱：《抒情诗的艺术》，青海人民出版社，1981年，第5页。

以沫的数十年。“不测风雨中，我们/互相梳理彼此的羽毛/互相舔着彼此的伤口/你羸弱的身躯承受/太多的磨难和屈辱/却总是坚贞不屈/只以坦然一笑/维护自己的尊严。”第三，意象组合，别有理趣。如第五章“衣柜里折叠着你/几十年走过的路/冰雪，尘沙，泥泞，浓雾/汗渍浸透的褪色军衣/干校缝补的老棉袄”。“衣柜里折叠着你/几十年走过的路”，这是虚拟的说法，路是不可能折叠的，更无法放在衣柜里。但柜中物品的意象组合，别有理趣，含义深刻。又比如第六章里：“没有人知道/只把我和孤独留下来/把我们的小屋/和我们一起/走过的小路，坐过的长椅/留下来，在历史深深处/一起变冷。”第四，通过假设，表达心愿。第七章假设两人“再重生一次，该有多好”。这纯粹是浪漫主义的主观想象。第八章全是假设，只是表述得更具体、细致、真切：“但我还总是想/你并未走向黑夜和寒冷/你只是出去一会儿/还会回到我身边/你不放心把我一个人/丢在这偌大的世界/我还总是想/我们离得那么近，像 1 和 2/无论走多远/你都会沿着家里/灯光铺就的小路赶回来/在一个清晨或傍晚/轻轻推开门/亲切地唤我的名字/然后依偎着我/擦去我满脸泪水/把你的心重新/放在我手上/让我在你的爱里/沉沉地睡去。”这些诗句纯粹是虚写：心如何重新放在手上？正是这些诗句，表达出了越老越纯、越老越真的爱情。

总之，不用再举更多的例子了，李瑛的爱情诗是其诗作中的珍品。正像有的人评论闻捷的情歌所说的：“在他这些诗篇里，爱情的选择同劳动的辛勤须臾不离，对爱情的坚贞和对祖国的忠诚密不可分，爱情的幸福同革命的理想比翼齐飞，爱情的欢乐和新生活的建设结伴同行。”①还需指出一点，闻捷的情歌是写他当代人的情歌，而李瑛则写的是自己的爱情经历、感受。但两者都能帮助一代代青年人确立正确的符合民族道德传统的社会主义爱情观。

综上所述，李瑛的诗作在用诗美塑造“四有”新人方面的积极作用是十分明显的。李瑛的诗作，能促使当今青年受到一种激励和鼓舞，产生一种上进的力量，促使他们为实现远大理想而奋斗，促使他们为追求美好的生活而劳作不息。

---

① 吴欢章、孙光萱：《抒情诗的艺术》，青海人民出版社，1981 年，第 5—6 页。

第六章　李瑛诗歌的评价

在我们介绍了李瑛的生平及创作道路、他在当代诗坛的显赫地位及其诗歌创作的特点、成就、美学追求五章内容之后，再来谈谈对其诗歌的评价。这是收束全书的一章。

艾青在其《诗论》中，有这样三段话[①]，对我们阐述本章确有启发：

（一）

永远和人民群众在一起，了解他们灵魂的美，只有他们才能把世界从罪恶中拯救出来。

不要避开他们，即使他们要来驱赶你。

只有他们在这世界上是最可信赖的。

（二）

信任他们——

信任一切为人类创造财富的人们，他们对世界怀有希望，对人怀有梦想。

他们说：我们是人类从今天到明天的桥梁；我们从现在带记忆给未来，又从未来带消息给现在；我们是人类的镜子，从我们，人类可以看见自己的悲哀；我们也是人类的鞭子，我们的存在，可以鞭策人类奔向辉煌的远方，美好的彼岸……

（三）

每个诗人有他自己的一个诗神——

惠特曼和着他的诗神散步在工业的美利坚的民众里……

马雅可夫斯基和着他的诗神以口号和示威运动欢迎“十六年”的到来……

叶赛宁的诗神驾着雪橇追赶着镰刀形的月亮……

凡尔哈仑的诗神则彷徨在佛拉芒特的原野，又忙乱地出入于大都市的银行、交易所、商场，又在烦嚣的夜街上，像石块般滚过……

---

① 艾青：《诗论》，江苏文艺出版社，2010年，第54、57页。

显然，综合考察李瑛这位诗坛巨匠七十多年的创作生涯和成果，我们可以欣喜地说他始终是和人民群众站在一起的，他无比地信赖、热爱人民群众，把自己看成是他们忠实的代言人，这是其一。其二，李瑛是深深懂得诗人为社会进步、为人类文明的发展所肩负的重大使命的。他十分信任在工、农、商、学、兵各条战线上为人类创造财富的人们，并尊重他们的希望和梦想，理解他们承担的“桥梁”“镜子”“鞭子”等作用。其三，李瑛坚定地和人民群众、和人类财富的创造者站在一起，为人类奔向辉煌的远方、美好的彼岸而战斗。

李瑛的诗神是什么？是战士、人民以及他们献身于的伟大而崇高的事业。李瑛诗作中最吸引人的东西是什么？著名诗论家丁国成的回答是：“早在十年内乱以前的学生时代，我就如醉如痴地喜爱并且抄录李瑛的诗篇，为他作品中美的思想、美的情感激动不已，被他诗笔下美的意境、美的艺术深深吸引。”1982 年他捧读了李瑛的近作《我骄傲，我是一棵树》，“仍然会得到那种娱悦心灵的美感享受。虽然书里所收诗作的艺术质量参差不齐，个别篇章也许还未达到他应有的创作水准，但是诗中的思想、感情却更为纯净、深沉。可以说，执着地追求美，努力地发掘美，精心地表现美，热烈地礼赞美，一直贯穿于李瑛的创作实践之中。”①

的确如此，在丁国成和我们这些六十年代大学中文系学生中，凡是喜爱读诗和写诗的人，都经常传抄李瑛、郭小川、闻捷、贺敬之、张志民的不同风格的抒情诗，如饥似渴地从中吮吸诗美的营养。李瑛等诗人就是我们心中的偶像、明星。时间一晃近五十年过去了，非常荣幸，在我七十岁的时候，还有机会来完成《李瑛诗歌论》的专著，而研究对象又是将近写了七十年的诗坛常青树——大诗人李瑛。

本章的中心论题是“李瑛诗歌的评价”，具体来说，要依次论述这样两个问题：一、李瑛的诗歌为新诗发展提供了成功的范例并积累了有益的经验；二、试谈李瑛诗作的缺失、弱点与不足。

一、为新诗发展提供了成功的范例

在我们对李瑛的诗作做了系统、周密的考察之后，得出的结论是什么？对他的基本评价又如何？我以为可以用这样一句话来概括：李瑛的诗歌为新诗发展提供了成功的范例。他是一个创作态度严谨、创作成果丰硕、创作劲头始终很足的大诗人。从他的创作道路、创作成果中，我们可以为新诗的发展找出一些有益的经验。

(一)要重视诗歌的力量和作用

诗歌的力量在于真善美，在于诗人的人格力量。

---

① 李泱、李一娟编：《李瑛研究专集》，解放军文艺出版社，1983 年，第 379 页。

李瑛自己说："诗歌的力量在于它的思想性和艺术性的冲击。而这又取决于诗人思想水平与审美创造能力的高低。评价一首诗，首先是它的深刻的思想力度(包括政治的、社会的、道德的、哲学的、伦理的等等的内涵)。诗歌绝不是简单的政治的附庸，而是诗人观察社会、剖析生活之后的反思和领悟，它应该具有鲜明的倾向性、宽广的历史背景和丰厚的哲学容量，它撼人心魄，怡人性情，使人通过对生活真理的认识，对形象所包含的思想的理解，达到对生活本质的认识，给人以美、振奋和慰藉。""诗人首先应是真实的代表者，是时代和社会的代表者。他应该既有个人化的口味感觉，又有对现实生活的重造能力，通过表现生活的本质，抒写出与时代、与人民共通的情怀。所以我们说，诗是呼吸的思想。"①对诗歌，李瑛是这样认识的，也是这样实践的。

我们知道，诗的本质，正是诗人的本质力量的表现，诗的美，正是人的本质力量美的呈现。"那么诗人美的本质指的是什么呢？那就是敏感的直观感受能力、创造性想象能力、高尚的理想、健康的情感、正直的品质、丰富的智慧、坚韧的精神、高洁的情操、超人的技艺、充沛的精力、深厚的文艺修养，以及丰富的艺术经验等等。只有以这种力量去观察生活、提炼生活、表现和评价生活，只有以这种本质力量去进行艺术实践，诗才具有本质美，才有感人的力量，才会产生审美价值、认识价值、教育价值、交际社会、社会价值。"②请注意，关于美的本质，江柳列举了"敏感的直观感受能力"等十二项，显然，这是相当全面、深刻的论断。不仅如此，他还认为诗人只有以这种力量去进行艺术实践，才能产生有价值的好诗。

李瑛诗作的数量是非常丰富的，七十多年来写了近三千首诗，现在还陆续发表新作。有专著对此进行了分析说："如果把李瑛所有这些作品放在一起，人们就会发现，李瑛有不少诗描写的都是同一景物，但却风貌各异。例如写哨所的有十二三首，写巡逻的有八九首，写出击的有近二十首，写夜晚的有近三十首，写路的十四五首，其他还有很多，不再一一列举，这就提出一个问题：为什么同一景物，在同一诗人笔下，竟会出现如此数量众多的不同诗篇？而且每一首诗写得都不重复，都是那么新鲜，那么有声有色，芳香各异？答案很清楚，这就是因为诗中有战士之情并富有鲜明的时代特色。尽管某几首诗，它所选取的素材一样，情境也相仿，但由于诗人注入作品中的感情血液不同，自然构成的意境也就不一样，作品的风貌也必然带有那一时代的特色。单从意境讲，固然意由境生，境因意成，二者互相渗透，有机结合，但是归根结底，基本上还是有什么样的诗人感情才能创造出什么样意境的诗篇。战士之'情'在李

① 李瑛：《诗美的追寻》，中国文联出版社，2002年，第31—32页。

② 江柳：《诗歌美学理论与实践》，长江文艺出版社，1988年，第17页。

瑛的诗中起着主宰的作用。比如写早晨的诗，50年代，李瑛写了一首《早晨》，那是一个美丽、宁静的南方边疆的早晨。诗中写到了炊烟、小鸟、红日这些早晨所共有的形象。由于早晨美景的激发，诗人称我们伟大的祖国是'如花的祖国'，整首诗洋溢着的是对祖国新生所充满的骄傲与自豪的感情。60年代，诗人又写了一首关于早晨的诗——《在每一个早晨》。诗中仍然写到了早晨所应有的景象，但由于诗人在这个'早晨'的心情不同于50年代那个'早晨'，诗人感到的是'风暴般的世界，却紧摇着我的房门'，因而，诗中鼓荡的激情便大不同于第一首写'早晨'的诗。诗人唱道：'我并不热衷于——早晨，哪里又多开放一朵玫瑰，或者，哪里又新铺出一片绿茵……'在诗人的眼中，'比这花红草绿更壮丽的'，是世界革命斗争的风云！"①

又比如，60年代，李瑛写了两首关于雨的诗：《雨中》《雨》。《雨中》写的是汽车兵在戈壁滩遇雨的感受："一朵云，/拧下一阵雨，/匆匆地掠过车篷。"汽车兵"从车窗伸出一只手"，"想接一把水擦擦眼睛"，结果未能如愿，"亮晶晶的雨没落就干了"。《雨》写边防哨兵感受的"淅沥沥"下了一天的细雨，哨兵想起了"金色的沙滩"、蕉叶的烟雨、塞北的马蹄，那里有"我难忘的战友和兄弟"，"他们借亮晶晶的雨传递消息，叮嘱我两个字：警惕!"改革开放新时期，李瑛写了《假如窗外有雨》和《细雨里》两首诗。这两首关于雨的诗，题材相近，情调却很不同于60年代的两首。《假如窗外有雨》是借雨回忆往事："假如窗外有雨/假如你坐在灯下回忆过去/在被雨水打湿的尘泥和灰烬里/很多你懂的事/都已忘记/很多你懂的事/也许要思考一生。"《细雨里》是借细雨歌颂欢乐的生命："一群孩子在林间采小伞似的蘑菇，/雨水打湿了她们的双脚。""是歌声滴下的雨滴吗，/雨和歌拍打着林间的青草。""在江南的细雨里，/生命就这样欢乐地跳……"

"上述这一有趣的现象，生动地说明了；在李瑛的诗中：'情'是矛盾的主要方面。由于有了不同的诗情，才使描写同一景物的不同诗篇获得了独立的艺术生命，开拓出了迥异的艺术境界，它们像争妍的百花一样，以各自艳丽的姿态，开放在诗的原野。李瑛的诗具有很强的形象美感力，并不是说，他的诗仅仅是品题泉石、摹绘烟霞之作，而是'立一主以待宾，宾非无主之宾者，主宾者乃俱有情而相浃洽'。如果借用'烟霞'一词来统称'景'或'物'的话，那么，我们可以毫不夸张地给李瑛的诗批上八个大字：腕底烟霞，胸中虹霓。"②李瑛是伴随新中国成长起来的第一代诗人，他在1942年登上诗坛，七十多年来，他的诗作随着祖国和军队的发展壮大，美学穿透力和哲理思辨力不断提高。李

① 于丛杨等：《李瑛诗论》，长城出版社，1987年，第17－18页。

② 于丛杨等：《李瑛诗论》，长城出版社，1987年，第18页。

瑛自己也是在生活的激流中锻炼成长的。他时刻关注时代风云的发展变化，他深刻体验人民群众的心理情绪，他急人民群众之所急，他想人民群众之所想，他把自己体验过的东西，包括自己的喜怒哀乐的素材，注入自己的坚强意志，连同自己高尚的情操，还有明确的审美理想，化作瑰丽、闪光的诗篇。

周恩来同志在1959年11月2日关于重视和发展的电影事业的讲话中他曾经说过："我们新社会里的新人新事，新的英雄，是富有劳动的精神、战斗的精神、集体的精神、向上的精神的。"显而易见，这就是社会主义的时代精神，这就是中国人民的崭新的精神面貌。李瑛诗歌的可贵，就在于其能多视角地、生动地、形象地反映这种精神。"党河岸边走着一群青年人，/黄牛背上驮捆捆的树苗；/莫看每人肩头都有一小片沙漠，/他们要到瀚海的浪尖上去栽杏种桃。"(《敦煌的早晨》)"看它们踏伏万顷流沙，/肩擎住一天雷雨，/倒下去又支撑起来，/眼中瞩望的只有胜利。"(《红柳·沙枣·白茨》)"嗬，我们这小小的高山哨所，/也许真正是一叶海上帆篷；/祖国的亲人呵，当你向夜空遥望，/那最远的星斗，就是我们的桅灯！"(《高山哨所》)"是的，我爱海，但我同样爱山，/大海，高山，分挑在战士的双肩；/只因，祖国——这就是你呀，/你每寸土地都浸透战士的情感。"(《海的怀念》)"正义比钢铁要坚强百倍，/真理比金石更千倍耀眼，/他三次战胜危难，夺得尊严，/他永远是胜利者，因为他勇敢。"(《勇敢》)"澜沧江喜欢山箐中的芒锣木鼓，弓弩镖枪/澜沧江牵挂那么多竹楼山寨的姐妹爹娘/澜沧江把我的诗放在她独木舟的槽子里，给它韵和力量。"(《澜沧江》)"无论惊涛裂岸或沉波隐隐/都是一个民族的根，啊！母亲/从九天星空悬泻，穿过苍茫大野/昭示一种生命的高度，一种精神。"(《黄河》)"啊，两千五百年，/剑已锈蚀，鞭已朽腐，/暗夜里，只有它们在闪光，/六十四件编钟，/而今，/在大厅和我寂静地相望，/从它们自豪的眉宇间，/我理解了历史、人生、欢乐和痛苦。/此刻，我听见它们/庄严地深沉地说：/我们活下来，/只为激励我们的子孙，/看他们怎样建设今天，/并且来参加演出，/庆祝我们崛起的古老的民族，/欢呼他们开始了腾飞的序幕！"(《编钟和我》)"以木石取火/以皮囊取水/以烈日的颜色染红双颊/以古谣抚慰苍凉/任无羁的灵魂笑傲雄风/让世界看吧/一颗颗倔强的头颅/一只只跳动的心脏/一个个赤裸的灵魂和肉体/在牛粪火的跳荡中/在烈性的青稞酒的流溢中/大自然的生存抗争与毁灭/爱的生殖与繁衍/袒露得多么纯净与率真。"(《格尔木以远》)"请不要为它哭泣/它以不屈的形象支撑着/地球旋转的轴/山的根和/人的脊骨/它的痛苦照亮了世界的道路。"(《最后一棵胡杨》)以上所摘引的十首诗的精彩片段，正好印证了周恩来同志的话，诗人的写景诗、咏物诗、纪人诗、咏史诗等，都展现了社会主义时代的新人新事、新英雄的崭新的精神风貌，闪现着劳动的、战斗的、集体的、向上的精神的光辉。

(二)要提高新诗创作的质量，应尽可能多地培养高学历的知识型诗人

李瑛是高学历知识型诗人的突出代表。他 1948 年毕业于北京大学中文系，学识渊博，文学、历史、哲学、自然科学各方面知识、理论修养都很高，称得上是“军中秀才”。

下面结合李瑛的诗作，具体分析一下这种知识型诗人的作品有哪些特点。

第一，诗中的知识丰富、系统，不论是自然科学的知识，还是社会科学的知识，都如此。

看李瑛作于 1984 年的《川江历史》，全诗六节，每节三至十四句不等。该诗借一位世世代代在川江背纤的老纤夫的三代人的工作岗位的变化，讲了川江的历史，讲了“我们民族的昨天、今天和明天”：

老纤夫的世界：“就是川江/就是纤道/就是绳缆/就是埋在岸边的荒坟/就是梦中野鬼啾啾，雷电闪闪……”

儿子的世界：“今天，他的儿子/自豪地骑在川江背上/戴着白手套驾驶航船/并用汽笛召唤群山”。

孙子的世界：“他的孙子在葛洲坝/穿着白罩衫操纵照耀千里的电站”。

再看李瑛作于 1987 年的《黄河落日》，全诗八节，每节两句至八句不等。诗的开头一节，呈现了黄河落日的雄浑景象：

等了五千年
才见到这庄严的一刻
在染红一座座黄土塬之后
太阳，风风火火
望一眼涛涌的漩涡
终于落下了
辉煌的、凝重的
沉入滚滚浊波

日落之后，大地在沉默，树在凝思，鹰很严肃……“只有绛红的狂涛/长空下，站起又沉落/九万面旌旗翻卷/九万面鼙鼓云锣/一齐回响在重重沟壑/颤动的大地/竟如此惊心动魄。”这一节诗，主要从听觉上写黄河波涛的声威。这首诗还有若干精彩的诗句，得力于诗人渊博的历史、文学知识：“黄土层沉积着古东方/一个英雄民族的史诗和传说……如血的残照里/只有雄浑沉郁的唐诗/一个字一个字/像余烬中闪亮的炭火/和浪尖上跳荡的星星一起/在蟋蟀鸣叫的苍茫里/闪烁……”

再如1994年作的《杏花》，全诗四章，十二节，是一首精美的咏物抒情诗。诗前小序交代了写作背景："春，南行，雨花见杏花，想起南宋爱国诗人陆游《临安春雨初霁》诗：'世味年来薄似纱，谁令骑马客京华？小楼一夜听春雨，深巷明朝卖杏花……'这是陆游六十二岁(1186年)时受皇帝召见在京城临安所作，诗思流转，韵致清丽，极为出色地写出了江南的雨霁风光和诗人思念故里(越州山阴，即今浙江绍兴)的情怀；同时，又深深含蕴着诗人对大半生不断遭到政治打击而产生的厌倦官场的忧国悲愤心绪。"第一章写杏花虽如此薄命，但它们是无怨无悔的；人们"望着它赤裸的肌肤和灵魂/在阳光下轻轻颤动，纯净而柔美"，只有怜爱产生。第二章写"早晨深巷里卖杏花的村姑"，多么像娇媚可爱的杏花；"被第一场春雨催开又打落的杏花"，千百年凋零了千百次……有卖花女鬓上和老诗人笔下的那一枝，至今仍在开放。第三章写杏树枝头挂满杏子时，村姑已经出嫁，杏子未见到零落的花瓣，却懂得思念和痛苦。第四章写五月，成熟的颗颗红杏像盏盏不熄的小灯，相互照耀和倾听，诗人用红杏、杏子酒、杏干待客，在杏树和风景后边站着的，是生活中严峻的真实。

一首咏杏花的诗，蕴含了多么丰富的思想内容：写了杏花生命的短促；写了卖杏花的村姑；写了老诗人的杏花诗，历经不同时代而给读诗人以巨大享受："每读一次/杏花和杏花般的村姑以及/她们的梦/就开放一次"；写了自然界景物存在的意义："是从花朵到果实的哲学所构成"。不是知识型的诗人、不是诗人中的高手，是很难写出这种诗作来的。诗作中的蕴含的自然科学、社会科学知识，令人赞叹不已。

第二，诗中所写人物、植物、动物等，都是生动的、鲜活的，能给人留下清晰、深刻的印象。

《川江历史》中的老纤夫及其儿子、孙子，《杏花》里的村姑、老诗人(陆游)，着墨不多，却给人留下了鲜明、生动的印象。《黄河落日》里的黄河、太阳，《杏花》里的杏花、杏子，都让人过目难忘。

第三，视通万里，思接千载，这些诗的时空感极强，历史沧桑感极强，视听形象鲜明、突出，表现了诗人对祖国、民族命运的高度关切。比如《杏花》第四章的最后一节十分明显地体现了这个特点：

空间浩瀚，时间邈远
那位老诗人把满腔情愫
再一次写下来
清纯又苦涩
又像在燃烧
使今天的我们清晰地看到

在杏树和风景后边站着的
是生活中多么严峻的
真实

再看李瑛作于1995年的《石壕村》，先写村子的小而衰败："那村子很小/像一粒草籽""被受惊的蛇一般的小路缠着/让饿死的干河滩拥着/几爿坍塌的土墙和柴扉/午夜鸡啼震颤着崖壁的茅草/那是兵荒马乱的年月/暮色苍茫的石壕村/没有炊烟和火光/是一片被风卷动的枯叶。"随即，重现了杜甫《石壕吏》一诗中的场景："浸透颤抖的星星的/是老妪的热泪/而一个投宿的汉子/揉一揉彻夜不眠的眼睛/血，波浪冲撞着胸腔和骨头/拂晓，拧一把干枯的胡子/把心扔下，踉跄离去了。"往下，又写了自己读《石壕吏》的疑问："那跳墙的老汉是否又回来种地/那抓走的老妪是否已抛尸沙场/那吃奶的小孙孙可曾长大"。这首诗高度赞扬了杜甫的人道主义精神："已一千年/他那颗憔悴的心/仍在村头迎风跳动"。这个例子十分典型地告诉我们，作为知识型诗人的李瑛，具有深厚的人文关怀，他和唐代大诗人杜甫是忧国忧民的爱国志士。

(三)要有不同于别人的艺术个性，形成独特的艺术风格

千诗一面、千人一面这是新诗发展的大敌。新诗发展九十年的历史证明，公式化、类型化、概念化是必须痛加摒除的病症。有鲜明的艺术个性和独特的艺术风格，是一位诗人艺术上成熟的标志，也是他艺术成就达到相当高度的体现。诗歌作品的风格是指诗人的创作个性在作品中的鲜明体现，是通过内容和形式的有机统一所表现出来的独具的艺术特色。什么又是诗人的创作个性呢？是指诗人的思想感情、气质性格、审美趣味、艺术修养等个性特色在诗歌创作中的综合体现。

俄国大作家屠格涅夫说过："是的，重要的是自己的声音，重要的是生动的、特殊的、自己个人所有的音调，这些音调在其他每一个人的喉咙里是发不出来的……。"①韦苇讲得好："抒情诗人以形象美来表现他在特定环境中的个性化感受，构成了抒情诗的特质。抒情诗作品有没有艺术个性，是关系着它们有没有长久的生命力、有没有艺术魅力的至关重要的问题。诗歌兴衰的历史经验告诉我们：新诗创作的真正繁荣，有期于我们对艺术独创性的鼓励，给本来无限丰富的风格、流派、个性和爱好的发展以广阔天地，诗人们可以像鸥鸟一样在那上头自由自在地飞翔。可是很不幸，三十年来我们的诗人们并不总是有这样的广阔天地。诗人们为自由飞翔而生长的翅膀，不是长年被紧紧捆缚，就

① 李泱、李一娟编：《李瑛研究专集》，解放军文艺出版社，1983年，第253页。

是被残忍地折损了！”[①]

应该怎样阐述李瑛独特的艺术个性和艺术风格？1963年张光年在《红柳集·序》中说：“李瑛的诗是写得细致的，细致而不流于纤巧。一般地说，他能够把细致和刚健结合起来，寓刚健于细致之中。”[②]这是对李瑛诗的艺术风格的最早的概括。1979年十院校编写组编写的《中国当代文学史初稿》中说：“李瑛诗歌的风格是细腻、轻巧中带着刚健、清新的韵味，诗人很善于通过自己细腻的观察、精到的揣摩，抓住事物的某些特征，并以丰富的想象赋予这些特征以诗的光彩，造成明丽夺目的形象和耐人寻味的意境。”[③]任愫在《一阵清风　万里涛声——论李瑛诗的艺术风格》中说：“总的看来，我认为李瑛的艺术风格有精致、细腻的特色，但在《红柳集》之后转化了某些因素，又出现了新的特点。他有意地解决以前‘深度不够，力量不足’的问题，而向深挚方面发展了；他以前的‘刚健’与新的特点结合，也向清雄方面转化了。”[④]我要补充的是，从20世纪90年代后期起，从《我的另一个祖国》《饿饿孩子们的眼睛》《弃婴》《一个城市的血》《变异》《不要忘记走过的路》等一批诗作看，李瑛诗歌的风格又增加了冷峻、犀利、令人警醒等新的因素。诗人在歌颂光明、欢呼进步、赞美改革的同时，也严肃地、实事求是地揭示出当今社会还存在着病痛、落后、发展不平衡等问题。这种深广的忧愤，是对鲁迅、郭沫若、闻一多、艾青、臧克家等前辈作家、诗人“揭出病痛，引起疗救注意”的现实主义精神的继承与发扬，也是李瑛登上了当代思想家高峰的标志与明证。

有评论家说得好：“出色的歌手是不喜欢用一个调子歌唱的。李瑛除了保持创作的基本特色外，还在风格多样化方面，作了一些有益的尝试。例如《钻塔礼赞》和诗集《在燃烧的战场》中的一些篇章，气魄宏大，感情激荡，想象雄奇，予人以雷鼓之威的美感。我们呼唤诗人进一步操习雄壮的鼓鼙，并不要求他与他擅长的弦琴分手。我们时代的交响乐，既需要鼓手，也需要琴师；我们事业的大合唱，既需要响遏行云的高音，也需要深沉婉转的低音和中音。尺有所短，寸有所长，如果只推崇一两种风格，将难以全面地反映我们时代丰富多彩的风貌。”[⑤]

还应指出，李瑛自己也是十分欣赏、推崇雄浑的美、悲壮的美和崇高的美的诗作的。在他为《新时期军事文学精选·诗歌卷》作的序《与人民和祖国的命运紧密相连》中说：“由于军队这一武装集团的特殊性质，它蕴藏着最为瑰丽的

---

① 李浃、李一娟编：《李瑛研究专集》，解放军文艺出版社，1983年，第253—254页。

② 李浃、李一娟编：《李瑛研究专集》，解放军文艺出版社，1983年，第147页。

③ 十院校编写组：《中当代文学史初稿》上册，人民文学出版社，1981年，第370页。

④ 李浃、李一娟编：《李瑛研究专集》，解放军文艺出版社，1983年，第286页。

⑤ 黎山峣：《花为战士而开》，见《李瑛研究专集》。第193—194页。

生活宝藏和最为深刻的人性内容；也因此，便决定了军旅诗歌应该具有最为丰富的历史意识和美学内涵。这就对军旅诗人提出了更严更高的要求。我们读军事题材的诗作，总希望能读到更具有惊心动魄的强大道德威力，更多具有凝重的雄伟之势、磅礴之气、粗犷之美的作品，能够代表一个伟大民族昂然崛起的精神风貌的英雄战士和英雄民族之魂的作品。雄浑的美、悲壮的美、崇高的美，因为它反映着人类实践的艰难历程，常常给人以更为强烈的情感震撼和道德的感召，使人在惊惧、振奋和悲痛中获得激励，获得精神的净化和境界的升华。司空图在《诗品》中列举二十四种诗歌风格，实则为二十四种互不相同的诗歌美学形态时，也以'雄浑'为首。当然，这并非排斥优美清秀和婉丽之作。只是这类具有奔腾浩荡的强大冲击力的，具有史诗品格和深刻思想内涵的诗作并不很多，由于诗人自身素质的差异便使有的诗的思想力量和感情力量都较稚嫩肤浅；对壮丽艰苦的军旅生活，和常常处在理智与情感的矛盾冲突中的战士的复杂心灵奥秘感知不深，致使作品显得平庸和浮泛。"①当然，诗人也实事求是地指出：具有雄浑的美、悲壮的美、崇高的美的诗作，在军旅诗中也是不多见的。

（四）要投身于时代洪流，对诗美的追求永不停步

李瑛是诗美的永不停步的热情追求者，他总是置身于生活与时代的洪流中，善于发现并创造诗美，他总是用古今中外的丰富的诗歌艺术来丰富自己，七十多年来他的诗歌创作道路呈现步步高的轨迹，从其创作的三千首抒情诗来说，他已达到了享誉中外的大师级水平。

为了让读者心悦诚服地接受上述论点，我们想从以下三个方面来展开论述。

第一，李瑛对诗美有清醒、深刻的认识和理解。

在《诗歌的力量》一文中他说："文艺作品是人类审美意识的物化形式，是人类社会最高的审美现象形态，它能在较大程度上满足人们的审美需要，提高人们的审美能力，培养人高尚的审美情趣。诗中的美是由诗人心灵产生和再生的。这种美像真理，正如法国米勒所说：'美，就是表现的力'，它常能给人以奇妙无比的不可估量的启示、才智、灵感、激情和力量，使人的精神变得善良、睿智和崇高。"②李瑛在他的一些诗作里，也涉及了诗美、诗的力量的问题。

先看 1996 年作的《献给马蒂》，马蒂是古巴民族英雄，独立革命领袖、诗人。诗一开始，李瑛表示了对马蒂的敬意："我不能只把诗写在纸上/该把它放

---

① 李瑛：《诗美的追寻》，中国文联出版社，2002 年，第 119－120 页。

② 李瑛：《诗歌的力量》，《诗刊》，1997 年第 4 期。

在手心捧给你/连同中国长城边采来的菊花/一起献给你，英雄马蒂”。结尾的三节诗，写了诗歌的力量、马蒂的贡献与功绩：

我看见你用仇恨磨亮刀枪
又看见你用锤子锻打诗句
对于你，诗歌和刺刀同样锋利
铁砧上每个字都是生命的种子

一个赋予时代重量的人
使我们认识人的美丽
你站在诗的高度俯望人生
在爱中燃烧，在歌中死去

你把精神中的盐和铁交给人类
不屈的意志是光辉的旗
让我把这束花和这首诗捧在手心
到古巴来献给你，英雄马蒂

再看作于1996年的《听一位诗人谈诗》，这首诗浑然一节，共24行。诗中这位古巴诗人对诗的作用、力量的理解是十分深刻的，表述、比喻深刻而新奇：

倘若需要
我的祖国需要
我绝不会躺在马蒂的诗后
哭泣
诗不是哭泣的眼睛
你会看见我的诗
闪在他的刀尖上
写诗不是一个诗人在同一群文字
游戏
我的诗是一种生命形式
一种力量和精神
它的第一个字就是种族的触须

不用再举更多的例子，李瑛用诗歌形式表述他对诗的力量、诗美的看法，形象而深刻。

第二，在诗歌创作中，从不自满，精益求精，永不停步地追求诗美。

李瑛说："当前诗歌创作日趋多元化，诗歌读者的欣赏的层次是不同的。因此艺术趣味，诗的美学观也是差异很大的，我始终认为诗人就是从事创造美的一种劳动。诗本身就是一种美的艺术。而诗美又是多方面的。这就要求诗人不断地发现人生，发现时代的深层，以及人们心灵的奥秘；同时，诗人在对生活、对艺术发现的过程中，还需要发现自己。诗人要时刻保持自己对时代、对生活的热情和敏感，不断提高自己的艺术感觉和表现能力，增强诗的素质。诗人应十分注意提高自己的美学水平，对当代的审美意识和审美心理进行再研究、再思考，然后才可能把诗写得更美些。诗人和他的诗，是有帮助读者乃至整个民族提高美学水平的庄严责任的。"①李瑛自己也确实在努力实践着上述论点、主张。考察他七十多年的创作历程，他的诗作的美学水平是不断提高的，对当代的审美意识和审美心理，他也是不断地研究和思考。在《野豆荚集·后记》里，诗人还谈到了如何加强诗歌美学品格的创造问题："努力加强诗美品格的创造，实践融会中西、沟通古今的诗学理想，保持艺术观念和艺术感觉的先进性。从发展来看，过去惯用的思考方法和写作程式，对表现今天新的时代和新的人的丰富复杂的世界和现代意识已经不够了，必须继续开拓新的审美途径和领域，寻求有助于深化主题的新的艺术方法和手段，使心灵的东西借感性化表现出来。"②为了验证李瑛在这方面的创造性实践确有成效，其诗作的美学品格不断提高，我们不妨把他从1947年至2003年后所写的与石头有关的诗放到一起，个别鉴赏，相互比较，寻找一条美学品味不断上升的曲线。这五首诗的内容及其写作年代罗列如次：

一、《石头：奴隶们的武器》(1947年)

我们不能不为自己高兴，
我们的武器这样多；
我们不能不为石头高兴，
它能做那么多伟大的事情！

我们用石头筑起城堡，

① 李瑛：《对诗的思考》，解放军文艺出版社，1991年，第188页。
② 李瑛：《野豆荚集·后记》，文艺报，2006年5月25日。

我们用石头打出火星；
我们用石头参加战斗，
每块石头都记得我们的歌声。

我们是从大自然里成长起来的，
我们经历过无数风雨阴晴；
我们要生活，要做真正的主人，
我们就是这样简单呵，我们要斗争！

这是我们最后的武器，
我们要用它砸碎牢笼；
你们有权势，我们却有血肉，
我们绝不比任何人软弱、贫穷！

我们不相信命运，决不哭泣，
我们只相信自己，力量无穷；
快握起石头，成为射手，
我们要复仇呀，我们要斗争！

二、《石头》(1980 年)

1

石头是什么凝成？什么凝成？
汗和泪，搅拌着思想和感情；
当然，它有血液，血在流淌，
当然，它有心脏，心在跳动。

不要说它没有大脑和经络，
没有喉咙和眼睛；
因此便没有知觉，没有梦，
没有生命的温度和热情。

亿万年了，谁比它有更多的记忆，
它呀，始终在思考，在注视，在倾听；
把一切深深地藏在心底，
又说给你听，说给我听。

因此，石头才这般坚硬，这般坚硬，
郁积的是无数雷雨、雪暴、狂风；
当然，还有痛苦，也有幸福，
当然，也有憎恨，还有爱情……

2

我不知道时间的源头是什么样子，
也不知道宇宙极限是怎样的情景；
也许，只有熔岩横流，大火弥天，
也许，只是一片混沌，云雾腾腾……

让科学家去研究，去解释，
让哲学家来回答，来说明；
我只知道石头紧裹着整个地球，
它是人间的精英，宇宙的精英。

它如此古老却又如此年轻，
年轻得像欢乐的歌声；
从石头中，你是否看见新的活力，
人间呵，一切都从这里诞生。

虽然，它始终是死灭般的寂静，
却给我们带来进步和文明；
也许，它还不知道自己的美丽，
无论通体浑圆，还是头角峥嵘……

3

这块块石头已存在了亿万年，
它是在自然界巨大的应力里形成，
它又在激烈的运动中成长，
但这一切，却又像都不曾发生。

这里有沟鳞鱼，有恐龙，
有巨象的肋骨、树叶和草丛，
有波涛起伏的旋律，
旋律中，小鱼在快乐地游泳。

还有某一天的落霞残照，
还有某一次的雨后飞虹；
还有盘古的巨斧，后羿的箭镞，
或者，还有不死的胚芽，正在滋生……

也许还有细得像游丝一样的声音，
你听，你听，仿佛金属的鸣声，
呵，千般声影，万种风情，
都庄严地统一在浩瀚的时空。

4

石头是唯物主义者，没有谎言和欺骗，
它尊重历史的每一分钟，每一秒钟；
它不会因淫威而歪曲历史，
它不会因胆怯而放弃刚正。

它是质朴的，但却晶莹，
它是崇高的，但却普通，
它是冰冷的，却藏着火的种子，
它埋葬了死者，又孕育出新生命！

我在长城边认识了它，它威武，
我在斯大林格勒认识了它，它英勇，
我在漓江两岸认识了它，它奇幻，
我在阿尔卑斯山下认识了它，它深情……

站在庄严的石头面前，
像站在宇宙面前，我想起生命，
想起我们的地球在倾斜的轨道上旋转，
难道不该把每块石头，都叫星星！

三、《石头》(1994 年)

石头
委弃在历史的最高处
这些赤裸的生命

使苍茫如烟的历史
成为真实

这是一部石头的书籍
世上没有一块石头比它更哑默
也没有任何一本书比它更深刻
是史志、经卷或法典
虽难辨认
却知道它是一种思想
默默无语地站着

这是一座石头的雕像
他是谁
在这纷纷攘攘的世界
花岗岩的感情比什么都宁静和深沉
他郁积了几千年的心事
要向你倾诉
从眼睛，你会看见他的梦和渴望
在富有弹性的皮肤下
血仍在流淌

这是一扇石头的墓门
如一只残损的手，至今
仍扼守着亡灵的威严
它的大眼睛炯炯地望着
谁曾从这里出入
当大风吹起，群山涌动
它便把辉煌的历史关起来

用石头和石头做成的古代
使我感到凝重而遥远

我在这书籍、雕像和墓门之间
踽踽地行走，我知道
在它们的缝隙间，曾经

有风吹过，云卷过，河水流过
之后，便长起离离的野草

在天边
在人类生生死死的故乡
从草根缠绕的石头和
眼睛深处
我看见闪射出
生命原始的曙光

四、想家的石头(1998 年)

一位青海诗人
送我一块石头
　铁青色的黄河源头的石头
是大西北的生命
　黄河的灵魂

是荒滩上悲壮的牛血
　浸进土酒凝成的
抑或是冷澈骨髓的雪水
　渗进沙碛和青铜所铸就
山鹰和它的影子
　都不肯告诉我

西北航空公司的飞机
大胆地为我把它
　驮到长城脚下的大城

现在它颇不情愿地
　蹲在我的窗口
像有许多心事，半年了
　没说一句话
它的忧郁和凝重
足够使这座大城增加分量了

石头上
　有绵延不绝的雪岭
　有跳动的冰川和火焰
　有和狂风野雨搏斗的痕迹
　山脚有寺庙的金顶
另一面有大团大团的云朵
也许，石头里还有
　　一条想游向大海
　　却始终难以如愿的
　　　　惆怅的鱼
这一切都是永恒的记忆

它可不是草根涌出的一滴坚硬的水珠
不是一颗野草结出的带刺的浆果
是一块倔强的石头
从它，我总闻到
　河滩青草的幽香
　酥油和牦牛的野性的质朴的气息
野花的芬芳

我抚摸着它，感到
　一颗心脏有力的搏动
它似乎不喜欢这座拥挤的
　日夜喧闹的大城
特别是这里
　脂粉味儿和生猛烧烤的油腻
　　闪动的红灯绿酒后的狞笑
　　　虚伪、欺诈以及吓人的警笛

（是不是想念家乡
　　爱唱歌的小溪
　　　会飞的星星
　　　　自由自在的云和
　　　　　剽悍的长毛藏狗的忠诚）

无奈地蹲在我的窗口
日夜地瞩望着大西北
　总想回去

我担心有一天它会爆炸

五、《石头的生命》(2003年后)

在我们身边
石头无处不在
从采石场到粉碎机，石头
被凿成石子，碾成粉末
惨白的僵冷和沉重
血凝固了，脉搏停止
再不会呼吸和欢笑
连最后的笑声也卡在喉咙里
其实它们不是石头
是石头的骨头
所触摸到的
全是无边的死寂

你见过真正的石头吗

它是火，是水，是光
喷薄着燃烧的激情
掀动通红的翅膀
飞翔，奔腾，一路歌唱
犹如辉煌的太阳
对于无际的时间
生命是短暂的
长久的是死亡

我们之所以花这么多篇幅罗列了这五首以石头为题材的咏物诗、抒情诗、哲理诗，是为了让大家清楚地看到，在六十六年多的时间跨度里，李瑛诗作的美学水平是在令人惊讶地大幅提高的。早期的《石头：奴隶们的武器》，仅仅是把石头作为爱国学生反饥饿、反内战、争自由、争民主运动中的武器来歌颂的。全诗五节，每节四句，主要是表示我们用石头来和敌人做拼死的、最后的斗争。石头很多，用处很大：筑起城堡、打出火星、参加战斗，可以用它砸开牢笼，我们要握起石头，成为射手。主题虽则明确，格调也属高昂，但多少有点标语口号式的写法，美学水平不能说高。相隔三十三年后的《石头》，篇幅明显加大，共分四章，每章四节，共十六节；每节四句，共六十四句。本诗运用询问、拟人的方式探究了石头是如何形成，以及它对人类社会的进步和文明所起的作用，然后从不同方面赞美了石头：先说它是由汗和泪凝成，又说它搅拌着思想和感情，有血液，也有心脏，有大脑，也有经络；有知觉，也有梦；有生命的温度，也有热情。次说它有亿万年的记忆，又始终在思考，在注视，在倾听，又把这一切深藏在心底，还能说给人听。再次说石头非常坚硬，它郁积了雷雨、雪暴和狂风，它有痛苦，也有幸福；有憎恨，也有爱情。诗人还进一步指出：石头紧裹着整个地球，它是人间的精英，宇宙的精英。石头是唯物主义者，没有谎言和欺骗，刚正，从不歪曲历史。它威武、英勇、奇幻、深情。诗人甚至还认为：该把每块石头，都叫星星。诗人在本诗里，给石头注入了他自己的审美认识、审美追求、审美理想。让石头有了人的思想、感情，让石头有了亿万年的记忆，他称赞石头是人间的精英、宇宙的精英，是唯物主义者。显而易见，这首诗的美学水平是相当高的，在 20 世纪 80 年代的诗作里，是不可多得的佳作。

李瑛作于 1994 年的《石头》，篇幅不长，仅有七节，每节句数不等，有二句的、五句的、七句的、九句的。主要描写了两件石头制品：一件是一座石头的雕像，一件是一扇石头的墓门。但他认定：委弃在历史的最高处的石头，是一部石头的书籍，它比史志、经卷、法典的思想更深刻，诗人由此感到古代的凝重而遥远，石头的缝隙间和它的眼睛深处，闪射出生命的原始曙光。全诗中心是赞颂石头酝酿了原始的生命、人类的历史和文明。其深邃的哲理、高度的美学水准，让人不能不惊叹。

李瑛作于 1998 年的《想家的石头》，全诗十节，每节句数不等，有一句的、三句的、五句的、六句的、七句的、八句的、十一句的。形式上并不整齐，但内容上颇为集中。一位青海诗人，送给李瑛一块黄河源头的石头，飞机把它运到北京，它在李瑛家的窗口心事重重地蹲了半年，它身上有和大自然的雪岭、冰川、火焰、狂风、野雨搏斗的痕迹；李瑛强调它是有生命的、倔强的、不喜欢大城市生活、总想回到家乡去，和小溪、星星、云、藏狗待在一起。诗人担心它“有一天会爆炸”。一块在黄河源头的石头，居然有着无法排遣的乡思，更何况大西北人对家乡的依恋和热爱了。在举国上下倾力开发、建设大西北的今天，李瑛的《想家的石头》，既合时宜，又具有灵动、高雅的美学品位，真是一首与时俱进、构思精巧的好诗。

李瑛作于2003年后的《石头的生命》，全诗五节，每节句数不等：一句、三句、四句、五句、八句，结构灵活，不求形式上的整齐，内容深刻、新颖、引人深思、蕴含哲理。第一节强调了石头的普通、无处不在，但更突出了“被凿成石子，碾成粉末”的不幸遭遇：“惨白色的僵冷和沉重/血凝固了，脉搏停止/再不会呼吸和欢笑/连最后的哭声也卡在喉咙里”。看似矛盾，第二节诗人又认为“凿成的石子和碾成的石粉末”，“不是石头，是石头的骨头”，人们触摸到的石子和石粉，“全是无边的死寂”。正因如此，第三节诗人才问读者：“你见过真正的石头吗”？这一问，问得及时，问得深刻，为第四节正面讴歌石头做了有力的铺垫。这节诗运用了比喻、拟人的手法，纵情讴歌石头(未开采的原生态的石头)：“它是火，是水，是光/喷薄着燃烧的激情/掀动通红的翅膀/飞翔，奔腾，一路歌唱/犹如辉煌的太阳”这种对石头的赞美，也是有科学根据的，包括地球、太阳在内的天体，其主要构成物就是广义的不同形态的石头！诗的第五节是哲理性的总结：“对于无际的时间/生命是短暂的/长久的是死亡”。李瑛的《石头的生命》，其审美水准达到了哲理美的高层次。这实在是难能可贵的，是令人惊讶的。李瑛的石头题材的咏物诗美学水平这么高，其他题材的其他类型的抒情诗的美学水平，也就可想而知了。

诗是一种美的艺术，对诗美的追求，对任何一个诗人来说，都是无止境的。美上有美，天外有天。综合考察李瑛七十多年的创作道路，可以见出，他对诗美的追求，自觉越来越强，标准性越来越高。他从不满足自己已经掌握的创造诗美的艺术方法和手段，他力求突破自己惯用的思考方法和写作程式，他在努力开拓新的审美途径和领域，以求表现今天的新时代、新人物、新生活、新心态，让诗歌在提高全民族的美学水平中，发挥更积极、更有力、更精彩、更见效的作用。

第三，从不脱离现实，自觉深入生活、潜入底层，从沸腾的广阔的生活中发现各种形态的美并获得大量的珍贵素材，用创新的思维方式及手段，变其为诗美，写出审美品位高的诗作。

李瑛深入生活的自觉性是很高的，1984年他在部队作家赴老山、者阴山前线深入生活小结会上的讲话——《前线是部队作家的神圣岗位》中说：“我是一个业余作者，总感到自己的生活积累不够。走出校门，赶上了一点解放战争，后来到了朝鲜战场。大雪，火光，敌人翻倾的坦克，我们的汽车威武地开进……印象深极了。以后我又多次到部队去：炮击金门，1979年的对越自卫反击作战，我都到了前线。尽管如此，我还不能说已经深刻理解了战士、理解了战争，特别是今天的战士和战争。因此，我还不能算是一个完全合格、称职的部队作家。”[①]正是因为这样谦虚，这样严格地要求自己，李瑛深入生活的自觉性始终很高。接着，他又强调了深入生活对作家的重要性及自己对作家深入生活的理解：“深入生活，对一个革命作家十分重要，可以说，它是衡量一个作家，一部作品的重要依据；作家深入生活就是要和群众一起，成为改造客观世界的一员，不能走马观花，更不能隔岸观火。当然，深入生活可以有各种不同的方式，不同的渠道，要因人而异。但总要尽可能深一些，像毛主席讲的是长期的，而不是短期的；是全心全意，而不是半心半意的；是无条件的，而不是有条件的。要深入生活，要深入到人的心灵中去，深入到人的内心世界中去。”“你深入生活，并不是就一定能得到你所要得到的东西。深入生活最主要的是了解社会，了解人的内心，人的灵魂，人的性格以及人与人之间的关系，人与社会之间的关系，不能只满足于搜集一点故事和语言。我们愈和人民群众亲近，体会愈深，观察愈细，情况愈熟，我们的作品就可能会写得愈好，这大概可以算是一个规律或一条真理。”李瑛同志还谈到了如何表现新时代、新人物的问题：“一个伟大的时代正在到来，新的伟大时代召唤新的人物。新的人物要有新的文学来表现。处于新的变革的年代，我们肩负着重要的使命，占地球人口四分之一的中华民族正在崛起。广大的农民离开了土地，加入了商品生产、商品流通、商品交换的领域，这就是向生产的深度和广度的历史性进军；农村的巨大变革带来人们精神、观念的巨大变化。最近党的三中全会主要研究城市的经济改革等问题。乡村、城市都在改革，我们的部队也在改革中大步地前进。我们必须把文学的触角伸进这个巨大的变革生活中去。在这个新的历史进程中必然会产生新的矛盾，要注意观察这些新矛盾，新的人正是在这种新的矛盾中产生的；新人的产生必然带来新的人与人之间的关系，包括人们生活、习惯、道德观念的改变。到生活中去，从一个新时代的军人身上，可以看出社会生活的总和。聪明的作家，从你塑造的这个人物身上，将会看到我们整个的时代、国家、民族和军队。同时他又是‘这一个’。这样作品就会有生命，就会有力量。”诗人还进一步谈到生活是权威的问题，他说：“生活是至高无上的权威。如果问我文学应从属于谁，我会毫不犹豫地回答，文学应从属于生活。这个生活，就是人民群众创造历史的伟大社会实践。如果你坚持唯物论的反映论，相信人民的意志，对生活的本质有一个宏观的认识的话，就根据你对生活直接的观察、分析和研究，在正确的思想指导下，去进行你的创作吧。”[②]这几段在三十一年前说的话，至今仍有强烈的现实意义。它们显示了诗人在深入生活问题上的高度自觉性，这也是他的诗歌创作之所以能与时俱进、美学品位不

① 李瑛：《李瑛诗文总集》第十三卷，中国文联出版社，2010年，第71页。

② 李瑛：《李瑛诗文总集》第十三卷，第71—75页。

断提高的一个重要原因。

当有的访问者问李瑛："有人说，你每出去一次总可以写一本书出来，是怎样完成的?"诗人回答说："对我来说，生活是我的最高规范。因为深刻的艺术只能产生于真实的生活的激发，生活给了我无限丰富的创作素材，引起我进行庄严的思考，生活激起我强烈的冲动，给了我写诗的灵感。从我所出版的小册子中可以看出，几乎我的每一本书都意味着我的一次旅行，换句话说，每次旅行之后，我总能写出一些诗或一本书来。可以说，我的每一首诗都是壮丽生活对我的慷慨的赠予。"①显然，诗人的答案中首先强调了生活的激发和赠予，经过对丰富素材的庄严思考，才有写诗的强烈冲动和灵感。诗人还进一步阐述了诗歌创作的艰苦性，又强调了深入生活的反复性和研究社会生活提供的素材的重要性，在他看来，诗歌创作绝不像旅行那样轻松和舒适。创作是一种十分艰苦的事。并不是每次外出接触社会生活，拥抱大自然，回来以后便都可以很轻易地写出一本书，而更多的情况是我总要反复地观察、分析、思考和发现。如作于2002年的《黑太阳》，不仅题目新奇，是对"夜牧者"的深情讴歌。全诗四节，每节四句，短短十六句，突出了夜牧者鲜明的审美形象：第一节写放牧者的牲畜吃夜草的香甜、陶醉："草滩草滩，又苦又香/只一片咀嚼的声响"。第二节写放牧者的睡卧环境："星星是会飞的钻石/拍着翅膀跳在草尖上/推开夜的大门进来/没有桌椅，却有最舒适的床"。第三节写"放牧者是八月黑夜的王"。第四节是对"王"的肖像描写，突出了他"比星更亮"的眼睛"是黑太阳"。生动的比喻，把日夜在草原(滩)上辛劳的牧民说成是"王"，又浪漫主义地描绘他的明亮的眼睛是黑太阳。该诗的意象鲜明，审美品位极高。类似的好诗，还有《铁锤声声》《听琴蛙演奏》《一支无声的歌》《我们的春天》《北方的根》《啄木鸟》等。

(五)要继承并发扬我国古代诗歌中哲理诗的优良传统

李瑛的诗歌对宇宙、对社会、对人生进行哲学性的探索，把诗情、意境、理趣熔于一炉，既能开阔人的心胸，又能使人获得审美的愉悦和享受。

什么是哲理诗?"哲理诗是指凝聚着诗人哲理思想的诗歌。它内容深刻、精警，富有智慧与理趣，往往将抽象的哲理寓于鲜明的形象之中。"②"哲理诗是哲理的诗，它以哲理的火花、机敏的思悟、精警的语言，启迪读者联想、思索，从中领悟教益和激起共鸣。"③我国古代的哲理诗起于何时?"中国哲理诗最早可以追溯到《诗经》和《老子》。《诗经》中的哲理诗主要是散联警句式的，如《小雅·鹤鸣》：'它山之石，可以攻玉。'《大雅·烝民》：'柔则茹之，刚则吐

① 李瑛：《对诗的思考》，解放军文艺出版社，1991年，第68—69页。

② 张涤云：《中国诗歌通论》，浙江大学出版社，2006年，第435页。

③ 张涤云：《中国诗歌通论》，浙江大学出版社，2006年，第438页。

之。’《小雅·何人斯》：‘不愧于人，不畏于天。’《小雅·十月之交》：‘百川沸腾，山冢萃崩。高岸为谷，深谷为陵。’《老子》即《道德经》，全书用韵文写成，是道家哲学思想的奠基作，可以看作是一首哲理诗。如：‘知人者智，自知者明。胜人者有力，自胜者强。’(《老子》三十三章)‘大方无隅，大器晚成，大音希声，大象无形。’(《老子》四十一章)”①

汉代郦炎的《见志诗》(其一)，就是哲理诗：

大道夷且长，窘路狭且促。
修翼无卑栖，远趾不步局。
舒吾陵霄羽，奋此千里足。
超迈绝尖驱，倏忽谁能逐。
贤愚岂常类，禀性在清浊。
富贵有人籍，贫贱无天录。
通塞苟由己，志士不相卜。
陈平敖里社，韩信钓河曲。
终居天下宰，食此万钟禄。
德音留千载，功名重山岳。

本诗强调了人要有高远志向，经过拼搏、努力，可能成就大业，功名重山岳。汉乐府诗中的《长歌行》，也是一首哲理诗：

青青园中葵，朝露待日稀。
阳春布德泽，万物生光辉。
常恐秋节至，焜黄华叶衰。
百川东到海，何时复西归！
少壮不努力，老大徒伤悲。

魏晋时期，曹操的《龟虽寿》，刘桢的《赠从弟》(其二)，何晏的《言志》，阮籍的《咏怀》(其九)，王羲之的《兰亭诗》，陶渊明的《归园田居》(其三)、《庚戌岁九月中于西田获早稻》、《饮酒》(其三)等，都是历来为人称道的哲理诗。唐代陈子昂的《登幽州台歌》，张若虚的《春江花月夜》，王之涣的《登鹳雀楼》，孟浩然的《与诸子登岘山》，王维的《蓝田山石门精舍》，李白的《江上吟》《把酒问月》《上李邕》《赠韦侍御黄裳》，杜甫的《望岳》《前出塞》(其六)、《后出塞》(其二)、

① 张涤云：《中国诗歌通论》，浙江大学出版社，2006年，第436页。

《除草》《奉赠韦左丞丈二十二韵》，韩愈的《晚春》，刘禹锡的《金陵怀古》，白居易的《赋得古原草送别》《题窗竹》《对酒》，李贺的《金铜仙人辞汉歌》。宋朝王溥的《咏牡丹》，范仲淹的《书扇示门人》，欧阳修的《画眉鸟》，王安石的《江上》《孤桐》，苏轼的《题西林壁》《送安惇秀才失解西归》《和子由渑池怀旧》，陆游的《冬夜读书示子聿》《夜吟》，杨万里的《过上湖岭望招贤江南北山》，朱熹的《观书有感》《春日》，文天祥的《过零丁洋》。明代于谦的《石灰吟》，黄宗羲的《山居杂咏》。清代郑燮的《竹石》，袁枚的《马嵬》，赵翼的《论诗绝句》(其一)，龚自珍的《己亥杂诗》。不用列举更多的古典诗歌中的哲理诗了，它们是我国古代诗歌中的一类珍宝，直接影响了我国新诗人的哲理诗创作，抑或说是在很大程度上哺育了我国新诗的哲理因素。

李瑛出生在一个铁路职员家庭，其父中等师范毕业，是个文学爱好者，对李瑛有良好的影响，加上诗人早慧，从中学时就开始写诗，又在大学里系统接触了中外文学名家名著，他七十多年的诗歌创作呈现了哲理性越来越强的发展趋势。在2009年11月作家出版社出版的李瑛新时期诗选《河流穿过历史》里有成批的哲理诗。如《野草》《故宫的青草》《认识生活》《时间》《昨天》《这就是岁月》《盐和糖》《刀和磨刀石》《镜子》《旋转》《声音》《蜡烛》《关于死亡》《变异》《不要忘记走过的路》《生活仍将继续》《观竹》《假如大海没有浪》《寄居蟹》《蝴蝶标本》《枯叶蝶》《野牛角》《北方的根》《红高粱》《历史》《野豆荚》《最后一棵胡杨》《藏刀》《一只马蹄铁》《还给我》《昙花》《影子》《学会忘记》《当我不再工作》《花》《海鸥》《我骄傲，我是一棵树》等三十七首。数量是相当可观的。这些哲理诗具有以下四个特点：

(1)寓理于诗

李瑛的哲理诗，旨在达理，寓理于诗是其本质特征。哲理诗不是哲学教科书，要有景趣，以景娱人；要有情趣，以情感人。理是哲理诗的脊梁，哲理诗靠其透射出的哲理光芒而征服读者。但这个理又不是直接说出来的，要通过诗的形象来表现，做到哲理与诗情画意的统一。如《盐和糖》：

舀一勺放在坩埚里，提炼
静默中，你会看见
闪闪发光的结晶
用镊子夹起来放在显微镜下
仔细分辨，会看到
大部分是盐而小部分是糖
在哲学家眼里
它们同样纯净

同样严肃而平凡
而在我眼里
盐是痛苦、悲伤和孤寂
糖是幸福

从中看出对盐和糖的晶体，哲学家认为“它们同样纯净、同样严肃而平凡”，而在诗人眼里，“盐是痛苦、悲伤和孤寂”，“糖是幸福”。糖和盐在本诗里，有了并非调味品的象征性的新的含义，而这含义又是诗人专门赋予的。不论各自象征什么，糖和盐对人都是不可缺少的。人的一生，不可能都是痛苦、悲伤和孤寂，也不可能都是幸福。而且前者似乎多点，后者似乎少点。再看《旋转》，全诗三节，抄录如下：

陀螺在旋转
凭借转动才得以站立
旋转是它的生命

流动的云里有一个月亮
月亮在旋转
钟的撞击声中
悬浮的地球在旋转
空间，无尽的圆形和弧线
快乐地飞速地闪动
看不见起点和终点
圆的运动
是物质最初的形态
是一种存在形式
周身充满
激情、力量、欢乐和渴望

我们这个世界多么年轻

该诗讲了陀螺的旋转、月亮的旋转、地球的旋转，又强调了圆的运动是物质最初的形态与存在形式。结论是旋转这种圆的运动，充满激情、力量、欢乐和渴望，进而又指出我们这个世界是多么年轻，传达出乐观、向上、朝气蓬勃的主旨。

(2)发人深省

李瑛的哲理诗，内容深刻而精辟，常常收到发人深省的好效果。这是由于诗人在诗中注进了自己的人生体悟、经验，又对它们进行了哲学性的思考与加工。试看《变异》一诗，全诗四节，五句的两节，两句的两节：

谁曾经说过
由野兽变成人
需经过亿万斯年
而由人变成野兽
可以只需瞬间

活泼的生命值得崇敬
但我曾见过
荣誉、财产和情欲搅动的
疯狂的舌头
纵火的眼睛

我们没有不灭的灵魂
我们得不到一个死后的生命

这是可怕的
可怕的却是真实的

本诗首节以对比方式讲了兽变成人和人变成兽所需的不同时间：前者需经过亿万斯年，后者却只需瞬间。亿万斯年，何其漫长；瞬间，何其短暂！当然，需要说明的是：兽变成人是指生理上的进化，而人变成兽是指人的人性泯灭、道德沦丧，人异化成了坏人。第二节是诗人对疯狂的、贪婪的人的批判，正是这种人逐渐异化为坏人。第三节是从科学角度说，没有不灭的灵魂和不死的生命，告诫人们要珍惜生命。末节强调了这种“人变成兽”的可怕性和真实性。再如《镜子》，既是一首咏物诗，也是一首哲理诗。全诗两节，首节十五句，末节四句，共十九句。首节讲了镜子的纯净、真诚、深情、没有丝毫扭曲和欺骗、尊重人、了解人等优良品质，它是人们最可信赖的朋友。末节要求人们学会和镜子对话，学会坦诚，拒绝伪饰。本诗运用了比喻、拟人、往复、排比等多种修辞手法，生动而有力地表达了主题：镜子是诚实、正直、可靠的朋友，我们要信任它，学会和它对话。这是一首发人深省的好诗。

(3)形象释理

诗歌是以形象化为其最大特点的，哲理诗也不能例外。让鲜明的形象说话，让形象来揭示哲理。这方面，李瑛的哲理诗堪称典范。试着《不要忘记走过的路》，全诗六节，每节三至八句不等，共二十八句。标题和第一、三、四、六节都是“不要忘记走过的路”，这就是全诗的主旨。首节强调：走过的路再长、再险，“狂风骤雨也不会把它吹断”。第二节是说：留在路上的影子，是时代的影子，鞋和脚趾是知道的。第三节是讲走过的路满是泥泞，锋利的石板割破你的脚掌，但它们不时在找你，向你眺望。第四节说同行的伙伴，倒下后就埋在路边，而我们和路都要继续向前。第五节辩证地说路既远又近。第六节说往事是由你的血和汗凝成的日子，走过的路不应忘记。李瑛这首诗的中心意象，就是人们走过的路，实际上还包括我们做过的事，交往过的人，经历的生活场景等等。这首诗倡导的是一种严肃认真的生活态度。再看《生活仍将继续》，全诗三节，其中一节五句，另外两节皆七句，共十九句。首节通过血管像江河的比喻，点出主旨：“无论有什么风雨，生活仍将继续”。第二节讲苦难面前应持的正确态度：不能一味哭泣，要“挺直脊梁，昂起头颅/像梳好翎羽的鹰/带着创伤，凌空飞去/勇敢地迎接未来”。第三节要人们坚信人间的爱和历史，明天定会更美丽。本诗比喻生动，意象鲜明，在形象释理方面，给人留下了深刻印象。

(4)颇有理趣

关于“理趣”的说法，宋人包恢在《答善子华论诗》中提出：“古人于诗不苟作，不多作。或一诗之出，必极天下之至精，状理则理趣浑然，状事则事物昭然，状物则物态宛然。”①所谓理趣，是指说理而又有趣，不枯燥，有情趣，寓理于趣，理趣相谐。显然，理趣乃是哲理诗所追求的最高审美艺术境界。沈德潜在《清诗别裁集·凡例》中说得好：“诗不能离理，然贵有理趣，不贵有理语。”②钱钟书解释理趣说：“理之在诗，如水中盐，蜜中花，体匿性存，无痕有味，现相无相，立说无说。所谓冥合圆显者也。”③李瑛的哲理诗，理趣是浓烈而突出的，让人精细咀嚼，回味再三，得到醇厚的审美愉悦和享受。试看《绿色的火》一诗，全诗五节，每节三至五句不等。标题就发人深思、十分独特：绿色的火。人所共知，火的颜色是红色的。李瑛说的“绿色的火”，是指“春天的第一片叶子”。全诗主要运用了假设、拟人、类比、首尾呼应等艺术手法，讴歌了“绿色的火”的娇羞可爱、奔突的力量。哲理深刻，情趣盎然。首节起得新颖非凡：“如果我没有遇到你/就不知道娇羞是什么样子/不知道爱的形

① 张涤云：《中国诗歌通论》，浙江大学出版社，2006年，第441页。

② 沈德潜：《清诗别裁集》上册，中华书局，1975年，第3页。

③ 钱钟书：《谈艺录》，中华书局，1993年，第69页。

状”。次节描述了第一片叶子睁眼的样子：“春天的第一片叶子/突破芽苞，悄悄地/睁开惺忪的眼睛/在雪融后的黑色枝条上”。第三节是传神的类比：“和新嫁娘有同一种眼神的/嫩叶的芽，胆怯地/望着这个世界。”第四节是写叶子的迅速成长：“一群惊奇的小雀子/喧闹地叫着，跳着/唤它胆大起来/便显出奔突的力量/没几天，就燃成一片绿色的火”。第五节与开头呼应，又深化了全诗主旨：“如果我没有遇到你/就不认识春天/不认识春天展示的生命的美丽”。春天从第一片叶子迅速发展成“一片绿色的火”，这是多么旺盛的生命力啊！正是春天让我们认识并感知了生命的美丽。春天的叶子，似乎谁都见过，但没有多少人能有诗人这种“理趣浑然”的感知与认识！李瑛的咏物哲理诗，真正做到了钱钟书先生所说的“体匿性存”“无痕有味”“冥合圆显”的理趣盎然的高水准、高境界，给人以享之不尽的审美愉悦。

对于具有以上四个特点的中国哲理诗，张涤云的评价是：“达到了形和神的统一，意与境的统一，情与理的统一，也就是艺术和哲理的统一，个别形象和普遍本质的统一。”①以此作为标准，李瑛的哲理诗是达到了这种水平的。李瑛的当代哲理诗不仅具有传统哲理诗的特点，而且在新的时代条件下又有所发展。如《不要忘记走过的路》，阐发了一个重要的人生哲理：“不要忘记走过的路”，因为这“路”的实质是“你的血和汗凝成的日子，叫往事”。我们民间谚语说得好：“前事不忘，后事之师。”又如《故宫的青草》，借青草之口，道出了人类历史变迁的规律：

> 它说，我是生命，我是力量，我是青草，
> 它说，我们曾埋过无数帝王的
> 城池、荒冢、碉堡和铁镣；
>
> 它说，不朽的只有人民，只有艺术，
> 留下这豪华的宫阙为使人思考，
> 难道你未看到人间，已满眼春潮……

无数帝王终将被推翻、打倒，青草就是推动历史前进、促进社会发展的人民群众的象征。再如，《蜡烛》一诗，通过描写“亡灵前”和“婚筵上”的蜡烛，阐发了“幸福与痛苦原是生命的两半”的人生哲理，形象、简约，发人深思。再看《蝴蝶标本》，把鲜活的蝴蝶与蝴蝶的标本作了对比，结论是：标本“比一片飘落的叶子还轻/因为它已失去了生命/也许只有在这时/它才更深地理解生活”。正是

---

① 张涤云：《中国诗歌通论》，浙江大学出版社，2006年，第442页。

这样，生命是宝贵的，生命充满活力，才可能有幸福的生活；失去了生命，也就终止了生活。不用再举更多的例子，我们已能看出，李瑛的哲理诗真正做到了艺术和哲理的完美统一，而且具有时代气息，给人以向上向善的勇气和助力。

(六)继承了中国新诗寻找光与火的优良传统，进入了手擎火炬的优秀诗人的行列

仅以艾青为例，1939 年，他在武汉创作了长诗《向太阳》，这标志着他的诗歌创作登上了新的高峰，有了质的飞跃。他身处抗战中的武汉，情不自禁地讴歌那“比一切都美丽”的永生的太阳，讴歌那“从遮掩着无限痛苦的迷雾里刺醒了我们的城市和村庄”的太阳。诗人和奋起抗战的千万民众振臂高呼：

看我们
我们
笑得像太阳

太阳的光热，使他激动、兴奋，他深情赞美那些真心诚意献身抗战的人们：他称赞支撑拐杖走的伤兵，“他在太阳下的真实的姿态”，确实要“比拿破仑的铜像更漂亮”；他称赞一群背募捐袋的女孩，“在太阳下唱着清新的歌”，她们是“幸福的象征”；他称赞唱着劳动号子的搬运工人，脸上放着奇异的光辉；他称赞操练着的士兵，太阳使他们手中的枪刺闪着白光，他们发誓要“抢回我们的田地”。

与此同时，诗人也写到了太阳对自己的影响和作用：

太阳在我的头上
用不能再比这更强烈的光芒
燃灼着我的肉体
由于它的热力的鼓舞
我用嘶哑的声音
歌唱了：
　　“于是，我的心胸
　　被火焰之手撕开
　　陈腐的灵魂
　　搁弃在河畔……”
这时候
我对我所看见　所听见

感到了从未有过的宽怀与热爱
我甚至想在这光明的际会中死去……

太阳光给了诗人“从未有过的宽怀与热爱”，给了诗人“热力的鼓舞”，促使诗人抛弃了“陈腐的灵魂”，显然这是在促使诗人新生。于是，诗人具有一种大时代里个人的使命感：

太阳
它使我想起　法兰西　美利坚的革命
想起　博爱　平等　自由
想起　德谟克拉西
想起　《马赛曲》《国际歌》
想起　华盛顿　列宁　孙逸仙
　　　和一切把人类从苦难里拯救出来的人物的名字

艾青在本诗里，神往太阳，主张政治上的民主、自由，诗人从历史角度把资产阶级民主革命和无产阶级领导的新民主主义革命相联系、相比较，讴歌了后者，他还赞美了《国际歌》、列宁和孙中山。

艾青在1940年又创作了另一首关于火与光的长诗《火把》，它可以视为《向太阳》的姊妹篇。这是一首讲述在抗战时期革命青年如何选择正确的人生道路、走向光明的战歌。艾青说过，《火把》中的人物、情节都是虚构的，想象的。长诗主人公唐尼，十九岁，是一位商人的女儿，单纯、爱国、时髦、爱虚荣，还沉湎于爱情的梦幻。当她和诗人来到街上，看到了无数的火把，进入了光的世界，受到了极大的震动：

一起来排成队　看排起来有多么长
一起来呼喊　看叫起来有多么响
我们整齐地走着　整齐地喊
每人一个火把　举在自己的前面
融融的火光啊　一直冲到天上
把全世界的仇恨都燃烧起来
我们是火的队伍
我们是光的队伍

软弱的滚开　卑怯的滚开

让出路　让我们中国人走来
昏睡的滚开　打呵欠的滚开
当心我们的脚踏上你们的背
滚开去——垂死者　苍白者
当心你们的耳膜　不要让它们震破
我们来了　举着火把　高呼着
用霹雳的巨响　惊醒沉睡的世界

我们是火的队伍
我们是光的队伍

在这种声势浩大的火与光的群众游行面前，唐尼深受教育，她“鼙鼓而兵勇”，看着，喊着，奔跑着，终于省悟了。她认识到，这个世界上还有比家庭更高、更重要的感情，有比恋爱更重要、更有意义的事情——为民族的自由解放而斗争。唐尼觉悟了，进步了，对时代和自己有了清醒的认识：

这时代
不容许软弱的存在
这时代
需要的是坚强
需要的是铁和钢
而我——可怜的唐尼
除了天真与纯洁
还有什么呢？

我的存在
像一株草
我从来不敢把“希望”
压在自己的身上

这时代
像一阵暴风雨
我在窗口
看着它就发抖
这时代

伟大得像一座高山
而我以为我的脚
和我的胆量
是不能越过它的

但是，坚强起来的唐尼，终于越过了这座大山，还把火把带回了家中。“这火把不是用油点燃起来的/这火把　是她/用眼泪点燃起来的……”长诗以鲜明的形象，否定了唐尼式的感伤与软弱，热烈地颂扬了那“煽起使黑夜发抖的叛乱”的光的队伍、火的进军。这首诗教育、帮助了国统区一大批正在徘徊的唐尼式的青年，引导他们选择并走上了真正的革命道路。

1978年年底，艾青又创作了《光的赞歌》，这是三四十年代《向太阳》与《火把》的基因在新的时代条件下的复活、创新。又一次表明他是寻找光明、高擎火炬的杰出诗人。这是多么真切、朴素的诗句：

每个人的一生
不论聪明还是愚蠢
不论幸福还是不幸
只要他一离开母体
就睁着眼睛追求光明

光对人类和世界实在太重要了，诗人唱道：

世界要是没有光
看不见奔腾不息的江河
看不见连绵千里的森林
看不见容易激动的大海
看不见老人似的雪山

要是我们什么也看不见
我们对世界还有什么留恋

几十年来，艾青的诗作题材十分广泛，但又贯穿着一个鲜明的主题：歌颂太阳，歌颂光，歌颂真理。艾青的判断是准确的：

山野的篝火是美的

港湾的灯塔是美的
夏夜的繁星是美的
庆祝胜利的火焰是美的
一切的美都和光在一起

他还赞美了最大的光源——太阳，“它从亿万万里以外的高空/向我们居住的地方输送热量/使我们这里滋长了万物/万物都对它表示景仰/因为它是永不消失的光”。诗人还谈到了光的性质、力量、威严、性格、品质：

真是不可捉摸的物质——
不是固体、不是液体、不是气体
来无踪、去无影、浩淼无边
从不喧嚣、随遇而安
有力量而不剑拔弩张
它是无声的威严

它是伟大的存在
它是富足而能慷慨
胸怀坦荡、性格开朗
只知放射、不求报偿
大公无私、照耀四方

诗人谈到自己和火、和光、和人民的关系：

我是大火中的一点火星
趁生命之火没有熄灭
我投入火的队伍、光的队伍
把“一”和“无数”溶合在一起
进行为真理而斗争
和在斗争中前进的人民一同前进

我永远歌颂光明
光明是属于人民的
未来是属于人民的
任何财富都是人民的

和光在一起前进
和光在一起胜利
胜利是属于人民的
和人民在一起所向无敌

不仅如此，面对结束了十年内乱的新形势，艾青发出了“高歌猛进”的号召，他是信心满怀、步伐坚定的：

但是光在召唤我们前进
光在鼓舞我们、激励我们
光给我们送来了新时代的黎明
我们的人民从四面八方高歌猛进

让信心和勇敢伴随我们
武装我们的是最好的理想
我们是和最先进的阶级在一起
我们的心胸燃烧着希望
我们前进的道路铺满阳光

通过分析，不难看出，艾青不愧是手擎火炬的杰出诗人，他的作品集中体现了中国新诗人和新诗寻找光与火的优良传统。而李瑛的诗歌创作时间更长，创作数量更多，他也是一位继承了中国新诗寻找光与火的优良传统的当代杰出诗人。李瑛在1990年作的《梦里追寻的声音》这首贺艾青同志八十华诞的诗里，盛赞艾青：“你的诗，火一般鲜红和炽烈/你的诗，雪一般轻盈和单纯/是水，是酒，是洁净的阳光”。“你的诗是你的生命/为民族通知黎明的降临/你的生命是你的诗/如火把照亮历史的幽深”。李瑛是十分崇敬中国新诗的奠基者郭沫若和他的代表作《女神》的。李瑛在1978年作的《读〈女神〉》中说：“六十年了，永生的女神，/可想到，你的每个字，/曾怎样像火种，/照耀过我的青春。”诗人还进一步讲到《女神》诗集中的作品怎样滋育他成长，使他认识了诗歌，学会了做人：

呵，纯洁的、光明的、神圣的火呀，
以雷的节拍、血的色彩、海的流韵，
照耀过我明亮的眼睛，
燃烧过我跃动的青春：

金涛烈焰，
铸就了我生命的剑，
千仞飞瀑，
冲击着我心头的琴；
在一间小小的、小小的教室里，
我朗诵它，像背诵小学课本：
“地球，我的母亲……”
火炽的诗句，
拌和着冰冷的糠皮和泪水，
滋养着我的生命，我幼小的生命，
——哦，难忘的记忆里，
蕴藏着多少苦楚和酸辛！
你的每一首诗，
对于我都是一个启示呵，
你帮助我认识了诗歌，
也帮助我理解怎样生活和做人。
直到雪霁冰融，长夜消隐，
迎来祖国真正的早晨……

正是因为是在郭沫若的《女神》的滋育下成长的，李瑛讴歌诗集中的“火”与“雷”“金涛烈焰”，也把这些化成了自己诗作的血肉、灵魂。正因为李瑛看到了前辈新诗人中，不乏火炬与光明的讴歌者，于是他也自觉地拿起诗笔，赓续了中国新诗寻找光与火的优良传统。

李瑛不仅有专门讴歌光、火、太阳、月亮、星星、萤火虫的诗，还在更多的诗作里，掺杂歌颂上述放光物、光源、火源的诗段、诗句。例如《还给我》的第三节：

还给我生命的重量和价值
还给我生活里的秩序、理性和花朵
以及从矿石里炼出的不渝的爱情
白天有成熟的太阳
夜晚有成熟的星斗
一颗一颗，诚实得像钥匙和锁
一颗一颗，相互信任地望着未来

显而易见，“成熟的太阳”“成熟的星斗”是诗人追求的目标。在《家》一诗里，也有与发光、星星相关联的比喻，见该诗第四节：

无论你走多远，千里万里
它总是一言不发，站在那里
　发光，像星星，照着你
使你怀念只有自己熟悉的
气息和亲情
唤你回去

这种比喻，何等亲切、恰当、暖人心脾。在那首为1993年新年写的诗《一只中国雄鸡在长鸣》里，第四节写了在太阳俯视下的红火景象：

在喷薄的太阳俯视下
　　抖动的鸡冠，很红
　　春联，很红
　　欢乐的大鼓，很红
　　酒，很红
火
　　融化了处处冻雪残冰

这种红火的景象与喷薄的太阳息息相关。在纪念毛泽东百年诞辰而写的诗《不朽的人生》的第四节里，李瑛写到了火铳、火把、红旗、太阳：

你教我们用梭镖和火铳
　　唤醒一个时代
教我们砸碎锁链
　　包扎好伤口，矢志出征
多少山村在鸡鸣中
　　程程相送
又多少小路在火把里
　　般般相迎
你和我们头上的红旗难以分开
你该享有太阳般的声誉和尊荣

这就颂扬了毛泽东同志是怎样领导人民开展革命武装斗争，砸碎了旧世界的锁链，唤醒了一个时代，竖起了红旗，他自然应该“享有太阳般的声誉和尊荣”！

在《我的清醒的灯光》一诗里，“我”既可以理解为“灯塔”，也可以理解为海防哨所里的“哨兵”。“我的清醒的灯光”起了什么作用？见下面的节选：

在狂涛激溅中
在烟云迷雾里
我的清醒的灯光
明亮而又灼热
穿过黑色的礁丛和
白色的浪柱
深情地、深情地
望着这个跃动的世界
用信任和理智向你祝福

《采光的人》，是一曲热烈的煤矿工人之歌。诗的首节，讴歌了并肩屹立的太阳和矿工：

地平线上，屹立着太阳
地平线上，屹立着坚强的脊梁
可感到他们阔大的呼吸
可看见他们汗珠在闪光
可听见他们威武的脚步
在天地间发出回响

诗的第二节论述了认识火和光的重要，这是认识、尊重、理解“采光的人”——采煤工人的前提：

如果不认识火，不认识光
你怎能理解生活
懂得生活和歌唱
如果不认识火，不认识光
太阳将陨落
月亮将枯萎
地球将永远是块死去的石头

人们将像冷藏库里的鱼
活着的只有黑暗和死亡
如果不认识火，不认识光
宇宙该永远是一片混沌苍茫
哪里去寻找盘古的石斧
劈开人间这太古洪荒

三个假设式的排比句，似重锤敲鼓，突出了认识火与光的重要性。三四两节诗，是对采煤工人的高大形象的描绘，也讴歌了他们生命的美与辉煌。

在《火的民族》一诗里，称彝族是“屹立在深山之上的火的民族”，他们离太阳、月亮最近，他们常常点起“烛天的火把”，“火熊熊地照耀着这个/爱思索、爱幻想、爱创造的民族”。

不用再举更多的例子了，李瑛诗作里，讴歌火炬、火把、太阳、光明的，占有突出的地位，他也和郭沫若、艾青、臧克家等前辈新诗人一样，也称得上是“手擎火炬”、歌颂光明的优秀诗人。考虑到当前诗坛还存在不少混乱的、消极的、有害的现象，李瑛的讴歌太阳、向往光明的诗作，就更加具有引领正确方向、发挥诗歌真善美力量的积极作用了。李瑛在《诗歌的力量》一文中说：“遗憾的是，时下我国为数不少写诗的人由厌倦政治走向厌倦社会，进而逃避现实，摒弃信仰和崇高，丢掉对时代和民族的关切，否定诗是来自生活深处的艺术追求，消解了诗歌精神，只剩下操作性的话语排列。一些作者或则满足于自己内心的‘小情调’、‘潜意识’，或则躲在象牙塔中自我抚摸，使诗的感情日趋狭窄、浮泛、苍白，流于无病呻吟，或则以深奥艰涩的语句掩饰思想感情的空虚，使人看后觉得既可怜又痛苦。”①显然，这种概括是相当全面的，对当今诗坛弊病的诊断也是准确的。李瑛一方面对诗坛不良倾向作了分析、批评，一方面又用自己的诗歌创作来正面引导。这正显示了一位部队出身的老诗人崇高的精神境界，他不愧是党性极强的当今诗坛的领军人物。

（七）自幼具有良好的中国传统文化修养，知晓西方文化的精华，呈现出知识型诗人的特征

李瑛熟悉中外诗歌理论、流派、名作、技巧，重视诗歌意境美和意象美的创造。

这正是知识型新诗人在诗歌创作中才能呈现的特征，这也是诗人长期地、自觉地、无条件地深入人民生活的结果，这还是诗人时刻关心国内外时事的结晶。

---

① 李瑛：《诗歌的力量》，《诗刊》，1997年第4期。

什么是意境？从中国理论史上看，意境一词出现在初唐。唐代诗僧皎然认为：诗要取境。在《秋日遥和卢使君游何山寺宿敭上人房论涅槃经义》一诗中说："诗情缘境发"，意为诗情是诗人创造了诗境而唤起的。随后，王昌龄在《诗格》中提出了"意境"这一美学概念。他认为："诗有三境"，一曰物境（指达到了形似的境界），二曰情境（指达到了表现思想感情的境界），三曰意境（指客观形象与诗人的思想感情相凝结相谐调的境界）。江柳在《诗歌美学理论与实践》一书中，探讨了"境"或"意境"与佛经的关系："中国古代诗人很多信佛或通佛经，采用这一词（偏指意境）是很自然的，何况'佛境'与'诗境'有某些可类比之处呢。佛教认为这个大千世界既是幻象、是尘境，因之是不美的，是充满痛苦、不幸、灾难、罪恶的苦海。苦海无边，回头是岸。这个岸就是佛国、佛境，是极乐世界。那当然是最美的境界了。皎然既是佛教徒，又是诗人，他提出'取境'说，就是以佛理喻诗理，以追求达到佛境来比喻追求创造诗境。他领悟到，诗是'意'的产物，'意静神王，佳句纵横，若不可遏，宛若神助。'意创造境，故曰'取境'。刘禹锡更进一步认为，诗人创造的不是象之境，而是象外之境。换句话说，诗人不能以描绘客观形象为满足，要使人通过个别的有限的形象，将读者带到一个理想的无限广阔的艺术新天地。有如从低级的尘境达到最高最美的佛境一样。"①我们认为，好诗都是有意境的。所谓意境，指的是诗人借多种艺术手法而创造出来的情景交融、虚实相生、物我同感的一种奇妙的艺术境界。如李瑛的咏物诗《萤火虫》，就是一首意境奇妙、清新、幽远的好诗。首先描绘了萤火虫夏夜飞动的图画；接着揭示了萤火虫心中的秘密：不屈地向黑暗挑战，决心要探索夜的深浅。诗人在礼赞萤火虫时，赋予了萤火虫与黑暗抗争的战士的性格与品质。诗人融情于景，移情于物，创造了优美的意境，表达了全诗的主题：世界应该有光、美、太阳、生命和生命的尊严。

什么又是意象？意象一词，最早见于东汉王充《论衡·乱龙篇》，但是真正是从文艺创作角度来谈意象的，则是刘勰《文心雕龙·神思篇》："烛照之匠，窥意象而运斤。"我国古代的抒情诗名篇佳作，都很注意追求意象的鲜明感人。19世纪美国"意象派"诗歌的创始人伊兹拉·庞德，在翻译李白等的诗作时，被它们的意象美震惊了。于是他要求美英的诗人，用简明、通俗的语言，来创造鲜明、新奇的意象。由以上论述，不难看出，所谓意象，诚如艾青所说，是意中之象，以意为象。江柳则说得更具体、明白："我认为意象是主观情理与客观事物凝聚一体的艺术形象，不论这个意象是在诗中还是在诗外，抑或兼而有之。"②台湾诗人余光中曾说："意象（imagery）是构成诗的艺术之基本条件之

① 江柳：《诗歌美学理论与实践》，长江文艺出版社，1988年，第42页。

② 江柳：《诗歌美学理论与实践》，长江文艺出版社，1988年，第76页。

一。我们似乎很难想象一首没有意象的诗，正如我们很难想象一首没有节奏的诗。所谓意象，即是诗人内在之意诉之于外在之象，读者再根据这外在之象还原为诗人的内在之意。”①我们认为，好诗的单个意象或意象组合也应是鲜明、新颖的。如李瑛的《根》一诗，作于1988年，是对离开四十年的故乡、家、母亲的深切怀念。全诗具有“根”这样一个笼罩全局的中心意象，还有“路”“小树林”“小村”“庭院”“房门”“油盏”“千山”“万水”“白云”“母亲”“乳汁”“眼泪”“心”“声音”等意象的组合。诗的最后两节，点出全篇主旨：

一条路总有一个起点
埋在那油盏的黄晕光圈下的
是你的根

——那无由选择
——那尊严、柔情、痛苦和欢乐孕育的根
——那和你骨肉相连、生死同一的根
——那四十年吞吐在喉结里的一个单音节字：根

本诗的中心意象，又是建立在比喻意义上的，既新颖，又准确。

意境美和表象美，都是诗美的重要组成部分。李瑛在诗美创造方面，常常是把意境美和意象美置于优先的、核心的地位。比如，《黄河落日》一诗，创造了雄浑、开阔、辉煌、苍茫的意境，讴歌了中华民族的母亲之河——黄河。“等了五千年/才见到这庄严的一刻/在染红一座座黄土塬之后/太阳，风风火火/望一眼波涛的漩涡/终于落下了/辉煌的、凝重的/沉入滚滚浊波”，把黄河落日的景象，写得大气磅礴。写黄河狂涛：“长空下，站起又沉落/九万面旌旗翻卷/九万面鼙鼓云锣”，何等声势浩大、惊天动地。诗中还有满含哲理的警句：“黄土层沉积着古东方/一个英雄民族的史诗和传说”。诗的结尾，又匠心独运地把“唐诗”点了出来，大大扩展了这首诗的意境：

如血的残照里
只有雄浑沉郁的唐诗
一个字一个字
像余烬中闪亮的炭火
和浪尖上跳荡的星星一起

① 余光中：《掌上雨》，大林出版社，2001年，第9页。

在蟋蟀鸣叫的苍茫里
闪烁……

由黄河、落日、黄土塬、土壁，联想到了残照、唐诗、炭火、星星、苍茫，飞动的意象，开阔的意境，充溢着诗情画意的美。

又比如，李瑛作于1994年的咏物诗《流星》，充满了建立在比拟手法上的意象美。该诗的中心意象是："一个闪着金色眸子的清纯的圣女"。诗的前三节依次描绘了她"金色的眸子""长长的发辫""长长的披巾"，接着又表现了她的清醒、自尊，她"没有犹疑""没有恐惧"，犹如"一支带火的箭，劈开了夜，穿过了夜，撕裂了夜，剁开了夜"。可见，"一支带火的箭"是一个比喻性的重要意象。第四节诗又出现了"生命""鸟""冷露""雏菊"等意象组合。全诗突出了这位"圣女""由于勇敢又羞涩/而变得惊人的美丽"。不用再举更多的例子，我们已经领略到李瑛诗歌中的意境美和意象美了。20世纪60年代，李瑛曾说过："我喜欢的抒情短诗，应当如一粒珍珠，是圆润的，并含蕴着敦厚纯净的神采；或则为一颗星星，在不息的旋转中闪射出逼人的耀眼的光芒；或则如一粒子弹，它是沉默的，却坚强、凝重而完整；或则如一朵花，以自己生命特有的色彩、芳香和姿容丰富这个世界。"①，对照他近七十年的诗作来看，他的抒情短章是达到了这样的标准，且又有新的艺术创造的。

李瑛在《呼唤诗歌精品》一文中先谈到了精品产生的首要条件：有正确的思想指导。他说："诗是以艺术形象方式反映人们心灵和社会生活的，这是大家所共识的。诗歌创作一般是个体劳动的形式，常常有明显的个人印记和个性差异。诗的创作虽然是以个人的形象思维来完成，但却不能排除理性思考。因此，必须使自己保持冷静的观察、感受和思索。我认为，作者在发现和提炼生活、表现自己内心世界和心灵活动的同时，必然渗透着自己的立场、世界观、思想感情和美学理想，包括他的哲学观、艺术观等。正是它们指引着和制约着他整个的创作过程，它们对作品的思想倾向，反映生活本质的深度和广度，社会价值和审美的大小，都会产生直接影响。我不认为这个世界上存在着没有目的性和倾向性的文学。既然诗的价值在于提高人们的思想境界，丰富人们的精神生活，启迪人们的文化素质、审美情趣和道德情操，因此，作者对创作的指导和作品的思想内容，就不能不作认真的追求。"接着，他又指出另一个条件：大胆的艺术追求。"思想的深度，生活的浓度，时代的意识和激情，如何传达给读者，在艺术处理上对诗的表现就显得格外重要。诗艺的追求是没有止境的。古今中外的大诗人和理论家，对此有过浩如烟海的极为精辟的论述。经过

---

① 李瑛：《李瑛诗文总集》第十四卷，中国文联出版社，2010年，第131页。

长期封闭状态的我国文艺界，在改革开放的历史新时期，有了广阔研究借鉴西方文学艺术的可能，要尽量广泛接触我们所不了解的那片广阔天地中的种种艺术主张和艺术创作，进行自己的思考。我们必须在继承优秀传统的同时，大胆地、勇敢地广泛学习和汲取西方对我们有用的东西。要警惕思维的惰性和凝滞。故步自封、闭关锁国是要枯竭而死的；一味停留在陈旧的习惯性的表现方法和模式中的作品，是没有生命力的，直白浅露的喊叫和叙议，是非艺术的。诗是语言艺术，要格外注意提高语言这个'人为的符号'的提炼和驾驭的能力。诗的意象是精神性的，它们可以大量地丰富多彩地并存。要着意培养自己的艺术感觉。在诗歌多方面的艺术表现中，不妨进行各种各样的探索和尝试，努力开拓更为广阔的美学天地。一个勤于进取的诗人，心灵永远是开放的，对不同的艺术手段和艺术技巧、美学追求，是会有十分广阔的容受性和汲取能力的。只有这样，才能创作出各种形式、各种风格、多姿多彩，生机勃勃又各具艺术个性的诗歌。"①上述两个关于如何才能创作诗歌精品的论述中，既是诗人自身创作精品的经验总结，也有对新诗发展史上出精品的历史事实的回顾，还正确分析了我国当前新诗坛的形势、任务，以及出精品的必要性与可能性。纵观诗人七十年的创作历程，越到后来，具有意境美和意象美的诗歌精品数量越多，美学质量越高。

应当承认，新诗发展刚刚走过九十多年的历程，还没能达到成熟阶段，还需要创造若干适宜的条件。但新诗作为五四文学革命的产物，它是诗界前辈勇敢冲破传统诗歌格律和规则的罗网，用白话口语入诗，进行诗体革命的成果。郭沫若、闻一多、殷夫、蒋光慈、冰心、朱自清、汪静之、宗白华、冰心、徐志摩、陈梦家等，都为中国新诗发展，特别是小诗体、自由体、格律体、性灵体等多种体式的尝试，做出了积极的贡献。抗战时期和解放战争时期，民歌体、朗诵诗、枪杆诗、街头诗等进一步发展，艾青、臧克家、李季、田间、戴望舒、杜运燮、郑敏、胡风、冀汸、绿原、冯至等，又为新诗发展做出贡献。新中国成立后，何其芳、闻捷、郭小川、贺敬之、李季、张志民、严辰、邵燕祥、李瑛、张永枚等，创作了一批名作，尝试了楼梯式、新辞赋体、两行体、半格律体等多种体式，进一步拓宽了中国新诗发展的道路。十年内乱给诗坛带来极大损失。社会主义新时期朦胧诗的崛起，老中青三代诗人的共同努力，诗歌创作得以复苏，渐次又有所繁荣，但也存在不少问题。认真总结一些有代表性的成就突出的诗人的创作经验与不足，必将推进新诗走向成熟。

二、试谈李瑛诗歌的缺失与不足

金无足赤，人无完人。在认真考察了李瑛七十年的诗歌创作历程，在充分

① 出自李瑛：《李瑛诗文总集》第十四卷，中国文联出版社，2010年，第185—188页。

肯定了李瑛在当代诗坛上显赫的大师地位，在仔细研讨了李瑛诗歌创作的特点、成就及美学追求，在具体阐述了李瑛为新诗发展积累的有益经验之后，我们理所当然地也要来诊断李瑛诗作的缺失和不足。限于笔者的水平，这种诊断未必是准确、中肯的，但我也应坦诚地发表我的意见，以求教于诗人自己和众多的诗歌评论家。

早在1987年，于从杨、周岩、吴开晋等三人合著的《李瑛诗论》一书中，专列了《枯枝与斑点》一章，谈到了李瑛诗歌的三个不足：一是对时代的深刻哲理思考还不够。二是在诗意的创造和语言运用上，还有程式化的现象。三是有些语言书卷气太浓，生活气息不足，个别语言有雕琢的痕迹。在论述这三个不足时，还不厌其详地举出许多例证，令人信服地作了有理有据的病理剖析。这种实事求是的态度，是值得肯定和赞许的。但这也不等于说，他们的论述是无可挑剔的，他们举的例证也是十分精当的。在下面的论述中，会有具体的说明。

值得我们重视的，是在《枯枝与斑点》一章的开头，三位作者有一段纲领性的话："李瑛的艺术生命正当旺盛时期，创作还在发展。在前进的道路上，有成功，也有教训。在他那茂盛的诗歌大树上，也有因思想和艺术的营养不良而干枯了的枝丫；在那众多的甜甜的果实上，也偶有斑点。我们把它们特意指点出来，用放大镜去看，对于诗人今后的创作也许不无好处吧。"针对这段纲领性的文字，我有如下三点意见要发表。

第一，应当指出。1987年时李瑛的艺术生命正当旺盛时期，创作还在发展。这是完全正确的。我在本书第一章中指出，1965—1987年，正值李瑛创作的成熟期，加上前边1943—1952年的准备期和1953—1964年的进展期，三个时期共出版了三十一本诗集，而1988—2012年的勃发期则出版了二十二个诗集。不仅数量多，平均每年出一本诗集。而且诗的题材更为广阔，诗的内容更加深刻，诗的艺术质量更显提高，诗的读者更是增多。他的不少高峰作、代表作都是本时期创作的，像长诗《我的中国》《永远的颂歌》《放在长城上的一束野菊花》《在焦裕禄墓前》《寻找一座城》《一个星座、一座城市和一个民族的盛大节日》《倾诉》《七月的交响》等；短诗则有《瀑》《蜡烛》《一颗心和一柄剑》《端阳》《杏花》《祁连山》《莫高窟之夜》《假如大海没有浪》《走向扬子江》《不朽的人生》《梦里追寻的声音》《诗的青春》《鲁迅》《两棵银杏的爱情》《我心底有一个秘密》《我最初的爱情》《不要忘记走过的路》《对诗的追寻》《一个中国家庭的阵痛》《一个城市的血》《弃婴》《一块煤》《土地的声音》《认识生活》《山在一棵草下》《我们的家园》《高原的根》《哈达》《一条中国龙》等。这种后劲愈足的情形，在中国新诗人是并不多见的。

第二，辩证地来看，李瑛七十多年的创作历程，既有成功的经验，也有失误的教训。《李瑛诗论》的三位作者指出这点，是正确的。不仅如此，他们还形象地把教训比喻成李瑛茂盛的诗歌大树上，因思想和艺术的营养不足而干枯了的“枝丫”，又比喻为众多的甜甜的果实上偶有的“斑点”。这两个比喻恰当、科学地评价了李瑛诗作的成绩与不足。

第三，他们还讲述了指出李瑛诗作中的不足之处，对李瑛今后的创作会有所帮助；还特意说明他们是拿放大镜来看李瑛诗作的失误与弱点的。我十分赞赏他们的做法与特意说明。这种一分为二、有理有据评述，显然会对诗人今后的创作有所帮助、有所补益。我们高兴地看到，诗人在1988年以来的创作里，明显地、自觉地改正了不少弱点。若是看不到这一点，我们对李瑛诗作的评价就可能有失公正，有所偏颇。

那么，具体来说，李瑛诗作有哪些缺失、弱点与不足呢？

(一)偏重于抒情诗的创作，叙事诗较为薄弱

前面我们讲过，李瑛是一位专注于抒情诗写作的诗人，这是他诗歌创作的一个显著特点，也是他抒情诗写作质量不断提高的一个原因。相对来说，叙事诗是其创作的软肋与不足。

以群主编的《文学的基本原理》说：“从叙写内容的方式分，则可分为抒情诗和叙事诗。”《中国大百科全书·中国文学卷》也认为：“从内容上分，主要有抒情诗和叙事诗。”然而，上述两分法存在明显欠缺，近些年不少人提出了四分法。张涤云在其所著的《中国诗歌通论》一书中说①：

> 诗歌的内容性质及基本的表达方式出发，将中国诗歌分为抒情诗、叙事诗、说理诗、写景状物(景物)诗四大类别是适当的。这样可以避免两分法的局限；也是对传统过于琐细的分类所做的概括与改进，同时和西方具体的诗歌分类法及整个世界诗歌史的基本事实相融合。为了更加精确地反映我国诗歌丰富多彩的面貌，也有利于学诗者更具体地把握各类诗歌的特点，我们还可以在四类诗歌属下进一步分类。
>
> 1. 抒情诗：爱情诗、离别诗、羁旅诗、爱国诗、亲情诗、吊古诗、述怀诗、感遇诗、颂赞诗、怨愤诗、哀悼诗、闲适诗等。
>
> 2. 叙事诗：史诗、故事诗、纪事诗、纪行诗、风俗诗、童话诗等。
>
> 3. 说理诗：玄言诗、哲理诗、讽喻诗、教育诗(劝学诗、训蒙诗、劝诫诗、励志诗)、咏史诗、论诗诗、宗教诗(释道诗)、理学诗、科学诗等。
>
> 4. 写景状物诗：山水诗、田园诗、苑囿诗、游览诗、咏物诗(咏花诗、咏鸟诗、咏月诗、咏雪诗、器物诗等)、题画诗等。

① 张涤云：《中国诗歌通论》，浙江大学出版社，2006年，第69页。

显然，这种四分法要比我国“五四”以来流行的两分法更为细密、稳妥、科学。用此分类标准来对照，李瑛的诗作大多是抒情诗、说理诗、写景状物诗。至于叙事诗则数量很少，史诗、故事诗、童话诗等可以说没有，但纪事诗、纪行事、风俗诗还是有一些的。由此看来，李瑛诗作有一个弱点，就是史诗、故事诗、童话诗等叙事诗的缺乏。当然，我们不能苛求每个诗人在四类诗上都是强手。有些偏重，有些缺失，也是正常的。

这里还应指出，李瑛虽然没有写出《伊里亚特》《奥德修纪》那样的英雄史诗，没有写出《格萨尔王传》《百鸟衣》那样的民族史诗。但他在 1998 年创作的长诗《我的中国》，虽不是远古集体创作又由歌手整理的民族史诗、创世神话，但却也称得上是现代诗人撰写的我们民族、我们祖国的大气磅礴的英雄史诗、赞颂诗。该诗前有献辞、序诗、十五章正文，后有尾声，从结构上讲是十分完整的。该诗对中华民族的起源、发展、自立于世界民族之林的历史进程的描述与概括，是极为精辟、生动的。试看长诗第一章的倒数第三、第二两节：

一个朝代
又一个朝代
滔滔涌过
如今，五千年纷争兴衰
已消失在马蹄尘沙中
舒缓的地平线上
只有旌旗残堡
断垣颓壁
却仍能感到
斧的威严、剑的锋利和
一个民族不屈的
意志和精神
这不朽的东方古文明和
一首首史诗
一个个故事
一支支古曲
高挂在迎风送月的楼头
和檐角的铁马一起摇曳
使我们无时不感到
历史的呼吸和
先人的召唤

那深埋在离离荒草中的
一座座
神的碑
佛的塔
帝王的陵寝
静静地闪烁在
一个又一个世纪的
暮色苍茫中，在
卷帙浩繁的线装典籍中，在
历史辎重的
行列中，在
低飞的暮草烟云中
辉映着头上
万古不灭的星斗

哪怕光阴匆匆流转
人间沧桑巨变
我的祖国
却总在一次次地战胜危亡中
突破、成长
随着一代代
新人的诞生而
诞生

这样两节诗，概括了我们祖国从古至今的五千年发展史，突出了我们民族“不屈的意志和精神”，讴歌了“不朽的东方古文明”，强调了我们祖国“总在一次次地战胜危亡中/突破、成长”，代代新人不断成长。

至于叙事诗中的纪事诗，李瑛的诗作中是不乏佳作的。仅以《野豆荚集》为例，其中的《街头》，记述一个七岁的孩子，在大雪横飞的街头，在污黑的垃圾中觅食、挣扎。《谒佛山陵园》，记述了诗人在 2004 年 12 月 8 日，冒雪去佛山陵园为父母扫墓。《人和珠穆朗玛》为纪念人类登上珠峰五十年而作。《祝福》记述 2000 年岁暮，诗人曾应《中国青年》杂志社之邀，写了一句对新世纪祝福的话，置入漂流瓶中放漂之事。《想家的鸟儿回来了》记述 2003 年岁暮，由于京郊河湖水库水满，无数鸟群飞来过冬。同类的纪事诗还有《十三双眼睛》《对最后一只白臀叶猴的挽歌》等。《读〈等待死亡〉》是悼念南非摄影师凯文·卡特之作。《野豆荚集》中的两个小组诗：《刘胡兰》和《生命的颂歌》，都是纪事诗。

李瑛的纪行诗、风俗诗也是不乏佳作的。如诗人在访问江西苏区时，写了纪行诗《瑞金》《叶坪》《烈士纪念塔》《大刀》《红军标语》等，记录了他访问途中的见闻与感受，如诗人笔下的瑞金叶坪的烈士纪念塔："以炮弹作为自己的形象/屹立在饱经沧桑的大地上/它静静地高昂着头/望着星宿和太阳"；"每个人/都应该有自己适宜的锚位/这座塔静静地站在那里/为你导航"。他的诗集《花的原野》里的"长城线上""乌兰察布的早晨""三月陇东""翻过乌鞘岭""伊犁行""在特克斯草原"六辑几乎都是纪行诗。

至于风俗诗，数量比纪行诗少，但也表现了我们中华民族大家庭不同成员的风俗、习惯，如《多情的手鼓》《阿尔泰姑娘》《在阿克塞部落牧民家里》《藏北》《哈达》《经幡》《听歌》《春犁》《舞蹈》《藏刀》《在猎人之家》《江南母亲》《红豆》《椰子》《看彝族山民舞蹈》《边城黎明》《唢呐》《陕北女人》等。诗人这样描绘了彝族山民的舞蹈场面和强大的生命力：

在山环的草地上
篝火和激情燃烧起来
飞荡的银链子闪着火光
怀里的琴弦疯狂了

他们找到了生命的表现形式
他们强调自己的存在
他们倾诉爱情和幻想
显示出力量质朴的美

《看彝族山民舞蹈》记录了彝族山民的粗犷舞蹈，真是让人过目难忘。

事物总是一分为二的，因为专注于抒情诗的写作，李瑛这方面的巨大成就，可谓有目共睹。但是，正因为创作精力主要放在抒情诗方面了，李瑛几乎没有写过像臧克家的《李大钊》、艾青的《火把》这样的叙事诗，也未曾涉猎过如同闻捷的《复仇的火焰》、张永枚的《孙中山和宋庆龄》这样的诗体小说。今后，若条件许可，建议诗人进行这方面的尝试。

(二)1976 年以前的一些诗作，思想深度还不够，艺术水平也稍显粗糙

这里既有时代的局限、创作客观环境的原因，也与诗人当时还未达到思想家的水平、艺术技巧还需磨砺有关。

于丛杨等三同志的分析是中肯的："有人说李瑛诗歌的缺点是清新秀气有余，粗犷豪放不足。我们认为，在诗歌的园地里，应该允许万紫千红，应该鼓励争荣竞秀。可以偏爱，但不可以偏废。我们要求的只是在清新秀气之中闪烁着思想的锋芒，在粗犷豪放之外透露出内在的逻辑力量。”①这些话是在1987年说的，时隔25年，李瑛诗作的面貌有了很大改变，他们说的诗人偏爱清新秀气作品，偏废粗犷豪放作品，思想深度不足、逻辑力量不够的问题，已经有了根本性的改变。试看诗人作于2002年的《在采油井旁》，全诗六节，不求形式整齐：第一、三、四节都是四行，第五节是六行，第六节是一行。该诗不仅写了石油对人类文明进步和我们生活的重要性，而且对“中东正在炮火里燃烧”表示了担忧与警惕，还借原油提示我们：“它的尽头是鲜血”。诗人是这样形象、深邃地表述了石油对我们生活的重要，也表达了我们对原油的感谢、欢迎：

于是我感谢每一滴原油，说
今天，欢迎你们参加我们的生活
欢迎你们进入时代的骨缝和心脏
使我们成长和飞翔

另外，该诗还发人深思地表明中东战火的原因——与石油争掠相关。短短二十一行诗，表达了多么丰富、深刻的思想内容。再来看一首作于2002年的咏物诗《焊花》。全诗三节，分别是十、九、四行。首节写焊花迸射的地理环境、位置，还有它的光色、力量，此节中心的五句是：“从乱石和钢铁的裂缝间/一簇簇焊花，迸射出/橘黄的、幽蓝的、淡紫的光/穿过巨大的死寂和亘古荒寒/直到明天尽头”。后两节写焊花难以言状的美丽和巨大作用，一连三个“照亮”，十分响亮、有力：“照亮颟顸的风和/连绵不绝的荒滩雪岭/照亮一个民族古老的根和白骨”“照亮一个真实的神话”。焊花对世界有什么作用？“让世界在它的照耀下！重新发现中国/东方古大陆上/一个新时代正在来临”。一首抒情短诗，蕴含着这么丰富、深刻的哲理性的思想内容，足以见出李瑛诗作的新高度、新水平，不能不让人佩服、惊讶！上述分析的两首诗，可以说是兼顾了清新秀气和粗犷豪放，实现了阳刚之美与阴柔之美的交相辉映。

李瑛在1976年前写的一些诗里，有一些明显的硬伤。如1955年作的《早晨》一诗的第三节后两句：“呵，那山脚下第一架起重机已伸出长臂，/把第一块混凝土高高举起。”接下去的第四节是：

虽然它闭着嘴没有说什么，

① 于丛杨等：《李瑛诗论》，长城出版社，1987年，第135页。

我却突然产生一个骄傲的感觉：
我看见它正举起一轮红日，
我看见它正举起我如花的祖国。

不难看出，“举起”一词是不妥当的。平时咱们说举重，运动员在杠铃之下，他用双手把杠铃从矮处举到头上高处。而起重机(或称塔吊)是吊臂在上，吊物在下，这怎么能称“举起”呢？显然这是用词不当的硬伤。

再看作于1956年的《三盏红灯》里，也有类似的例子，如诗的第一句“不是果实，是成熟的风暴”，什么样的风暴是“成熟的”，什么样的又是“不成熟的”？令人费解。本诗第三节的第三句：“怀着风暴胎儿的夜躺在产床上”，这个比喻也值得推敲。风暴为什么一定是“夜”的胎儿？难道风暴就不会在“白天”产生吗？显然，这不是什么“用词不当”，而是逻辑错误了。

李瑛作于1956年的《升旗》，也有不合逻辑的地方，先将此诗抄录于下：

黎明，当一轮红日即将升起，
大海总有片刻沉寂，
我们便在甲板上齐集，升起国旗。

于是，从你庄严的容颜里，
我便看见了那牵着我心的
无数座山，无数座城，
粮食，花朵，阳光，小溪……

这时，祖国便在我们的舰艇上了，
母亲便在我们的舰艇上了，
所有这一切都一齐向我微笑，
流露出最大的信任和欢喜。

国旗割开浓雾向远洋招展，
每一个卷褶都呼唤水兵：
去保卫漫无边际的大海、蓝天和土地！

问题主要出在第三节，诗中说，升旗之后，“祖国便在我们的舰艇上了，/母亲便在我们的舰艇上了”。那么，升旗之前，降旗之后，祖国和母亲就都不在舰艇上了。显然，这种诗句是牵强、又不大合乎逻辑的。实际上，只要舰艇上的水兵是热爱祖国的，忠于祖国的，那么祖国、母亲就时时刻刻在心中。再有，“国旗割开浓雾”的说法，也不够准确。通常，割的工具当是坚硬的，而国旗却是软的，又是飘动的。再则，浓雾或弥漫，或驱散，如何割开呢？显然，这里也有不大科学、不合逻辑之处。类似的用得有些牵强的词语、诗句如：“瞳仁里，灌满爱，/酒窝里，填满笑”(《出发演习过山坳》)；“古老的故事遥远的星，/引我直上星空去，/滴溜溜一双圆眼珠，/掉进银河里……”(《七月七》)；“萤火飞上天，/星滑小河中，/船破浪呀车破岭，/战士驾船去河东。”(《打猪草》)“刺刀打闪了，/手榴弹投圆了”(《野营抒情》)；“突然，哨所窗口上云飞浪卷，/那半碗水在我心上燃起了火焰”(《初到哨所》)；“我从北京来，/从长安街直走到这毛毛道”；“……我们的巡逻小组出动了，/乱礁石后又埋下多少包天胆!”(《深夜十二点》)；“叫声远了，海声近了，/金星星和银星星落个满潮”(《想起了那次侦察》)；“我看见傍晚有一缕炊烟，/炊烟下闪着双温慈的眼睛”(《麻饼》)；“我知道，你脚下就是山河的源头”(《夜巡祁连》)等。虽说这些毛病被我们挑了出来，但总的来说还是瑕不掩瑜，并无碍李瑛诗歌早期具有的“以战士之笔抒战士之情”的特点与成就。然而诚如张光年在《红柳集·序》中所指出的：“另外一些描写新生活的美好景象的抒情小品，也写得意境清新，引人神往；但是读过以后，总还觉得深度不够，力量不足。我们新生活中一切崭新的、美好的东西，都是来之不易的，它们是在跟旧时代的恶劣影响、旧社会的习惯势力的艰苦搏斗中涌现出来的。可以说，每一个新事物、新性格、新风尚的出现，都走过一段艰苦的道路。要巩固它们，发扬它们，也都要经过不懈的斗争。要是我们的诗人在歌颂新人新事的时候，能够更多地着眼于此，更有意识地用诗的语言为新事物开辟道路，那么，纵然在抒情短章里面不一定写到这个斗争的复杂过程；或者像这个诗集中描写海防前线、朝鲜前线的作品那样，并没有直接写到对立面；只要在歌颂正面形象的时候，诗人心目中确实有一个对立面存在，我想，也一定会写得更扎实，更为激动人心，充满着战斗的诗意。”张光年不仅指出了李瑛的抒情小品(20 世纪 60 年代中期前的)还存在“深度不够，力量不足”的缺点，又分析了这种缺点产生的原因以及克服办法。事实上，李瑛后来的抒情小品，逐渐克服了上述缺点。试看他 2002 年写的《植物的快乐》，全诗五节，三节三行，两节四行，共十七行。本诗的中心意象以及吟咏对象是一株小草，它“是一个头发蓬松的孤儿/小得像一滴惹人怜爱的泪”。它不认识黄沙，却认识自己，它“用挣扎，用呼喊，用痛苦营养生命”，它书写了一个传奇故事，“让黄沙在自己脚下哭泣”，显示了植物的快乐。本诗赞美了敢于与黄沙斗争的小草，内容深刻而有力度，以正压邪，蕴含哲理。这样的例子不胜枚举。

(三)1976 年以前的一些诗作，在构思、形象及比喻等方面有重复之感

这里既有创作思路打不开的原因，也有诗人当时艺术准备及修养不足的因素。

《李瑛诗论》的作者认为，李瑛的诗作在诗意的创造和语言的运用上，还有程式化的现象”。“风格，是对诗人辛勤和不断探索的奖赏，是诗人走向成熟的标志。但是，如果停止了创造，那诗意就会远远地离去，他就无法和诗亲近，风格会逐渐地凝滞。”我们发现，李瑛诗作中有不少锤炼得很精巧的词语和充满诗意的形象使用频繁，第一首用了，第二首又用，甚至过了几年之后，在新的诗中又发现了。比如，《山鹰》的最后一节是：“啊，矫健威武的山鹰，/凝聚了我满腔豪情。/我的驻守在深山的战友呵，/这山鹰不正是你的身影！”再看《过烈士墓》的最后一节：“请莫说未见过这位士兵，/每棵树的歌声就是他的歌声；/也莫说他已经倒下，/这里每棵树都是他倔强的身影！”再看《红柳，沙枣，白茨》的结尾两节：

呵！也许只有这样浩瀚的天空，
才容得下它们的胸襟、理想，
以及它们对生活深沉的爱，
和对于人民的忠实。

我说年轻的朋友们，
它们不正是你们的影子！

这里就有“程式化”的现象，表现为构思、比喻上的重复使用。这么一来，自然会弱化了诗美的创造，是艺术上的原地踏步，表现了诗人创作思路固定、狭窄，打不开，艺术创新准备不够，动力不足。

这个缺点，在诗人 80 年代末期之后的作品里，有了明显的改进。试看作于 1990 年的《大刀》，这是瑞金革命纪念馆中的一件陈列品，诗人说它“是党史的一个片断”，诗的最后一节：“那天，我走过它躺着的柜橱/轻轻一喊，它仿佛/挣扎着要跳起来/前去杀敌/谁都没有权利忘记/它/那片峥嵘岁月和/人间生生不息的风雨”。该诗运用拟人的手法，让大刀与诗人对话，大刀“前去杀敌”的权利和渴望，都是充满想象和创意的构思，大大拓宽了咏物诗的创作思路。再如 1990 年的《箫》，是新意迭出、别开生面的一首咏物诗，开头一节发人深省：“一名战士、一杆枪，一支箫/三个凝重的影子/跋涉在长征路上”。几十年过去了，战士再没有回来，却有一条小河流回当年战士出发的小村、竹林。诗的结尾一节：“一个穿着草鞋的坚强的灵魂/成为一部高亢的历史”，充满哲理，令人回味悠长。

《李瑛诗论》的作者还举出了李瑛诗作中，有十七首都用了“牵”字的例子，他们认为："这一个'牵'字"，"竟被表现不同诗意的十七首诗所征用，这就显得平而滥了。"运用情况，列举如下：

1. 牵一线阳光在边境降临。（《哨所鸡啼》）
2. 明天将牵来一千张闪光的犁。（《跨出戈壁》）
3. 帐篷里一缕琴声，牵出了多少乡情。（《雪线上的篝火》）
4. 你们踏住万顷流沙，牵来了道道绿的长城。（《给造林远征队》）
5. 一只大船牵一道水波。（《看黄河》）
6. 只一夜包兰铁路两千里，牵起了多少人家。（《包兰路上》）
7. 什么风的淫威，沙的凶残，让包兰路牵起给全国人看看。（《致风沙》）
8. 一座座工厂牵一排排铁塔。（《嘉峪关西望》）
9. 苍茫中我走进敦煌城，向导牵给我一条沙山。（《沙的传奇》）
10. 汽车牵起万座山。（《果子沟的山路上》）
11. 公鸡一声长鸣，牵出一缕炊烟，满天霞光。（《牧场晨光》）
12. 沉甸甸滚热的鸡蛋，猛然把我的记忆牵向遥远。（《我的生日》）
13. 孩子们重见老伙伴，牵着波浪跑。（《试水》）
14. 一句话，牵来一行扁担串（《让水》）
15. 多年未见纺车转，绵绵思绪牵天涯（《纺纱》）
16. 呵，我们筑路队的弟兄，你们今天印出第一道压路机的辙印，明天将牵来座座山城。（《从澜沧江畔寄北京》）
17. 我们姐妹送来竹筒的水——像牵来一条叮咚的小河。（《我重新认识了祖国》）

我还可以补充一些例子：

18. 把一匹匹伊犁马，牵给忠勇的士兵……（《霍尔果斯河上的月亮》）
19. 一声高亢激越的啼唤，牵一缕阳光，照遍大地。（《生命》）
20. 二十个孩子牵着手走来，二十双胳膊围不拢一棵古柏。（《景山古柏》）

上述例子中的"牵"字，有的运用是准确、贴切、恰当的，如例子 1、18、20 等。有的运用比较生硬、牵强，如例子 2、4、7、9 等。从诗歌创作的动词运用来说，鉴于汉语词汇丰富，特别是动词分类很多，表示方向、程度、施动、

受动等的，应有尽有，

《李瑛诗论》的作者还认为："关于艺术想象，也有这种程式化的瑕疵。有一个好的想象，第一次写在诗里，使人感到新鲜，反复使用，就有陈旧之感。"如写烈士的诗，1955 年有"当然，他们有的已经死去，但最后的喊声仍响在山间"(《小路》)；1973 年又有"莫不是当年英雄的死者，把最后的喊声储在深山"(《一条锁链》)；"莫非他的呐喊仍在回响，一声声，一句句，撼动群峰"(《过烈士墓》)，仅此三个写烈士题材的例子，已说明了李瑛诗在艺术想象方面，确有程式化的瑕疵。类似的例子在不同的题材诗里也能找到。如《悼一位老石匠》的结尾："我在他留下的铁锤和錾刀中间/找到了一个民族精神的位置"，又如《纤道》的结尾："自从看见它/我才认识了祖先的艰辛/原来，它是一个民族曾经走过的路/或者说/它就是一个民族的历史/隐痛里，我的生命/得到了延伸"，再看《月亮谷》第三节的最后六行："月亮深情地望着/没有声音的/岁月、历史和苦难曲调的灰烬/望着一个辛勤的匍匐的民族/黄土地的真正嫡子的/崛起"，还有《武士俑》第四节："大江已经东去/山岩层层解体/在我和历史之间/站着你，站着/一片沉默，一片惊愕/一片兴奋，一片警惕/站着十九岁的/一颗心在跳动/一副肺在呼吸/站着一个民族万古不灭的精神/从大树的年轮和地层深处升起"；《荒原·神话》的结尾："一个民族五千年郁积的苦难/瞬间，爆发出雷动的狂欢"；《看商周青铜器》第三节的结尾之前半："这是一个古老民族的智慧和文明/是一种精神/以其古朴和淳厚/以其狞厉的悲壮和魅力/以其原始的庄严美/精诚茁壮的血之根/闪烁在千古苍凉之上"；《延安》的结尾："谷穗的信念，红星的渴望/孕育了神话、火和活泼的思想/一个民族擦净血污站起来/一座塔，一座桥/一条河日夜不息地深情地歌唱"；《汉长城印象》结尾："哦，汉长城/大西北荒滩上的/我们的脊骨/我们民族不朽的尊严/和戈矛、甲胄、带火的战歌一起/在苍茫夕照下/静静地闪光。"通过以上八首诗的例子，我们可以看出，这八首诗的结尾，都通对过民族精神、民族崛起、民族苦难、民族尊严的礼赞，表达了哲理性的深刻主题。从不好的一面说，则有雷同、重复之缺憾；从好的一面看，诗人还是注意了同中有异、同中有变的。显然，这还不能说是"套用一种现成的固定的艺术公式"。

诗的构思就是诗用以反映生活的典型化方法。至于通过什么途径、选用何种方法来达到反映生活的目的，就要因人而异了。李瑛的抒情诗的构思，会带有他创作个性的印记。虽然创作时期不同，题材和主题不同，典型化的方法多种多样，但在他的那些数以千计的优秀抒情诗里，却都显露了前后贯通的基本特征，这就是他坚持从实际生活出发，运用现实主义、浪漫主义或现代主义的创作方法，依照形象思维的规律，通过新颖、鲜活的生活场景，借助真实、生动的艺术形象，平中见奇，揭示平凡生活中的审美价值和不平凡的意义。试看作于 1990 年的《鸡啼》，它描写太行山区一户人家石板的屋顶上的一只引颈长鸣的雄鸡：

这啼鸣号角般嘹亮
像金属的薄片响在长空
穿透凝云，穿透林丛
穿透满山满谷梯田的石坝
填满整个空间的峡谷苍穹
顿时，太行的一千条河谷
都在回应
我分不清是它在叫还是山在叫
莽莽群峰
立即响起欢乐激越的合声

看它鼓动的翎羽
看它明亮的眼睛
这叫声有殷实的炊烟味
彩羽显得辉煌而丰盛
太行山，你野草般贫穷的历史已经结束
这啼唱正引来大山的黎明

这首诗通过一只雄鸡的引颈长鸣、千山回应，表现了太行山结束贫穷、走向富裕的新时代已经到来。这与他 1960 年作的《哨所鸡啼》相比，形象、意境都丰满得多、开阔得多。由此可见，李瑛的抒情诗不仅富有诗意、形象美好，有崇高思想的闪光，而且有永不停止的创造精神。在反映生活时，他总是追求新的角度、新的形象、新的意境，即使是面对一些十分常见的生活现象、场景，他也能别出心裁地以自己特有的感受、新颖的构思来表现、来说明。比如卢沟桥是北京人都熟悉的一座古石桥，"卢沟晓月"是幽燕的著名一景。在《五百只狮子》一诗里，诗人以描绘了狮子的雄姿："这里，五百只狮子，/仍雄踞桥边。/它们高昂着头，威风凛凛，/像五百座戍楼，五百重雄关。"其次，写了狮子在抗击侵略者时的威武雄姿："即使头颅斩断，喉管射穿，/仍然怒视着敌人，/发出激越的呐喊"，它们的吼声把"苍穹和大地震颤"。诗的结尾：

而今，已经是昨天，已是昨天，
但五百只狮子，仍然是

当年的头颅，当年的肝胆；
五百只狮子凝成一个
万古不灭的精神，
照耀着古老民族的灿烂的春天！

显然，这首咏物诗借物咏志，赞美了中华民族儿女不克外敌决不罢休的勇于反抗外来侵略的义薄云天的伟大的民族精神。诗的构思之巧，意义挖掘之深，形象塑造之鲜明，实属罕见。李瑛不是那种日复一日制作同一产品的工匠，他是具有艺术家的良好性情和审美理想的杰出诗人，特别是他步入成熟期以及旺盛期的诗作，灵动，飞扬，求新，立异，有着崇高的艺术向往。他做到了列夫·托尔斯泰所说的："愈是诗的，愈是创造的。"过分挑剔李瑛诗歌的瑕疵，是有害无益的。苏联诗论家伊萨柯夫斯基说过："在一篇诗中有明确的诗的构思，预先知道你想用自己这篇诗表现什么，并且根据这一点处理全部的材料——这就是诗的技巧的一方面。"①总而言之，抒情诗不论篇幅大小，总要含有思想，总要有诗人的基本的构思，也就是他的诗歌作品的基本意义。伊萨科夫斯基还明确地表述："当然，思想(在社会意义上)愈重大，它在诗的构思中体现得愈鲜明和愈真实(在艺术上)，一篇诗也就愈好。如果没有思想，没有构思，那也就没有诗，不过是些押韵的句子的机械排列，这些句子既没有任何的意义，也不为任何人所需要。"②李瑛 1976 年以前的一些诗作，由于创作思路的狭窄，艺术修养的不足，创新意识的薄弱，出现了一些诗作在构思、形象及比喻等方面的重复之憾，还夹带了一些标语口号，一些政治性的"套话"。这类作品在 1972 年出版的《枣林村集》、1973 年出版的《红花满山》这两个诗集里相对要多一些。下面一些诗句是例证："贫下中农户户红，/户户新风人人夸。/对！就是要让毛泽东思想来当家"。"过去的日子不能忘，革命劲头莫放松。/新村史咱们接着写，/锹是笔，镐是笔，/扬锹挥镐干革命，/继续前进永不停！"(《读村史》)"战斗不息曲不落，/我们的生命就是一支歌！"(《红花满山·给一个战士演奏者》)"乘长风呵争上游，/跟着毛主席，奋力击浪永向前！"(《泅渡》)"毛主席教导的新一代，/让你刺刀尖上看红花！"(《雪中花》)"它每年结一次果子，都是为让你们：/不忘过去的苦，保卫今日的甜！"(《野海棠》)"毛主席的战士才真正值得自豪，/牵一列列火车，载来社会主义的清早！"(《古栈道》)当然，上述缺点的产生有特定的创作时代、环境的原因，我们无须苛求、责难诗人。但也应当寻找诗人主观因素诸如创作思路、艺术修养、创新意识等有待改进和完

① ［苏］伊萨科夫斯基著，孙玮译：《谈诗的技巧》，人民文学出版社，1955 年，第 72 页。
② ［苏］伊萨科夫斯基著，孙玮译：《谈诗的技巧》，人民文学出版社，1955 年，第 84 页。

善。这样才会与时俱进，主动弥补有关创作上的缺失、疏漏与不足。

(四)在三千多首诗作中，有诸如构思略显平淡、思想深度不够、诗句有凋琢痕迹、结构不够匀称等玉上之瑕

先看构思略显平淡的例子。如 1978 年作的《海上有一朵云》，全诗六节，首尾两节是两行，中间四节是四行。逐节看看这首诗的内容、构思。首节说海上有朵蓬松的云、懒散的云。第二节说它太轻，像丢失的梦，早忘了身边的季节，没帆、没锚、没舵，像失去生命的灰烬。第三节写海鸥和海浪对它的询问："去哪里？做什么？"第四节写它"又闲又懒，无眼无耳，看不见阳光，听不见声音"。第五节借海之口批评它"没有思想，没有灵魂，警告它风暴来了会无处藏身"。第六节预言它的悲惨结局："变成泥沙、被风撕碎"。显然，本诗构思是平淡的，甚至是失败的，逻辑也不通。云如何在天空浮沉？又如何变成泥沙？比喻也不够妥帖：云如何轻得像丢失的梦？云和灰烬之间哪有相似点？诗中还说云不知身边是何季节，像一条无帆、无锚、无舵的船，无眼无耳，不知去向，又闲又懒，没有思想和灵魂。警告它风暴一来，无处藏身。由于构思的平淡、失败，全诗主旨不明，思想内容流于浮泛，有明显的硬伤。作于 1978 年的《椰树》、作于 1984 年的《信》，还有不知写作时间的《琴键》和《霜降的田野》等。现在，让我们对上述几首诗进行"诊断"并做"病理分析"。《椰树》共两节，每节四行，篇幅甚短，但问题恰恰出在第一节：

南海岛上有火的烈焰，
空气中，火在跳跃，火在流窜，
像要把岛，烧炸成灰，冲进大海，
像要把海，煮成沸汤，统统熬干！

显然，通节的夸张手法使这节诗"疯狂"了，失去了诗意、失去了美感。南海岛上的炎热是一种客观存在，适当的形容、合理的夸张是可以的，但本诗说"岛上有火的烈焰"，空气中，火在跳跃，在流窜，已经夸大其词了。但下面还说它要把岛烧炸成灰，冲进大海，要把海煮成沸汤、统统熬干，这些都分寸顿失，不合逻辑，是地地道道的败笔。这样一来，第二节写椰树便失去了合理的前提、基础，空气似火，像要把岛烧炸成灰，把海煮成沸汤，椰子如何能生长？更不用说它"向烈日公开挑战"了！

再来看《信》，该诗共六节，每节四行，大体整齐。前四节都是写一位战士刚刚战死，已被葬进陵园，他是为人民(包括写信的姑娘)献身的，他是烈士、是英雄，信是他渴盼的，但信却来晚了，成了他的遗产。问题出在第五节：一是前两句说指导员打开了信，"呵，除了痛苦，全是愤懑——"，这是说信的内容呢，还是说指导员的读信感受呢？二是后两句："难道它不是一颗冰冷的石子，或是一支燃烧的箭!"这说的是信吗？交代不清楚。这种硬伤必定影响该诗主旨的表达。诗的第六节是诗人对这位写信姑娘的批判："大地掩埋了一颗痴情的心"，这当然是指牺牲的战士；"信里装来的却是冷酷和欺骗"，这是对写信人的批判。最后两句："绝情的姑娘呵，可曾想到——/你怎配享有这宁静的春!"说她绝情，又说她不配享有宁静的春天，这是未触及要害的。这姑娘不仅不配享有春天，而且应当受到社会舆论的谴责!

《琴键》一诗共三节，首节九行，第二节五行，第三节一行。首节是写琴键的颜色、数量和它们的性格特征。它们是"真诚而坦率"的，"能使瞬间变成永恒"。显然，离开了乐曲，离开了弹琴人，这种说法是片面的。第二节是说琴键比我们更懂生命、世界和美，这是重物轻人的逻辑。第三节："真该庆幸人间还有它们"。这种庆幸是就物论物，未必妥帖。总的说来，本诗构思有疏忽，欠严密。

《在摩天大楼的缝隙间》，全诗两节，首节十四行，第二节六行。从内容看，首节说位于摩天大楼缝隙最低处的垃圾桶，锈迹斑斑，污脏，潮湿，腥臭，为任何人所瞧不起。第二节是就垃圾桶之间的距离发议论，分两层，作了四个判断：第一层的两个判断：

在垃圾桶与垃圾桶之间
是从厨房到厕所的距离
是从富人的嘴到穷人的胃的距离

第一个判断尚可理解，第二个判断就隐晦难明了：从富人的嘴到穷人的胃，这种距离既无法测量，也不好理解。
第二层的两个判断：

在垃圾桶与垃圾桶之间
是从红灯到绿灯的距离
是从风到风的距离

这两个判断，多少有点让人丈二和尚摸不着头脑了。这种晦涩费解的诗句，不能不说是败笔，本诗的思路是不清晰，也是不通畅的。

这里要再谈谈诗句有雕琢痕迹的例子。应当说，这种毛病是局部性的，在一些立意深刻的好诗里，也会出现此种缺失。如《一块煤》是一首悼念在煤矿矿难中牺牲的矿工的好诗。全诗五节，前三节都是描写"一块煤"的：它的样子是

“乌黑的，闪亮的”，表情是“冷冷地皱着眉，蹲在那儿”，它凝望，在思考亦在等待。另外两节，一节是写矿工的肖像与内心的，一节是写矿工的母亲、妻子、女儿的。雕琢的诗句为末节的后两句：“从四百米深的远方/流来令人窒息的致命的痛苦”。用“令人窒息的致命的”来修饰“痛苦”，既不那么自然、朴实，也让人感到费解：难道还有令人窒息而死的痛苦吗？不死上一回，是无法理解这是什么样的痛苦的。

李瑛诗歌中有极少的诗句、诗节显得生硬，做出的判断也令人费解。如《不要忘记走过的路》末节：

不要忘记走过的路
你的血和汗凝成的日子，叫往事
长出的野草，叫梦

“日子”和“往事”是不能等同的，“野草”怎么能叫“梦”？即使是虚拟性的诗歌，这种说法也颇费解，有点不合逻辑，可能会把读者打进闷葫芦里。又如《鱼和时间一起前进》，标题就让人费解：时间和空间本是一切物体存在的条件，怎么能单说“鱼和时间一起前进”，而不同时说说鱼在什么空间里活动呢？这首诗的结尾两节也是令人费解的：

我们看不见它
所以不知道它是否有
爱情、憧憬、欢乐、忧伤、仇恨和懊悔
甚至不知道会不会
眨一眨眼睛

我们看不见它
却知道它的鳍、尾巴、肌肉和鳃
都已渐渐变老

我们怎么会看不见鱼呢？鱼不是人，它们显然不会有人那样复杂的感情。鱼是否眨眼睛，这问题与人没啥关系。这节诗究竟要说明什么？末节说鱼的四种东西会“渐渐变老”，这又想说明什么？让读者惑而难解。如同我们要吃面食必得先和好面，若是所和之面中杂有生面疙瘩，那么这种面做成的面食，必定不会好吃。李瑛诗作存在的这类“生面疙瘩”的问题，表明有关诗作的构思不够成熟，还有待继续加工。以上缺憾无碍诗人所取得的总体成就。

（五）对新诗的多样化体式做了有益且多方面的探索，但在如何使新诗格律化方面，步子不大，追求不多，成果偏少

我们中国是一个诗歌大国，诗歌是我国古典文学中最有光彩的部门。诞生于“五四”文学革命中的白话体诗——新诗，也走过了九十多年的辉煌又曲折的路程。在中国现当代诗坛上涌现出过诸如郭沫若、闻一多、朱自清、殷夫、冰心、臧克家、艾青、徐志摩、戴望舒、高兰、李季、张志民、柯仲平、田间、贺敬之、闻捷、郭小川、李瑛、柯岩等一批优秀的诗人，他们在创作实践和理论探讨方面，都取得了杰出的成就。

新诗过去取得的巨大成绩是不容否定的，但是如何创建有中国特色的新诗体，是一个必须妥善解决的重要课题。季羡林先生认为：“中国是诗歌大国，但是我们现在的诗歌没有找到它的形式。”“我们现在的诗歌”当然指的是新诗。九十多年来，几代新诗人都在为新诗的诗体建设而努力，并在理论和实践上取得了一定的成绩，也积累了相当的经验。晓雪在《关于新诗的诗体建设》中说得好：“从新诗的草创时期直到20世纪末，关于新诗的形式问题、诗体建设问题以及内容和形式如何结合统一的问题，发生过各种各样的争论，如‘民族化’与‘现代化’之争，‘自由化’与‘格律化’之争，‘西方化’与‘本土化’之争，‘朦胧诗’与‘第三代诗歌’之争，以及知识分子写作与民间写作之间争夺诗坛话语权的交锋，等等。尽管意见不统一，诗体建设的道路很不平坦，但不少杰出的诗人，如郭沫若、闻一多、朱湘、徐志摩、戴望舒、艾青、冯至、臧克家、卞之琳、林庚、何其芳、郭小川、贺敬之、李季、闻捷、李瑛、穆旦、余光中、洛夫等都在新诗的内容与形式相结合和诗体建设上作了许多有益的探索和较大的贡献。”①还应指出，新中国成立后，在50年代到70年代的三十年间，我国新诗在自由体、民歌体、格律体、半自由体、半格律体、仿古典体、楼体式、十四行体、九言体等多种体式方面，作了有成效的实践与探索。不仅如此，还约定俗成地明确了新诗体式建设的若干规范原则。对新诗自身传统，对要在汲取古典诗歌、民歌及外国诗歌营养的基础上发展，达成共识。自改革开放以来，还出现了诸如《和诗歌爱好者谈诗》（艾青）、《多元化和格律诗》（屠岸）、《今日新诗面临的艺术问题》（卞之琳）、《论中国现代自由诗》（骆寒超）、《从自由诗到九言诗》（林庚）、《我们古典诗歌节奏的动态结构》（孙绍振）、《关于新诗的诗体建设》（晓雪）、《新诗格律之我见》（袁忠岳）、《试淡中国当代新诗体的发展趋势》（方祖岐）、《关于创造中国特色新诗体之我见》（张永健）、《论中国新诗的形式探求及其经验教训》（骆寒超）、《新体诗诗体断想》（盛海耕）、《新诗必须继承传统才能创新》（董培伦）等一批研讨新诗体式的理论探索文章，为创造中国特

① 晓雪：《关于新诗的诗体建设》，《诗国》，2011年第3期。

色新诗体，铺垫了不少有益的理论基石。

如前所述，李瑛早在20世纪50年代至70年代，已尝试过几种新诗体式，诸如四行体、二四行相间体、两行体、诗传单、八行体、七行体、六行体、三行体、五行体、杂行体、楼梯式等。这里面，用得最多的还是四行体。像《给南昌》《井冈山哨口》《早晨》《沈家门之夜》《熄灯号》《今天我多么高兴》《我们的哨所》《红柳丛中》《第一行树苗》《山鹰》《雨后》《打草鞋》《风雪夜》《磨刺刀》《灯》《赠勘探队员》《古栈道》等诗作，都是四行体。让我们以《早晨》为例，对这种诗体作具体的分析。该诗四节，抄录如下：

我们的边疆黎明在升起，
看，多么美丽，多么宁静，多么赤裸：
青紫青紫的是横断山脉，
白色的是小河。

缕缕炊烟在天空飘呀飘，
看它玩得多么快活！
我知道每缕炊烟下都有张熟悉的脸，
每个村寨里都忙些什么……

叫得最脆的是小鸟，
长得最美的是遍野的田禾；
呵，那山脚下第一架起重机已伸出长臂，
把第一块混凝土高高举起。

虽然它闭着嘴没有说什么，
我却突然产生一个骄傲的感觉：
我看见它正举起一轮红日，
我看见它正举起我如花的祖国。

这首诗是通过对早晨所见自然风光的描绘，对人文景观的描述，歌颂了我如日方升的朝气蓬勃的祖国。四行体的形式，每节四行，每行字数不等：少的六字，最多的十六字。每节是第二、四句押韵，全诗一韵到底。这种体式之所以成为李瑛五十、七十年代诗作的主力体式，是因为它符合鲁迅讲的“精炼、整齐、大体押韵，押大致相近的韵”的要求，也与何其芳提倡的现代格律诗的方向一致，即虽然自由诗可以算作中国新诗之一体，我们仍很有必要建立中国现代的格律诗；但这种格律诗不能采用古代的五七言体，而必须适合现代的口语的特点。实践证明，这种诗体可以称为半格律体。李瑛的这种四行体半格律诗，有哪些特点呢？①诗行不论字数多少、长短，大体都是三或四个顿数(或称节拍、音步)。如《早晨》的第一节：首行是四顿：我们的｜边疆｜黎明｜在升起。第二行也是四顿：看｜多么美丽｜多么宁静｜多么赤裸。第三行则是三顿：青紫青紫的｜是｜横断山脉。第四行也是三顿：白色的｜是｜小河。②口语入诗，也有有生命力的文言词汇。试看作于1960年的《初到哨所》：

当我最初补进观察班，
班长递给我开水半碗；
半碗水里泡着一句话：
“喝吧，不要嫌它苦涩，难以下咽！”

确实，这半碗水呀又涩又咸，
也许有一半是抬水人的汗。
“在这里，我们下山抬一次水，
就要珍惜地使用三天！”

班长说罢哈哈大笑，
顺手推开了身边的窗扇：
“并不是祖国对战士过于吝啬，
看她交给我们的这汪洋一片！”

突然，哨所窗口上云飞浪卷，
那半碗水在我心上燃起了火焰；
祖国呀，感谢你的信任，
请给我吧，给我最艰苦的考验！

全诗是用“我”的口气写成的，写的是“我”刚补进观察班的场景，“我”与班长的对话，“我”对祖国表示的决心。全诗都是口语，但也有少量有生命力的文言词语：“窗扇”“吝啬”“云飞浪卷”等。③诗人该用长句时也不拒用，因为句子长了，可以容纳更多的意思。④这种长句不同于那种戴多重帽子、刻意雕琢的句子，不用欧式的句法，是精练的、虚拟化的诗句。如“喝吧，不要嫌它苦涩，难以下咽！”又如：“突然，哨所窗口上云飞浪卷，/那半碗水在我心上燃起了火焰”。这种长句，也就是一行诗，往往又是“集短为长”的，用两个或更多的短句集合而成。吟诵起来，感觉节奏鲜明，既朗朗上口，又悦耳动听。为了造成诗的匀称和谐，李瑛还十分注意运用排比手法，讲究对仗。如《南方的山》，诗虽短，却用了排比和对仗：

对于我们南方的山，
我的诗怎能用吝啬的语言，
满天的阳光、满天的云雾、满天的雨水，
碧绿、深紫，好不奇幻！

而且还有满坑满谷的大树，
而且还有亘古轰响的流泉，
既然你微笑着站起身来迎接我，
我就要停下：你好，南方的山！

第一节第三行诗用了排比，第二节第一、二行用了排比，兼用对仗。

又如《墓》一诗，也是用了排比和对仗的：

这一座荒芜的岛屿，
埋着个忠实的儿子，
当他被敌人的枪弹射中，
还把红旗插在这里。

他躺在整个祖国的土地上了，
他躺在我们的城市和乡村中了，
下面铺着——墨绿的软缎，
上面罩着——云彩的旗帜。

他的心就是我们头顶的太阳，
他的血就是红红的火，
坚硬的巉岩是他的灵魂，
大海的波涛是他的呼吸。

他并没有离开战斗的队伍，
他仍在保卫我们绿色的泥土，
看他背后的点点灯光，

就是他走过的迢迢的路。

朋友，夜晚推开窗子望吧，
他仍然守卫在那里；
大海母亲高举着他，
用无数晶莹的闪光的手指……

第二节第一、二句是排比，第三、四句是对仗。

我们举例说明了李瑛的四行体半格律诗有哪些特点。从他的艺术功力和创作素养来说，在新诗格律化方面，他完全可以迈开更大的探求步伐，完全可以进行多种方案、多条途径的探索、追求。比如，他已经使用过两行体、三行体、杂行体来写诗，但对于如何再从理论的高度来说明这些新诗体式的效果、特点及使用时应注意的问题等方面，李瑛还可以有更广阔的发展空间。我们深信，像李瑛这样的当代诗坛宿将、创作成果丰硕的大诗人，在今后推进新诗格律化方面，定会做出更大的贡献！